U0573372

半农、刘天华、刘北茂

兄弟的家国情怀

胡美凤 著

中国青年出版社

全国百佳出版单位

图书在版编目（CIP）数据

刘半农、刘天华、刘北茂三兄弟的家国情怀 / 胡美
凤著 . -- 北京 : 中国青年出版社 , 2025. 5. -- ISBN
978-7-5153-7691-2

Ⅰ . I25

中国国家版本馆 CIP 数据核字第 2025VL6545 号

刘半农、刘天华、刘北茂三兄弟的家国情怀

胡美凤　著

责任编辑：侯群雄　岳　虹
出版发行：中国青年出版社
社　　址：北京市东城区东四十二条 21 号
网　　址：www.cyp.com.cn
编辑中心：010-57350401
营销中心：010-57350370
经　　销：新华书店
印　　刷：三河市君旺印务有限公司
规　　格：650mm×910mm　　1/16
印　　张：21
字　　数：290 千字
版　　次：2025 年 5 月北京第 1 版
印　　次：2025 年 5 月河北第 1 次印刷
定　　价：79.80 元

如有印装质量问题，请凭购书发票与质检部联系调换
联系电话：010-57350337

刘天华（左一）、刘北茂（右一）在江阴与刘半农（左二）、朱惠夫妇合影

1920年前后，刘北茂（左一）与刘天华（右一）在常州
省立五中合影

刘半农

刘半农法国博士毕业照

刘半农夫妇与长女刘小惠合影

刘半农在做实验

刘天华

刘天华（左三）同提琴老师托诺夫（左二）等音乐家合影

刘天华（后排右三）等老师与学生合影

国乐改进社成立后，刘天华（后排左三）与众人合影纪念

《音乐杂志》

刘北茂

刘北茂夫妇合影

刘北茂（左一）同三友人合影　　　　　　刘北茂在拉二胡

国立音乐院国乐组第二届毕业生留影（刘北茂后排右二）

目录

思　念

　　一轮明月静静地守望在蔚蓝的夜空，月光透过窗户洒在写字桌上，桌面上像铺了一层淡淡的银，这月色吸引着一个清瘦的身影，这是个来自东方的青年。他举头望月，月光秋水般温情地轻抚着他……他叫刘半农。

　　这是 1920 年 9 月 4 日的晚上，刘半农一家租住在英国伦敦郊外的一座旧式四层公寓的两间底楼里。夜深人静，万物俱寂，刘半农披衣伏案，然而笔端却一个字也写不出来，桌面铺着的银色月光，牵动了他的万千思绪，撩起了他思念的情丝。他凝望着月亮上面那棵传说中影影绰绰的桂花树，仿佛闻到了故乡江阴老家宅院中的桂花香，在桂花香的陶醉中，他仿佛看到了逝去的父亲、母亲、祖母的身影；还仿佛听到了二弟天华拉奏的二胡乐曲声，仿佛听到了三弟北茂的读书声……"夜里我常常做梦，梦见江阴老家。"妻子曾不止一次地对自己说。可是离开家乡，离开祖国，来英国伦敦大学才几个月，学业才刚刚开始。此时此刻，他举头望明月，牵挂与思念如潮汹涌，泪不断地从心底汩汩地涌出。祖国啊祖国，不知何时才能回到你怀抱？故乡啊故乡，不知何时才能回到你身旁？他泪流满面，终于落笔抒怀，深情地写下了《教我如何不想她》：

天上飘着些微云，
地上吹着些微风。
啊！
微风吹动了我的头发，
教我如何不想她？

月光恋爱着海洋，
海洋恋爱着月光。
啊！
这般蜜也似的银夜，
教我如何不想她？

水面落花慢慢流，
水底鱼儿慢慢游。
啊！
燕子你说些什么话？
教我如何不想她？

枯树在冷风里摇，
野火在暮色中烧。
啊！
西天还有些儿残霞，
教我如何不想她？

江阴西横街

　　刘半农魂牵梦绕的故乡江阴，是一座很特别的小城。5000多年前的新石器时代，已有先民在此繁衍生息，有文字记载的历史已有 2500 多年，商末周天子泰伯、仲雍到太湖流域立了一个"勾吴王国"，开创了灿烂的吴文化。江阴是吴文化重要发源地。春秋时期，吴王寿梦四子季札礼让王位，耕于江阴舜过山下，江阴地属季札封地延陵。战国时期，江阴是楚国春申君黄歇采邑。水之南为阴，因地处长江南岸而得名"江阴"。万里长江滚滚东流，当它流经江阴快要入海时，突然收紧，江面最窄处仅 1500 米，江边有一座通商口岸叫黄田港。离黄田港东边不远的长江边，君山、黄山、鹅山、肖山、长山等大大小小海拔不到百米的青山，山连山，逶迤数十公里，枕江扼流，自成天堑，黄田港、君山、黄山是先民为纪念开发江南、开凿黄田港的楚国春申君黄歇而命名。江阴临江倚山，土地肥沃，物产丰富，谓之鱼米之乡。江阴东、西、南三面跟苏州、无锡、常州接壤，北面隔江跟泰州、扬州、南通相邻，距上海 159 公里，距南京 179 公里。得天独厚的地理环境，优越的自然环境，为江阴自身的发展提供了有利条件。自 1614 年(明万历四十二年)起至 1905 年(清光绪三十一年)废除科举止，江苏学政衙署驻节江阴历时 292 年。邑内学风浓郁，人文彬盛。

　　由于江阴是著名的江防要塞，兵家必争之地，历朝历代十分重视城墙建设。城墙始建于萧梁,明清两代大事扩建。高高的城墙十分坚固,外层是砖石砌筑,内是夯实的泥土;建有东南西北四座城门,城楼、角楼、窝铺等设施一应俱全;宽阔的护城河北通长江,南达太湖,内城河贯穿城内东南西北,连通护城河、漕运河。高高的城墙将江阴分为城内、城外。刘半农的家就在江阴城内西横街49号。

西横街是江阴城内古老的街道之一。它靠近西门,南北走向,南连东西向的南街,北跟明清两代县衙所在地、同为南北走向的县湾街相通。西横街离江阴文庙很近,为表示对孔子的尊敬,文庙每年春秋都举行盛大的祭祀活动,奏起的悠扬雅乐,吸引着城内外众多人围观。西横街离江阴城内著名景观兴国塔也很近,它是宋初太平兴国年间建造,故名为"兴国"。兴国塔八角形,九层高,倒映在附近一座庙前的池塘里,这座庙叫"涌塔庵"。涌塔庵是江阴佛教音乐活动最鼎盛之处。

西横街全长600余米,宽5米。街中间铺条石板,条石板下是砖砌排水阴沟,旁接支沟,泄水于附近河道,最后排泄长江。西横街上行人寥寥,店铺较少,十分恬静,因离店铺林立的县湾街十字路口和南街口特别近,生活十分便利。西横街街道两边是一座座带院落的房屋,粉墙黛瓦,风火墙区隔,人字形屋顶,宛如一本本翻开的书罩着一户户人家,西横街类似现代的高档住宅区,是黄金地段中的黄金地段。刘半农的家——西横街49号,坐西朝东,二进三开间带两侧厢,有前、中、后三个院落,一个后园,是具有江南特色的清末建筑。

西横街49号是刘氏三兄弟曾祖父刘荣,祖父刘汉留下的祖产。据家谱记载,曾祖父刘荣很有学问,慷慨好义。西横街49号房屋为曾祖父刘荣建造。祖父刘汉是清代国学生,因为刘荣的亲弟弟刘槐没有儿子,由刘汉兼祧,他是两房合一子。江阴自古是兵家必争之地。在太平天国、庚申之变兵事中,因起义农民闯民宅、抢民财、烧杀奸淫,刘荣和儿子刘汉在老家东乡三甲里一带,率民众,保家护院,激烈战斗;不幸,兵败后,父子二人前后相隔不到十天被杀,亡于同治三年(1864年)。

刘荣亡时 59 岁,刘汉亡时 33 岁。父子遇难后,双双入本族忠烈祠。曾祖父刘荣、祖父刘汉死后,家中只剩下祖母夏氏。

夏氏出生于江阴城内南街一个读书人家,其父精诗善文,小有名气。夏氏虽然没有正式上学读书,但在家庭熏陶下,耳濡目染,天长日久,学会了识字断文,背诵诗词,成为了知书达理贤淑之人。自嫁给刘汉后,尊老敬夫,持家有方,唯一遗憾是婚后没有怀上孩子。求子心切,常去庙庵烧香拜佛,虽没有如愿,但夫妇感情和睦。可惜好景不长,丈夫遇难,夏氏年轻守寡。亲友好心劝她回娘家,今后生活好有个着落。但夏氏一心要重建刘家门庭,决定领养一个儿子。

这一年,终于盼来了一个梦寐以求的机会。通过刘家亲戚牵线搭桥,从一户贫苦的刘姓同族本家那里领养了一个儿子。在东门外香山脚下三甲里,同族本家刘霖有三个儿子一个女儿。夏氏去领孩子时,三个男孩吓得躲在床底下不敢出来,最小的女孩则在母亲怀里大哭。见此情景,夏氏一再表示:"孩子不是卖给我的,我们本来就是一家,都姓刘,将来我们常来常往。孩子跟我之后,我不会亏待孩子,我会培养孩子读书识字,一方面给你们减轻负担,让孩子有好的前途;另一方面我老了以后好有个依靠。"夏氏诚恳地说完,伸手轻轻地抚摸小女孩后背,"宝宝,别哭啊,你哥哥跟了我,你就是我的侄女,你可以常到城里我家来玩。"

"真的?"小女孩停止了哭泣,大眼睛忽闪忽闪。

"当然是真的。"

不知是夏氏慈祥和蔼的神态,诚恳的话语打动了心,还是冥冥之中的缘分,这时,5 岁的老三宝珊从床底下爬出来,自告奋勇地说:"我去! 家里好少一个人吃饭!"

夏氏本想领养他们中的老大,因为进城后就可直接上学读书,可老大死命不肯出来。此时此刻,夏氏看到自告奋勇的老三,真正是满心欢喜,连忙张开双手将他拉入怀中,"还是你家老三好!"并一再对本家说:"你们放心！我一定会对他好的！"

宝珊嗣给刘汉后，取名"玉珂"，以原名"宝珊"为字。由于刘汉的亲弟弟刘灿十六岁早亡无子，刘宝珊嗣过去后兼祧刘灿，连同刘汉兼祧的刘槐一房，为三房合一子。夏氏将宝珊领回家没多久，考虑到宝珊的教育以及家中生计，将第一进三间屋低价租给一个王姓穷教师来办私塾。这样小宝珊不用走出家门，既免费上学，又便于看管照顾。因小宝珊从小在乡下野惯了，跟夏氏进城后，活动范围缩小，特别是上私塾后，只是从后进生活区域到前进屋里读书，虽然他聪慧过人，但课堂上时有不专心、不定心，甚至调皮捣蛋，为此，王先生建议夏氏，得空陪孩子外出散心，读书也讲究劳逸结合。夏氏一听有道理，第二天便抽空带小宝珊到江阴城里人气较旺的方桥头去玩。方桥有城内最大规模的茶馆店，有各式点心店，小馄饨、小笼包、大饼油条、豆腐花等小吃应有尽有，还有卖鱼、卖菜、卖竹篮等等的各类小商小贩。夏氏领他游玩，小宝珊开心极了。夏氏趁此循循教导他：读书才能出人头地。只有你认真读好书，我才会领你到这里来吃来玩。小宝珊似懂非懂地点着头。从此上课比较认真，用功读书。夏氏也不失信，省吃俭用积蓄上几个钱后，便领儿子来方桥头消费。儿子听话懂事，读书用功，夏氏心里踏实，日子就这样一天天过着。

这一年冬天，夏氏在去三甲里走亲戚的路上，经过西塘圩坊一条小河边上时，发现河冰上有一竹篮，竹篮里有个用破棉絮包裹着的女婴，女婴口中发出一丝两丝奄奄一息的啼声，夏氏急忙上前将女婴救起，立即解开自己棉袄上的扣子，将冰冷的女婴包在怀中，迈开小脚急忙折返回江阴城内家中。回家后，先用红糖、姜水灌醒女婴，接着喂米汤，再找棉袄、棉裤给她穿上。看到母亲捡回个妹妹，宝珊也十分兴奋地帮忙照看着。

这女婴出生在西塘圩坊一个贫苦家庭，其父蒋坤赐在她出生后不久病逝，蒋母因无法养活一家大小，在寒冬的早晨，用破棉絮包裹着将女儿遗弃在河冰上,让她自生自灭。也许是上天注定,让菩萨心肠的夏氏救回家,当了童养媳。

时光荏苒,两个孩子在夏氏的精心照料下一天天长大。平常,夏氏对童养媳宽厚,对宝珊要求严格,时常教育宝珊要认真读书,奋发图强。在夏氏教育下,宝珊聪慧,又肯用功读书,深受王先生喜欢,因而常得到王先生课堂之外的悉心指教。见宝珊读书用功、懂事,夏氏心中十分喜欢。这时,她考虑到宝珊一年年长大,长大后要成家立业,想到丈夫刘汉在世时,就想修缮房子,于是将按族规继承来的刘灿、刘槐的旧屋变卖作修屋费用。这年夏天,夏氏决定修房。当购置的木料由乡下亲友撑船运抵离家不远的内城河边,夏氏叫宝珊去河边照看。临走,夏氏嘱咐他带本字帖,关照说:"月光下看书,眼睛吃力费神,字帖上字大,你带本字帖去看。"一批木料搬走后,宝珊独自留在那里,边看守着船上的木料,边翻看字帖,字帖中有唐诗:谁言寸草心,报得三春晖。此时此刻,明月当空,河水缓缓流动,他吟诵着诗,心中不由得感慨万分,想到母亲夏氏几年来日夜操劳,含辛茹苦照顾他,还一心一意培养自己,让自己读书求功名,现在又要为他将来成家翻修房子,感恩的泪水止不住地从心窝里流淌了出来。他决心一定要好好读书,不辜负母亲的期望。

房屋修茸一新后,中院有两棵祖上栽种的桂花树,后院花草树木繁茂,前院有点空落,于是刘宝珊在前院种下一大丛红天竺。红天竺四季常青,特别是在那严寒的冬天里,一串串红艳艳的天竺子带来的一片喜色,表达了他从心底里真正地爱上了这个家,表达了他对未来充满了希望。

时光流逝,夏氏日夜操劳,将两个孩子拉扯大,宝珊长得一表人才,蒋氏出落得美丽大方,两人在共同生活中,日久生情,情投意合。于是在1890年,刘宝珊20岁时,夏氏挑了个好日子,让他俩成亲。成亲时,依照江阴的习俗,婚姻大事须先用红纸书写"大帖",帖子上面亦有男女方三代人姓名。这时,夏氏与那位曾抛弃自己亲生女儿的蒋氏取得联系。从此,刘家和蒋家就有了来往。当时,新娘子穿的红缎子棉袄,是夏氏用粗糙的双手一针一线缝制出来的。

次年,1891 年 5 月 27 日,长子刘半农诞生了。因当时刘家祖上几代都是中年夭寿,刘宝珊怀着美好愿望,给长子起名"寿彭"。因古代典籍《神仙传》中,颛顼的玄孙篯铿,生于夏代,到殷代末年还活着,当时已有八百余岁,因他擅长烹调,乃被尧封于彭城,后人称之为彭祖。给长子起名为"寿彭",名字寄寓着能和彭祖一样高寿。

童年

　　五月，春意正浓，刘家园中一片欣欣向荣。刘半农的诞生，给刘家带来了无比的喜悦。大头大脑，眼睛灵动有神，很是招人喜欢。尤其是祖母夏氏，抱着长孙更是开心得合不拢嘴。祖母夏氏、母亲蒋氏对他精心照料，常常用江阴方言儿歌哄他睡觉，哄他笑："摇啊摇，摇到外婆桥，外婆叫我好宝宝。""虫虫对，鸟鸟飞，麻雀家来牵麦栖，粗格烧饭吃，细格烧粥吃，一吃蓬隆蓬隆飞。"除儿歌之外，还常抱着他分辨前院天竺，中院桂花，后院桃李竹等花草树木，还抱他到河边去看鸭……甚至还抱他到离家不远的南街口夏港羊肉店去看山羊。羊肉店后面有一个天井，里面总圈着2到3只从乡下买来的山羊，买来后并不马上杀，而是要喂养几天，让羊更肥，这样烧出来的羊肉没有土腥气和膻味。半农一见到山羊，就手舞足蹈，有时还"咩咩"学羊叫。西横街上有人家养马，刘家的街坊邻居喜欢刘半农的聪明伶俐，喜欢听他奶声奶气唱儿歌背唐诗，于是常开心地抱他坐在马上，他小小年纪居然丝毫不胆怯，还模仿着喊"吁……驾！"，开心地唱儿歌"哐铃哐铃马来了……"父亲刘宝珊在上课之余，也常抱他走走，一边分辨天上的星星、月亮、云朵、太阳，一边教他识字，常指着厅堂上方挂着的《朱子家训》，不管他听得懂还是听不懂，一字一句念给他听，"黎明即起，洒扫庭除……"，尽最大可能让他开眼界长知识。刘半农3岁时，在父亲的教育下，已能背诵好几首唐诗,也能指着墙上挂着的《朱子家训》念上一段,口齿相当清楚地说唱较为复杂的儿歌。

刘半农的聪明给沉闷的刘家带来了欢声笑语。在刘半农 4 岁时,1895 年 2 月 4 日,大弟弟刘寿椿出生了。根据《庄子·逍遥游》中"上古有大椿者,以八千岁为春,八千岁为秋",父亲刘宝珊给取名"寿椿"。再加上西横街上,有一株高大的椿树,春天采下椿树芽可做菜,夏天,椿树下可纳凉。"寿椿"寓意长寿之外,还希望像椿树一样,能造福他人。

弟弟出生,祖母和父母虽然欢喜,但欢喜中带了几分忧愁,因为人口增加后,刘家生活更加贫困。父亲刘宝珊一心读书。母亲蒋氏除带小孩之外,尽力帮着夏氏料理家务,有时还帮人家洗衣服,而年迈的祖母夏氏不仅操持家中大小事情,还要纺纱织布,母亲蒋氏只要有空就来帮忙。当时的中国社会正值帝国主义列强瓜分中国,同时国内军阀开始混战,地处兵家必争之地的江阴常受战乱之苦,每逢战乱,家人就带他俩到乡下避难。

刘宝珊为了改变命运,为了过上好日子,在王先生教导下,熬过十年寒窗,但在县试中落榜,虽然落榜但他并没有气馁,夏氏也依旧鼓励他,并将他介绍到三甲里的表姐夫郁介子老先生那里去读书。郁是当地有名的秀才,不愿仕途,没有再去参加乡试报考举人,隐居乡下,以教书为生。宝珊在郁老先生的指点下,刻苦钻研,终于在清光绪二十二年时考上了秀才。考上秀才后,贺客盈门,祖母夏氏关照宝珊到三甲里先去拜望恩师郁老先生;再去拜望亲生母亲。考上秀才就有了当教师的资格,于是,刘宝珊在家中办起了私塾,刘家生活从此好了起来。这一年,刘宝珊 26 岁,刘半农 6 岁,刘寿椿 2 岁。6 岁的刘半农立即入塾读书,接受正式的教育。

寿椿 3 岁那年,祖母夏氏已近花甲。这天她穿着蓝色团花袄,头上扎着黑土布护帽,发髻上插着银簪子,迈着小脚,心情愉快地去三甲里看望亲友。亲戚邻居家有一位 40 来岁,贫病交加的人叫阮成,孤身一人寄居侄子家,侄子家穷得养不起他,更无钱给他看病。夏氏看到奄奄一息等待死亡的阮成,像多年前看到河冰上的弃婴一样,决定将阮成带进城治病。当时亲友无不担忧:如果阮成的病治不好,死了怎么办?夏氏说:"病治了才会好,阮成的病好了,可以自食其力,万一治不好,也不会有人说是我害死他的。"就这样,她将阮成带回了家,找医生给他治病。经过一段时间的治疗和调养,阮成的病痊愈了。康复后的阮成不愿回乡下,在刘家后院侧厢住了下来,帮助料理家务,主动在后园种菜,改善刘家和私塾里寄宿生的伙食。阮成勤劳忠厚,还说只要吃饭,不需要工钱。但夏氏坚持每月都给他工钱,帮他积存起来,以供他将来之用。这时,刘宝珊的私塾远近闻名,不仅有本城弟子,外地和乡下的孩子也慕名而来。外地和乡下来的都是寄宿生。

有一天,祖母夏氏在干家务活时,突然晕倒,因此,刘宝珊和蒋氏不让她再多操持家务。蒋氏敬着夏氏,学着夏氏,开始操持刘家大小事情。母亲蒋氏对半农、寿椿的教育,像当年夏氏对宝珊一样,十分严格。除督促好好学习之外,母亲蒋氏还叮嘱要帮阮成老伯干点力所能及的活。他俩跟随阮成老伯在田中干活时,阮成老伯常常讲述民间故事和农村见闻。半农总全神贯注,听得津津有味。而寿椿则边听边试着吹竹叶。

6岁的刘半农已能背诵上百首唐诗宋词,并且对许多诗篇,能初解其意。邻居、长辈、乡下亲戚无论何时叫他背诵诗词,他总能朗朗诵来,一字不差,被誉为神童。刘宝珊对他更是精心栽培,得空常给他讲解一些简单易懂的天文地理知识、诗词、古文、历史知识……刘半农小小年纪,凡是不明白的,都要刨根问底。有一回,宝珊讲解江阴的别称"延陵古邑""春申旧封""暨阳古邑"时,顺口说了一句江阴还有别称"暨阳""澄江""芙蓉"。叫"暨阳"是因为江阴城之南有座浅水湖叫"暨阳湖"。刘半农立即追问:"阿爹,江阴为什么又叫'澄江'呀?""因为古诗'澄江静如练'而得名,我得空将这首古诗找出来给你抄写。""还有

'芙蓉'怎么回事呀？""我有空领你到城墙上，兴国塔上去登高俯瞰，江阴城内城外一百多条街巷，形状像芙蓉花。""你什么时候领我到城墙上，兴国塔上去看看呀？"紧接着又追问城墙、兴国塔的来历……儿子小小年纪爱刨根问底，求知欲强，刘宝珊满心喜欢，不厌其烦，耐心地讲解，今天讲不完，明天再抽空继续讲解……

另外，他十分喜欢弟弟，因寿椿有个特点，哭的时候只要一听到音乐就不哭，因此他常拉着弟弟的小手，对弟弟唱平时祖母、母亲教他的山歌。和弟弟在一起时，他更多的是一字一句教他背唐诗，例如，"鹅鹅鹅，曲项向天歌。白毛浮绿水，红掌拨清波。"

寿椿从小就对音乐着迷。不满三岁时，第一次跟念佛的母亲蒋氏到涌塔庵去，当时大殿上有七八个和尚在香烟缭绕中做法事，他一下子被那笙、箫、琵琶、三弦等乐器构成的旋律迷住，悄悄钻进供桌底下，眼睛中了魔似的在和尚们弹奏的乐器上看来看去，蒋氏上香拜佛完毕，发现他不见后，着急地四处找他。

8岁时，刘半农喜欢画画，在家中墙上到处涂鸦，刘宝珊见他喜欢画画，买了两本画谱叫他学画，很快，他能三笔两笔勾画出不少事物。例如，倒写"人"字表示"大雁"，一小圆点加一大圆点表示"鸭"，重笔一横加轻笔一撇，表示"舟"。父亲的绘画朋友看了他的画，指点说："画山水最重要的是要有水，有水无山，可以凑成一幅画，有山无水无论怎样画，总是死板的，因为水代表聪明、秀丽，画面上一有水，可以使人神意悠远。"这番话钻进他幼小心灵，此后，在画画上很有长进。看到大儿子学习刻苦用功，刘宝珊喜在心里，为示鼓励，有一天下午，他对半农说："今天阿爹有空，领你出去转转。"他兴致勃勃地带半农来到离家不远的西门，顺石阶上了高高的城墙，站在城墙上，登高而望，刘半农十分兴奋，近距离看：兴国塔顶部的老鹰时而盘旋、时而进塔栖息；城内平房鳞次栉比，街巷纵横分明；城外虽也有房屋街巷，但也有荒地、乱坟场，明显比城内冷清多了。他问道："阿爹，你曾经告诉我江阴城像芙蓉花,我特地翻书查看过芙蓉花什么样子,我看江阴城不像芙蓉花,倒像一朵形状独特的无名野花。"听儿子小小年纪说出这番话来,刘宝珊笑眯眯地说:"好,你说什么花就像什么花吧。"江阴城不大,在城墙上走一圈,用不了两个小时,刘宝珊没有绕,领着半农从西门直接朝南走去,没多久就到了南门,他领着半农顺阶而下,指着南门门额上每个66厘米见方的大字问:"寿彭,这四个是什么字?"

"忠义之邦。"刘半农边端详边回答,接着问,"阿爹,这'忠义之邦'是什么由来?"

于是乎,刘宝珊讲述了江阴历史上有名的抗清守城81天的故事:1645年(清顺治二年),清兵大举南下,推行"留发不留头,留头不留发"的铁血政策,逼迫汉族男人改变几千年来蓄发挽髻的习俗,学满人剃发编辫子,否则格杀勿论!江阴人激于民族义愤,誓不剃发!闰六月初二,揭竿为兵,裂衣为旗,在明朝典史阎应元、陈明遇,训导冯厚敦三公的带领下,凭借高而坚固的城墙,宽阔的护城河,更凭借万众一心,奋起抗清守城!清军久攻不下,清摄政王多尔衮及多铎曾传书劝降,但江阴人回答"愿受炮打,宁死不降!"于是,清军不断调兵遣将,动用24万兵马,围攻江阴城。8月21日,动用二百多门火炮,集中轰打城墙东北角,城破,清军在狼烟和炮火的掩护下,渡过护城河,潮水般拥进城内。江阴义民在阎应元、陈明遇等率领下,跟清兵展开激烈巷战,寡不敌众,惨遭屠城!除战死,拼死,被打死之外,民众以各种方式自杀,无一人投降。此役,江阴人城内外死亡约14.2万人。同样是抗清守城,江阴抗清守城81天,远远超过历史上有名的"扬州十日""嘉定三屠",由此,江阴被称之为"忠义之邦"!"忠义之邦"这四个字是嘉庆己未状元、户部侍郎姚文田任江苏学政时所书,道光二十五年修城墙时,摹刻了这四个字作为南门门额。

刘半农听了心潮澎湃,许久,才迸出一句:"我们江阴人连死都不怕,真正是硬骨头!"

刘宝珊跟儿子边说边走,很快就来到离南门不远的方桥头。到有名的方桥点心店坐下,刘宝珊要了一人一碗香喷喷的小馄饨,看儿子吃得开心,脑海里浮现的是当年母亲夏氏领自己来方桥点心店的情景。而刘半农一边吃一边心里想的是:阿爹对我这样好,我今后要更加努力学习。

刘半农学习上更努力了,读书做作业累了,喜欢到后院去看井。后院东北角的这口水井,刘家用此井水烧饭、洗衣、浇园。井口很小,井上石圈围沿不高不矮不大,井水很清澈,不枯不盈,清幽的井水映着天空,变幻莫测,常使他浮想联翩。每当这时,祖母或母亲总是在厨房里隔墙提心吊胆地喊:"阿彭快来!你又去看井了!"这时,寿椿便跌跌冲冲赶过来,一把抓住哥哥的衣服,怕他掉到井中。

随着私塾的兴旺,刘宝珊收入的增加,刘家生活逐渐恢复到小康水平,家中人来人往,门庭若市,欢声笑语,一派生机勃勃景象。这是刘半农、刘寿椿童年最幸福的时光。

春去春又来,每当春雨过后,半农就会领着弟弟寿椿到后园竹林里去看已经钻出来的笋尖长高了多少,去数从地下又钻出来多少个笋尖尖,待竹笋长到几寸高,阮成伯伯便带着小哥俩将笋挖出来。半农和寿椿盼着竹笋长大,盼着挖笋,不仅仅是因为竹笋烧汤、炒菜、烧肉味道鲜美,还因为每年春天笋们被挖出来后,祖母夏氏总特地挑出几个竹笋,剥去笋叶,洗净,切成小粒丁,跟黄豆一起,加些盐,煮熟后,在太阳下晒得不干不潮、不软不硬恰到好处时,收起来,放在罐子里,抓一把笋干黄豆,一粒一粒放进嘴里,越嚼越香。夏氏即便是晚年身体不好,也要坚持为两个孙子亲手特制这零食,它是半农、寿椿最爱吃的美味。

然而,在半农10岁、寿椿6岁的这年春天,祖母夏氏再也不能为两个孙子特制笋干黄豆了。71岁的她病得很重。临终前,她交代了两件事:一是关照宝珊、蒋氏,要好好教育半农、寿椿;二是即使将来再穷也不能将这西横街49号的祖产房屋变卖,要一代一代传下去。宝珊和蒋氏一边流泪一边点头答应着。接着,夏氏将最后爱抚的目光停留在半农和寿椿身上,"好婆!好婆!"在半农和寿椿的哭喊声中,她安详离世。从年轻守寡到儿孙满堂,夏氏这个个子不高不矮,常年穿着自制蓝色土布袄,头上扎着黑土布护帽,小脚蹒跚的老太太,用自己的善良、坚强、勤劳和知书达理,给自己的人生画上了一个圆满的句号。

因母亲夏氏去世,刘宝珊无比悲痛。由于过分伤心,加上积劳成疾,患了肺病,不能再教书。家中断了主要的经济来源,唯一的收入只有祖上传下的区图,每年替田主做交赋的粮串,有几石米的收入补贴家用。但一石米只有3元,几石米的收入能顶什么用呢?日子窘迫起来。在不得已中打算让阮成回乡,阮成流着眼泪对宝珊说:"我的命是老太太救的,先生患病不能教书,你们眼前遇到了困难,我不忍心离开,我不要一分钱,我要留在这里与你们同甘共苦。"他还提议说,学生走了,吃菜的人少了,后园菜地上可种一部分麦子和豆,可以收点粮食。就这样,在夏氏去世后,阮成继续留在刘家帮工。蒋氏给人家洗衣服,洗头遍,阮成负责清涮,晒和收送。就这样,加上家中过去省吃俭用留下的一点积蓄,勉强度日。为省点粮食,家中常吃菜粥,粥不熬饥,半农、寿椿常常感到饿。饥饿中盼望姑妈来家走亲戚。姑妈家道小康,住在江阴城外东南十五里的盘龙山地区,她每年到刘家两次。一次是秋后农闲时,她来刘家,除给半农、寿椿一人一双她自己亲手缝制的新布鞋外,还总带许多农副产品,如自家生产的芝麻、米、面、豆、菜干等等,其中每次还有两条咸鱼,一方咸肉。每当秋后姑妈来过,家中总要留下一条咸鱼挂在窗口,等到过年才吃。还有一次是正月十五元宵节,她进城到城隍庙看香会。在半农、寿椿的盼望中,正月十五元宵节那天,姑妈来了,她带半农、寿椿一起去城隍庙看热闹。先看舞狮子,两只威武雄壮的大狮子张牙舞爪上窜下跳,手执绣球的健儿不时翻着跟斗做着动作,逗引双狮翩翩起舞;接下来是舞龙灯,双龙相会,健儿手执彩球舞动逗引着双龙抢珠。舞狮子，舞龙灯的前奏过后，是八抬大轿抬着城隍老爷在前，紧跟其后的是拜香队，拜香者统一着服，头戴红缨帽，身穿黑布长衫。左手托着小香盘，盘里置着点着香的小铜香炉，香烟缭绕的小铜香炉旁边放着铜铃和木鱼，右手不时敲打木鱼和铜铃，三步一拜，边前行边唱拜香调："至心朝礼，……大慈大悲天尊！"拜香队后面紧跟着高跷队。高跷不高，木杆上的踏脚离地五十公分。高跷队有男有女，扮演着戏曲里的各式人物，有不少女角由男性反串扮演。有《八仙过海》吕纯阳身背宝剑；何仙姑手执花篮；蓝采和举着彩盒；张果老倒骑毛驴；韩湘子吹笛；曹国舅击节；钟汉离摇扇；铁拐李身背酒葫芦，手挂拐杖。八仙过后是《西游记》：孙悟空挥舞金箍棒，猪八戒扛着九齿钉耙，沙和尚用月牙铲挑着行李，唐僧闭目合掌念真经，铁扇公主手举芭蕉扇，盘丝洞女妖翩翩起舞逗引猪八戒。高跷队过后是一队穿红着绿的妇女们，每人挑着一根扁担两只花篮，随着舞蹈动作，花篮忽上忽下忽前忽后，如同彩霞飘飘。跟在挑花篮后面的彩船舞更热闹，丑角摇着破扇，逗着行进彩船的美女，美女身后是乌龟精，头一伸一缩，虾精活蹦乱跳，娇艳的蚌壳精背着两片蚌壳不时分分合合，妩媚动人的鲤鱼精边做动作边来回穿梭……热闹的队伍过后，是江南丝竹民乐队，队伍十分庞大，和尚组成的佛教音乐队在前，接着是道士组成的道教音乐队，各支队伍都由二三十位高手组成。其中佛教音乐队最吸引眼球，他们手中各持二胡、琵琶、三弦等各种乐器，上面都系着红绸布扎成的彩球。两支乐队轮番演奏佛教音乐、道教音乐，这两种音乐都属于江南丝竹音乐范畴，乐声悠扬动听，寓意着芸芸众生风调雨顺、安居乐业的最原始希望。游行队伍过完，拜香会结束。半农说："真好看啊！"寿椿说："真好听呀！"兄弟俩意犹未尽拉着姑妈，不肯离去。

　　这时的中国社会正处在动荡中，受新兴工业的崛起、维新运动的影响，人们渐渐认为以八股文为主的私塾已不能适应时代了。父亲刘宝珊的病情稍有好转，就开始教书，因元气大伤，身体健康状况不太好,不能多收多教学生,收入较少,但相对稳定,于是他把收入积蓄起来,家中实在揭不开锅,才拿出来用一点。手中有了积蓄又易于接受新事物的刘宝珊,于是考虑办个新式小学堂。这天,他去北门长江边浮桥头买便宜又新鲜的鱼时,刚巧碰上本县学界知名人士杨绳武先生,刘宝珊热情地拉住他,请他到桥头茶馆喝茶,吃点心,谦恭地请杨绳武先生跟他一起搭伙办小学堂。思想十分开明的杨绳武当即就答应了。不久他们的翰墨林小学堂开办起来了。于是,11 岁的刘半农来到父亲和杨绳武等创办的翰墨林小学堂读书。

翰墨林小学堂

　　江阴县翰墨林小学堂的地点在离西横街不远的仓湾西园。这是江阴最早开办的新式小学堂之一。除国学之外，还开设了新式的算术、美术、英语、体操等课程。上午学国学《三苏策论》《古文观止》《纲鉴易知录》等。下午学英语、算术，各2课时。算术学包括《九数通考》《数理精蕴》《代数术》等。晚上还有自习，学习《西学大成》《泰西新史揽要》《五经备旨》《四书味根录》等等。小学堂聚集了一批有思想有才华的人。教英语的老师不是英国归来的留学生就是大城市教会学校毕业的高材生，教音乐的郁咏春曾留学日本，精通好几门乐器。

　　刘半农在翰墨林小学堂读书，成绩总在前列，国文、英语尤其出色，作文还很有自己的思想。一次，杨绳武先生出作文题《论孟尝君》。孟尝君是齐国贵族，名叫田文，为巩固自己的地位，广收投奔他的人才，供养他们。按《史记·孟尝君列传》的记载，孟尝君有食客三千，其中也有鸡鸣狗盗之徒。同学们在作文里都推崇孟尝君为"得士之主"，只有刘半农认为"岂有鸡鸣狗盗之徒出入其门而谓'得士'乎"，杨先生看到11岁的孩子就有自己的主见，对同事说："此子不同凡响，其前途不可限量。"此外，因为当时的教材没有标点符号，刘半农顽皮地写下"狗屁连天其中固有点，一语千金难道没得么？"的对子，同学将此对子告诉教写作文的刘步州老师，刘老师听了不但没批评，还夸赞他有想法，敢于挑战。于是,刘老师教写作文时,针对文章竖写、文不带标点的习惯,自定了标点。

那天期末考试最后一门课考完,下午提前放学又没作业,刘半农和同学相约到文庙玩。江阴文庙布局严整,殿堂庄严,坛门重叠,廊庑贯通,气势宏伟。但江阴文庙跟其他县文庙有不同,魁星阁上有一个比八仙桌还大的"魁"字,这表示谁中了状元,这"魁"字就可以移到状元府中,以示荣耀。但江阴文庙这个"魁"字,不是写在魁星阁上,而写在大成殿后面的粉墙上。传说这阁里那个手执朱笔,身穿红袍的魁星是偏心眼,将本来应该中在江阴的状元,胳膊朝外拐地中到邻县去了。这时,刘半农和小伙伴转到大"魁"字下,仰头看着"魁"字,其中一个孩子提议,"我们来比赛,谁能用小石子掷中'魁'字头上一撇,他将来准能考中状元,我们现在就给他插金花,抬他骑白马……"

"这不好,你也扔,他也扔,将'魁'字扔坏了怎么办?"刘半农跳出来反对,接着做了个鬼脸说,"要说中状元,将来还得看我的呢!"

"野猫头的儿子中状元,除非太阳从西边出!"因为他的父母亲都是领养的,有个小伙伴嘲笑他!

"野猫头的儿子也是人!"他冲上去一把揪住对方胳膊理论,结果双方打起架来,打得对方鼻青眼肿,他的手也被狠狠地咬了一口,血渗了出来,大家见状,一哄而散。半农气鼓鼓地躲在文庙不敢回家。天擦黑,母亲蒋氏问询后寻来,看到他并没有半句责怪,只是边带他回家边告诉他:"争任何气都不是靠拳头,只有读书好才能翻身!"

暑假里,半农带着寿椿和几个小伙伴在县城四处玩耍。长江边、君山、黄山、城墙上,捉知了,摸鱼虾……玩得不亦乐乎。有一天,半农带着寿椿钓了不少鱼虾,当他们提着小鱼篓,拿着鱼竿兴高采烈地回来后,正在房里修订家谱的刘宝珊说:"来!过来!让我看看!"小哥俩一听立刻迎上去,献宝似的将小鱼篓递上,总以为会被夸奖几句,没曾想,刘宝珊铁青着脸,上来一把抓过鱼竿用力折断,接着夺过鱼篓,朝院中地上一砸，跟上去一脚将鱼篓踩扁。从没看到父亲发这么大火，半农、寿椿一时间怔住了。接着刘宝珊厉声问半农："寿彭，我问你，你今天的字有没有练？我昨天叫你背的书你有没有背？最近你变了，整天只知道玩，还带着弟弟出去疯，捕鱼捉虾的本事越来越大了，玩物丧志呀！没出息呀！少壮不努力，老大徒伤悲呀！"刘宝珊越说越生气，一边说一边转着眼珠寻找着棍棒，想敲打敲打，让小兄弟俩吃点皮肉之苦。谁知刘半农见状，机灵地说："我马上去练字！我马上去背书！我以后再也不贪玩了！"一边说一边赶紧溜走……

自此，半农都认真自觉地完成每天的功课。寿椿这期间迷上了吹笛子。夏夜，邻居家一个叫汪阿大的，在他自家院中乘凉时会吹笛子拉二胡，什么"五更调""梅花三弄""孟姜女"等是他常奏曲目，虽然汪阿大水平一般，但寿椿总是怀着很大兴趣跟他接近，欣赏他的表演。汪阿大很喜欢他，送他一支竹笛，教他吹最简单的音符，他悟性很高，一学就会，笛子随身带，迷上了吹笛。有时怕笛声影响半农做功课，阮成就陪他到后面竹林里去吹。暑假里母亲蒋氏也抽空带他俩到乡下走亲戚，寿椿他总将笛子带去，翻来覆去地吹，半农跟他开玩笑说："你大概只有上茅厕屙屎揩屁股时才不会吹笛子。"兄弟俩在三甲里刘氏本家村子里，跟其他农家孩子一起玩得很开心，捉蜻蜓，掏鸟窝，刘半农甚至连小青蛇也敢抓在手里玩。除玩之外，还喜欢听村里那个发豆芽菜的老伯伯唱山歌，老农是当地有名的歌手，他唱的山歌小调、民谣常在比赛中拔得头筹。暑假走亲戚时，刘半农特地带了笔和本子去，不管解不理解，都完整地记下了几首，其中有：

> 天上星多月不明，
>
> 地上人多心不平，
>
> 朝中官多要造反，
>
> 河里鱼多水勿清。

烟缕蓬蓬，

鬼虫遥凶，

叮满牛身，

急煞长工。

在本子上记下数十首山歌、民谣后，他对寿椿说："我很喜欢这山歌、民谣，语言十分朴实、生动、自然。"寿椿告诉半农："山歌、民谣的曲调也蛮好听的。"

夜晚，乡场上，驱蚊的艾草烟雾缭绕，兄弟两个躺在门板上，看星星月亮，听故事，唱唱山歌小曲，开心极了。

暑假过后，寿椿也来到翰墨林读书，学习成绩虽然没有半农出类拔萃，但也很出色。由于爱好音乐，深得音乐老师郁咏春的赏识，课余单独教他吹笛、弹琴。有一天下午，因一年一度的庙会，学堂下午放假半天。一早，母亲蒋氏给小哥俩每人一个铜板："逛庙会时可以买点点心吃吃。"刘半农没有去庙会也没有回家，留在学堂帮国文老师刻写蜡纸，油印辅助教材。刘寿椿带着一个铜板去逛庙会，庙会上山东马戏、安徽杂技、无锡滩簧……各显神通，他流连忘返，目不暇接，十分开心。母亲给的一个铜板没有买点心吃，而是买了一把牛皮纸二胡。太阳下山前，他回家了，举着那把二胡，快活地对宝珊说："阿爹，阿爹，你看！你看！"

"这是哪来的？谁叫你买的？"

"我自己买的。"

宝珊听了气不打一处来："二胡是和尚、道士、讨饭叫花子用得最多！对了，听说你还到涌塔庵去学拉二胡！"他从寿椿手中一把抓过二胡，狠狠朝下一砸，二胡居然不屈服，没有散架。"玩物丧志！玩物丧志呀！"他上去一脚，啪，牛皮纸破裂，琴筒碎了，他还不解恨，又一脚，把断弦断,四分五裂,寿椿一时间吓呆了,怔了好一会儿,才开始看着地上那把被砸得粉碎的牛皮纸二胡哇哇大哭起来。刘宝珊砸了二胡还不算,第二天在学堂里特地跑去将事情经过告诉郁咏春,最后他说:"郁兄,我是担心玩物丧志呀!"

"梁启超说:'盖欲改国民之品质,则诗歌音乐为精神教育之一要件。'"顿了一顿,郁咏春又告诉他,"我在日本留学时,日本朝廷把音乐作为鼓吹国民进取精神的重要手段。"

"郁兄,"刘宝珊听了这样表示,"教育孩子,我信奉诗经上所说'白圭之玷,尚可磨也;斯言之玷,不可为也。'"顿了一顿,他又说,"学叫花子二胡,我是坚决反对的。郁兄,请你代为引导。"

"孩子有音乐天赋,我们要支持。你反对学习二胡,我会找他好好谈的。"

刘宝珊看到自己跟郁咏春谈过之后,寿椿再也没有到涌塔庵去学二胡,心中十分满意。

半农、寿椿除在学校里上课学习之外,父亲常在家中辅导国学,指导半农写日记。有时,父亲将学校里订的一些供老师看的报纸、杂志借回来看,刘半农待父亲看完后,接过来看;连父亲到江阴南菁、暨阳等书院借回来看的书籍,他也感兴趣地看,不识的字就查字典,就问,增长着除书本以外的各种知识。刘半农好学上进,在学校里的出色表现,给刘宝珊带来了极大欣慰。他本人和翰墨林小学堂的老师都尽自己所能,悉心指导刘半农。时光荏苒,1903 年 7 月 10 日,刘宝珊的三儿子诞生了。大儿子叫寿彭,二儿子叫寿椿,刘宝珊给三儿子起名寿慈,号北茂,北茂即北堂茂盛,北堂是母亲的意思,寿慈、北茂意思都是盼慈母健康长寿。母亲蒋氏一直身患胃病,因日夜操劳,身体十分虚弱,生下北茂后一直没有奶水,全靠阮成磨米粉喂米糊。北茂由于营养不良,十分瘦弱。阮成无微不至地照顾着他,一有空就把他抱在怀里。刘北茂比刘半农小 12 岁,比刘寿椿小 8 岁。只要有空闲,半农和寿椿也常常帮忙照看摇篮中的小弟弟。阮成的帮忙,半农和寿椿的懂事,减轻了蒋氏不少的劳累和忧愁。北茂周岁那年,临近春节,母亲用采集储存的桂花和园中阮成种的芝麻,做了许多芝麻桂花糖,还蒸了一缸糯米年糕,让全家敞开肚子吃个够。阮成也很高兴,没想到他因为吃多了,又着了凉,拉起肚子来。虽然医生治疗但不见效。春节前,乡下侄子接他回去过年,母亲将祖母夏氏帮他历年积存的工钱交给他,临走,半农和寿椿依依不舍地拉着他粗糙的双手不放,阮成老伯这样亲切地告诉他们:"你们俩用功读书,等我病好了就回来。"接着亲了亲正在摇篮中熟睡的北茂小脸蛋,说:"慈宝,你快快长大,我病好了就回来,病不好就见不到你了。"就这样阮成老伯走了,走后没几个月,他侄子来报丧,说阮成病故,用老太太给的钱打了口棺材,料理了后事,还有结余。侄子还说,阮成临终还念念不忘老太太的大恩大德,惦记着三个小孩子。大家听了默然泪下。就这样,土归土,尘归尘,阮成老伯,这位朴实勤劳的农民化作泥土,无声无息地去了。

自阮成老伯离开后,母亲蒋氏身上的担子更重了,但她任劳任怨,再苦再累也不休息,再说家中的大小事情,有三个孩子在,也没办法休息。为尽最大可能贴补家用,她有时还帮人家洗衣服,手在洗衣服,一只脚摇着摇篮,因为摇篮里瘦小的婴儿北茂在不断地啼哭。家里的一切全是她操持,刘宝珊才能够一心一意教书。

翰墨林小学堂越办越好,刘宝珊的收入提高了一些,够维持着一大家子的开支。不知不觉中,刘寿椿已经在翰墨林小学堂上四年级了,而刘半农则毕业了。在父亲刘宝珊支持下,刘半农考上了常州府中学堂。

常州府中学堂

1907 年的中国，内忧外患，民主革命运动日益高涨，知识界中的有识之士们为寻求救国救民之路，在国内积极废除科举，办学校，传播新思想，新文化。中学堂成立了，这是一所五年制的新式中学。学校规模、课程设置和师资条件等等在当时的江苏省内均属一流，真正是一所文理并重，中西兼顾，思想活跃的新式学校。常州府中学堂在常州府辖区八个县统一招生，这是八县学生晋升之阶，考生年龄不一，或 20 岁上下，或年近半百，考试内容为国文、算术、历史、地理，分上、下午考完。刘半农以江阴县考生第一名的成绩被录取。因成绩突出，刘半农被分到二年级一班，只需四年就可以毕业。

11 月 15 日（农历十月初十），常州府中学堂正式开学。课程有国文、算术、修身、格致、中外历史、中外地理、化学、生物、体育、图画、外国语（英语、日语）、读经讲经、音乐、兵操等课程。读经讲经讲《春秋》《左传》《周礼》等。修身讲"五种遗规"（《养正遗规》《训俗遗规》《教女遗规》《从政遗规》和《在官法戒录》）。英语讲《天方夜谭》《鲁滨逊漂流记》原本和《纳氏文法》等。物理、化学、世界历史、数学等教本，也采用英语原本。没有教材的课本，由任课老师自编讲义，例如美术老师吕凤子编《水彩画法》；化学老师恽福森编《化学词典》……

常州府中学堂校训为"整肃"两字。因此，学校有许多严格规定，课堂上纪律严格。校长屠宽,字元博,博古通今,才思敏捷,具有民主思想,在日本秘密加入了同盟会。他家学渊源,父亲屠敬山是原翰林院庶吉士,曾任过浙江淳安县县令。他博览群书,毕生研究经世致用的史地之学,对西北史地,尤其是蒙元史研究有划时代意义,如今他年岁已高,精力用在《蒙兀儿史记》一书上,书虽还没全部完成,却已驰名中外。常州府中学堂开学不久,刘半农因作文出色,深得国文老师童斐赏识。童斐字伯章,宜兴人,是拔贡。他平时看上去似乎是一个和蔼可亲的道学先生。但一到教室上课,就仿佛换了一个人似的。有一次讲《史记·刺客列传》,讲到荆轲在易水河边告别燕太子时,他头一昂,长袍一撩,脸上带着冷峻的微笑,用昆腔唱"风萧萧兮易水寒,壮士一去兮不复还",悲壮苍凉,体现了荆轲慷慨赴义的情怀。当他讲到荆轲将地图献给秦王,"图穷匕首见"时,说时迟那时快,他旋风般举着虚拟的匕首,咆哮着朝虚拟秦王直刺过去,刺歪,他又绕着讲台团团打转地追刺秦王,那气势那神情,真实再现了当年荆轲刺秦王的场景。教室里30多个学生,个个沉浸在这有声有色的讲课中……因为童伯章对刘半农赞赏有加,有几个同学向屠校长告状指责童伯章老师偏爱云云。刘半农听说后,以找同班同学屠正叔名义,利用星期天拜访屠校长家。

他的到来,惊动了正在看《李义山诗集》的屠敬山,不等屠老问话,机灵的刘半农恭敬鞠躬,叫"太老师"。屠老显然对这年轻人有了好感,微微摆了摆手,示意他不要紧张,问:"你叫什么名字?"

刘半农刚要回答,这时,屠校长回来了,向父亲介绍:"他叫刘寿彭,我学堂里的高材生。跟正叔是同学。"

"刘君既然是高材生,想必各科成绩俱佳?"

刘半农双手垂在两边毕恭毕敬,实实在在回答:"各科成绩俱佳说不上,学生最怕读经。"

"哦,"屠老微微一笑,"不管怎么说,你对古文总有认识吧。你认为《左传》与《战国策》的文学价值哪个高?不要怕,大胆地说!"

"说实话,我更喜欢《战国策》之语言生动,立意高,格局奇,不迂不腐,人物对话惟妙惟肖。《左传》虽然文笔委婉,曲折地描绘出了波澜壮阔的战争场面,但它不如《战国策》有独到之处,文笔挥洒如意。"

老人认真听完此番话,对儿子道:"看来这是你的得意门生。他刚才的回答,可做我的入室弟子。我先把他收下,让他对我行个弟子之礼,今后他可更快成才!"

屠校长还没从父亲这个突然的决定中回过神来,刘半农一听,恭敬地跪下,朝屠老连叩了三个头。屠老此刻欢喜得摸着胡须,连声叫"好!好!好!"接着屠老对他说:"你一定要多读书,在文史方面多下功夫。"并开了张书单《史记》《汉书》……

屠敬山收刘半农为入室弟子的消息,迅速在常州府中学堂传开了,那几个本来就嫉妒的同学更是冷嘲热讽,甚至说他"靠了一张油嘴吹牛拍马,"说他"可能是送了江阴特产长江三鲜中的刀鱼、鲥鱼,才得到老头儿的偏爱!"

刘半农听到传言,气得牙齿咬得咯咯响,决心用实力证明自己!不久,机会来了,一天下午,常州知府翰林御史黄步瀛来到常州府中学堂视察。黄步瀛能诗善文。同时,作为八个县的地方父母官,他十分关心国事。前不久,黑龙江哈尔滨发生了一件震惊中外的大事:朝鲜人安重根(字应七)刺杀日本侵朝头目伊藤博文。据此,他出了个考题:安应七刺杀伊藤博文。

安应七刺杀伊藤博文这轰动的新闻各大报刊报道过,平日里对国情民事非常关心的刘半农,在校园图书馆还看到过报纸刊出的安应七被捕时的照片。此时此刻,他在琢磨考题时,脑海中浮现出那张照片,虽然安应七被几个凶恶的日本兵押着,但他的眼神、抿紧的嘴角分明显示了一个勇敢的爱国者视死如归的刚毅,他还想到现实中国腐朽没落的清廷跟英、俄、日、德等列强签订的许多不平等卖国条约等等,胸中涌动着千言万语,他奋笔疾书:

朝鲜本是我国友邦，至日俄战争起，悉受日本主宰，朝鲜名存而实亡。统监朝鲜者，伊藤博文也。朝鲜有识之士，欲生啖伊藤博文肉者众矣。安应七曾谓生当做救国之英雄，死也为幽冥之鬼雄，乃于挟持手枪，将伊藤击毙。此惊天地、泣鬼神之壮举，正表明人民之不可侮也。有人曾谓此将予日本以口实，朝鲜有志之士，将杀戮殆尽，无复孑遗，此真乃谬说。日本之残酷暴虐，无复人理，实惧民心不死。倘若吾人甘心作亡国奴隶，任敌驱策，此种忍辱偷生，朝鲜即使有复国之望，亦将永沦敌手。安应七为一血性男子，使侵朝元凶横尸哈尔滨，这不仅使朝鲜士气大振，更使侵略者知朝鲜不会拱手让于日本。今日日本既得朝鲜之后，更逞其得陇望蜀之心，与俄勾结，瓜分我满洲，又将魔爪伸入蒙古，以图握得东亚霸权。倘若吾人对安应七之壮举，麻木不仁，则今日哀朝鲜，又恐日后他哀我也。我政府何以为之，我国民何以自处，勿以哀朝鲜者之转而自哀，则神州有望矣。安应七一世之雄也，倘若我国有千万个安应七，则不管碧眼黄须儿，抑或东邻小鬼，则再也不敢蠢动矣。安应七之名，将于日月同在。

读完刘半农这篇文章，黄步瀛击掌大呼。"痛快！痛快！立论正大，吐词雄浑，有学之文也！"接着他激动地大声说，"当今西方各国之所以勃兴，就在于有兴盛的学校教育。学校新教，有所用，有所求，这样才能内无乱，外无侮！"说完，他宣布："本府为了鼓励学生能关心与当前实际相关的学问，决定捐款该生学费一年！"屠元博校长一听，立刻谦虚地顺着知府的话说道："大人能开发明智奖励学生，学校也决定给予该生免收一年杂费的决定！"

好消息传到江阴。翰墨林小学堂的同事们纷纷祝贺刘宝珊"令公子真是才高八斗，祝贺祝贺！"等等，他心中十分欣慰，母亲蒋氏喜上眉梢,一是为儿子高兴,二是为减免的学费、杂费而高兴。刘半农到常州上学时,学费不算,为刘半农购置新衣衫、新铺盖等生活用品,刘宝珊当了一块怀表,蒋氏当了一只金戒指。现在常州知府奖励一年学费,屠元博减免学杂伙食费,减轻了家中的经济负担。蒋氏怎不开心呢?此刻,她关照才六岁的北茂,说"你要好好向你大哥学习,好好读书!"北茂懂事地点点头。

花开两朵,各表一枝。刘寿椿小学毕业时决定也去考常州府中学堂。但是父亲不同意。父亲打算叫他去店铺当学徒,一是减轻家中负担;二是因为蒋氏胃病日益严重,家中需要帮衬;三是因为宝珊将寿椿跟半农作了比较分析。他认为大儿子从小聪慧过人,文采出众,学习自觉,喜欢读书,因而倾力培养,支持他报考常州府中学堂。而他果然不负希望,每次考试都名列第一,将来肯定有出息,有前途,是栋梁之材。而二儿子做完功课后,只喜欢弄乐器,吹笛、拉二胡。提到二胡,宝珊气不打一处来,想起之前砸碎二胡之事。

父亲叫他小学毕业就去店里当学徒,他坚决不肯。于是,他趁半农星期日回家时,将自己的苦恼告诉了半农。半农答应劝说父亲。他来到父亲面前告诉父亲:"常州府中学堂每天上课时间为六小时,下午课后有两个小时的自由活动时间,因为我们青少年精力充沛,如果课余时间听任学生自由支配,恐无益有损……"

"对,对,对。你弟弟就是这样,放学回家,做好功课,就躲到竹园里,有时躲到涌塔庵、兴国塔、城墙上,去拉那叫花子才拉的二胡。无论我怎样骂怎样说,他全当耳边风。他这样下去有什么出息?你这次回来好好说说他。"

"我会跟他好好谈谈的。"半农顺着父亲的话说道。接着他告诉父亲,"我们学堂为了把学生的自由活动引向好的方面,办起了游艺部,科目有摄影、绘画、书法、印章、民乐、军乐等等,我买了架便宜的照相机,学习拍照,现在我已经初步掌握了拍照技术……"

"好的,你学习拍照蛮好的。"宝珊点头支持称赞后,又问,"你刚才说还有军乐、民乐?"

"军乐是外国军队演奏的音乐,乐器有长笛、短笛、圆号、大号、小号、双簧管等等,民乐就是我们中国的唢呐、二胡、琵琶、古琴等等。"

"什么?还有二胡?"

"是的。跟弟弟拉得一样的二胡。"

"你,我是放心的。寿椿还小,你最好开导他抛开二胡。"

"爹,"半农恭敬地叫了一声,跟父亲商量道,"我看这样,让寿椿考我们学堂,考不上让他去店里当学徒,考得上让他上,跟我上同一学堂,我会照应带好他的。"

父亲默认了,半农找到寿椿,要他用功复习,准备考试,并以自己的学习、考试经验做了具体指导。

功夫不负苦心人。1909 年,15 岁的刘寿椿继哥哥之后,也考上了常州府中学堂。

学
习

　　刘寿椿考上后，学校同事、左邻右舍、亲友们都对宝珊祝贺道："你两个儿子都考上了，都中举啦！"宝珊连声称谢，面上开心，心中愁肠百结。寿椿知道，家中经济拮据，他去常州上学会给父母增加负担，因此既没有要求添一件新衣，也没有提出买一支新笔，母亲想给他买顶跟哥哥一样的青色贡缎瓜皮帽，也被他说"读书不是出风头"而省下了。半农领着寿椿到学校报到后，领他参观校园。"学堂建在常州东门护国寺遗址上。南宋末年，万安长老以诗宣誓，'时危卿作将，时定复为僧'。手执禅杖，率领寺内500和尚，与来犯的元军浴血奋战，寡不敌众，全部牺牲。为了纪念他们，后人将他们染血的袈裟收集掩埋，并用5块鼓形花岗石垒成袈裟塔。"说完，半农点头感慨，"'时危卿作将，时定复为僧'，你听听这10个字，万安长老是何等的英雄气概！"去凭吊完袈裟塔，接下来对寿椿说，"我们是忠义之邦的后代子孙，来到忠义之魂的学堂里读书，我们要有忠义之胆。《中庸》里说：'博学之，审问之，慎思之，明辨之，笃行之。'这学、问、思、辨、行五个字，是我们人生有所建树之道。"

　　"我一定照你的话去做。"接着寿椿跟哥哥去见校长。屠元博慈祥地端详着：端正的脸庞，浓眉下一双沉静的大眼睛，鼻梁挺直，微微上翘的嘴角含着腼腆的笑意，再看个头，虽小几岁，个子却快跟他哥哥一般高了。他满心欢喜地说："你哥哥聪明过人,为同学倾倒。你要像你哥哥一样出类拔萃,来个一鸣惊人!"刘寿椿腼腆地点点头。

刘寿椿在学习成绩上不如哥哥出色,但在音乐上,在游艺部里已小荷崭露头角。当时,他并没有选择学习二胡、萨克斯,也没有挑中圆号,而是选了小号。

半农问他:"你喜欢拉二胡,怎么不选二胡?"

"二胡构造简单,容易被人轻视。我想从西洋乐器上来提高自己的音乐素养。"

"好的。不过要记牢,不管学什么,最重要的是学一样,专一样。"

刘寿椿听了哥哥的话不断地点着头,实际上他心中有个小秘密没告诉哥哥,因为教小号的老师告诉他,用小号演奏的旋律可以表现战争,表现胜利,表现英雄气概。他在江阴时,常跑到要塞军营旁的山上、江边上去听嘹亮的军号声,号声常使他浮想联翩。按照要求,除手指灵活,舌头气流配合之外,小号号嘴、人的嘴唇、门牙要组成一个发声体,既要嘴唇紧贴门牙上,又要嘴角能自由活动,并且整个嘴角要呈现轻松愉快的姿态。看似简单的小号,不下苦功是吹不好的!只要听到从操场传出的小号声,都知道,那是刘寿椿在苦练,顶风冒雪,天气再恶劣,他也坚持到底!他一吹就是很长时间,直吹得嘴唇麻木,再也吹不动时,才停下来休息!小号很快学会以后,军乐队的其他乐器他都钻研学习了一番,并且还抽时间到童伯章老师那里去学习。童老师对笛、箫、笙、五弦、二胡、唢呐、鼓等乐器都有建树,在童老师这里,他学到了许多有关音乐知识和技巧。童伯章在民乐方面的启蒙使寿椿获益良多。"为什么同样的几根细细弦丝,会在不同乐器上演奏出不同声调?为什么同样是有几个眼的管,会吹出不一样的音效?"特别是五线谱和简谱,跟自己在翰墨林小学堂学的工尺谱比较,不仅能记清楚细致的节奏变化,而且还能升降半音。他在常州府中学堂的音乐教育中发现了新世界。五彩缤纷的音乐世界,深深地吸引住了他。

　　而刘半农在常州府中学堂，埋头读书，每天只要一下课，完成作业后，他就会出现在校图书馆。学校图书馆借阅的书籍，除《史记》《汉书》《泰西三十轶事》等，也有作八股文、八韵诗上能借鉴的《大题文府》《小题文府》《诗韵合璧》，还有卷帙浩繁的《四库全书》，翻译的《普通百科全书》……不论是介绍英、美、法、俄、德等国的通史，还是国内历史典故、奇闻逸事的小说丛书……他到底读了多少书，已无法说清。在读书的同时，他以格律诗的形式向报刊投稿。他写的长诗《科举谣》，从唐太宗的开科取士，谈到几年前科举考场上的考生空谈仁义，认为他们实为"择肥而噬"的利禄之徒，不但鞭挞了科举的罪恶，更是从当前中国社会现状出发，提出"投笔从戎识时势，誓把头颅酬众生"。他把这首诗寄给了上海《民吁日报》。

　　4个月后，《民吁日报》的《谈丛》栏目刊登了这首长诗，这在学堂里又一次引起了轰动！从此，刘半农不断创作，不断投稿，文章、诗歌、译文不断在各报刊发表。屠元博开心地说他："各科成绩俱佳，能翻译英文，给报纸撰稿，这是学堂的光荣！"

　　稍有闲，刘半农还不忘关心弟弟，他拿出晚上从英文刊物上翻译的一首诗给寿椿，并要寿椿谈谈读后感。这首诗诗名《军乐》，作者是皮哈特·勒加里昂。诗全文是：战争我所怖，军乐我所欢。街头角鼓声，飘扬如鸣鸾。寡妇眼中泪，老母腹中肠。狰狞与悲伤，冠冕乃堂皇。摄灵与勾魂，颠倒在战场。可怜良家子，随尔赴北邙。安得折笛破鼓断尔角，试听寒窗荒圃泣声之低昂。刘寿椿没想到哥哥已经能熟练翻译英文原著，把《军乐》这首诗反复读了两遍之后，反问哥哥："从你翻译的这首诗来看，军乐好像是罪恶的工具？"

　　"我问你对军乐怎么看？"

　　"这个要看谁用它？用在正义战争里，它是正义的呐喊；用在非正义的战争里，它是杀人的帮凶！"

　　"好！"半农一听高兴地说，"因为你在练军乐小号，我特地翻译了

《军乐》这首诗来让你谈谈看法，你刚才说得很好。走，跟我走，今天上午我们到天宁寺去玩。"

古刹天宁寺在学堂附近，没进天宁寺，就被天宁寺门口、寺墙外围的卖梨膏糖唱小热昏、唱莲花落的，打花鼓的，卖香烛的，卖唱本的，算命、看相的小商小贩们吸引住了。一个四十来岁的民间艺人，头上戴顶破毡帽，耳朵上夹根香烟，脚上穿着布鞋，脚后跟露着，趿着鞋皮，站在自己梨膏糖摊旁边，左手拿面小镗锣，右手拿着小鼓槌，铛铛铛铛，有节奏敲着，插科打诨，吸引着人们围观。卖梨膏糖的敲了几番小铜锣后讲道："各位听我讲，梁山有个及时雨宋江，我的梨膏糖里有驱寒补心的生姜。"唱声有点沙哑，显得苍凉，但吐字清晰，音调流畅，"梁山上有个大刀英雄关胜，我的梨膏糖里有滋阴生津的玄参。梁山上有个八面威风的扈三娘，梨膏糖里有呱呱叫的槟榔。"伴着每一句的结尾，"铛铛铛"敲一次锣，围观的人大声叫"好！"他趁势卖他的梨膏糖。他边唱梁山一百零八将边将梨膏糖功效吹得天花乱坠。梨膏糖一板一板，糖板上划着齐整的约一厘米大小的正方格，以便一小块一小块掰开。一厘米大的方块梨膏糖卖一分钱，梨膏糖一般都十小方格巴掌大，一块卖一个铜板，买的人多，破毡帽开心地不时唱几句拿手的，买的人少，破毡帽就讥讽，让只想听不想买的人脸上挂不住。刚看完这个戴破毡帽，趿鞋皮的卖梨膏糖的，哥俩又被旁边店铺前一个道士打扮的人吸引住。这道士打扮的人，肩搭一只蓝布多功能的褡裢，先是朝店里老板作揖鞠躬，接着从褡裢里拿出一面牛皮鼓，手掌有节奏地"咚咚咚"击拍牛皮鼓，唱道："老渔翁，一钓竿，河岸边，是我家。"店铺中老板朝他轻蔑瞟着眼，不予理睬，没想到，牛皮鼓声调变了，他反过来嘲笑老板："山上树木有高低，虎落平阳受犬欺，落毛凤凰不如鸡，有朝一天风云变，买下你店当垃圾……"没等他再往下唱，老板赶紧打发他一枚铜板，挥挥手让他去别处！哥俩看了忍不住笑了！接着哥俩看到前边围观的人特别多，挤过去一看，一个头戴瓜皮帽的卖狗皮膏药的一边打快板，一边说唱："俄国皇帝勿应该，一心想让中国人当奴才，派了许许多多俄国兵，俄国兵头上的钢盔像马桶盖，身上背条军用毯，还有零碎交交关。到了东三省，到处筑炮台，好像中国是他的大世界。"骂完俄国骂日本，"还有日本浪人臭瘪三，猪鼻孔插葱装起大象来，走进饭店要酒吃，三脚踢掉七十二只菜……"最后两句是，"想想我们中国人，这样的日子怎能睁一眼来闭一眼！"半农带头叫好鼓掌，接着告诉弟弟："以后我们要常到校外来听听民间艺人的说唱，接接地气。他们的曲调来自民间底层，这快板词比报上那些病态的呻吟有力道！"

不知不觉中时间过去，等到哥俩回到学校，已是下午一点多钟，违反了校规。屠元博把他俩叫去询问："怎么这么晚回校？"两人讲了所见所闻，刘寿椿还把左手掌当小铜锣，右手拍打唱了几句卖梨膏糖，听了之后，屠元博大笑道："你们能关心社会，增长知识，这是好事情。但今后也要注意校规。如果有同学问起，你们就说被我狠狠批评教育了一番！"哥俩会意地点着头，开心地笑了。

暑假里，哥俩本想回江阴跟父母、小弟团聚，但是学校利用暑假组织学生去镇江、扬州旅行。旅行团按照军事编制，军乐队为前导。因大军鼓笨重，演奏时要将它系带挂颈拥于胸前，很劳累，鼓声又很单调，没人肯学，刘寿椿站了出来，他认为，每件乐器都有它自身独特作用，他曾学习过敲军鼓，再加上他认为自己个子高，长得高大健壮，理应挑累活。旅行团以军乐队为前导，边前行边演奏，场面颇为壮观，万人围观，盛况不亚于庙会集场。刘寿椿高个子，宽肩膀，贴胸脯拥着蒙着羊皮、两端扁平的大军鼓，脚下一步不乱，手里的鼓槌时而有力地敲奏出千军万马，杀声震天的狂热气势。他庄严隆重，全神贯注，每到一处，吸引着众多眼球。刘半农则在这次旅行中，拍摄了许多照片，有风景，有人物。

旅行结束，返回江阴。回家后，刘半农就将后院侧厢作暗房，到厨房里找来几只空钵头，放显影液、定影液、清水等等，忙得不亦乐乎。而刘寿椿回家后，则到涌塔庵。彻尘法师看到他，很开心："你爹把你的二胡砸掉后，你一直没来，我以为你不学二胡了。没想到你一直没忘记，只要你肯钻研，早晚会修成正果的。"说完，他到里屋拿出一把红木二胡，交给他，"来，你拉我听听。"寿椿接过二胡，试了试弦，就拉起《梅花三弄》。用心用力，一曲完毕，身上的白土布短褂已湿透，本以为彻尘法师会夸自己，没想到却说："老弟，你是拉二胡，不是拉锯子，不是弄三截棍，你用不着摆出拼命三郎的腔势，运弓不能用手关节，要用腕关节，只用手上力气拉二胡，声音飘浮。"说完，彻尘从寿椿手中拿过二胡，没有调弦，就运起弓来，同样是《梅花三弄》。一曲终了，寿椿说："师父，你拉得多好呀！两年前，我还体会不出意境来，现在我有点明白了。"

"我不是拉得最好的，听说有人在拉法上做了不少改革。"

"师父，二胡明明是很有学问的乐器，为啥大家看不起呀？"

"这个我也说不上来，我只是听说琵琶、古琴都有曲谱传下来，只有二胡啥谱也没有，只能将琵琶、古琴的谱拿过来改编改编。"说到这里，他抬手拍拍寿椿肩膀，"二胡要想像琵琶、古琴一样登上大雅之堂，要靠像你这样肚里有墨水的年轻人啰！前人没有传下来的，后人能补得上吗？长江后浪推前浪，一浪要比一浪高。无论是啥都是人做的呀！"

刘寿椿听了点点头，告别时，提出要借把二胡回家练习，彻尘法师慷慨地将红木二胡借给他。回到家中，他就来到后园竹林阴凉里去拉二胡。

听到琴声，刚上小学的北茂心事重重，他告诉二哥："姆妈身体不好，天天煮中药吃，药渣叫我倒在路口中央，我怕人看到后骂我，一次也没有将药渣倒路口，倒在了兴国塔那边的角落里。姆妈的身体一直不见好转，是不是因为我没有将药渣倒在路口呀？"

"不会不会。"寿椿安慰着小北茂，解释说，"将药渣倒在路口，希望路人将病带走，这只是一个民俗，表达一个愿望而已。"

　　这时,刘半农循声而来,听到对话后,接上来关照两个弟弟说:"娘的身体不好,我们要帮娘多做点家务,多分担点家里的事。"母亲的病一直牵挂着三兄弟的心。但母亲蒋氏看到暑假里归来的两个儿子十分高兴,硬撑着身体,像平时一样,烧饭、洗衣服照顾他们。

　　常州府中学堂开学了。刘半农、刘寿椿回到学堂,继续开始学习,求知。

喜与悲

　　三兄弟的母亲蒋氏,才几个月大就被母亲抛弃,收养她的夏氏虽然待她如亲生女儿,但因家中清贫无法给予她太多的呵护,童养媳的蒋氏帮着婆婆夏氏做家务,织布。跟宝珊成亲后,宝珊虽然考上秀才,但十个秀才九个穷,在这个清贫的知识分子家中,她并没有享到什么福,仍日夜操劳,尤其是婆婆夏氏去世后,她扛起家中大小事情,无论是家中的油盐酱醋柴和米,还是宝珊和三个儿子的四季穿着,无一不是她操心。每天她总是最后一个吃,每顿她总是吃剩菜剩饭,每天她总是第一个起床做家务,每天夜里她总是最晚一个上床睡觉,趁孩子们上床睡觉,她在后院月光下、老井边洗衣裳……她的病牵挂着三兄弟的心,更牵挂着刘宝珊的心。眼看着妻子的身体一天不如一天,刘宝珊万般无奈,抱着一线希望求助于民间习俗:冲喜。冲喜的意思是家中有危重病人时,通过办喜事来驱赶病魔,以求病人转危为安。再者自知来日不多的蒋氏也十分支持,她希望在去世前能看到大儿子结婚。老大20岁了,也到了结婚的时候了!于是,宝珊立即写信到常州府中学堂,说母亲病危,速回。

　　收信后,刘半农立即带着寿椿向校方请假,匆匆赶回江阴家中。来到母亲床前,蒋氏用微弱得几乎听不清的声音对刘半农说:"阿彭,惠英已经23岁了,不能再耽误她青春了。"父亲刘宝珊接着说:"阿彭,我跟你娘已经商量好了,打算叫你跟惠英结婚冲喜,你娘一高兴,也许病会好起来。"

"只要娘能够好起来,我跟惠英结婚冲喜是好事,冲喜之后让她回去,等我今后有了正式工作,赚了钱再正式结婚。"

母亲蒋氏在床上硬撑着虚弱的身子,抬起头看着刘半农说:"你文章写得好,来日总会有个好工作,我身体不好,惠英来我们家,好有个照应。"

"好的,好的,我一切听你的,听你和阿爹的。"刘半农连连点头。

刘半农跟未婚妻朱惠英(字惠)的姻缘有点传奇色彩。母亲蒋氏信佛,常到涌塔庵烧香拜佛。因刘半农从小聪明过人,为表示奖励,刘宝珊总让刘半农带着弟弟一起跟着去涌塔庵。住在江阴东门附近牛尾巴巷的惠英娘,也是虔诚的佛教徒。她每次去涌塔庵,总带着大女儿惠英。蒋氏跟惠英娘因烧香拜佛结识,渐渐成为无话不谈的要好小姐妹,那一年,刘半农11岁,惠英14岁,惠英长得很漂亮,弯弯眉毛下,水灵灵的大眼睛,眉心里有颗出天花时留下的斑痕,宛如一滴露珠,增添几分妩媚,出落得像画中人。惠英娘常对蒋氏夸:"你家寿彭多好呀,小小年纪,吟诗作对写文章,真是你前世修来的福呀!"

"阿姐,你夸我大儿子好,我倒看中你家大女儿惠英,不但人长得漂亮,还心灵手巧。要是阿姐肯把惠英给我做大儿媳妇,这样我倒真是前世修来的福!"

"好是好,就是我女儿大了3岁!"

"妻大一,黄金堆屋脊;妻大二,黄金铺满地;妻大三,黄金堆成山。"

"好的,我回家跟惠英爹商量。"

惠英爹朱子文虽是帽店店员,却也从小熟读四书五经,对大女儿能嫁给读书人家,从小就聪明过人的刘半农,相当满意:"寿彭从小聪明过人,大了肯定有出息。选个黄道吉日,把惠英的年庚八字送到刘家去吧。"但因为惠英比半农大三岁,刘宝珊不同意。朱家改口将惠英的妹妹说给半农,这次,刘家同意了。不幸的是,没多久,朱惠的妹妹因病去世了。朱家这一变故,引起刘家同情,当朱家再次提出把朱惠许配过来,刘宝珊同意了。于是,刘半农和朱惠就这样定了亲。没定亲前,两个人曾在涌塔庵一起玩耍。定亲后,反而害羞,不好意思见面了。春日的一天,蒋氏到后园竹林挖了些竹笋叫半农送到朱家去。牛尾巴巷里朱家院门半掩半开,院中一棵桃花开得正艳,朱惠正在院中晾衣服,一看到他来,惊慌失措,红着脸,躲到自己房间不出来,刘半农于匆忙中注意到朱惠裹着厚布的小脚,他回家后叫母亲传话给朱家,叫朱惠放脚,他还说:"她现在已经是属于刘家的人了,用不着担心嫁不出去。我不希望她受缠足之苦。"朱惠深受缠足之苦,常暗自流泪。听说刘半农不要求她缠足,十分高兴。刘半农的体贴关怀,朱惠铭记在心。俩人虽说是双方家长撮合,却是青梅竹马,一直是心心相印,情投意合。

"呼—啪!呼—啪!"喜庆的爆竹声中,20岁的刘半农跟23岁的朱惠,6月2号结婚了。西横街热闹非凡,街坊邻居们都围在刘家门口看新娘子,抢喜糖。一顶青布小轿来到刘家门口,围着象征黄金的稻草转了一圈后停下,媒婆将朱惠从轿子里扶出来搀进门去,美丽端庄的朱惠头戴凤冠,上穿红色龙凤牡丹绸缎袄,下穿同色百褶裙,脚穿红缎绣花鞋,光彩照人,宛如仙女。新郎刘半农头戴红色绸缎带翎帽,身穿红双喜图案锦缎褂,脚穿黑缎靴,神采奕奕,宛如戏台上的美相公。新娘、新郎的结婚行头都是按照当地风俗置办,围观的人们看着新娘、新郎发出一声声赞叹:"新娘子真漂亮!""新郎官真神气!""看,新郎新娘多么般配,真是天作之合!"婚礼十分简单,仅摆了两桌酒席。拜完天地,新娘便被送入洞房。婚房在二进房屋的南边一间。看到美丽大方贤惠的妻子端坐在雕花床边,刘半农心里充满了欢喜,当场拿起相机给她拍照。第二天,他带朱惠到后院侧厢暗房中冲洗照片时,告诉她:"生活上你不要发愁,就算我不上学,就算我找不到工作,实在没办法,可以开家照相馆过日子。江阴目前还没有照相馆,咱们第一进屋可以用来开照相馆,生意肯定好,如果店里忙,你到时可以负责收账,学着冲洗照片……"听了这番话,朱惠心里甜蜜蜜,她知道自己找了个多才多艺、体贴的丈夫。她真诚地告诉他:"你放心,我会对阿爹和姆妈,两个弟弟好的。我眼前只希望妈的身体能够好起来。"半农听了妻子贴心的表白,心里热乎乎的,情不自禁把她紧紧拥在怀里……

然而,没有想到,冲喜之后,不知是因为大儿子结婚,贤惠儿媳进门兴奋过度,还是操办婚事太劳累,母亲蒋氏的病不但没有好转反而越来越重了,这时,医生也束手无策,回天无力了。1910 年 6 月 19 日,在一家老小的哭喊声中,她咽下最后一口气,与世长辞。

刚尝到新婚甜蜜的刘半农,一下子跌入到伤心欲绝的痛苦深渊。想起母亲,她出生时凄惨,被抛弃在冰冷的河面上;死时悲凉,对家,对儿子们付出了全部,却没有享过一天福。想起母亲唱儿歌、童谣,想起母亲烧饭、洗衣、织布……怎么不伤心?怎么不流泪?刘半农哭得嗓子也嘶哑了……见丈夫如此悲伤,朱惠一边为婆婆的离去伤心流泪,一边劝导:"人死不能复生,你要当心身体,对娘最好的报答,是你要在读书上争口气,这样,娘在地下也安心。"

母亲蒋氏静静地躺在棺材中,身上穿着那件她平时十分珍惜,祖母夏氏亲手缝制的红缎袄。"你这一辈子实在太苦了,太累了,安息吧,好好地安息吧。"刘宝珊泪眼婆娑,一遍又一遍地念叨着这句话……三天后,她被安葬在江阴西门外青山上。

生活不管是喜是悲,是苦还是甜,日子总是要继续过下去。

几天后,刘半农对朱惠说:"阿爹身体不好,小弟才 8 岁,我跟二弟去常州上学后,这个家就全靠你了。"

"家里的事你放心,阿爹和小弟我会照顾好的。"

朱惠顿了一顿,关照他:"对娘最好的报答是在读书上。"临别,夫妻二人都是眼泪汪汪。

没有想到的是,1911 年 10 月 10 日,震惊中外的武昌起义爆发了,拉开了辛亥革命的序幕。武昌起义后,全国有十四个省先后宣告"光复"和独立,革命风暴席卷中国大地! 由于社会动荡,政局变革,经费紧张等多种原因,常州府中学堂于 10 月 25 日宣告停办。刘半农与刘寿椿的中学时代结束,回到江阴。

投笔从戎

江阴这个小县城,在辛亥革命的浪潮冲击下,态势相当活跃,年轻人大都倾向于革命。刘半农从常州回到江阴后,就受翰墨林小学堂王校长之聘回母校任教,在教学之余,自发组织了"反满青年团"。刘半农在青年团担任了领导职务,为革命出谋划策,奔走呼号,还领导青年团成员演文明戏,刘寿椿在青年团军乐队担任指挥和号手。刘半农主持编演的几出文明戏,十分轰动。一次他跟寿椿合演一个戏剧小品,刘寿椿演阔财主,刘半农演木匠,木匠给财主干活,财主百般刁难,克扣工钱。辛亥革命浪潮来了,财主惊慌失措,连忙把脑后长辫子盘在头顶,藏在帽子里,木匠挺起胸膛,对财主说:"怎么样?我的财主老爷,如今世道变了,你还神气什么?"接下来,他把财主种种为富不仁的行径揭露了一番,财主听了狼狈不堪。接下来,刘半农单独表演哑剧,他以"跳加官"的形式,通过丰富夸张的面部表情和滑稽的动作,惟妙惟肖地塑造了一个阿谀奉承,骑在劳动人民头上作威作福的赃官形象。群众看了无不捧腹大笑,拍手称快!人们没有想到刘半农、刘寿椿"白面书生"竟然还会编演文明戏!刘半农还和当地沙姓革命领导人一同前往上海,从总部领回一百支毛瑟枪,秘密运回江阴,寿椿帮他们连夜发放下去,充实武装力量。在哥俩一起回家的路上,寿椿问:"阿哥,你去领枪时,有没有到上海转转?"半农听了笑着说:"别说转了,连上海的码头也没踏上去,我们跟对方是船对船交接的。"

　　除活跃在青年团之外,当青年团工作空闲时,刘半农就到南菁书院去看书。南菁书院坐落在离西横街不远的中街上,是清光绪八年(1882年),由江苏学政黄体芳创建,取朱熹"南方之学,得其菁华"之句,得名"南菁"。南菁书院建筑规模宏大,设有刻字局,还有一幢有玻璃窗,设施完善的藏书楼,藏书楼藏有古今中外图书近万卷,在这里他博览群书,除系统地选读了一些历代优秀作品之外,还读了大量翻译作品,其中,严复翻译的《天演论》给他带来强烈震动,他激动中在自己的本子上写下这样的话:"中国再也不能不着实际地妄自尊大,一味大弹'夷夏轩轾'的老调,弄不好,会亡国灭种。"在文学上,林纾翻译的《巴黎茶花女遗事》,他翻来覆去看了好几遍,其中有的精彩章节描述他都能一字不漏地背下来。这天,他正在幽静的藏书楼读书,有三个人来找他。一个是曾在无锡读过书,住在江阴大毗巷的富家子弟章文楠;一位是农民的儿子,上过几年私塾,靠发奋自学成才,现在城内任家庭教师的吴研因(日后成为著名教育家);一位是毕业于日本早稻田大学,现在江阴辅延小学任教的薛晓升(日后成为著名科学大词典编纂者)。虽然刘半农跟这三个人不是同学,也不是邻居,但江阴城不大,互相都听说过,寒暄一番之后,刘半农陪他仨下楼来到藏书楼旁池塘边的长廊下交谈了起来。

　　"寿彭兄,我们久仰你的才气和豁达的性格,我们拜访你是想请你出山。我和晓升、研因三人为了传播时代信息,提高民众觉悟,打算创办一份刊物《江阴杂志》,每月出版一期,内容是介绍新学说、新技术、新思想,以及简明新闻。我章文楠任总编,晓升、研因任编辑,我们想请你也来担任编辑工作。另外除了创办刊物之外,我们还打算去城门口、大街上,向民众宣传新思想、新科学、新知识。"

　　刘半农听了有些吃惊,他怎么也没有想到,自己竟然有知音,他精神抖擞地表示:我愿做马前卒!从此,刘半农教学之余把精力放在了编辑《江阴杂志》上,他一个月写十多篇文章、杂感、译文、打油诗等,文章不断进步。他看到吴研因在《江阴杂志》上的文章提出:小学课文要用白话文,不要用之乎者也的老调,来虚耗儿童脑力。吴研因这篇文章用了笔名"咄农"。刘半农认为吴研因文章很有创新革命精神,认为自己的学识能力只及他一半,给自己起笔名"半侬"。

除编《江阴杂志》之外,他还和章文楠等在江阴最拥挤的东城门、大街上向过往民众演讲明末清初江阴人抗清守城81天的历史,启发、动员大家当场剪掉脑后大辫子。每次外出演讲,他总叫上寿椿,让他先拉一段二胡吸引人们来围观。有一次在县衙门口,刘寿椿拉二胡时,人越聚越多,刘半农就站在长凳子上,绘声绘色地讲:破城之日,城中义民不是拼死一战就是投井、投河、上吊、服毒,以各种方式自杀,宁死不投降。当时有个女子在投井前用鲜血于壁上写了这样一首诗:剩肢残骸满疆场,百战孤城未曾降,寄语路人休掩鼻,活人哪有死人香!讲到此处,他慷慨激昂地喊了一句:"我们江阴人是硬骨头!"话还没说完,突然,被一个恶狠狠的声音打断。"哪来的小子,胆敢在县衙前放肆,还不赶快让我的轿子进去。"县衙公团庄财政长坐着一顶四人抬的蓝布大轿,吆五喝六地走过来,"走开走开,让轿子进去!"

"嘿嘿,来得正好!"刘半农一声冷笑,跳下凳子,一把抓住轿杠迫使停轿,"出来,剪掉辫子!"

"你想造反哪!即使老虎头上有苍蝇,也轮不到你来拍。"庄财政长气急败坏,说完一个劲催轿夫,"快,快抬轿进去!"

这时,章文楠快步上前,也一把抓住轿杠说:"别慌,别慌,吃不了,不会让你兜着走!"庄财政长眼睛直呆呆愣神的工夫,刘半农脚一踹,一把将他从轿子里揪了出来,章文楠趁势快速抓下他头上的黑缎镶玉瓜皮帽,一圈一圈盘在头顶的辫子暴露出来,刘半农顺手一扯,接过刘寿椿递上的剪刀,"嚓"一剪刀就把庄财政长的辫子剪掉,然后拎着这条剪下的辫子示众:"大家快看,这个县衙里公团财政长死命留着长辫子，是清廷的忠实走狗，是丧家犬！"见状，人潮发出欢呼声："好！好！剪得好！"

时势风云变幻，革命的浪潮一浪高一浪，江阴也满城插上了表示光复的白旗。这一天，刘半农从报纸上看到上海、九江、广东、云南、清江等地革命军都成立了军政府，都在招募人才，扩充实力。刘半农考虑再三，决定投笔从戎去清江。他先跟寿椿商量："我先到清江，如果干得好，再叫你去。如果干得不好，我就回来。我走之后，家里阿爹身体不好，小弟还小，你要帮阿嫂多做点，多照应点。"寿椿听了一一点头。回家后，半农先跟朱惠商量，朱惠坚决不同意："好男不当兵，好铁不打钉，你不能去当兵，再说清江那里你两眼一抹黑，举目无亲，连个照应的同学也没有。"

"路是自己走的，天地是要靠自己闯的。"

"我不放心。你在翰墨林小学堂教书，有固定收入。还有，无论你在外搞青年团也好，编《江阴杂志》也罢，我都没有拖过你后腿。你到清江当兵，万一有什么，我和阿爹、二弟、小弟怎么办？"说着说着，朱惠哭泣起来。刘宝珊闻声赶来，没等他开口，刘半农先对他说："阿爹，几年前，谭嗣同参与戊戌变法被慈禧杀害后，你痛心疾首，还将谭嗣同的一首诗教给我。'世间无物抵春愁，合向苍冥一哭休。四万万人齐下泪，天涯何处是神州'。就像这次剪辫子，你没等任何人动员，开口，你自己自愿地不声不响地剪去了扎了几十年的辫子！阿爹，现在辛亥革命虽然胜利了，几千年来的封建体制即将结束，但旧势力依然很强大，我想去清江那里寻求救国救民之道。同时也为自己寻找一条出路。"

"少你一个，天就塌了？"刘宝珊反问。

"要是每个人都这样想，天真的会塌下来，中国早就没希望了。"刘半农这样回答。

刘宝珊气得无语，关照儿媳。"你把他看好，不许他出去！"接着他去叫正陪着北茂做功课的寿椿，"你去劝劝你阿哥。"

怎样才能让阿爹、妻子同意他去清江呢？半农早有主意。见寿椿过来，将主意告诉寿椿并关照如何回话。寿椿过去对等消息的阿爹、阿嫂说："我听了阿爹、阿嫂的话劝他不要去清江，他不听。他说清江军政府正在招募人才，是个机会。如果不让他去，他就三不主义。"

"什么三不主义？"

"不吃饭，不睡觉，不说话。"

"哼！"刘宝珊听了哼一声说，"什么三不四不，我就是不同意他去清江。"而朱惠听到"三不主义"则又一次哭泣起来。

这时，刘半农带了两本书来到后院老井旁的晒酱台上躺了下来，一本书当枕头，另一本书拿在手中看。因晒酱台不长，脚不能伸直，他就两腿缩起搁架着，躺着看书累了就移开书，看向天空。时间一分一秒过去，刘宝珊和朱惠看在眼里急在心里，并不是因为半农没吃晚饭着急，而是因为晒酱台是块大青石板，阴寒之气逼人，任何人躺在上面时间稍长都会生病，朱惠几次叫他到屋里床上去睡他不说话，北茂、寿椿递过去一条旧被子被他摆摆手拒绝。天渐渐地完全黑了，秋天夜深风寒，已经半夜了，如果再在阴寒的青石板上躺下去，真的要出事，要生大病的呀！刘宝珊无可奈何地对他说："我做不了你的主，你想到哪里就到哪里，随你去吧！"

朱惠含泪来到他面前："快起来到屋里去，你要去清江就去吧。"

刘半农以他的坚定迫使父亲和妻子让步同意之后，怀着美好的憧憬，过长江，从水路转陆路，来到"喉襟关重地，鼓角动边楼"的历史名城——清江。入伍时，他将名字刘寿彭改为刘复，意为光复。入伍之后，他剃了平头，戴上大盖帽，脱下长袍马褂，穿上了灰军装。因他文才出众，在军队中担任文牍翻译工作。

这时，随着形势的发展，溥仪退位，几千年的封建王朝统治被推翻，民国成立，孙中山任临时大总统。几个月后，孙中山辞去临时大总统职务，辛亥革命的胜利果实被袁世凯窃取，不少土豪劣绅、军阀势力、投机分子混进了革命队伍,刘半农当初投笔从戎的激昂被现实击得粉碎,苦闷迷茫!经过一段时间的思想斗争,他毅然辞去军中职务,回到故乡江阴。

刘半农从清江回江阴那天,正值年关。为了他跟朱惠结婚办喜事,为了安葬母亲蒋氏,家中负债累累。年关到了,家中上门讨债的人很多,刘宝珊为避开债主躲到了澡堂,朱惠不想理会债主,则坐在自己房里做针线活,小北茂猫在自己小房间里做寒假作业,厅堂里只有刘寿椿呆呆地坐在角落里看着债主们。五六个债主左等右等不见刘宝珊回来,正在商量是否搬些刘家的家具抵债时,刘半农风尘仆仆提着藤条箱回来了。他站在厅堂门口,一看情形,脑子一转,不等债主们开口,立即开门见山地说:"几年来,我们刘家办事承蒙各位帮助,我知道我家欠了你们不少债。我今天虽然带了些钱回来,但一下子要全部还清,也有困难,十元以下的债今天全部还清,十元以上的还一半或部分,余下的敬请各位再宽限些时日,我们刘家只要有我在,就保证不会缺你们一分钱!"

债主们都知道刘半农是个才子,说不定这小子将来有飞黄腾达之日,不如现在做个人情,再者他们知道刘半农刚直,说一不二。因此,债主们几乎是异口同声地说:"好,好,就照您大先生说的办。"

"请稍等片刻。"刘半农就近走到小北茂房里,打开藤条箱,捧着没拆封的几摞银元走出来,一一分发,叫寿椿记账,打发走债主。待债主们走了,朱惠这才喜出望外地跑过来问他:"你怎么会有这么多钱?"

"我辞职了,除了原来的月饷,还多领了三个月的饷银。"他喜滋滋地握住妻子的手问,"阿爹呢?"

"他在澡堂里,知道有人会上门要债,他出去时告诉我的。讨债的问我,我没讲出来。现在我去叫他回来。"说完,刘寿椿用百米冲刺的速度,来到澡堂找到刘宝珊,兴奋地说:"阿爹阿爹,哥哥回来了,还了一些债,将债主们都打发走了。"

"真的？"刘宝珊一听，惊喜得身子直竖起来，忙不迭穿衣回家。

刘半农用他在清江从军所得饷银还了部分债，打发了债主。这样，刘家总算过了一个虽清贫但太平的年。

元宵节刚过去没几天，刘宝珊突然找刘半农谈话，长吁短叹。"寿彭，为父觉得人生如梦，你二弟前途未卜，你小弟更谈不上将来如何？为父身体一年不如一年，说不定哪一天说走就走，到地下陪你好婆，陪你娘去了。"顿了一顿，他说，"你结婚这么长时间了，惠英样样好，但就是一直没有怀上胎。惠英两次流产滑胎之后，我特地请人算了一下，怕一个算命的算不准，我再请一个算命的，两个算命的都说她命中注定很难再怀胎，我想来想去，决定帮你娶个小妾，帮刘家传香火。"

"阿爹，你不是一向反对封建迷信，一向不相信算命吗？再说，我还只有二十二岁，还根本谈不上无后。"

"你听也罢不听也罢，刘家香火是头等大事，这事由不得你！"刘宝珊一意孤行！

刘半农没跟他争论，只是悄悄地将朱惠、寿椿叫到兴国塔里面。三个人站在可登顶的楼梯口商量。

"怎么办呢？"朱惠十分焦虑。刘寿椿十分茫然。

"我呢，有个办法，我有个朋友介绍我到上海开明剧社当编剧，我认为研究新剧是改良社会的捷径，想去但又不想去，因为我的志向不在新剧，由此搁置了下来，现在我决定去，并决定把二弟也带去。到了剧社，我当编剧，二弟可在乐团工作。"

"好呀！好呀！"酷爱音乐的寿椿一听高兴得几乎跳起来，顿了一顿，又愁眉苦脸，"好是好，可是你的饷银都给家里用光了，到哪里去弄到上海的路费呢？"

"这个别愁，我马上到我娘家去想办法。你们在这里等我。"在等待的这段时间，刘半农、刘寿椿在兴国塔里外徘徊。兴国塔历经千年风霜，须弥柱已残缺，壁画已斑驳，但它仍然屹立。还有不知是风吹来的还是鸟衔来的种子,在塔身砖缝里顽强地发芽生长,野草、常青藤在别样的环境中展示着它的青绿色。

"这兴国塔象征着我们江阴人的硬骨头精神,"半农指着兴国塔对寿椿说,"上海虽然我们从来没有去过,但路是人走出来的,办法是人想出来的,我们只有走出去才能找到路啊!"哥俩一步一步踏着破旧阶梯上到了九层塔顶,登高远望,哥俩心中充满了希望。

这时,朱惠气喘吁吁回来了:"我哥哥给了我5元钱。"

"路费够了。到了上海,总会想出办法来的。"半农、寿椿从塔顶下来,半农将5块银元小心地放进口袋里后,对朱惠说:"只是我们一走,家里苦了你。"随即他果断决定,"要走,明早就动身!"

三个人悄悄地回了家。天没亮,春寒料峭中,哥俩背着朱惠准备的行装,悄悄打开后院门,出发去上海。

当刘宝珊早上起床发现两个儿子离家后,不等他发脾气,朱惠主动上前安慰道:"阿爹,你不要生气,他们两个到上海开明剧社工作,没有提前告诉你,是怕你不同意。"

刘宝珊听了,虽有些惆怅,但眼中闪出希望的光亮。"如果寿彭把这事告诉我的话,我会同意的。寿彭毕竟是在清江军队里也闯过的人,对他,我是完全放心的。"顿了一顿,他关照朱惠,"如果他们到了上海有信来,你就回信告诉他们,上海是十里洋场,鱼龙混杂,阿爹要他们各方面小心点。"

开明剧社

　　1912 年初春,玉兰花刚刚萌芽,刘半农、刘寿椿背着简单的行装,出现在上海街头。

　　上海是一座冒险家的乐园,繁华大都市。黄浦江中泊有万吨巨轮,江畔外滩上矗立着一幢幢异国风情的高楼大厦,宽阔的马路和街道上,人力黄包车、马车、小轿车、电车川流不息,熙熙攘攘的人流中,还夹着金发碧眼的外国人,也有被称为"红鼻头阿三"的印度巡捕……

　　"阿哥,看样子我们江阴只及上海一角,这上海太大了!"

　　"所以人一定要出来见见世面,闯一闯呀!"

　　两个人问东询西,好不容易才找到开明剧社。开明剧社坐落在汉口路转弯处,这是一幢两层楼的西式建筑。开明剧社是为了响应孙中山提出的"必须唤起民众"的号召而成立的,是一个进步的团体,演出形式是我国最早的话剧形式。社长李君磐具有爱国民主思想,多才多艺,学识渊博,他既能演出又能创作。开明剧社与其他剧社有三个不同,一是有自己的乐队,二是以穿现代服装演出文明戏为主,三是开明剧社曾去日本、南洋演出过。开明剧社演出剧目有宣传爱国主义思想的悲剧《爱国血》,有提倡男女平等的喜剧《男女平权》,有揭露官场黑暗的《都督梦》等等,还有根据优秀传统剧目改编移植的《何文秀》《十五贯》,剧目丰富多彩。剧社乐队负责人是清末"音乐界可数之人才"朱旭东。朱曾留学比利时,具有爱国思想,曾因参加辛亥革命坐过牢,除负责管理乐队之外,他还在乐队中吹小号、黑管。在时代洪流中,李君磐、朱旭东带领开明剧社在上海滩宣传爱国、民主思想。这崭新的文明戏文艺样式一出现,沪上文人雅士、名优伶工纷纷参与,有的参与编剧,有的亲自登台演出,有的为乐队配乐,有的为演员化妆。刘半农、刘寿椿来到这里,仿佛走进了新天地。

刘寿椿为节目伴奏,奏乐任务不算太重,因此他得以有时间钻研音乐理论,学习多种西洋管弦乐器。他在剧社虽然睡得晚,但每天起得很早,天天早起练小号,朱旭东对娴熟二胡、小号的刘寿椿很是赏识,除传授理论知识外,还常点拨。寿椿到乐队工作不久,在一次演出中,朱旭东让寿椿吹小号,寿椿吹得精彩,号声悠扬、嘹亮,振奋人心,给剧情作了很好的烘托,博得剧场内一片掌声,为乐队增添了光彩。他在剧社乐队里如鱼得水。全神贯注的学习,他感到十分充实的满足,从此立下献身音乐事业的决心,也萌发了要改进国乐的想法。刘寿椿的宿舍是楼梯旁的小小间,除两张简单木床之外,别无其他,当然也放不下其他。他跟童乐师住在一起。童乐师是北京人,为人随和,擅长黑管和双簧管,平常爱哼唱两句京剧。因刘寿椿年纪小,朴实,二胡拉得好,小号吹得好,他很赏识,对寿椿各方面很关照。刘寿椿对可以伸缩、调音的黑管,音色柔和的双簧管很感兴趣,想学又不好意思。童乐师看出他的心思,笑着对他说:"小弟,无论搞什么,都要博采众长,你知道京剧老生谭鑫培吗?"

"不知道。"

"谭鑫培在吸收各派老生长处的基础上,创造了老生新腔,成为今天赫赫有名的谭派!"顿一顿,他接着说,"你年轻,又肯学肯钻研,如果你能把各种乐器的优点都抓到手,在二胡上搞出名堂,说不定将来你就是二胡刘派祖师爷!"说完,他哈哈大笑,拿起黑管又认真地说,"小弟,我来教你掌握基本要领。"童乐师毫无保留,从理论到实践全数教给刘春椿;刘寿椿虚心学习,进步很快。

刘寿椿跟着哥哥到大上海后,从没进过跑马场、大世界,活动范围就是剧场演出、练习乐器。

每次去见大哥,大哥总关照他要看书,既然喜欢音乐、乐器,就要钻研这方面的书籍。这天,他特地来到一家专卖音乐器材的商店,想买本二胡演奏方面的书,但翻来翻去没找到,于是问店员:"先生,有胡琴演奏方面的书吗?"

"什么?胡琴?"店员听了惊诧地睁大了眼睛,反问,"你听谁说有这样的书? 谁写的?"

"怎么?胡琴没有书?"刘寿椿不死心,"我想,笛子、琵琶有,二胡也应该有? 你帮帮忙再找找?"

"找? 根本没有这样的书! 叫我到哪里去找?"

刘寿椿听后很失望,回到剧社,来到大哥宿舍。刘半农的宿舍较大,他是编剧,需要清静,因此跟保管戏装、道具的社员老唐住在一起。刘半农和老唐都是粗心的人。刘半农外出从不锁门,老唐更粗心,刘寿椿来到哥哥宿舍,见哥哥在写字台前认真写文章,便到后半间,想取出剧社托人从法国买回的一顶金色假发看看稀罕。这顶金色假发比较珍贵,男扮女装的演员带上它之后,立马有了女性妩媚和异国情调,演出效果十分轰动! 这顶金色假发装在一只印有西洋美女头像的彩色圆盒里,当寿椿打开这盒子时,发现里面是空的:"咦? 假发哪里去了?"

刘半农不当回事:"可能有人借走了。"

这时,老唐回来了,一看出大事了,假发不见了,立即去汇报社长。不一会儿,社里来了二三十人,社长也来了,仔细找,仔细翻,垂头丧气离开了,刘寿椿和大伙跟着社长也离开了。在这过程,刘半农仍在写字台前写文章,仿佛什么也没发生过。

过了一会儿,刘寿椿来了:"哥,你怎么还这么定心呀?"

"我为什么要不定心呀?"

"现在全社的人都在议论，都在讲是我们偷的假发。"

"岂有此理！身正不怕影子斜，别去理睬他们！"

"哥，他们说有证据。"

"什么证据？"

"童乐师告诉我，大家议论说，一共有七条证据：一、你这间屋子杂人不会进来，小偷一定是社员；二、这屋子是你住的，别人来访，你怎会不知道；三、每天晚上，社员都聚在食堂里闲聊，你都不去，偏偏昨天晚上你去了；四、我两星期没出剧社门了，偏偏今天说出去买书了，明摆着是把假发带出去；五、放假发的盒子一直没人动过，偏偏我动过并发现假发被偷了；六、发现假发被盗后，独有你还那么定心地写文章；七、你从来不出门，昨天晚上约朋友出去看戏，是想将假发卖给其他剧社，找买家。"最后寿椿含着眼泪，磕磕巴巴地说，"哥，这事如果不弄清楚，真正的小偷不抓出来，我们两个人名声扫地，也不要想在剧社待了。"

这时，老唐进来对半农说："昨天晚上整理服装道具时，假发还在这盒子里，怎么今天上午突然不见了？现在社长要我赔，我哪有这么多钱赔，怎样赔？你帮我想想办法看！"

弟弟和老唐的话，使刘半农一下子感到问题的严重，他脸色铁青，皱着眉头考虑了一下后，对老唐和弟弟说："你们不要着急。我正在翻译《福尔摩斯探案集》，对怎样破案有点了解，我来想办法破案子！"

他理了理头绪，认为当务之急是寻找赃物，这是破案的重点。但寻找赃物需要不少钱，他当机立断，摘下自己手上他结婚时母亲生前给的金戒指，寿椿见状也掏出自己考上常州府中学堂父亲给自己的怀表。戒指和怀表到当铺当了钱之后，刘半农立即包了一辆黄包车，到宝昌路、大马路、天津路等地方，找了七八家剧社打听，但一无所获。于是他又来到四马路上的惠芳茶楼。惠芳茶楼是沪上剧社中人最爱来的地方，关于剧社的各种小道消息、花边新闻、趣事等等这里应有尽有。刘半农叫了一客茶，坐在二楼靠楼梯口处座位上，一边喝茶，一边眼观八方,耳听四路。真正是功夫不负有心人,他有意无意中听到隔座两个人的对话,这两个人一个瘦,一个眼睛细小。小眼睛问:"你说你准备花120元向一个姓金的大胖子买顶法国假发,花这么贵的钱,到底值不值?"

"贵是贵了点,但是值得!"瘦子回答,"我剧社的旦角戴上这漂亮的西洋假发,肯定叫座!"

踏破铁鞋无觅处,得来全不费工夫。刘半农听了激动地心咚咚直跳,假发的消息终于出现了!可是卖假发的是姓金的大胖子,剧社里没有这个人呀?刘半农立即掏出随身携带的小本子查找。为了积累素材,他总是随身携带着笔和本子,只要听到自己认为有用的就记下来,久而久之,就养成随手记录的习惯。这本子上有几句社员朱子祥说的话:"方玉才,小生,小名阿三,身材修长,二十八岁,其父开一牙骨铺,方有好友金阿宝,金住大马路明月茶楼后。会乐里五号有一妓,名阿凤,为方与金所共暱,金性呆戆但薄有资产,常为方及凤所愚弄,而金反以为对方是真朋友,故方与凤恒以走狗目金,而金不自知。"

刘半农由此判断,隔座瘦子、小眼睛口中所说假发就是本社失窃的假发。紧接着,刘半农立即采取行动,费了一番周折,用计谋和社长李君磐一起,将携带赃物、打算脱手的方玉才骗回剧社,众目睽睽之下,真正的小偷方玉才显出了原形,还了刘半农、刘寿椿的清白。刘半农的勇敢机智更是得到了大家的赞许!

假发案风波过去没多久,这天晚上,剧社排演刘半农编译的剧本《好事多磨》。因人手不够,对表演、音乐兴趣很大的刘半农也在剧中扮演了一个顽童丑角。在沪上《时事新报》当编辑的徐半梅前来观摩,刚到后台,李社长将刘半农领到他面前:"这是一个顽童。请你给他化一下妆吧。"

徐半梅接受下来,边给刘半农画顽皮面孔边问:"你叫什么名字?哪里人?"

"我姓刘,名复,江阴人。"顿了一顿,他问,"先生,您呢?您贵姓?"

"我姓徐,徐半梅。"

"您是不是常用笔名'卓呆'来发表文章的徐先生?"

"是的,我是《时事新报》的编辑,笔名卓呆。"

"我在《时事新报》上常拜读您的文章,昨天我还读了您翻译的托尔斯泰的小说,译文流畅极了! 您是从俄文翻译过来的吧?"

"不是,我是从日文翻译过来的,怎么您也喜欢译文?"

"我在常州府中学堂时,曾试过翻译一些诗歌。"

"您喜欢谁的作品呢?"

"爱尔兰的约瑟·柏伦柯德,他的《火焰诗》《悲天行》等作品,充满了强烈的爱国情怀和献身精神,我十分喜欢!"他还想说下去,这时,后台负责人大声喊道:"集中思想,准备演出!"于是他刹住了话头,调皮地伸了伸舌头。徐半梅在他鼻头上涂红后,亲切地拍拍他后背说:"如果您有译好的文章,寄给我看看。"

没过几天,刘半农将两篇自己翻译的小说寄给了徐半梅。当时的上海文坛,随着西学东渐,除开始传播西方的政治、社会科学等方面的理论、知识,也翻译了许多西方的文学名著,如莎士比亚、雨果、大仲马、托尔斯泰等大文豪的作品,当时的译文讲究"义法",语言讲究"雅洁"。刘半农的译文比较通顺、清新,清新中还带点活泼,于是,徐半梅把其中一篇刊登在自己编辑的《时事新报》上,将另一篇推荐到中华书局的《小说界》杂志。从此之后,他在上海开始了"卖文生涯",有了些许稿费。除给自己和寿椿添置必需衣物之外,省吃俭用,需要顾及家中累累债务。这年夏天,经徐半梅介绍,他还兼任了《中华新报》特约编辑。

在上海开明剧社工作的日子,刘半农、刘寿椿生活是充实的。但由于开明剧社是一个新兴的戏剧团体,所演剧目都带有反帝反封建或讽刺资产阶级腐朽生活方式的鲜明色彩,引起当局不满,加上经费等原因,1914 年夏天,开明剧社解散了。刘半农这时已在徐半梅介绍下,在中华书局当编译员。而刘寿椿只能返回江阴老家。

从上海回江阴

　　刘寿椿回到江阴西横街那天，已近黄昏。家中虽然清贫，但他感到十分亲切:祖上传下的陈旧家具摆设，父亲书房里一堆一堆的线装典籍，从没改变过位置;永远挂在正厅正中壁上的《朱子家训》,杂七杂八的日常物品;前院天竺、中院桂花、后园竹林，花草树木枝繁叶茂，生气勃勃。家中一切如旧，而父亲刘宝珊看上去更加清瘦，衰老虚弱，小弟北茂个子长高了点但还是那么瘦弱，嫂子朱惠脸色显得有点憔悴，他亲切地高兴地唤:"阿爹、阿嫂、小弟。"

　　看到他回来，大家十分高兴，围着他，问长问短，问到最后，都异口同声地问起刘半农在上海的情况，他一一回答，告诉他们:"本来哥哥这次想同我一起回来的，因为他在中华书局有正式工作，当编译，现在正翻译屠格涅夫的作品，快要翻译完了，翻译完成后，他就抽空回家一趟。"

　　大家听了很是高兴，尤其是刘宝珊看到二儿子回来，又想到大儿子已经靠一支笔，靠写文章在上海站住了脚跟，吃晚饭时他高兴得多喝了几口酒，差点醉了。吃好晚饭，朱惠收拾碗筷，宝珊进前屋休息，刘寿椿领着北茂，各端一张小椅，到后园乘凉。夏夜繁星满天，南风轻拂，寿椿一言不发，见哥哥心事重重的样子，北茂问:"二哥，你刚回家来，遇到什么不高兴的事了?"

"我没有什么不高兴的。我只是一直在想大哥已经靠一支笔写文章自立了,而我 19 岁了,个子长得比大哥还高,现在却还要回来啃阿爹的老骨头。"

"二哥,你还没有回家前,大哥先写信给大嫂,大嫂告诉阿爹,说你的'音乐水平提高了很多,完全能胜任学堂的音乐教员',阿爹听了大哥信中的话,已经出去打听了好几天,但都没有成功。大嫂告诉我说,学堂里的音乐教员要有空缺你才能去,没有空缺的话,本事再大,学堂也不可能辞了别人让你进去。"

这时,朱惠走了进来:"二弟你不要着急,工作总是会找到的。"

"不急。"为安慰大嫂和小弟,寿椿连连点头,"哥哥靠一支笔自立,我想靠音乐自立,不管怎样,天无绝人之路,总会有办法的!"嘴说不急,其实他心里十分着急,到处打听,并请同学和在小学堂当音乐教员的朋友打听、介绍。在找工作还没有眉目时,他不是到学堂去找音乐教员切磋,就是到南菁书院查阅古今中外有关音乐方面的资料。苦闷时,他就到涌塔庵、兴国塔、后园竹林深处去拉二胡,有时实在闷得慌,他就领着北茂去办喜事或丧事的大户人家门前去看奏乐。

没隔多久,刘半农从上海乘火车到无锡,再从无锡乘小轮船,从大运河回江阴。但那天他到无锡运河码头时,晚了一步,小轮船已开走,不得已搭乘民间客船。刘半农进客舱后,倚舱壁而躺,听舱内客人闲聊,从中,他听到一件事,十分感兴趣,于是他立即坐起,掏出随身而带的笔和小本子,认真记录了下来。回家,刚一推开院门,就看到父亲坐在天竺旁阴凉处看书,他恭敬地叫了一声"阿爹,我回来了"。父亲刘宝珊站起来慈爱地看着他,疼爱地说:"阿彭,你一个人在上海工作,辛苦了。这次回来,在家里好好歇息。"

"阿爹,我在家时间不会太长的,我把中华书局叫我翻译的小说带回家中翻译。完成后,就要回上海的。"

"好吧,一切你自己安排吧!"

刘半农回家,并没有好好休息,每天认真翻译,翻译完成后还将客船上记录下来的事,写成了一篇小说《匕首》。

朱惠看到丈夫回来,十分高兴,每天变着花样做好吃的,刘半农在家的日子居然长胖了好几斤。刘寿椿怕打扰哥哥翻译,写小说,常带着北茂到兴国塔里去拉二胡,只是此时的二胡声多了一份忧愁的味道。

刘半农在家的日子里,刘宝珊又提了一次纳小妾续香火的事,但刘半农婉言拒绝。担心阿爹跟妻子有矛盾,也考虑到妻子也对自己生活上的照顾以及寿椿在家中有照应,因此决定带朱惠同去上海居住。临行前几天,刘半农和妻子、寿椿、北茂一起走亲戚,游江阴城。四个人到江阴城里新开张的照相馆里照相留念。

临行前夕,他找寿椿谈心:"我和你嫂子到上海后,家里要靠你撑门户,你要相信你自己的音乐水平,一定会找到工作的。我们是喝长江水长大的江阴人,有不达目的不回头的豪气,我们江阴是忠义之邦,面对屠刀眼睛都不会眨一下,眼前遇到一点挫折,决不要灰心!我在家这一阵子,看到你总是蹙着眉头,因此我不得不找你谈谈,讲点豪言壮语,让你树立起信心!"

"哥,你放心,我会听你的话的,我会振作的!"

刘半农偕妻子朱惠离开江阴回上海,依然住在民厚里。朱惠在家做家务,照顾刘半农。他下班回家后的生活唯一的事就是埋头写作。作品不断发表。

这时,刘寿椿在朋友姚至诚的介绍下,到离江阴二十多里的华墅小学堂当音乐教员。

华墅小学堂坐落在华墅镇上的一条巷子里。刘寿椿尽心尽力，开动脑筋，根据乡下小孩的特点，不仅教孩子们学唱简谱和孩子们喜欢的歌，还常讲些音乐小故事，把音乐课上得有声有色，得到了原本对音乐一无所知的乡下孩子们的喜爱和欢迎。从此这华墅小学堂里除琅琅读书声外，还飘荡起愉快的歌声！教国文的徐教员，酷爱锡剧，没事总喜欢哼几句锡剧。锡剧是江南一带流行剧种，他唱的最拿手的是《历经坎坷人生路》经典唱段。一天下午放学后，徐教员来了兴致，要唱完整段落给寿椿听听。他声情并茂开唱，寿椿试着用二胡给他伴奏："历经坎坷人生路，感慨万千难言表。穷也好来富也好，志气二字不可抛。穷不失志穷变富，富不癫狂再攀高。贵也好来贱也好，自尊自重不可少……真美好！"

一曲唱毕。"好！唱得真好！"寿椿说，"你唱得果然精彩，只是我这二胡伴奏不行。"

此时，徐教员告诉他，离华墅镇十几里的顾山镇上，有个叫周少梅的，丝竹乐器样样精通，特别是二胡、琵琶。寿椿一听喜出望外，星期天天不亮就动身到顾山拜访。

顾山跟华墅一样是个古老的乡镇，地处无锡、常熟、江阴三县交界处，有山有水，风景优美。镇上街道虽窄却十分兴旺，周少梅在镇上一家杂货店当伙计。他出生在顾山镇一个民乐世家,他父亲周靖梅是名震三县交界的二胡、琵琶高手,他两个哥哥也都擅长丝竹。在父亲和哥哥的影响下,他自幼喜欢音乐,8岁入塾读书后,就开始练习丝竹,如有机会,也参与演奏笙、萧、二胡等乐器。他日常苦练之余,还到处拜师学艺,取人之长补己之短。有个叫陆瞎子的街头艺人,锣鼓、唢呐、二胡、琵琶样样都会,尤其是用三弦拉戏更为出色,如在弦上模仿戏中人物生旦净丑的唱、念、换台锣鼓等各种打击乐器的声音,模仿各种鸟类家禽的鸣叫等等。周少梅跟着他学到了一手过硬的本领。

刘寿椿到镇上时,日头已升高。当看到杂货店柜台里的周少梅时,他正手提竹筒端子在给一个女顾客打酱油。待他闲下来,刘寿椿走上前自我介绍,说明了来意。周少梅被眼前这位头顶星月,走十几里路来向他求教的年轻人所打动,但想到自己只是店里的伙计,一要有空,二要听命于老板,犹豫不决。老板看到教书先生特意从华墅跑到顾山来,比较诚心,再者教书先生来请教他店里的伙计,十分光彩,于是就对周少梅说:"现在店里不忙,我帮着看一会儿,你去教人家吧。"

"谢谢!谢谢!"刘寿椿一边向老板道谢,一边跟着周少梅来到杂货店后面堆杂物的小院子里。周少梅用抹布将两只不高不矮,倒扣着的空酒坛底擦了擦,请他坐在上面,接着从屋里取出一把二胡递给他:"刘先生,请你先拉一曲给我听听。"

刘寿椿拿着二胡坐下,正了正身,调了调弦,拉了一曲《梅花三弄》。周少梅聚精会神地看着,听着,听他拉完后,坦率地告诉他:"你已有一定功力,一般拉拉是可以的。"

"我就是为了不一般拉拉,才特地来请教你的。请周先生多多指教。"

"我拉一曲给你听听。"周少梅接过二胡,"这是用老曲子改编的《虞舜薰风曲》。"

说完就开始演奏,他的手指是那样轻盈、轻柔,还没发现他怎样滑指换把,弓弦上已有那春风轻拂,桃红柳绿,小溪潺潺,那一个个小精灵活泼泼地展翅飞翔,刘寿椿不由惊呆,更使他震撼的是以前相遇的二胡演奏者都是在两把的范围内上下, 而周少梅却多了一个把位,这使二胡的音域更宽,更动人。

他激动地问:"周先生,这三把头是你创造的吧?"

"是的。老祖宗只传下二把头,但我的三把头比二把头好听。这不是荒唐而是应有的发展。"周少梅说。

刘寿椿完全被折服了,他激动地站起来,整了整长衫,恭恭敬敬地垂手,屈膝跪下,朝周少梅磕了三个头。周少梅见状急忙将他扶起来,感动地说:"你是学堂里的老师,我是店里的伙计,不敢当,不敢当。难为你跑了十几里路来看我。这样吧,今后我们就互相学习吧。"从此,刘寿椿每逢星期日,就朝顾山跑。江南多雨,一下雨,乡村道路泥泞不堪,有时一脚踩下去像踩在陷阱里,要费很大劲才能拔出来。不管路多难走,不管雨下多大,刘寿椿总是戴着斗笠,披着蓑衣,裤管挽到膝盖上边,赤着脚,在又烂又粘又滑的泥泞小道上,一步一步艰难地朝前走。他这种风雨无阻,虚心好学的坚韧精神深深感动了周少梅。他不仅手把手地教他"三把头",还传授琵琶技艺给他。

除了星期天到顾山向周少梅学习,下午放学后,他还去华墅街尾一破祠堂里找一个姓龚的落魄艺人学吹唢呐。据说这姓龚的早年家境不错,因为染上毒瘾,抽鸦片抽得家中一无所有,名声一败涂地,如今他无家无业,住在破祠堂,人称"龚极客"。好在他吹得一手好唢呐,凡有红白喜事,总请他去。他为了蹭顿饭,得几个小钱,吹得相当卖力,相当精彩。从乐器构造上来说,小号、黑管、双簧管等西洋管都比唢呐精致复杂,但龚极客鼓着两腮吹出的唢呐声特别好听,别具一格。他用舌头打着花腔装饰音,旋律一会儿欢快,一会儿悲戚,一会儿高昂,一会儿低吟,华丽多变。

那一天,太阳下山时分,刘寿椿来到破祠堂,站在他面前,叫了他一声"龚先生"。

听到有人称自己为"龚先生",龚极客呆住了。"龚先生,"刘寿椿又恭敬地叫了他一声,谦虚地说,"你唢呐吹得这么好。我虽然是音乐教员,也没有你这样的本领,我想跟你学吹唢呐,不知你愿不愿意教我?"

破祠堂前围观的人多起来,一位过客问:"刘先生,你是教音乐的先生,怎么来叫这个龚极客先生,你不是开玩笑吧?"

"不学自知,不问自晓,古今行事,未之有也。"刘寿椿认真回答道,"我虽为人师,但并不是什么都会,龚先生唢呐吹得好,所以我要向他学习。"

"有道理,有道理。"过客听了连连点头,接着对龚极客说,"你这个赖皮鸦片鬼,平日里有啥人看得起你?现在刘先生看得起你,你可要将自己吹唢呐的本事统统都拿出来教他!"这时,龚极客还是有点不相信似的问刘寿椿:"你真的想跟我学唢呐?"

"是的,我真心诚意想跟你学吹唢呐。"

"不敢当,不敢当。"受宠若惊的龚极客红着脸,将唢呐举过头顶,发誓说,"如果我姓龚的不把真本事教给你,我就不姓龚!"

此后,刘寿椿放学后就去破祠堂跟龚极客学吹唢呐。学了没几天,这天上午课后,校长把他叫去:"刘先生为人师表,我们自己的日常行为要检点,听说你到破祠堂找姓龚的鸦片鬼学唢呐?学校认为,唢呐不是什么高雅的乐器,而且音乐教学上用不着这样的内容。"顿了一顿,校长又说,"我是为了学校的声誉,才找你直言告之,请你三思。"

刘寿椿听了心里十分沉重,回到办公室,将刚才的谈话告诉徐教员,有些想不通地说:"我认为唢呐是吹打合奏中的一个部分,提高学生对国乐的认识,也是必要的。再说我去学唢呐,是放学以后去的。"

徐教员给他倒了杯茶,拍拍他的肩膀:"你不要想不通。我年纪比你大,经历的比你多,有些问题比你看得清,你学历不高,资历不长,教学虽然认真,肯动脑筋,现在要找一个工作不容易,饭碗要紧,该忍耐的要忍耐。"

但刘寿椿没有听劝,依然每天放学后去学唢呐。一天一天,时间很快过去。在华墅小学堂教音乐一年不满,他被辞退了。华墅小学堂是当地一个资本家为了培养自己子女和亲戚朋友的子女而创办的一所私立学校,在这样的学校教书,工作是得不到保障的。对于解聘,他虽然感到有点意外,但不得不面对残酷的现实,心情沉重地挑着行李回到江阴城内西横街的家。

回家那天,病恹恹的刘宝珊正强打精神审阅朋友托他把关的宗谱,突然听到小儿子北茂走来告诉他:"阿爹,二哥回来了,被华墅小学堂辞退回来了。他怕你骂他,叫我过来告诉你。"

"怎么回事?叫阿椿自己过来说!"

刘寿椿神色黯淡地来了。看到他这样子,刘宝珊反而安慰起来。"阿椿,别难过。眼前这个社会,老实人是吃不开的。"他宽心地说,"阿爹身体不太好,你回来得正好,有个照应。"

尽管父亲对自己没有半句怨言,但他心里更加忧愁:自己二十岁的人了,出路在哪里呢?苦闷中写信去上海,讲了自己的遭遇。刘半农收到信后,认认真真给弟弟写了一封长信。信中说:"阿椿,失业但不能自卑!要振作精神,出路总是会有的。"接下来,刘半农在信中讲述了朱载堉与十二平均律的故事:

朱载堉是明朝开国皇帝朱元璋九世孙,他的父亲朱厚烷是郑王,朱载堉10岁被封为王世子,是郑王的继承者。朱厚烷善文能算,精通音律。朱载堉受父亲影响,从小喜欢音乐、数学,聪明过人。父亲见他好学,聘请了文学、天文、地理、数学等各种名师来培养他。朱载堉15岁那年,父亲因看不惯皇兄嘉靖帝沉迷道教,不思朝政,正直谏言;加上家族出现争夺王位的内讧,被诬告谋逆,被皇帝削爵囚禁。15岁的朱载堉一下子跌入低谷,住进了土屋,但他并没有消极沉沦。艰难困苦中,他潜心研究,著书立说。音乐是世界通用的语言，有各种各样的形式，如何能实现乐曲演奏中的旋宫转调，历朝历代都有人苦苦探索，但都没有成功。在总结前人失败经验的基础上，朱载堉用自己设计制作的 81 档的特大算盘，通过开平方，经过无数次演算，证明了匀律音阶的音程可以取 2 的 12 次方根，得出了"十二平均律"。他将"十二平均律"的论述写进了《乐律全书》。朱载堉的"十二平均律"是世界音乐史上的重大发现。西方传教士们通过丝绸之路，把朱载堉的"十二平均律"传播到西方。一百多年过后的十八世纪，德国人巴赫根据十二平均律，制造出世界上第一架钢琴，巴赫的《平均律钢琴曲集》被誉为音乐圣经。

随着封建社会的结束，宫廷雅乐已经衰退，除了春秋丁祭孔子的时候能见到之外，平时几乎已被遗忘。而来自民间的音乐，正在得到发展。你走十几里路去找民间高手周少梅学习，你到破祠堂找有一技之长的龚极客学习，不耻下问，很是了不起！阿椿，你在二胡演奏上已有造诣，望你进一步深入探索……

这信中的一字一句，刘寿椿读了一遍又一遍：哥对自己充满了信心，而自己呢？他呆呆地坐在后园竹林深处，一边拉着二胡，一边抬头看着天空，天空虽大，自己这只小鸟飞向何处呢？一定要想办法去寻找出路，可路在哪呢？即使找到了路，自己到底有没有这个能力呢？从何着手呢？

父亲去世

在刘寿椿从华墅小学堂失业回家没多久，刘宝珊就病倒了，病得很重。这天下午，他睡午觉醒来后觉得浑身无力，他想坐起来，没想到坐也坐不起来了，他用尽全身力气喊"阿椿！"但一想阿椿不在家，三天前刚去江阴北门外的一所小学当代课老师，于是他昏沉沉地躺着积蓄些力气，也不知道过了多久，迷糊中听到刘北茂放学回家的开门声和脚步声，他想喊但刚张开嘴，一阵剧烈咳嗽，浑身出虚汗，紧接着感到全身万蚁蚀骨般的疼痛，于是实在忍不住痛苦地呻吟起来，这是他生病几年来第一次呻吟。北茂的小房间在他的大房间后面，当他放下书包正准备做功课，突然听到呻吟声，立即来到父亲的房间，一看阿爹脸色明显发灰发黑，情形不对，带着哭腔喊道："阿爹！阿爹！"刘宝珊双眼无神地看着小儿子，但是连说话的力气也没有。

正在这时，刘寿椿回家了，听北茂一边哭，一边喊"阿爹！阿爹！"赶到床前一看阿爹情形不对，赶紧说："我去请医生来！我请医生来！"

"你，"就在这时，刘宝珊好不容易积蓄了些许说话的力气开口，说一个字歇一歇，接着才再说一个字，哪怕一个字，也要坚持把心中最想说的话说了出来，"你赶紧写信到上海，叫你哥回来看看我。"他知道自己这次病得很重，最大的心愿就是能看到大儿子。

此时的刘半农在上海已经出名。

他用笔名"半侬"发表作品,作品内容广泛,涉及侦探、警世、言情、宫廷秘情、历史、社会等类型。这些作品都发表在《小说日报》《小说画报》《礼拜六》《时事新报》《小说海》等,这些报纸刊物是鸳鸯蝴蝶派的主要阵地。

当时的中国,帝国列强支持的北洋军阀窃取了辛亥革命的胜利成果,社会乱象丛生,从清末开始就出现的专写"红男绿女""消遣""娱乐"的"鸳鸯蝴蝶派"在上海文坛再度兴起。领他踏上上海文坛的徐半梅是鸳鸯蝴蝶派作家,另一鸳鸯蝴蝶派作家林墨之,因赏识他年轻有才华,引他结交了张恨水、包笑天、范烟桥、朱鸳雏、江红蕉等鸳鸯蝴蝶派的领军人物。但刘半农跟他们有所不同,年轻的他来自江阴这个独特的小县城,他出生在清贫的知识分子家庭,他的成长经历跟这些人不一样。他虽然发表过才子佳人、宫廷秘情之类的言情作品,发表过侦探、滑稽等曲折离奇的小说、喜剧,而且他一些作品受鸳鸯蝴蝶派的欢迎。但在这同时,他也有许多作品,有他自己的思想、自己的主张,他在文学实践中探索。如他在 1913 年 10 月 13 日在《时事新报》上发表的百字小说《秋声》:

秋声

冷月当空,一缕秋光透林梢而出。金陵城内,满张禁止淫劫之文谕。

"天乎……"

三数这样之尖锐声出自某破屋,悲惨类鬼号。门外有一垂辫者蹑足听:"这儿是窑子,弟兄们来!"三数八大爷呼啸至。破扉入。

"姑娘别害怕,咱们同你们养个孩子顽儿……"

呜呼,后事余不忍言。

《秋声》获该栏悬赏第 33 次一等奖。《秋声》寥寥数语,有声有色地揭露、控诉了北洋军阀张勋辫子兵镇压二次革命,荼毒地方百姓的滔天罪行。从中不但看到他深厚的文学功底,更看到了他的思想!另外,他于1913年8月发表在《小说月报》上的侦探小说《假发》;1914年3月发表在《中华小说界》的小说《匕首》。作品都来源于现实生活,《假发》素材来源于亲身经历的开明剧社假发风波,《匕首》素材是他在无锡至江阴的小轮船上记下的。他在《小说画报》上发表的作品《奴才》,对跟在洋人屁股后面的中国叭儿狗进行了无情的冷嘲热讽;《催租记》对为富不仁者进行了狠狠的鞭挞……此外,他翻译了英国狄更斯,俄国托尔斯泰、屠格涅夫,丹麦安徒生,日本德富芦花,美国华盛顿·欧文等世界著名作家的大量作品。他没有陷没在上海滩鸳鸯蝴蝶派中,对于中国旧文学旧文化,他在创作中思考与探索。

由于生活上有了朱惠的陪伴照顾,他全部精力都用在创作、翻译上,发表了许多作品,稿费收入颇丰,但他和朱惠除必要的日常开支之外,依旧省吃俭用,用稿费帮家里还债。经济上他成了父亲刘宝珊的依靠,文学上他成了父亲刘宝珊的骄傲!此时此刻,病重的刘宝珊躺在床上一心想念着大儿子:江阴能有几个人的儿子像我刘宝珊的大儿子一样能扬名上海滩呀!想到此,他越发期盼寿彭能早日回家。

刘半农和朱惠收到信后,匆匆上街买了些礼物,就立即赶了回来。一到家,就立即给父亲请江阴最好的医生,用最好的药。不知是看到大儿子回家心里高兴,还是药的作用,刘半农到家的第三天,刘宝珊的病就有所起色,能从床上坐起来了。一天,他坐在床上关照刘半农:"捎信到殷家埭,让阿大先过门。"

"好的,我来操办。"刘半农点头。

殷家埭在乡下老家三甲里旁边,村前有小河,村旁有座香山,村后竹林连绵,风景秀美。村中塾师殷可久,跟刘宝珊同年考取秀才,成为知交。每次回三甲里,刘宝珊总带点粉盐豆、马蹄酥、黑杜酒等江阴特产上门看望殷可九。殷家有三个女儿。那一年,他去殷家做客,看到殷家名叫阿大的长女,虽然才9岁,却勤奋能干,烧饭洗碗,养蚕喂鸡,割草种菜,浣纱织布,都不在话下。虽然长得不及没过门的大儿媳惠英漂亮,但也模样端正,头发乌黑,他越看越喜欢,于是就为二儿子向殷可九求亲。殷可九知道刘家生活虽然不富裕,但是刘家不同流俗,读书知理,当即满口答应。于是两家挑了个好日子,8岁的刘寿椿跟9岁的殷阿大正式定了亲。如今阿大二十一岁,寿椿二十岁,正是男大当婚女大当嫁,但这时,刘寿椿提出了:"我连工作也没有,怎么结婚?"

"阿大先过门,对家里好有个照应。等以后再选个黄道吉日正式结婚。"刘半农告诉他。

接下来,刘半农就奉父亲之命开始张罗阿大过门的事项,一切有序进行。阿大进门那天,刘宝珊身穿长袍马褂,在西装笔挺的刘半农搀扶下,满面笑容地坐在厅堂太师椅上,接受了阿大的跪拜。

随即,阿大起身叩见半农和朱惠。"二妹,进门一家亲,用不着这样的礼法!"刘半农和气地告诉她,朱惠也说:"二妹,我们是姐妹。"连忙将她扶起来。此时,阿大觉得心里热乎乎的,原先她有点担心自己是没文化的乡下人会被看不起,此刻她深切体会到父亲殷可九告诉她的话,这是一个知书达理的好人家。阿大再看看寿椿,高高的个子,双眼皮,大眼睛,一笑嘴角还有两个梨窝,十分英俊,心里真是比蜜甜。

阿大过门之后,忙里忙外,叫她休息一会儿她也不听,还说自己家里的活比这里还要多几倍,自己从小做惯了。对公公刘宝珊,她尽心尽力服侍,煎药煲汤,一天三餐,亲手端到公公床前……

刘宝珊有大儿子陪伴,又看到二儿子有如此手脚勤快、孝顺的媳妇,心情十分愉快,病情大有起色。一天,他主动告诉刘半农:"我身体好多了,阿大过门,家里有了照应。你上海事情多,不要耽误你,你和惠英放心回上海吧。"在刘半农和朱惠回上海的那天,他硬撑着,由寿椿、阿大搀扶着亲自送到大门口,他慈爱的目光看着大儿子,反复说着"你在上海不容易,你在上海辛苦,要注意劳逸结合",并反复关照朱惠,

"你在上海一定要把阿彭照顾好！"接着，他倚在门上，久久凝望目送着，直到看不见才回房。回房间躺在床上后，他想到大儿子这次回来帮自己请医问药，帮家里又还了一部分债，迎阿大过门，所有开支全都是大儿子一个字一个字写出来的稿费啊，他的心疼痛起来。再想到自己这一生，母亲夏氏守寡，发妻早逝，家境清贫，除了读书就是教书，一事无成；生养三个儿子，三个儿子总算大儿子有出息，二儿子只喜欢音乐，现在连个正式工作也没有，小儿子还在读小学，想到这里他止不住流下了泪……

1915 年的正月二十七清晨，刘宝珊猝然离世，时年 46 岁。接到噩耗的刘半农，泪水涟涟，立即携妻子赶回江阴家中料理后事。

刘半农带着刘寿椿翻遍箱柜，不见分文，只看到先父刘宝珊签名的借据一张，见状，兄弟俩抱头痛哭。刘半农披麻戴孝，一边流着泪，一边手抄《金刚经》。之后，将经书与其他冥器一起焚化，把父亲安葬在江阴西门外的青山。

料理完父亲的后事，刘半农看到刘寿椿眼圈发黑，满脸憔悴，神情恍惚，特地找他认真谈了一次话："阿椿，你现在有什么打算，有什么想法跟我说说。"

"我觉得心里空空荡荡的，很空虚。"

"空虚？你从华墅小学堂回来时就写信给我说空虚。我在回信中告诉你要学习明代朱载堉，困境中潜心研究乐律，写出《乐律全书》，提出十二平均律，世界闻名。"刘半农讲完后，对寿椿说，"如果朱载堉遇到困难，不思进取，是不会有所作为的。你我都要向朱载堉好好学习！"

寿椿听了不断点头："大哥，看了你的信之后，我就积极想法去找工作了。我去当了两个多月的代课老师。"

"当代课老师也是机会，也是积累教学经验。"

"我知道。"

"人的价值不在于处境，而在于他是否有所追求！"刘半农接着告诉他，"阿爹生前曾经告诉我，郁咏春教员对他说，你喜欢音乐就让你专攻音乐。阿爹说，他已经认命，别的不希望，就希望你能在音乐方面搞点成绩出来。"

"阿爹真的这样说过？"刘寿椿听了又喜又悲，喜的是父亲终于同意他搞音乐了，悲的是自己年轻气盛，曾屡次顶撞父亲，惹父亲生气。如今父亲已经过世，自己再也没有机会回报了，想到此，他情不自禁流起泪来。

看到提起父亲，弟弟流泪，刘半农更是心潮汹涌。那个身子瘦瘦，常年穿着青色长衫，精心培养自己的父亲永远地去了，怎不叫人痛彻心扉！自己今后只有在文学上作出更大成绩才能慰藉父亲在天之灵！此时此刻，他哽咽着对弟弟说："阿椿，就算不为别的，为了阿爹，你我都要好好努力呀！"

"哥，你们放心回上海去吧，我会照顾好小弟的！"

放心，怎能放得下心？二弟二十岁，小弟才十二岁。看着两个弟弟，本来他想叫朱惠留下的，因为江阴风俗，在刘宝珊丧事办完后的第三天，殷阿大就回娘家了。但刘寿椿、刘北茂坚决不让大嫂留下，刘寿椿对朱惠说："大嫂，哥比我们更需要你，我和小弟自己会照顾自己。"

刘宝珊安葬后的第四天，刘家就来了两个要债人，因为刘宝珊的医疗费用、安葬费用，家中又欠下了一大笔债务。旧债还没还清，又添新债，刘半农勉强凑足了利息，再三央求债主来年还本，债主走之后，他关照朱惠："从此以后，只要收到稿费，一分不能动，先还债，早日还清债！"

刘半农考虑到自己在上海有工作，在中华书局当编译上班有份工资，而且还要写文章、译文，要多挣稿费，还清债，负责两个弟弟的生活费用，在江阴多耽搁一天，就少挣一天钱。他知道只有自己赶快回上海，才能有钱抚养两个弟弟，才能还债。唉，真正是一分钱逼死英雄汉。在辛酸和无奈中，刘半农带着妻子匆匆回上海去了。

《病中吟》

刘半农带着妻子回上海的第三天,是农历二月初八。这天是江阴南门十方庵集场。庵前有三十多亩麦田,虽然每年二月初八麦苗会被踩踏,但不妨碍收成。以麦田为主场,向道路延伸,集场热闹非凡。

这天早上,北茂背着书包去上学。刘寿椿独自待在空荡荡的家中,觉得心里空空落落:哥哥在上海靠一支笔,我靠什么呢?我的出路在哪里呢?他想找朋友说说心里的苦闷,但江阴风俗,人死后,要过了"五七"才能串门。于是他心情沉重地向南门十方庵集场走去。

人流拥挤,他一边隅隅行走,一边还在思考着自己今后的人生路。集场很热闹,唱莲花落的、敲花鼓的、打快板的……但此时的他一点也提不起兴趣,丰富多彩的民间艺术,吸引不住他的脚步,他只是在人流中机械地走着,走着……突然,他瞟见一把蛇皮竹筒二胡,眼前一亮,想起自己小时候那一幕,刚拿回家就被父亲砸碎了。然而,他内心深处对二胡那份喜爱从来没有变过。此时此刻,也许是冥冥之中注定的缘分,他上前一把拿过来,试着拉了几下,一听音色,爱不释手,问对方:"这把二胡卖多少钱?"

"五个铜板。"

而他翻遍身上所有的口袋,只有两个铜板,对方看他心诚,十分爽快:"两个铜板就两个铜板,卖给你。"

于是，他一边给对方两个铜板，一边朝对方点头笑了笑，拿过这把二胡，如获至宝般，转身回家。一到家，他就坐在长条凳上拉二胡，右手将竹弓一推，擦出一声凄凉的调儿，接着又将弓一拉，左手手指在弦线上下滑动，随即响起时而郁闷，时而悲愤，时而激越，时而低沉的琴声。琴声将他心中郁积的苦闷，翻江倒海般迸发出来，这把二胡成了他表达内心深处情感的唯一出口。

他开始在二胡上花心思，动脑筋，天天在家研究二胡。春天的脚步越来越深入，后园里花草树木一片欣欣向荣。这天，他琢磨了一夜，大清早起来，到灶间煮好粥，用勺子盛好两碗放在灶台上后，就端了张条凳到后园，坐下来开始拉二胡。

刘北茂起床后，到灶台上端起一碗粥，吃好后，到后园门口招呼道："二哥，我吃好早饭上学去了。你碗里的粥快要冷了，你赶快来吃吧。"说完，北茂就走了。

此刻，刘寿椿根本没听见北茂的喊声，他完全沉浸在琴声中，时而深情倾诉，时而呻吟叹息，时而激昂，时而悲愤。在旋律中，他仿佛看到：连绵的群山中，有一个年轻的行者，背着行囊，正行走在弯弯的山路上，路两边是盛开的鲜花，繁茂的林木，小溪潺潺，百鸟鸣唱，走啊走，路越走越崎岖，他喘着粗气，拖着沉重的脚步，努力艰难地前行，走着走着，也不知过了多久，突然，路断了，前面是高高的悬崖，悬崖下面是万丈深渊，他惊恐失措中四处张望着，寻觅着，找啊找，终于发现悬崖旁的黑松林里隐隐约约有一条羊肠小道通向远方，他欣喜万分，转身朝黑松林走去，但万万没想到，万丈深渊里突然排山倒海般汹涌出团团浓雾将他包围，他在浓雾中拼命挣扎，想喊喊不出，想动动不了。在绝望的挣扎中，突然远方出现了一点小火苗，这火苗发出的光跟他家中的油灯发出的光一样，是那么的微弱，但这光亮照到哪里，哪里的浓雾就散去，当他好不容易刚从可怕的浓雾中挣脱出来，山洪又突然呼啸而至，将那微弱的小火苗扑灭了，也将他背着的行囊冲散了，他在洪水中拼命地挣扎着,心里绝望地呼喊着:在这悲惨的世界里,我向何处去?我向何处去?他忘我地拉着二胡,此时此刻,泪情不自禁流了下来,他的情感如此宣泄,胸臆间块垒顿时化作天光。他噙着泪水,回到自己房间,立即记下了这曲谱。

记完,他已是泪流满面。于是,他直挺挺地躺在床上痛哭起来,哭完他突然一跃而起,取过一支毛笔,到砚池中蘸了点墨汁,就开始在一张纸上疾书:"上尺四上尺尽工尺上尺六五六尺工尺……"这是二胡独奏曲《病中吟》最早的音符。从1911年夏到眼前1915年春,短短三四年间,他遭遇了失学,两度失业,丧父等一连串不幸,他才20岁,是个爱国的有志青年,眼前却看不到前途,漫漫人生路何去何从?几年来,郁积在他心中的苦闷化成了一个个音符。他创作完成后并反复修改,修改好后他再拿起二胡反复演奏,用心聆听,用心琢磨,发现不足之处,再修改。

不知不觉,当他又一次坐在后园反复演奏这曲谱时,北茂放学回来了。当北茂看到灶台上那碗粥还一动没动地放在原处,不由得心疼起来,于是把粥在灶上热了热,端在手上,来到二哥面前:"二哥,你一天没吃东西了,还是吃碗粥吧。大哥、大嫂不在家,你饿坏了身体,我怎么办啊?"

直到这时,刘寿椿才有点回过神来:"怎么?小弟,你已经放学了?"他为了这曲谱,已经到了废寝忘食的地步,白天拿着一把二胡,反复演奏,反复琢磨,反复修改;夜里在油灯下也反复琢磨,修改曲谱,时间在他的创作过程中悄然移过,从早春二月进入初夏之交,他在二胡传统演奏技法的基础上,借鉴了他在常州府中学堂军乐队和在上海开明剧社工作时所学到的小提琴演奏技术和西洋作曲理论,采用再现的曲式结构,将整首乐曲分为三个乐段一个尾声。乐曲第一段表现了苦闷彷徨,旋律如泣如诉;第二段节奏果断有力,表现要从苦闷中解脱出来的强烈愿望,和誓与周围黑暗势力作斗争的抱负;第三段和尾声表达了奋斗意志不断加强和在逆境中挣扎前行的感叹。当音乐发展到高潮时,旋律突然中断,情绪急转直下,十二度的下行滑音造成一种悲痛欲绝的效果,曲尾把逆境中的苦闷和要坚决奋斗的决心这两个主题概括成简短有力的颤音。这首乐曲和二胡的性能结合得非常好,证明了简陋的二胡同样有复杂多样的表现力!曲谱反复修改完成后,他用工尺谱誊写得工工整整,起名《安适》,即"余将安适",人生路何去何从之意,但又担心《安适》这名会被人误解成"安逸舒适",决定重新起名。他想起自己从小就会背诵的唐代诗人孟郊的《游子吟》,想起自己喜欢的诗人白居易的《秦中吟》,想起白居易有60多首诗歌是在病中所作,标题也是《病中吟》《病中作》之类,于是,他想自己身体虽然没有生病,但心中苦闷如病,想到此,他把《安适》改为《病中吟》。在署名时,他想哥哥为体现文学上的追求,将寿彭改为"半侬",我也要表现自己在音乐上的追求,将寿椿改为什么名字好呢。于是,他翻起书来,翻来翻去,翻到自己在常州府中学堂美术课上画的一幅铅笔画,画面十分生动美丽:仙女裙裾飘曳,在空中边飞舞边撒百花,画旁还题配了唐代诗人宋之问的一句诗:"天女散花,缀山林之草树。"

他一看来了灵感,自己如果像天女散花一样把国乐的花朵散向中华大地,该多好啊!于是就改名叫"天华"!接着,他端端正正用毛笔写下"刘天华"三个字。二胡没有独奏曲,自己创作了这首独奏曲,如果能够发表,就是在音乐领域里找到突破口了,自己也算是有所作为了!想到此,他激动起来,想到哥哥在上海中华书局当编译员,将《病中吟》寄给哥哥,请哥哥帮助发表。但是如果是凭借哥哥的力量出版,会给旁人造成一种错觉:这不是真本事,这只是靠他哥哥才发表的。想到这里,他的脸红了,高涨的情绪低落下来,将给哥哥的信撕个粉碎。重新拿一张信笺,将《病中吟》寄给了上海《世界书局》。信寄出后,他天天盼回音,盼星星盼月亮,两个多月后,终于等来了一封回信,信中问,他是什么学校毕业的,哪位名师传授的,是否出国留过学,现在在什么地方工作。

他立即回信,一一作了如实回答。没有想到,他的回信寄出后不到十天,《病中吟》就被退回来了,退稿时连个只字片语也没有,这下他懂了,退稿的原因就是因为自己没有名师传授,没有辉煌的学历与资历。于是,从来没有过的自卑,从没有过的黑暗,笼罩上了他的心灵。

但他不甘心,想想哥哥不也是跟自己一样中学辍业的学历,却能靠一支笔在上海出名。他认为《病中吟》是自己的感悟,是心声,是自己创作出来的一首二胡独奏好曲子,于是他到街上买了几张蜡光纸和有光纸,到翰墨林小学堂,借了一块钢板,用蜡纸刻写了《病中吟》曲谱。油印好以后,装订成小册子,接着他拿着小册子,汗流浃背,兴冲冲来到辛亥革命时曾代售过《江阴杂志》的一家大书店去,店主看了看封面上"刘天华"的名字说:"这刘天华如果是国乐鸿儒,乐界翘楚,只要有书来我就售,如果不是,另请别家。"刘天华又一次感受世俗偏见,回到家中,辗转难眠,但想到二胡是受广大民众欢迎的,于是第二天一早,他来到江阴城内最大的方桥茶馆门口,茶馆旁边有不少摆摊的小商小贩。此时,他的脸一阵红一阵白,想想自己竟然沦落到这般境地,但又想,你责备他人把人分三六九等,你自己呢?他镇定下来,手拿着曲谱先朝一个候在茶馆旁的中年黄包车夫走去,问:"叔叔,你要买二胡曲谱吗?"

车夫看了看他手中的小册子,抱歉地说:"我很喜欢听拉二胡,但我不会拉,我也不识字,小伙子,你要卖给会拉二胡又识字的才好。"

这话提醒了他,于是,他来到涌塔庵找彻尘法师。彻尘法师接过曲谱一边看一边哼了起来,哼一段后停下,看着封面上印的《病中吟》和"刘天华"三个字,欢喜地说:"寿椿,天华天华,天地精华,音乐就是天地精华呀,这名字改得好。还有这曲子,写得好。过去我们拉二胡的,拉来拉去,没有自己的曲子,现在总算有了这独奏曲《病中吟》,这总算是开天眼啰!"接着,他从里屋取出一把铜元,"我买一本。"

"怎么好意思收你的钱呢?再说,也不要这么多钱。"

"这样吧,你把小册子放在我这里,我做法事、道场时帮你代卖。"

彻尘法师的支持与鼓励好似漫长夏天里的一缕习习凉风,刘天华对自己的作品更有信心了。这时,他也收到哥哥从上海的来信,信中说:"目前正是各个学校决定下学期人事之际,常州府中学堂现在改为常州第五中学,童伯章是常五中校长。你的音乐才能,童校长是了解的……"

刘天华从未奢望过,也根本不敢去拜望童伯章,但哥哥的来信指明要他去找童伯章。于是,他鼓起勇气,带着那把蛇皮竹筒二胡和《病中吟》初稿,惴惴不安地去了常州母校,拜望童校长。童校长听他结结巴巴讲完离开母校四年后的经历,温和地说:"既然你离校后接触了不少乐器,让我先欣赏欣赏吧。"说完,就和天华一起来到游艺部。一看到那些乐器,刘天华的目光就活泼了起来,认真地将单簧管、双簧管各吹了一个乐段,接着,拿起小提琴还拉了一曲,童校长认真地聆听着,不时点头微笑。之后,二人来到隔壁的民乐室,天华拿起唢呐吹奏了一曲,童校长听了眉眼漾着笑意。最后,他拿出《病中吟》小册子:"童校长,这是我作的二胡独奏曲《病中吟》,原名叫《安适》,已经改了几遍,到现在还是不太满意。"

"这是你创作的?"童校长接过《病中吟》,又惊又喜,一边认真翻看着一边说,"快拉给我听听。"

天华点点头,拿起随身带的那把二胡,在一张方凳上坐下,开始拉起《病中吟》。当他演奏完,汗水已经湿透了衣衫。他看到童校长听完后好像陷入沉思,一言不发,心中有点着急,鼓起勇气说:"童校长,我恳求你帮我介绍个工作。能当小学教员是最好,如果不行,我留在母校当个校工也可以。"

"什么,你说什么?"童校长两只眼珠盯着他,激动地大声说,"天华,你不要把自己当一棵草,你是一颗明珠,你能创作出这样一首二胡独奏曲,是前所未有的,是很了不起的。"顿了一顿,他缓和下口气说,

"当然这首曲子在演技、音色上还要再丰富一些,要进一步充分发挥二胡的特色。"最后,他郑重起来,对天华认真地,一字一顿地说,"现在我决定,从下学期开始,本校聘请你为音乐教员。"

天华简直不敢相信自己的耳朵:"童校长,我的学历能胜任中学教员吗?你不能为了同情我而降低要求吧。"

"哈哈哈!"童校长爽朗地笑了,"天华,我是一校之长,绝不会用同情来误人子弟,我看中的是你的真才实学!"

"我一定会努力,我绝不会辜负你的希望!"天华听了激动得不知说什么才好,发誓般反复表示着,泪水止不住地流了下来……

天华回到江阴后,立即写信将喜讯告诉哥嫂。收到信后,刘半农十分高兴,因他工作忙,手中的稿子多,实在走不开,立即安排朱惠回江阴。朱惠回江阴后,帮天华准备行装:"你哥关照,为人师表要注意穿着。"特地带天华到裁缝店缝制了两件新衣。

天华带上二胡和行装,又将认真修改过的《病中吟》初稿、字帖、书籍、日常用品等,用一根扁担挑起。临行前几天,他带着暑假在家的北茂,到三甲里殷家棣去了一趟,亲戚和岳父殷可九都为他能到常州母校任教而高兴。回城前,殷阿大羞红着脸送上一大一小两双崭新的黑布鞋,这是她亲手缝制的。北茂开心地接过鞋,连声说:"谢谢二嫂。"

赴常州任教的前夜,他在家中再次拉奏了《病中吟》并又作了修改。第二天一大早,与大嫂、北茂告别之后,他便挑着行李,离开了家,离开了西横街,离开了江阴,去常州母校任教。

重返母校

刘天华正式到常州母校任教，每月工资十元。他很开心，很珍惜这份工作。他在教学上十分认真，在音乐课上采用五线谱、简谱教学，同时还传授工尺谱，中西音乐融合，改革教学。在实践过程中，他知道工尺谱不是一个完美的谱式。始创于隋唐，到宋代才基本定型的工尺谱，只能标明一个乐曲的节奏轮廓，至于细致的节奏变化和半降音等无法说明，在实际演奏中有出入。他将《病中吟》的工尺谱印发给学生，就出现了这种情况。他用比较的方法研究中外乐理，认识中外乐理之间的长处、短处，用现代音乐的乐理处理工尺谱。刘天华将这传统的谱式译成五线谱，编成讲义，这样，学生能接谱自读，容易理解接受，很受学生欢迎。此外，学生们还发现他们的这个音乐教员，无论是西洋乐器还是民族乐器，无论在乐理上还是演奏上，都有两下子。特别是二胡，不但拉奏得好，而且还会作曲。真正地才华横溢啊！同学们私底下说起他，无不佩服，有个圆脸教员认为言过其实。

一天下午，"圆脸"对刘天华说："听说你二胡拉得好，我从小就爱唱戏，不知你今天肯不肯给我伴奏，让我欣赏你的琴技。"

"谈不上好不好，正在学习提高中。"刘天华说，"你唱哪段，我来给你伴奏。"

圆脸一听他答应了，立即去把一个会敲板鼓的教员请来，这两个人私底下窃窃耳语了几句。圆脸整整衣衫就开始唱了，唱得果然不错，韵味十足，但仅仅才唱了两句，敲板鼓的就把鼓点打错了。板鼓是二胡的引领前奏，板鼓朝东，二胡不能朝西，板鼓乱套，二胡也就乱了套，板鼓打错了，圆脸的音调也变得忽高忽低。刘天华先是用眼神示意二人注意，但二人依然如故，刘天华一看没辙，赶紧随机应变。当他感觉板鼓要撒野时，就预先拉住，当圆脸唱腔要走偏时，他预先把弦音定得恰到好处，就这样，尽管板鼓敲得乱，圆脸也唱腔走调，但他二胡的旋律像一条清澈的小溪水活泼地不断绕开大大小小的石头，欢快朝前流淌。

对板鼓、圆脸和二胡的对台戏，围观者并没有感觉到什么异样，只是看到一曲完毕，敲板鼓的一个劲对天华说"惭愧！惭愧！"，唱戏的圆脸朝天华拱手作揖说"佩服！佩服！"。而趁此锻炼一下应变能力的天华只是真诚地回答："谢谢你们对我的帮助。"

刘天华很快熟悉、适应了母校的工作环境，在一切走向正轨之后，他总是想为母校做点什么：他认为音乐是民族文化中不可缺少的部分，他深信对整个国家来说，"移风易俗，莫善于乐"。他想母校在音乐活动上有着优良传统，当年，他在母校军乐队就受益匪浅，于是，他向校方建议恢复和扩建军乐队和丝竹合奏团，特别是成立丝竹合奏团的建议，得到了童校长的大力支持。童校长说："中国几千年的音乐体现在两个方面，一是象征封建统治的雅乐，二是来自民间的俗乐。现在俗乐越来越受大众欢迎。地方戏曲有昆腔、高腔、梆子、皮黄四大声腔等几百种剧种，说唱音乐有鼓词、评弹、道情、琴书等曲种，器乐有古琴、琵琶、二胡、笛等，不少地方还发展了不同理念的器乐合奏。民乐历史悠久，真正是绚丽无比。民间有许多这方面的高手，你要注意收集挖掘。"最后校长还对他语重心长地说："明代有个著名的戏曲音乐家叫魏良辅，在昆腔的革新上，作出了重要贡献，使昆腔获得了新生命。艺术永远是朝前发展的，人类对艺术的探索，从来没有停止过，希望你在这条道路上越走越宽广。"

在天华的尽心尽力下，军乐队和丝竹合奏团成立起来了。由于队员水平不齐，他就将学生分成甲、乙两组，水平高的、接受能力强的在甲组，其余在乙组。会的教不会的，已经学过的教初学的。当乙组队员够得上甲组水平时，可以升到甲组，这样既解决了乐器不足，又调动了大家积极性，并且便于指导、肯定，如此一来，学生进步得很快。

此外，刘天华在教材上也费尽心思。当时还没有中国人自己编著的乐理书出版，他采用的是英语原版乐理书，教学方法生动、活泼，学生们很乐意接受。总之，他以母校为立足点，在搞好教学的同时，在音乐道路上一步一个脚印朝前走。

一到星期天，刘天华就走出学校大门，到天宁寺走访。天宁寺是江南著名的四大丝竹基点之一，不少和尚是丝竹高手。天华常和他们切磋，他在这里进一步提高二胡技艺，熟练琵琶弹奏，并收集、记录了一些带有宗教色彩的曲目。

他心情愉快地把自己在母校的所有情况写信到上海。刘半农回信说，看了他的信，心中很是欣慰。此外刘半农还嘱咐他，别忘记了阿爹的心愿，寒假在家准备跟殷阿大结婚事宜。

刘半农于过年前回到江阴家中。这即将过去的 1915 年，他在上海勤奋笔耕，写作产量很高。写作费脑费神，十分辛苦，加上他为节约钱与时间，常常是大饼、面条、馒头充饥。劳累加上营养不良，人明显瘦了许多，朱惠十分心疼，刘天华更是过意不去。虽然每月十元工资，但他省吃俭用，把积蓄的数十元钱拿出来交给朱惠。朱惠说："你马上要结婚成家，你的钱留着。"刘半农也笑着说："我瘦是瘦了好几斤，但精神好。我算了一下，还清所有债务后，多余的钱给二弟结婚用，够了。"实际上，钱还是不够，刘半农和朱惠私下悄悄地商量后，将朱惠陪嫁的玉镯子、金耳环等拿到当铺当了，凑了一些钱。之后，择了最近的黄道吉日，刘半农为刘天华和阿大办了喜事。

新婚之夜，阿大羞涩地端坐在床边，刘天华走过来问她："我家条件不好,你真的愿意跟我过一辈子?"阿大点点头。

"跟着我,你以后不会后悔吗?"阿大摇摇头。

"我喜欢音乐。你会讨厌我拉二胡,吹笛,弹琵琶吗?"

"我喜欢听。"

"你喜欢听,现在我就拉一段给你听听。"刘天华立即拿起二胡,坐到妻子身旁,准备演奏一曲,阿大一看,赶紧制止,手指朝南指指:"现在已经很晚了,不要影响阿哥、阿嫂休息。"

刘半农、朱惠的房间在二进屋南间,刘天华、阿大的房间在二进北间,中间隔了一间厅堂。刘天华听了妻子的话,不禁傻笑起来,他心里认定了这个妻子。

几天后,刘天华请哥哥给妻子起个名字。他说:"阿大阿大的叫着不正规!"

刘半农赞同,于是认真地翻着《康熙字典》,琢磨了很久,然后,去敲小两口房门:"名字起好了,就叫'尚真',崇尚真理的意思。另外咱们江阴人习惯给女孩起名珍啊凤啊的,'真'与'珍',又是同音。你认为'尚真'这名字怎么样?"

天华一听十分高兴,说:"阿哥,名字起得太高了,起得太高了。"

"真是个傻弟弟,名字还有起得太高的?"半农一听禁不住笑了,顿了一顿,征求阿大意见,"你看'尚真'这个名字怎么样?好听吗?"

正坐在桌旁给北茂缝补衣裳的阿大听了, 心里想:"大伯待我真好,还来征求我这个不识字的人的意见。"她十分开心地连声说:"好听,尚真这名字真好听!"

从此后,殷阿大改名为殷尚真。殷尚真对丈夫关心备至,对小叔子北茂照顾周到,勤劳又节俭,减少了刘天华生活上的很多困难和忧虑,使他能够专心致志于音乐事业。

《我之文学改良观》

由于家中上小学的北茂有尚真照顾，刘半农和朱惠很快回到上海，依然住在铜仁路明厚里一号。由于发表的文章多，稿费收入也多，每月少则十几元，多则五六十元，在一石米三元左右的当时，日子过得相当安稳舒适，更让刘半农高兴的是朱惠有了身孕。1916年9月30日，刘半农、朱惠的长女小惠出生。刘半农既高兴又伤感，高兴的是妻子终于怀孕，生下孩子了，伤感的是父亲刘宝珊没有等到这一天，带着遗憾走了。

这时，秋意正浓，中华书局出现财政危机，刘半农辞职。辞职后，他到上海实业学校（上海交大前身）和上海铁路学校当教员，每周十八课时，教国文和英语，课余写作、翻译。在喜得女儿后的10月份，他首次在《新青年》2卷2期上发表译文《灵霞馆笔记·爱尔兰爱国诗人》。

刘半农在上海最初是靠翻译作品走上文坛的，近五年来，他向读者介绍了俄国列夫·托尔斯泰、屠格涅夫、高尔基，丹麦的安徒生，英国的狄更斯，美国的华盛顿·欧文等等，还与中华书局的同事周瘦鹃、陈小蝶、严独鹤等同事合作翻译了《福尔摩斯探案全集》。这些译文在当时对开拓人们的视野起着有益的作用。1916年5月的《小说海》发表了他翻译的俄国作家高尔基的小说《二十六人》：

　　我们一伙子有二十六人，这二十六人简直是二十六部活机

器,锁闭在一间阴湿的下层房屋里,自朝至暮不绝地把面粉捏成
饼子……窗格之外张了一张密密的铁丝网,玻璃上被尘埃面粉蒙
着,连日光也不能透入。我们的雇主知道我们有许多同伴现在正
失业,快要饿死,恐防我们把他的面包当作春风人情,所以窗格用
铁丝网闭了起来……

从刘半农翻译的作品中可以看出他十分同情穷人,也可以看出他
与鸳鸯蝴蝶派在骨子里有很大区别。刘半农的译文清新、活泼、流畅,
由此引起了《新青年》主编陈独秀[1]的关注,向他约稿。

于是,从 1915 年 9 月《新青年》创刊以来就十分关注《新青年》上
面文章的刘半农来到编辑部,拜访陈独秀。在《新青年》编辑部,两人畅
谈了好久。

灰布长衫,风度儒雅的陈独秀对身穿干净长衫、脚穿鱼皮鞋、个子
不高不矮、方脑袋、眼睛炯炯有神的刘半农,表示了热忱的欢迎。双方
首先介绍各自经历,当刘半农谈自己的经历时,陈独秀从桌上拿起笔,
潦草地记下了他的简历:江阴人,常州府中学堂肄业,从过军,在上海
当过编剧、编辑、编译员,现当教员……谈完各自经历,刘半农心里对
年长自己数十岁的陈独秀有一种相见恨晚的感觉,他说:"陈先生,贵
刊创刊号《敬告青年》提出的 6 条宗旨,我十分赞同。闭关自守的中国

---

[1] 陈独秀(1879—1942),中国近现代革命家、改革家、启蒙思想家。出生于安徽安庆一个
书香门第,中过秀才。1897 年就读于杭州求是学院(浙大前身)。1899 年因反清言论被开除。
1901 年留学日本。1903 年参加拒俄运动。1905 年,在安徽创建反清秘密组织岳王会,任总会
长。1909 年冬去浙江陆军学院任教。1911 年,辛亥革命不久,任安徽省都督府秘书长。1913 年,
参加讨伐袁世凯的二次革命,失败被捕入狱。出狱后,1914 年到日本,协助章士钊创办《甲寅》
杂志。1915 年 9 月,在上海创办《青年杂志》,因跟上海青年会的杂志同名,被迫停刊。于 1916
年 9 月复刊,改名为《新青年》。《新青年》积极倡导科学、民主,提倡文学革命,反对封建的旧思
想、旧文化。陈独秀除担任主编之外,还亲自撰稿,发表大量文章抨击封建专制,提倡新道德、反
对旧道德,提倡新文学、反对旧文学。《新青年》在抨击旧思想、旧文化的同时,还向读者介绍国
外新思潮,是中国近现代最早的思想文化刊物,具有里程碑意义。

太落后,我们不能麻木不仁。"两人就这个话题,越谈越投机,最后陈独秀思想敏锐、言辞犀利地说:"今日中国,列强虎视眈眈,军阀混战,民不聊生,现状只有总结辛亥革命的教训,把德谟克拉西(民主)和赛因斯(科学)这两位先生请出来,中国才有希望。在这阴霾密布的日子里,我们《新青年》提出反对复古倒退,大力破除旧封建、旧文化、旧思想。中国的希望应该寄托在广大青年。我们《新青年》杂志向守旧派宣战!为青年,为中国光明的未来摇旗呐喊!"

刘半农认真地聆听着,点着头,为陈独秀追求真理的精神折服。心中想:自己在上海滩上认识的那些文坛大腕,根本不能跟陈独秀相提并论,无论是思想上、境界上,还是对中国文化的认知上。

离开《新青年》编辑部后,他十分认真地对待陈独秀的约稿。当时《新青年》正向读者介绍《法兰西人与近代文明》《现代文明史》《东西民族根本思想之差异》等等。他分析研究,努力搜集资料,以《灵霞馆笔记》为总题目,从 1916 年 10 月 1 日《新青年》第二卷第二期开始,在《新青年》上翻译、发表了大量宣传爱国主义、英雄主义、自由与民主等文章,如《爱尔兰爱国诗人》《拜伦遗事》《缝衣曲》《欧洲花园》等等。也由此跟陈独秀成为朋友。

1916 年冬,陈独秀到北京募集《新青年》出版资金。离开上海前,他请刘半农校阅苏曼殊寄给《新青年》的短篇小说《碎簪记》。早在 1916 年春天,刘半农在一位朋友家就跟刚从日本经上海要回杭州的苏曼殊见过一面。刘半农在校阅《碎簪记》时,给在杭州的苏曼殊写信,问其小说中梵语"达吐"的含义。收信后,苏曼殊很快回信,信中除回答刘半农所问之外,还提到了刘半农在《新青年》上发表的有关拜伦的文章。刘半农回信,如此,一来二往,通了三次信,后因刘半农回江阴过年,联系中断。虽然只通了三次信,但在彼此的心里仿佛是交往多年的朋友。

刘半农携妻子朱惠,抱着襁褓中的女儿小惠回江阴过年,跟天华、北茂、尚真团聚。回江阴前,刘半农辞去了上海实业学校、铁路学校的教职,决定在江阴家中多待些日子。因为《新青年》带给他的冲击太多,他要思考一下自己今后的文学之路。期间,他到南菁借书看书时,受到了图书馆管理员的欢迎。管理员指着架上的《中华学生界》《小说海》等刊物说:"我们常在这些杂志上拜读你的大作。"

刘半农点头谦虚而又有些自得地笑笑:"今天我主要是来看最新一期的《新青年》的。"

"《新青年》上也常刊登你的大作。"管理员又恭维说。

"我在《新青年》上发表的大都是译文,不能称大作。"刘半农认真解释了一句之后,坐下,翻开1917年1月第二卷第五号的《新青年》,认真阅读胡适在上面发表的《文学改良刍议》:

吾以为今日而言文学改良,须从八事入手。八事者何?

一曰,须言之有物。

二曰,不摹仿古人。

三曰,须讲求文法。

四曰,不作无病之呻吟。

五曰,务去滥调套语。

六曰,不用典。

七曰,不讲对仗。

八曰,不避俗字俗语。

在当今中国,无论是学生所读课本还是文艺书籍,都被之乎者也,矣焉哉乎主宰。胡适的这篇文章像龙卷风一样把中国几千年流传下来的,所谓金科玉律一下子卷起又摔下。

胡适这篇文章触动了他的心灵,他读了一遍又一遍,还将这期《新青年》借回家,将胡适的《文学改良刍议》一字一字地抄录下来,反复琢磨思考。紧接着,第二卷第六号的《新青年》上,刘半农又读到了陈独秀的《文学革命论》：

> 今日庄严灿烂之欧洲，何自而来乎？曰，革命之赐也……文学艺术亦莫不有革命，莫不因革命而新兴而进化……
>
> 余甘冒全国学究之敌，高张"文学革命"大旗，以为吾友之声援。旗上大书特书吾革命军三大主义：曰推倒雕琢的、阿谀的贵族文学，建设平易的、抒情的国民文学；曰推倒陈腐的、铺张的古典文学，建设新鲜的、立诚的写实文学；曰推倒迂晦的、艰涩的山林文学，建设明瞭的、通俗的社会文学。
>
> ……予愿拖四十二生的大炮，为之前驱！

胡适的《文学改良刍议》是向旧文学的挑战，陈独秀的《文学革命论》更是向旧文学攻势的凌厉决战！刘半农一遍又一遍读着这篇文章，心情久久不能平静，怀着激动的心情把这本《新青年》带回家。坐在自己房间里，木格窗前的书桌前，刘半农先把陈独秀的《文学革命论》一字一字认真抄录下来，再一遍又一遍读着，香烟一支接着一支。他在上海工作，冥思苦想写文章时抽支烟，久而久之，成了习惯。烟雾蒙蒙之中，他的方脑袋里仿佛在翻江倒海！他认识到，胡适提出的八种改良、陈独秀提出的三大主义，是向旧文学宣战，今日中国正面临一场巨大的变革！

在这同时，刘半农也看到了守旧派代表人物林纾[1]回击胡适《文

---

[1] 林纾(1852-1924)，原名群玉，字琴南，号畏庐。福建闽县(今福州市)人。我国近代著名文学家、翻译家。出生农家，读书极为刻苦，买不起书，借别人书来抄。1882年中举后，将全部精力投入到古文学研究之中。辛亥革命后，在正志学校讲授桐城派古文。桐城派是我国清代文坛上最大的散文流派，以其文论的博大精深，著述的丰厚清正，风靡全国，亦称"桐城古文派"。林纾有一同乡好友，在法国留学五年，带回一本法国著名作家小仲马所著《茶花女》，好友把茶花女的事讲给他听，他听后非常感动，决定将这个故事传播全国。但不懂外文怎么办呢？林纾想了个办法，请朋友负责口译，他用文言文笔译。他笔译的《茶花女遗事》出版后，轰动全国。从此他一发不可收，用这样的方式，翻译了近二百部欧美小说，译笔流畅，文字优美，既能保持原著风貌，又能以"画龙点睛"之笔，补原著未尽意之处。此外，林纾的诗、文、字、画都非常好。

学改良刍议》而发表的《论古文之不宜废》。

刘半农翻来覆去琢磨胡适、陈独秀、林纾的文章,心里想:眼前的自己在上海文坛虽然有了点名声,今后即使不工作,靠一支笔写写挣稿费也能养家过日子。但如果一篇文章,在语汇上大众不理解,内容上大众不接受,这算什么文章?自己这几年在上海发表的文章,还留着辫子,裹着脚布,呻吟什么"春闺""鹃啼""残更",什么"善哉善哉""如是如是""之乎者也"。当今文坛太堕落,太令人窒息,好的诗歌诗词,都是在民歌民谣的基础上才获得千古流传,永恒的文学是离不开大众语汇的。于是,他决定向旧文化宣战,跟旧文化彻底决裂!他认为陈独秀说得对,这场新旧文学的决战关系到民族前途!

胡适的《文学改良刍议》、陈独秀的《文学革命论》这两篇文章,使刘半农白天饭不思,长时间坐在书桌前,铺好纸张,举笔但不落笔。晚上,躺在床上辗转难眠。朱惠担心他的身体,他告诉她:"我在想一些问题。"于是,这几日,家中无论是谁都不敢打扰,连家中那只叫"雪里拖枪"的老猫也识趣地离他的书桌远远的。

直到有一天半夜,朱惠看到他起床,点亮油灯,端坐在书桌前,铺好纸张,研墨,举笔蘸墨,随即埋头奋笔疾书,写下标题:《我之文学改良观》。朱惠躺在床上屏声凝息地看着,被他从来没有过的严肃、认真的神情,以及有力的下笔态势,完全震撼住了!

刘半农的《我之文学改良观》刊登在 1917 年 5 月 1 日《新青年》第二卷第三号上。在文章中,他首先表明对胡适的八种改良、陈独秀的三大主义"绝端表示同意"。接下来,他提出要明确"文学之界"。刘半农认为"文字"和"文学"二者不能"并做一谈",明确指出哲学、新闻、公文、祭文、颂辞、墓志铭等等不属文学范围。在文学上有永久存在资格与价值的,只有诗歌戏曲,小说杂文,历史传说。在明确了"文字"与"文学"之界后,他指出"文字为无精神之物"。

接着他具体地提出了文学方面的改良。首先谈到了散文改良方

面,要注意三点:

第一,破除迷信。他说他提出的破除迷信看上去好似与胡适八种改良中的第二项"不摹仿古人"之说相同,但胡适仅说在文之文不应摹仿,而他提出的是首先打破崇拜旧时文体之迷信,"言为心声,文为言之代表""心灵所至,可随意发挥"。

第二,文言与白话暂时处于对待地位。因为文言和白话各有所长,各有不及之处。他说他对胡适、陈独秀提出的"废文言而用白话"深信不疑,坚决支持。但这种改革不是"一蹴可几"的事。文言尽量浅显,白话尽量吸收文言简炼、传神优点。文言向白话转化,促使白话之新文学早日到来。

第三,不用不通之文字。

散文改良三点说完,按下来他说韵文三点:第一,破坏旧韵,重造新韵,可土音押韵,也可以京音为标准,或"撰一定谱,行之于世"。第二,要增多诗体,供新文学上诗之发挥。他将英国、法国做对比,英国诗歌体裁多,因而诗人辈出;而法国之诗戒律极严,因此法国文学史中,诗人的成就根本无法跟英国比。不仅将英、法做对比,还特别指出"汉人既有自造五言诗之本领,唐人既有自造七言诗之本领,吾辈岂无五言七言之外更造他种诗体之本领耶"。第三,要提高戏曲在文学上的地位。为此,提出了改革戏曲的四点意见:用白话改唱词,"无论南词北曲,皆须用当代方言之白描笔墨为之",等等。

刘半农在《我之文学改良观》最后还就文字形式的改革提出了一些具体意见,例如分段、句逗号与符号、圈点等等。在文章结尾,还特别指出"余赞成小说为文学之大主脑,而不认今日流行之红男绿女之小说为文学"。

胡适《文学改良刍议》的八种改良只说了形式,没有具体内容;陈独秀《文学革命论》提出的三大主义,指出了新文学改革的大方向;而刘半农的《我之文学改良观》从文字文学的界说起,在散文、韵文、戏曲、文学作品形式等多方面提出了具体的改良意见,使胡适、陈独秀提出的新文学在理论上更完整,在实践中更具有可行性、操作性,进一步推动了新文学革命的发展,对新文学革命作出了独特的贡献。

1917 年,在《新青年》杂志上,胡适提出的改良旧文学八种形式、陈独秀宣扬的文学革命三大主义、钱玄同指出的旧文学种种弊端,刘半农发表的《我之文学改良观》在全国掀起了文学革命狂飙,猛烈冲击着一潭死水的中国文坛!

《我之文学改良观》在《新青年》上发表后,不到十天,刘半农收到了上海的林墨之来信,信中说:这几个月来先是胡适在《新青年》上提出《文学改良刍议》,这其中还说什么不避俗字俚语,难不成连苏北话"这块,那块,乖乖哩个咚"也要登文学殿堂?胡适的八种改良纯粹是胡说八道!更令人骇异的是,陈独秀在《文学革命论》中狂妄地叫嚣革命军的三大主义,要推翻贵族文学、古典文学、山林文学……真是欺师灭祖,倒行逆境。吾辈之文,代代流传,根深蒂固,岂是说推翻就推翻的,简直无法无天!自胡、陈发文以来,有盲从者,如钱玄同摇旗呐喊,将我们咒骂成"桐城谬种,选学妖孽"。这三个狂徒似乎非此不足以救国。总以为除这三个狂徒之外,不会有其他附和者了。没有想到,你也被胡、陈所惑,在《新青年》上发表《我之文学改良观》,这真是出乎我的意料!你年轻,千万不要意气用事,我和沪界文坛朋友们莫不为你惋惜,痛心!你在上海文坛有今天的成绩,来之不易!你的文章,我是十分称道的!文坛泰斗林纾、徐枕亚他们对你也抱着殷切希望!你年轻有为,前途无量!今日给你写信,是希望你能跟陈、胡划清界限,用你如椽之笔,重新写个长篇大论,对文言作出公正评价,使被陈、胡蛊惑者能清醒头脑,则文坛之幸,国家之幸!信的结尾是林墨之代沪上新创办的《眉语》小说杂志向刘半农约稿,稿酬从优。

看到他读信时眉头紧蹙,朱惠问:"谁来的信呀?"

"林墨之来信,要我悬崖勒马,向陈独秀、胡适反戈一击。"

朱惠知道林墨之赏识他，帮助他在上海文坛立足，有恩于他，于是这样对他说："林墨之了解文化界的情况，他的话也许是为你好。"

"林墨之对我有恩，但个人感情不能代替真理呀！"

"你是铁心要跟陈独秀了！"

"我的事你不要多管多问！"刘半农打断朱惠的话，顿了一顿，"这不是跟哪一个人的事。新文化代替旧文化，白话代替文言，这是必然的！就像我们推翻清朝，每个人剪掉辫子一样。要让林墨之他们一下子接受新文化是很难的。"

之后，他决定去上海一趟。他带了三样江阴土特产——黑杜酒、粉盐豆、马蹄酥，登门拜访林墨之。林墨之见到他，十分高兴，一番寒暄后，在客厅坐下，边喝茶边聊，林墨之笑呵呵地先切入正题："我知道你年纪轻很聪明，会动脑筋，写《我之文学改良观》是一时糊涂。"

"我不是一时糊涂，我是经过深思熟虑的。"刘半农坦诚地告诉他后，顿了一顿，接着说，"自辛亥革命胜利果实被袁世凯窃取，他登上总统宝座后，就鼓吹君主立宪，复辟当皇帝。虽然他魂归地府，但阴魂不散，今日中国军阀统治，专制愚昧，复古倒退，民不聊生，在这阴霾笼罩下，《新青年》陈独秀、胡适他们提倡新文化，反对旧文化，也是为今日中国寻觅一条出路。"

"半农呀，国家大事，不是我们这些摇笔杆子的人能管得了的。古往今来，'朱门酒肉臭，路有冻死骨'这种现象一直存在。你千万不要跟在陈独秀、胡适他们后面走！你在江阴时，我给你写的那封信，不是我一个人的意见，是跟文坛老友们相聚时，大家提出来，并委托我写的信。你年纪还轻，你在上海文坛还有发展，你的大好前程不要断送在陈独秀、胡适这些狂妄无知者手中！"

"林先生，你对我的提携，我不会忘记。你写信给我也好，今天对我说这些话也好，我知道你都是为了我好！林先生，我并不是为陈独秀、胡适辩护。陈独秀留学日本，胡适留学美国，他们都是有知识、有文化的人,新旧文学之争,并不仅仅是取消几个之乎者也、几篇古文、几个韵脚,而是让广大青年认识到当前中国的现状!"刘半农越说越激动,接着又慷慨激昂地说,"我们要认识到只有科学才能破除迷信,只有民主才能冲破封建牢笼!新旧文学之争绝不是个人恩怨,而是直接关系到国家的命运前途!"顿了一顿,他语气缓下来,"林先生,别的不看,就看这上海,经济被洋行买办操纵,上海的土地被洋人来瓜分,划租界……"

不等刘半农再说下去,林墨之接了上来。"说句良心话,我对中国的现状,上海的现状,上海的文坛,也有些想法。"他推心置腹地说,"不过话得说回来,我们中国流传千年的骈文,一字一句,错彩镂金,博大精深,不是俗言俚语的白话所能比的。还有,要说句笑话,你们在《新青年》上提到一些名词,有的我也弄不清子丑寅卯,让我这个近六十岁的人再去学打拳,是比较困难的。"

"林先生,世界是不断进化的。中国人剪辫子时,不是斗争也相当激烈吗?"

"我老了,真的老了,"话到此处,林墨之顿了一顿,黯然伤神地说,"可能真的是跟不上时代了。"

刘半农拜访林墨之之后,到《新青年》编辑部去了一趟,送去了来上海之前刚写出来的文章《诗与小说精神之革新》。

当这篇文章刊登在1917年7月《新青年》第三卷第五号上时,刘半农早已离开上海,回到江阴。因天气燥热,家离西城门很近,西城门外就是大运河,每天傍晚时分,刘半农总喜欢到运河边上散步,吹吹河风,看看运河中的船只,听听船歌。在这7月里,天华、北茂都放暑假在家中,这天傍晚,刘半农、刘天华在运河边上散步。天华说:"阿哥,你在《新青年》上刚发表的这篇《诗与小说精神之革新》和5月份发表的《我之文学改良观》,我看了好几遍,我认为你的水平不比曾到外国留学的陈独秀、胡适他们差。现在他们都在全国最高学府北京大学里,而你却只能待在家中……"

刘半农听了"嘿嘿"一笑："老弟呀，莎士比亚说：'一个人思虑太多，就会失去做人的乐趣。'你想想诗仙李白、诗圣杜甫的遭遇，但他们都没有在困境中消沉，而是写出千古流传的诗歌。还有我一再对你讲的朱载堉，他的十二平均乐律就是在困境中潜心研究出来的！现在对于你阿哥来说，我有一支笔，靠山吃山，靠笔吃笔，照常生活！"顿了一顿，他又说，"我回江阴后一直忙于写东西，你和小弟暑假里，我也一直没陪你们出去玩玩。这样吧，择日不如撞日，明天咱们带北茂一起乡下去走走，采采风。"

第二天，刘半农、刘天华、刘北茂兄弟仨先到舅舅家做客。舅舅家村外有一条通江小河，河坡上有一棵大树，树旁有座牛车棚，一头大牯牛被蒙着眼，绕着水车盘不紧不慢地转着圈，将河里的水戽出来灌溉稻田；大树下牛棚的阴影里，被生活累弯了腰的发豆芽菜的老汉，因夏天不能发豆芽，来看守牛车棚，他满脸褶皱，眯着眼，手持着挂着烟袋的竹烟筒，时不时地抽上两口，一副悠闲又满足的神情，一只黄白相间的小土狗趴在裸露的树根上，陪着老汉。刘北茂留在舅舅家里，跟村上同龄小孩们玩，刘半农、刘天华来到牛车棚。刘半农从口袋里拿出包香烟，抽出一支送到老汉手里，老汉接过后，快活地说："又来听我唱山歌啦？"

"老阿伯，你唱的山歌里有不少学问呢，我们百听不厌！"

"好，好，好，今天我再唱两支山歌给你们听听，"老汉乐颠颠地张开老掉牙的嘴唱起来了："太阳似火烧，晒得我郎背皮焦，天呀，天呀，你为啥勿撑朵乌云遮没我郎背，哪怕我当落仔罗裙……"

刘半农一边认真地听着，一边用随身带的本子和笔，把山歌一句一句记下来，而天华特地带了本子根据唱的调儿记歌谱。在舅舅家待了两天后，兄弟仨又到姑妈家。前后下乡，一个多星期。

回家后的第三天下午，后园树阴下，刘半农短裤，赤膊坐在竹靠椅上看书，"雪里拖枪"匍匐在他坐的椅脚旁打瞌睡，刘半农看书看得入神，突然被打断！

"大哥,大哥,信! 信!"北茂举着一封信连蹦带跳来到后园,"大哥,刚才我听到门铃响,去开门,邮差送来一封信,你的,北京来的信! "

刘半农有点疑惑地接过信一看,是印有"北京大学"的牛皮纸信封。接过,来到二进屋厅堂,这时,天华、北茂、抱着小惠的朱惠、挺着大肚的孕妇尚真,聚集在一起,盯着刘半农剪开封口,只见里面是一张聘书。刘半农一看,上面端端正正地写着:"敬聘刘复先生为我校预科国文教授。"他当即怔住了,大家也全怔住了! 刘半农怎么也没想到,自己连中学也没有毕业,竟然能被全国最高学府北京大学聘为预科国文教授! 这是真的吗? 是真的! 北京大学的红印章是那样地鲜亮! 校长蔡元培几个字是那样地真切! 一家人你看我,我看你,怔怔之中,还是刘半农首先清醒过来,他从妻子手中将小惠一把抱过来,在小惠额上、脸上叭叭地亲着,快活地盯着妻子:"快给我庆祝庆祝!"朱惠被突如其来的喜讯,激动得语无伦次:"对! 对! 庆祝,庆祝! 我去买肉买鱼买酒买菜!"她笑意盎然地提着一只竹篮子,迈着轻盈的步子,连遮阳伞也没撑,兴冲冲地出门去了! 没有多久,她开心地买回了一大篮子的鱼呀、肉呀、鸡呀、黄鳝呀、冬瓜呀、苋菜呀,还拎回了两瓶酒。兄弟仨和朱惠一起动手,洗的洗、切的切、烧的烧,才一会儿工夫,美味佳肴摆满了饭桌。大家从来没有这样开心过,饭桌上,天华举着酒杯敬阿哥,兴奋得不知说什么才好,翻来覆去地说:"哥,祝贺你! 祝贺你! "

北茂看到二哥这样,接着告诉刘半农:"大哥,二哥对音乐的那种钻研劲头,是谁都没有的! 我要是大学校长,我也会请二哥去当教授! "

"小弟,乐坛和文坛不同,"刘半农跟北茂解释,"大学里都有文科,而中国只有师范院校设有音乐系,其他大学都不设音乐系,另外中国也没有一所音乐学校。"

这时,天华朝北茂撇了撇嘴说:"就是嘛,我这拉二胡的不可能跳龙门! "

"二弟,你也不要灰心,我相信大学不会永远把国乐推之门外,蔡元培先生在《对于教育的意见》中,把美育列为国民教育的宗旨之一。在《美育代宗教说》的文章里,他很重视音乐,把音乐放在了陶冶人们情操的美育中。"顿了一顿,他认真地关照天华,"二弟,你钻研音乐的劲头要一直保持下去。"天华听了点点头。

这时,尚真亲切地问北茂:"三弟,你长大了想干什么呀?"

听完,刘半农、刘天华、朱惠全期待地看着北茂,北茂红着脸回答说:"我想上大学!"

"好!说得好!"刘半农听了大声夸赞,顿了一顿,说,"我和二哥都没有上过大学,三弟,你要上大学,现在就要好好读书!"

北茂一个劲地点头:"我会用功读书的。"

接下来,刘半农问:"三弟,上大学你准备钻研哪一方面?"

"这,这个我还没有想过。"北茂红着脸回答。

"我们兄弟三人,我文学,二弟音乐,我建议你专攻英语。英语用处大。"

"大哥,你这个建议好。将来即使找不到工作,三弟坐在家里搞翻译也能挣钱养家。"

"大哥、二哥,我听你们的!"北茂明确表示,"我决心专攻英语。"

"好!好的。明天上午,我带你到东门外去找李德理[1]。"

刘半农领着北茂,在耶稣教堂找到了李德理。金发碧眼、高鼻子、白皮肤、个子高高的李德理一见刘半农,满面笑容地迎上来:"刘先生,今天早上我听到喜鹊叫,知道有贵客到。老朋友,看到你,我真高兴!"

---

[1] 李德理,1868 年 8 月 6 日出生于美国北卡罗来纳州。1895 年,由北卡罗来纳州第一家长老教会——惠明敦教会(简称西差会)派到中国来传教。西差会在江苏建立了 14 个布道站,江阴站是重点布道站,是美国传教士的重要基地。李德理夫妇、海敦等美国传教士来江阴后,在江阴东门外头买了一些荒地,陆续建造了澄东耶稣教堂、福音医院、励实学堂,还兴建了教会人员的住宅,形成了一个独特的西式风格的教会人员工作、生活区域。李德理是教堂牧师,还是励实学堂的校长,他不但能说一口流利的汉语,还会说一些江阴城内方言,在江阴结交了不少朋友,江阴城内有名的才子刘半农是他的朋友之一。李德理向刘半农了解江阴的一些风土人情,刘半农向他了解美国的一些情况,还曾经向他借过英文书籍,探讨过英文、时事。

当听刘半农说明来意后,李德理认真表示:"我一定不负刘先生所托。我会亲自教你三弟的。"随即三个人商量,约定了刘北茂来跟他学英语的具体时间。

"三弟,赶紧谢谢德理先生!"刘北茂一听,立即朝李德理鞠躬致谢。

因刘半农还要办其他事,临别时,李德理高兴地问:"刘先生,听说你即将赴北京大学执教?"

刘半农听了开心地哈哈大笑。"江阴城太小,消息的翅膀一张开就全知道了。"顿了一顿,他告诉李德理,"开学还早,到时我准备提早动身到北京,做开学前的准备。"

在离开江阴前的日子里,他除走亲访友,还游山玩水。一天清早,还骑着西横街上养马邻居提供的一匹好马,出北门再往东门外,兴致勃勃地游玩了东门外数十里的香山,并写了《游香山并作记事》八首诗:"扬鞭出北门,心在香山麓……"

北京大学

　　常州到北京的火车要开一天一夜,刘半农的思绪随着进京列车的
轨道延伸开来,他心里深深地感激着陈独秀,深深地感激着蔡元培!

　　蔡元培,浙江绍兴人。22 岁中举人,24 岁中进士,26 岁是翰林。他
是中华民国首任教育总长。他学贯中西,博古通今,具有革新思想,是
中国近代民主革命家,教育家。也是走在时代前沿的大学者,这个年代
地位最高的读书人! 他创立爱国学社、爱国女学,曾被推为总理。1904
年组织光复会。1905 年,参加同盟会。1907 年,赴德国莱比锡大学研读
哲学、心理学、美术史等。武昌起义后回国,1912 年 1 月就任南京临时
政府教育总长。不久,因不满袁世凯的专制而辞职,再赴德、法等国学
习和考察。1915 年,与李石曾等在法国组织勤工俭学会,次年与吴玉
章等组织华法教育会,提倡勤工俭学。1916 年回国,次年任北京大学
校长。北京大学诞生于清末 1898 年,原名京师大学堂,1911 年改名为
北京大学,是中国近代第一所国立大学,也是最早以"大学"身份原名
称而建立的学校。1916 年 12 月出任校长,"循思想自由原则,取兼容
并包主义",把北大办成了全国的学术、文化和思想中心。

　　1917 年 1 月 4 日,蔡元培来到北京大学校门口。几十名校役站立
两边,看到他,校役们向他鞠躬,然而,当他们向他齐刷刷弯腰鞠躬后,
蔡元培也深深地弯下腰,给他们鞠了躬。蔡元培这一鞠躬,充分体现了

他这个读书人的修为！在他上任之前，北大已经走马上任了四位校长。虽然严复、章士钊、何燏时、胡仁源都是当时名头特响的读书人，但当时的北大属于衙门学校，学生大都是官僚纨绔子弟，上北大只为混张文凭，靠文凭升官发财，学生常常逃课；而有的老师仗恃有靠山，有来头也常常缺勤，学生不好好读书，老师不好好教书，当时的北大一片乌烟瘴气！蔡元培在北大就职典礼上演说指出："大学生的天职是研究学术，大学不是混文凭的机关，更不是升官发财的机关，而是研究学理的机关！"

蔡元培对于那些无学识、误人子弟的中外教员，不管其来头有多大，背景有多深，一律开除！在上任前的1916年12月20日，蔡元培独自来到北京西河沿中西旅社，拜访来京为《新青年》筹集资金的陈独秀，请他到北大去教书！但陈独秀不想去北大，只想回上海办他的《新青年》。蔡元培告诉他："你可以把《新青年》杂志办到北大校园。你可以当北大文科学长。"

蔡元培说到做到，刚到北大赴任，就在校门口贴出了任命陈独秀为文科学长的公告。当时的北大，蔡元培遵循"兼容并包，思想自由"，大刀阔斧改革，广罗人才，把北大办成了学术自由的摇篮，百花绽放的园地。北大有任文科学长的陈独秀，有任图书馆主任的早期的共产主义者李大钊，有毕业于美国哥伦比亚大学的哲学博士胡适，还有鲁迅、周作人、钱玄同等新锐，有经学大师刘师培，有"两脚书柜"陈汉章，也有一批举止怪异的，如"八部书外皆狗屁"的黄侃，有戴着瓜皮帽、身着马褂、脑后留着长辫、学富五车、才高八斗、通晓九国语言、贯通中西、融合孔孟的"晚清怪杰"辜鸿铭……辜鸿铭教古代英国文学，鲁迅教中国小说史，钱玄同教音韵学，吴梅教戏曲史……无论个人信仰如何，只要有真才实学，只要在学术上有突出的一技之长，都可来此执教。曾经乌烟瘴气，暮气沉沉，一潭死水般的北大，如今是群贤云集，学派林立。各派之中，势力最大、最具号召力的是新、旧文学两派，尤其是掀起了新文化运动的波涛的新文学一派！在陈独秀的推荐下，刘半农也收到了蔡元培的聘书。

火车经过一天一夜的奔驰鸣笛到达北京站。刘半农拎着藤条箱，坐人力车朝当时的北大文理科所在地景山东街沙滩的四公主府走去。刘半农坐在车上，举目张望，在上海等地见过不少世面的他没有想到，天子脚下，不论是皇家建筑还是平民房屋，色彩黯淡，好像到处抹了层灰，一派暮色沉沉的样子，看着看着，他兴奋的心情仿佛也被抹了层灰，感到有些许压抑。"嘀铃嘀铃"，突然他听到一串清脆的铃声，循声侧头朝西南方向瞧去，宫墙旁有一队剪影似的骆驼，每头骆驼驮着两只大箩筐，车夫告诉他："这群骆驼是运煤炭的。"这队骆驼缓缓地朝前走着，一步一步，走得那样稳重，那样踏实……驼铃声声，刘半农的心扉上呈现出了"任重道远"四个字，勉励自己要像骆驼一样踏实、不怕吃苦。他坐在人力车上不断地四处张望着，不时地和车夫拉话，询问一些北京的风土人情。突然，他眼睛一亮，目光被一座还没完全竣工的红楼吸引。这座红楼坐北朝南，呈工字形，中西结合，很有现代气息，整个建筑通体都是用红砖砌成，阳光照耀下，熠熠生辉！车夫告诉他："这是北大沙滩红楼，去年就看到在建造了，现在看样子快要完工了。"

见到沙滩红楼，说明这里已是北大地盘了，刘半农付过车钱，拎着藤条箱，在红楼旁下车后，询问四公主府怎么走。

"就在红楼那边，近得很。"

四公主府是乾隆第四个女儿和嘉公主婚后府邸，四公主死后，内务府收回。后在"百日维新"中，被选址为京师大学堂。虽有五进院落，但作为大学校区，还是太小。随着学科增加，办学规模扩大，1916年开始建造红楼。这红楼后面的大块空地，一看就知道是操场。刘半农拎着藤条箱，问着路，从四公主府西侧门里进去，穿过花园，找到校长室，拜见蔡元培。

蔡元培亲切接待了他，先聊了几句家常，问他："一个人来北京的？

没带家眷？"

"为了全身心投入工作，我没带家眷。特地提早几天来报到。"接着他表示，"有事尽管吩咐，我年纪轻，如有不到之处，请多指教。"

蔡元培赞许地点点头。之前虽没见过刘半农的面，但从陈独秀、屠元博口中，从他发表的一些文章中，蔡元培了解到，虽然刘半农很年轻，中学肄业，但家学渊源，有出色的国学功底；他博览群书，视野开阔，擅长写作，并且有自己的风格，是上海滩小有名气的作家。特别是从他在《新青年》发表的《我之文学改良观》等文章来看，是个难得的人才！因此，接下来，蔡元培没有多余的话，直接告诉他："我拜读过你的一些大作，文章切中要点，切中时弊，文笔有英锐之气，但不浮躁。"

听到夸奖，刘半农谦虚地说："我曾经的文章也是满纸之乎者也矣焉哉，我思想上之所以转变，主要是读了《新青年》上的文章。陈独秀先生反对封建旧文化，提倡民主、科学，我感触很大。谢谢蔡校长厚爱，我一定做好教职工作！有事尽管吩咐我来做，我会尽心尽力的。"

蔡元培朝他点点头，目光中充满了期待，关照他说："今后你有什么事，可直接来找我。"

尽管是第一次见面，但刘半农朴实、直爽、能干、有口才，一点没有文人的酸气，给蔡元培留下了深刻的好感。刘半农尽管也是第一次见蔡元培，心中对他却一片敬仰！

他俩又交谈了好一会儿，交谈中刘半农还问起了红楼事情。蔡元培告诉他，红楼地下一层将是印刷厂，地上4层将是校部、图书馆、文科所在。刘半农听了十分欣喜。

告别蔡元培后，刘半农先去领宿舍钥匙。安顿好后，打听着找到陈独秀住处，不巧的是，陈独秀去外地了，不在。接下来几天，他便到图书馆看书、借书，回宿舍写作、编写教材，开始忙碌起来。

开学前几天，陈独秀回北京了。见到刘半农十分高兴，他第一句话就是《新青年》搬到北京来了。"

"你放心,我一定为《新青年》尽心尽力!"谈完《新青年》,谈教学……

开学了,因为他学历只是中学肄业,许多人对他能否胜任持怀疑态度,但他刻苦钻研,认真负责,自编教材并有个人独到的见解。讲课内容不受限制,完全由他自己掌握。他革新讲课内容,融入了白话文改革思想,他将写作归纳为 12 点注意事项,例如:题目要看清,文章宜分段,下笔时先将全篇想好,不要想一句写一句,篇幅不论长短字体明了为佳,不用古字生僻字,全用白话写作亦可,等等。

他的智慧、机敏、幽默在讲课过程中发挥得淋漓尽致。他用历史的、系统的、比较的方法,结合实际,旁征博引,深入浅出,连枯燥的文法他都讲得妙语连珠,受到学生们的欢迎。他批改学生作文时,初次批改,打上记号,让学生自行修改,修改后再次批改,并组织学生讨论写作心得。学生如有不明白,可以向他提问,学生们的写作水平提高得很快,甚至有学生跃跃欲试用白话文写稿,投稿。

他的教学成绩显著,深受学生喜爱。那些因学历问题对他冷眼相看的人也不得不认可他。出色的国学功底和教学水平,使得刘半农很快在北大牢牢地站稳了脚跟。

刘半农到北大任教,一个人借住在北大三院教员休息室后面的一间屋子里。门口有一条小河,来自江南水乡的他,十分喜爱。皇城边的河,居民太多,什刹海在后门外,虽可看,但是离得太远,北海可看,可惜没有开放。这条小河,河水清清,两岸杨柳依依,他就把这条河称为"北大河"。他在河边徜徉,散步,思考。

从花花世界、十里洋场的上海,来到北京这个全国的政治文化中心,来到全国最高学府——北京大学,这个中国最具代表性的思想文化精髓的神圣地方。通过跟蔡元培、陈独秀、李大钊、鲁迅、胡适、钱玄同、周作人等人的接触来往,他对国家,对民族的方方面面更加关注,对《新青年》更加尽心尽力。

金秋十月的一天,他收到钱玄同来信。他回信中对钱玄同说,文学改良已经锣鼓喧天的开场:"你,我,独秀,适之,四人,当自认为'台柱',当仁不让,不计毁誉。"同时,赞成钱玄同在文学改良上"打鸡骂狗"和"造新洋房"。

《新青年》四大台柱由此在社会上流传开来。外界还是一致认为:四个人中间陈独秀是核心人物,不仅因为他是《新青年》的主编,还因为胡适是他邀请到北大的,刘半农是他从上海带过来的,钱玄同也是他先"碰到的"。陈独秀上挂下连,把四个人联系到了一起。

当时的中国是军阀混战,烽火遍地的年代,但也是中国几千年历史上思想对撞最激烈的年代!刘半农和陈独秀、胡适、钱玄同一起全身心投入新文化运动,除了在北大教学,他还在北大文科研究所从事诗、小说、文典等研究。业余时间,他积极参加学校演讲等各种活动,此外,他还每天坚持写作,为《新青年》写稿,创作白话新诗、白话散文,写有关文学方面的研究文章。他十分忙碌,十分充实,但他心情愉快,总觉得浑身有用不完的劲。

1918 年 1 月 5 日,他在《新青年》4 卷 1 期发表《应用文之教授》一文时,将以前的笔名"半侬"改为"半农",以表示与旧我彻底决裂。从此,刘半农成了他正式的笔名,这笔名比他名字刘复的影响力还大!

1918 年的春节,刘半农没有回江阴。因为他十分珍惜北大任教的机会,他要做出成绩,不辜负陈独秀、蔡元培的提携。

大雪后的一天,他和同仁沈尹默在河边散步,他对沈尹默说:"歌谣中也有很好的文章,我们何妨征集一下呢?"沈尹默一听十分赞同:"你这个意思很好。你去拟个办法,我们请蔡先生用北大的名义征集就是了。"刘半农当天晚上就拟写了《北京大学征集歌谣简章》。

第二天一早,他拿着《简章》去找校长,恰逢蔡元培送一位憔悴的中年女士出门。刘半农见状赶紧闪在一边,待蔡元培送走女客回转,他问:"蔡校长,这位女士遇到什么事了呀?"蔡元培告诉他,有个别教授沉迷于赌博,有个别教授喜新厌旧,还有个别教授常去逛窑子嫖娼,风气不正呀!刚才这位女士就是来哭哭啼啼控诉丈夫喜新厌旧的!"这些情况我也听说过一些,但没在意。本以为是捕风捉影,没想到竟然还有人告到你这里。"

"我准备提议在教授中成立一个'进德会',提倡洁身自好,不赌不嫖,不纳妾……"

"我有去赌的工夫还不如看几本书,去嫖既要花钱还要担心花柳病,我对妻子,妻子对我都是一心一意,夫妻和睦,互敬互爱,家庭幸福对我教学,对我身心各个方面都有好处。我举双手赞成'进德会'。第一个报告参加,并保证做到不赌不嫖不纳妾!"蔡元培是相信刘半农的,于是,他关照刘半农说:"进德会的事你帮助张罗组织。"刘半农点点头,随即递上《北京大学征集歌谣简章》。"你在教学之余,能想到征集歌谣,这是大好事,我同意。"在蔡元培的支持下,中国征集歌谣的事业从此开始。除夕前,他和陈独秀、李大钊等相约以"除夕"为题写诗,在《新青年》发表。陈独秀写了《丁巳除夕之歌》,他写了《除夕》……除夕夜,他与鲁迅、周作人在北京绍兴县馆谈天到深夜。

刘半农到北大后,周作人先生去看他,看到刘半农在《新青年》上发表的《灵霞馆笔记》是根据一些极普通的材料,编排组织写出来的,相当佩服刘半农的聪明才力。因《新青年》的关系,因二弟周作人的关系,刘半农跟鲁迅常有书信往来,还常去鲁迅家拜访。除周家兄弟之外,刘半农跟钱玄同是好友。

周家兄弟和钱玄同对年轻的刘半农,不仅生活上关心,在思想上也常影响着他。他们在空闲时还相约宴饮,探讨时事,谈论文章。在北大这样的朋友圈氛围中,刘半农身上在上海滩沾上的"才子气"在不知不觉中消失了。27岁的刘半农神采飞扬,意气风发地活跃在北大,活跃在《新青年》舞台上。

陈独秀将《新青年》编辑部从上海迁到了北京,当时的北大已成为中国新文化运动中心。陈独秀是北大文科学长,又要忙于文科学改革,又要主编《新青年》,实在忙不过来。经开会商量后,由陈独秀、李大钊、胡适、钱玄同、沈尹默、刘半农轮流编辑《新青年》。大力提倡白话文和新文学,反对封建旧礼教、旧道德,虽然引领了风气,应者如潮,却也遭到了守旧派的反对和抵制!北大守旧派"慨然于国学沦夷",宣扬"尊王尊孔",大骂白话诗文为"驴鸣狗吠",还出版《国故》月刊大肆宣扬旧文化、旧道德。更可笑的是,上海俞复、陆费逵等人打着佛教与墨子的旗号,组织成立"灵学会",出版《灵学丛志》,跟新文化运动唱对台戏。

面对守旧派的反对抵制,同时也为了进一步扩大《新青年》的影响,钱玄同到刘半农的住处商量对策。钱玄同脸盘上戴着宽边近视眼镜,身材魁梧,见面就开玩笑,声音洪亮,故意称呼刘半农"密斯刘"。

"密斯倒不像,你我都喜欢跟守旧派抬杠,称杠夫还差不多。"

钱玄同听了哈哈大笑。接着两个人商讨如何反击守旧派,一致认为:"眼前如果再不加以痛击,将流毒无穷!"

但以怎样的形式反击好呢?在上海开明剧社当过编剧的刘半农想到了"双簧戏"。

"不行!不行!"钱玄同一听就跳了起来,"新旧文学之争不是儿戏,双簧戏不行!"

"这有什么不行?做戏有反串,一个红脸,一个白脸,一正一反,明明白白!"

"这不是在舞台上演走马灯式的把戏,张三打了李四,过了一会儿,李四打张三。"钱玄同摇着手,依然不同意!

"要知道兵不厌诈!事之当否,众口评判!"刘半农坚持意见,激动中把桌上的书一扬,高声向钱玄同解释,"对守旧派这些疯狗的奇谈怪论,只有用这样的方式,一正一反,驳斥得他们体无完肤,无招架之力!"

钱玄同怔了一下,随即领悟到"双簧戏"的意义。看到刘半农正恳切地期待响应,他双手作揖说:"本席附议!你说得对!用兵之道,要讲究战略战术。"

于是,钱玄同于 1918 年春节期间,冒充封建卫道士,以王敬轩之名,致函《新青年》。王敬轩的信是文言文写成,极力罗织新文化运动的种种罪状,一开始就提出"倡导新学,流弊甚多",并以村妇口吻大骂,"岂犹以青年之沦于夷狄为未足。必欲使之违禽兽不远乎。"接着指责《新青年》"惟贵报又大倡文学革命之论。权舆于二卷之末。三卷中乃大放厥词。几于无册无之。四卷一号更以白话行文。且用种种奇形怪状之钩挑以代圈点。……贵报诸子。工于媚外。惟强是从。常谓西洋文明胜于中国。中国宜亟起效法。……贵报对于中国文豪。专事丑诋。

……排斥林琴南陈伯严。甚至用一网打尽之计"。最后指责将"桐城巨子""选学名家",看作"桐城谬种,选学妖孽"。

王敬轩这封几千字的来信,通篇是顽固复古分子、封建文化守旧者的奇读怪论,除此以外,信中还特地驳斥了胡适、沈尹默、刘半农的白话诗,其中对于刘半农的新诗,信中这样说道:"刘君之相隔一层纸,竟以老爷二字入诗。则真可谓前无古人。后无来者。"

"刘君之相隔一层纸"指的是4卷1期《新青年》上刊登的刘半农的两首新诗中的一首,一首是收到江阴家中寄来的女儿小惠周岁照片时题诗,一首是《相隔一层纸》:

一

屋子里拢着炉火,

老爷分付开窗买水果,

说"天气不冷火太热,

别任他烤坏了我。"

二

屋子外躺着一个叫化子,

咬紧了牙齿,对着北风呼"要死"!

可怜屋外与屋里,

相隔只有一层薄纸!

实际上,钱玄同很喜欢这首短诗。为混淆视听,故意找了个碴。

1918年3月,《新青年》第四卷第二号发表《复王敬轩书》。刘半农以记者的名义,洋洋万言,以他一贯诙谐流畅的文风,泼辣的语言,嬉笑怒骂,逐段剖析,切中要害,将以"王敬轩"为代表的顽固的复古分子,封建卫道士的奇谈怪论批驳得体无完肤,同时尖锐指出中国近百年国土沦丧,民不聊生,并不是倡导新学、学习西洋文明的恶果,而是腐朽没落的黑暗势力使中国陷入灾难的深渊。对于排斥孔教问题,推据陈独秀提出的"要以科学来解决宇宙之谜"和蔡元培的"以美育代宗教说"。针对王敬轩提出的标点符号问题,刘半农认为"闲话少说。句读之学,中国向来就有的;本志采用西式句读符号,是因为中国原有的符号不敷用,乐得把人家已造成的借来用用"。对于王敬轩信中所提出的"能笃于旧学者。始能兼采新知"的说法,刘半农回敬道:"记者则以为处于现在的时代,非富于新知,具有远大眼光者,断断没有研究旧学的资格。否则弄得好些,也不过造就出几个'抱残守缺'的学究来,犹如乡下老妈子,死抱了一件红大布的嫁时棉袄,说它是世界间最美的衣服,却没有见过绫罗锦绣的面;请问这等陋物,有何用处?"刘半农还假借回击王敬轩,称林纾著作一半点文学的意味也没有,其知识实比"不辨菽麦",实高不了许多……

在针锋相对反驳的同时,刘半农替胡适、沈尹默的白话新诗辩驳的同时,也还为自己的新诗回驳对方道:"且就'老爷'二字本身而论,元史上有过'我董老爷也'一句话;宋徐梦莘所做的《三朝北盟会编》,也有'鱼磨山寨军乱,杀其统领官马老爷'两句话。——这一部正史一部在历史上极为价值的私家著作,尚把'老爷'二字用入,半农岂有不能用入诗中之理。"刘半农的《复王敬轩书》这篇讨伐封建卫道士的檄文,如惊雷闪电,大家争相传诵。

有读者化名"崇拜王敬轩者"给陈独秀写信,对于"记者"刘半农的批驳文字表示不满,信中说,读《新青年》,见奇怪之言论,每欲通信辩驳,而苦于词不达意,今见王敬轩先生之崇论宏议,鄙人极为佩服。贵刊记者对于王君议论,肆口辱骂,自由讨论学理,固应如是乎?

陈独秀在《答王敬轩崇拜者》的复信中,帮记者刘半农说话,"妄人尚复闭眼胡说则唯有痛骂之一法"。鲁迅称赞这双簧戏是"一场大仗"。这场双簧戏,在青年学生中反响很大,许多青年学生看了正反双方文章，完全被刘半农的《复王敬轩书》说服，站到新文学这方面来了。例如安徽诗人朱湘就是受其影响，走上了白话新诗创作这条路。

守旧派的领军人物林纾这次又是第一个站出来公开反击。他先是在上海《新申报》上接连发表小说，借小说人物表达对新文化运动倡导者们的仇恨心理，《荆生》便是如此。荆生是书生的意思，田生、金生、狄生三位书生影射陈独秀、钱玄同、胡适。说是有一天，三人相聚陶然亭，田生大骂孔子，狄生主张白话，忽然隔壁走出了一个伟丈夫，指三人曰："汝适何言？……尔乃敢以禽兽之言，乱吾清听！"田生尚欲抗辩，伟丈夫二指按其首，脑痛如被锥刺；更以足践狄生，狄生腰痛欲断。金生短视，取其镜扔之，则怕死如猬，泥首不已。

文中伟丈夫指北洋军阀政府中的徐树铮将军。徐树铮，字又铮，号铁珊。安徽人。早年考中秀才，后投笔从戎，成为北洋军阀政府皖系首领段祺瑞的心腹。他能文能武，常自诩桐城派翘楚，著作有《碧梦庵词》《兜香阁诗集》等。林纾跟他关系密切，指望他出面干涉，扭转守旧派败局。

除小说含沙射影反击之外，林纾还写了一封《致蔡鹤卿太史书》，攻击蔡元培。北洋军政府官僚政客集团安福系掌控的北京《公言报》不仅发表林纾公开信，而且还加按语评论，指名道姓公开指责，国立北京大学的蔡元培任校长后，气象为之一变，尤以文科为甚。文科学长陈独秀以新派首领自居，平昔主张新文学甚力，教员中与陈氏沆瀣一气者，有胡适、钱玄同、刘半农、沈尹默等新文学派，祸及人群，无异于洪水猛兽……

桐城派古文家、安徽孔教会长甚至将《新青年》加以"邪说横行""洪水猛兽"等批语，面呈时任总统徐世昌，要求当局干涉新文化运动。

北大校园内论战也十分热闹，辜鸿铭称"中国优秀的文言文特点是优雅，非白话文可比"，指责新文化运动"是可笑的，伪善骗人的"。黄侃除大骂白话文是"驴鸣狗吠"之外，还"慨然于国学沦夷"，跟刘师培、陈汉章等人出版《国故》月刊,公开唱对台戏,宣扬旧文化、旧道德,反对新文化运动。

除双方唇枪舌剑之外,流言四起,北大有个学生张厚载甚至在《神州日报》上公开造谣说,陈独秀已辞职……甚至还有人造谣,陈独秀、胡适等四人,被政府干涉,驱逐出校,并逮捕;也有人说,陈独秀已逃至天津……谣言越传越广,竟由北京传到上海各报,惹起许多人的注意。

胡适在《北京大学日刊》上公开辟谣:这事乃是毫无根据的谣言。这时,蔡元培也致《神州日报》函,公开辟谣,并依据校规,令张厚载退学。各路守旧派和封建卫道士依靠权势和暗地造谣两种武器,攻击新文化运动和倡导者。北洋军阀政府也开始动作,时任总统徐世昌先是以"磋商调和新旧两派冲突之法"为名,几次召见蔡元培等人,给新文化运动施加压力。时任教育部长傅增湘写信给蔡元培,要求约束思想日益激进的北大师生。陈独秀、胡适、钱玄同、刘半农、蔡元培等人采取了各种方式,发表了多篇文章,其中刘半农发表了好几篇令人叫绝的文章,给予守旧派坚决驳斥!这场新旧文化大战,迅速引起了社会舆论和吃瓜群众的围观,各大报刊纷纷转载正反双方文章,许多读者和媒体也加入了乱战之中,引发了一场旷日持久的口水战,后来又升级为"新旧文化的决斗!"

"双簧戏"十分成功,新文学革命的烈火再次熊熊燃烧起来……

"双簧戏"开场不久的3月24日夜里,北京难得地下了一场通宵春雨。北京气候干燥,难得下雨,这是刘半农来北京后,第一次下通宵雨。听到淅沥淅沥的雨声,刘半农辗转难眠,想起了江南,想起了家,想起了南方春雨连绵,家中后园竹林郁郁葱葱。每到春雨过后,竹笋尖尖破土而出,他情不自禁写下《听雨》:

> 我来北地已半年,
> 今日初听一宵雨。

> 若移此雨在江南，
>
> 故园新笋添几许？

表达他对江南家乡的深切思念之情。

收到家中寄来的女儿小惠周岁照片时，他快乐地写诗：

> 你饿了便啼，饱了便嬉。
>
> 倦了思眠，冷了索衣。
>
> 不饿不冷不思眠，我见你整日笑嘻嘻。
>
> 你也有心，只是无牵记；
>
> 你也有眼耳鼻舌，只未着色声香味；
>
> 你有你的小灵魂，不登天，也不堕地。
>
> 啊啊，我羡你，我羡你，
>
> 你是天地间的活神仙！
>
> 是自然界不加冕的皇帝！

得知天华来信告诉他，音乐上又学到了新的东西，有了新的感悟，正在构思创作《空山鸟语》《月夜》等二胡独奏曲，他喜滋滋地回信鼓励。当妻子来信告诉他，尚真生了，生了个男孩，刘半农开心地多寄了些钱回去，刘家总算有传香火的了，父亲刘宝珊的心愿总算了了！每次信来信去，他也十分关心北茂的功课和跟李德理学英语的情况。北茂有时在嫂子给大哥的信末会添上几句，汇报自己的学习情况。一封封家书，千里传情，把他和家乡，和亲人们紧密联系。他在信中一再表示，暑假一定回江阴。

1918 年的暑假前夕，刘半农到方巾巷 50 号的华法教育会，出席蔡元培主持的孔德学校会议。华法教育会在北京创办孔德学校，蔡元培是会长兼校长。孔德学校是以法国的著名教育家孔德的名字命名的。孔德的教育思想不讲规范的教育体系,而是讲对天才的放任自由。孔德学校把法语作为第一外语。与中国的传统教育方式、方法完全不同,去孔德学校读书的大都是教师的子女。后来从孔德学校毕业的名人有钱三强、吴祖光等。蔡元培大力支持这所学校。在这次孔德学校会议上,组织成立议论会,蔡元培拟的评议员名单中有陈独秀、胡适、沈尹默、徐悲鸿、蒋梦麟、刘半农等人。

会议结束后,刘半农回江阴过暑假。

暑假

1918年暑假前,常州《武进报》上刊登了一篇关于在常州省立第五中学举办暑期国乐研究会的报道。报道说,研究会以研究国乐为宗旨。科目分琵琶、三弦、二胡、月琴、唢呐、笛等乐器。会费每人三元。由各人自择学习。国乐研究会聘请南京高等师范学校国乐教员沈肇州先生为指导员。会期一个月,定于七月十四日至八月十四日。

为什么暑期国乐研究会从七月十四号开始呢?因为哥哥刘半农六月下旬就从北京回到江阴。刘天华要先跟哥哥相聚。勤劳的尚真把后园拾掇得四时八节都有蔬菜瓜果吃,知道刘半农要回江阴,还特地在后园种了西瓜。

暑假,刘半农回到江阴家中,家中热闹非凡。尚真摘下一个大西瓜,用个篮吊在井中,浸一会儿拿上来,切开,又甜又清凉,大家开开心心吃着西瓜。兄弟仨加上朱惠、尚真,还有两个小孩。当听到小惠奶声奶气用江阴话叫他"爹爹"时,刘半农激动地一把抱起女儿亲着,开心地笑着,并伸出手欢喜地捏捏天华刚牙牙学语的儿子育毅胖乎乎的脸蛋,对两个孩子说:"要是你们的爷爷、奶奶、阿太还在的话,该有多好啊!他们看到有孙子、孙女、重孙、重孙女不晓得会有多开心啊……"

刘半农回家后第一件要做的事是祭祖。他说,过年没回家,清明也没回家,这次回来要祭一祭,告慰列祖列宗,告慰祖母,告慰父亲、母亲……

祭祀时,刘半农特地把刚考上常州省立第五中学的 15 岁的刘北茂叫到前面说:"暑假过后,你要到常州上中学了,你跟二哥在同一所学校,有二哥照应,我放心。我和你二哥都没有上过大学,你要好好读书,要考上大学!"接着他又对大家讲了一番对父母,对祖宗最好的纪念是在学业、事业上的进取,要奋发有为,为祖宗争光的道理。

由于当时大学教授的月薪是中学教员月薪的好几倍,除了高薪之外,刘半农还有稿费收入,于是在经济上较为宽裕,从北京回江阴过暑假时,他带了许多礼物回来走亲访友。刘天华拿了大哥带回来的北京城的茯苓饼和糕点去涌塔庵看望彻尘法师。刘半农则带了一方名贵的田黄石印章去拜访辛亥革命时期主办《江阴杂志》的章文楠。章文楠住在离西横街不远的大毘巷内。当年邀刘半农一起编杂志,一起走上街头去宣传剪辫子、意气风发的章文楠,现在信起了佛教,书桌上堆满了各种佛教方面的书籍。老朋友相见,分外热情,两人在书房坐下,喝茶抽烟,无话不谈。章文楠告诉他:"世间一切烦恼的根源,都在于人们思想上存在的欲望。如果人人都没有多余的欲望,这世界就太平了,人不会犯罪,国家也不会多灾多难了。"

刘半农将烟头按在烟灰缸,反驳说:"老兄,我说了你别动气。你刚才的话是麻木不仁,脱离生活,脱离现实。现在你成了释迦牟尼的信徒了,我没有研究过佛教,但你在江阴看不见,我在北京看得多,听得多。我认为,要救国救民,我们先要自救……"

刘半农将章文楠说得哑口无言,章文楠笑着对他作揖:"阿弥陀佛!阿弥陀佛!我服你,我服你!"意思是不要再说了。

第二天,他又去拜访《江阴杂志》的另一编辑同仁薛晓升。薛晓升现在是江阴城内私立辅延高等小学校长。两个人在一起聊天时,聊到《江阴杂志》,都感叹说,吴研因在外地工作,否则四个人在一起吃顿饭聚聚该多好。随即两个人东拉西扯,最后谈到了教育教学问题。薛晓升认为："叫三年级的学生学外文,可能早点。"

刘半农不同意,他认为："三年级学生已经九岁,九岁读简易外文,不会伤害脑筋。因为今后的少年做人,非研究科学不可,要研究科学,必须懂外语,直接看外国书。"

薛晓升说："学生读外语太早。恐怕国文永远不会通了。"

刘半农告诉他："国文好不好,在于教法好不好。"两个人你一句我一句,探讨教育教学方面问题。刘半农回到家中,按照习惯在日记中记录了下来。

他在江阴过暑假,除走亲访友之外,就是在家中读书,写文章,享天伦之乐。有一天甚至还和妻子探讨社会问题,他说应该将西横街上50多户人家100多位无所事事的妇女集中在一起,搞公共服务,如开设幼稚园、成衣铺、包饭所等等,而妻子认为,西横街的妇女们组织起来做事,而西横街上一些赌博、吃酒、唱戏、拉胡琴、养马、提鸟笼的无所事事的男人怎么办呢。半农说,正因为如此,所以要改革。

一个多月很快过去,7月中旬,他携妻子、女儿回北京前,帮北茂准备好学费,置办好到常州上学的物品,另外给了尚真一些钱,以作家用。一切安排好后,携妻子女儿回到北京。之后,搬出了北大宿舍,租住在西板桥一座小的四合院里。家刚安好,他就将小本子上记录探讨的内容写成《南归杂话》,发表在《新青年》上。

而那天刘天华挑着行李在常州车站送哥哥一家三口登上去京的火车后,就没有回江阴,而是立即回校操办暑期国乐研究会。这暑期开办的国乐研究会,从酝酿到筹办都是刘天华一个人。他拿着拟好的章程去找童校长,说："要振兴国乐,就要普及,以音乐陶冶人们的情操,无论是对个人,对社会都是做好事……"

童校长相当理解这个话虽不多,但十分有进取心,有理想,有抱负的年轻人。根据表现他已将刘天华的月薪提高到了30元。他看到章程后,告诉刘天华："我这里没有任何问题。学校里的课堂和需要配合的职员、工友都可以交给你使用。"

国乐研究会暑期班如期召开,刘天华上午教授二胡、唢呐,下午向沈肇州[1]学习琵琶。

这时的沈肇州年逾花甲,说话很温和。他听刘天华弹了两首琵琶曲后,指点说:"琵琶曲不管是'文曲'还是'武曲',都要求有好的技巧来表现阴与阳,刚与柔。初学琵琶的人,往往偏重技法,而忽视音乐表现。"

"为啥同一首曲子,演奏出的音效不一样呢?"

"各家各法。但不管哪一家哪一法,主要是看演奏能否打动听众的心,看听众能不能跟你入情,这是区分演技高低的最根本标准。"

沈肇州到底是名家,一流高手,功底扎实,修养深厚,掌握的曲目十分广泛,并且富有教学经验。这是一般琵琶演奏家不能比拟的,他在国内颇负盛名。

刘天华恭敬地拜他为师,还特地请了一桌拜师酒,磕了三个头。拜师宴上,沈肇州送给他一本《瀛洲古调》,这是沈肇州传谱的集历代琵琶曲之大成。这本曲集收慢板22首,快板17首,文板5首及《十面埋伏》。沈肇州为自己在晚年能得到刘天华这样一位高徒,感到十分欣慰,于是将自己的演奏技术和经验毫无保留地悉心传授。刘天华勤学苦练,很快就把沈肇州擅长的大部分东西掌握了。国期暑乐研究会结束后,每逢星期日,刘天华就赶火车到南京,向沈肇州学琵琶。

经过一段时期的刻苦学习,刘天华不但熟练掌握了这些乐曲,而且还把这些曲子的演奏方法提高了一步。去粗取精,精益求精,去伪存真,将《瀛州古调》全本进行整理加工,并在上面标明了详细的指法和表情符号,编成了一部《瀛州古调新谱》,并把它运用到教学中去,充实

---

[1] 沈肇州,海门人。我国四大琵琶流派之一的"瀛洲派"的传人、代表人物。他22岁中秀才后仍操练琵琶不辍。他曲调的特点是朴实无华。上海百代唱片公司曾邀请他灌制《汉宫秋月》《十面埋伏》《昭君出塞》三张唱片。这是我国音乐史上最早录制的琵琶曲唱片。他晚年著有《瀛洲古调》《音乐初津》等书。

了琵琶教材的内容。刘天华常以开玩笑的口吻说:"这是现买现卖,家中货色不多,所以要时常进货,否则一下子就教完了,奈何?"他为了以更新更好的东西来教给学生,不断地学习,不断地充实自己。他边学边教,从指导学生学习一般中外乐曲和合奏曲转入指导学生学习艺术表现力更丰富的独奏乐器。

刘天华在常州办了暑期国乐研究会回江阴后,好友姚志诚来看他。两人闲聊时,姚志诚对他说:"我们江阴就在长江边,我们从小生活在长江边,连长江几时来潮我们也从小就知道。单说这江阴的长江潮,早潮晚潮,初一到三十,潮来时间都不相同,最晚的潮来要接近半夜12点。还有长江水四季不同,深秋时水很清亮,清亮得像湖水;冬天虽然水浅,水色枯黄,但也有夜潮。"话到此处,他真诚地对刘天华说:"我希望你为长江谱写乐章。"

"晓得!晓得!"刘天华接上来说,"我们还都知道这些有关江阴、长江的历史典故,三国时孙权、曹操在这江面上开过战,打过仗;还有明代戚继光使倭寇横尸长江滩!"

"对啊!长江太值得写了!"

"好!我写!"刘天华举拳表决心,"我一定为长江谱写乐章!"

长江离家仅二三里,江边连绵群山,山的余脉延伸到江心里,形状好似鹅鼻嘴,江潮一冲这鹅鼻嘴就碎成水珠雾烟。一连几天清晨,刘天华都去鹅鼻嘴,零距离接触长江,看日出,听潮声。这天清晨,他到了江边山上。这万里长江最后几座山,君山、黄山、鹅山等沿江逶迤,地势由北向南缓倾,高度90多米的黄山属群山最高,面积也最大,因楚春申黄歇曾登山观景,取其姓为山名。清光绪四年,兵都左侍郎夏同善任江苏学政期间,慨然出俸购松苗3万株,满山种植。辛亥革命后,提倡植树运动,每逢清明,江阴各学校、团体、公职机构等都组织到江边山上种树,使得长江边这最后几座山,一年四季更加郁郁葱葱,像坐落在江边的特大型盆景。

夏日清晨,走在寂静的山中,空气清新,景色宜人,风景如画。竹林、松林、枫树、香樟树、榉树、野石榴树、野桑树、桃树,还有许多不知名的树,每一片林子,每一棵树,或高或低,错落有致,姿态各异;一条小溪在林边潺潺地流淌,溪水那样地清亮,真正地令人心旷神怡。突然一声悠扬动听的鸟鸣打破了山中的寂静,他驻足循声看去,一只百灵鸟从这棵树上飞到另一棵树上。随着百灵鸟的开声,两只黄鹂鸟应和出好听的"嘀哩哩嘀哩哩",他闭眼倾听,这两只黄鹂鸟仿佛在不断用着高音,高音C,升C,一直到高音D,随即几只画眉鸟参与进来,唱出丰富多彩的装饰音,"咯咕咯咕",一只杜鹃不甘示弱,"啾啾嘀嘀",接着几只不知名的鸟儿参与合奏,声音有高有低。百灵、黄鹂、画眉站在各自的枝头,更投入地鸣叫着,高音飘向云霄,低音在草尖上缠丝,高音清脆悠扬,低音婉转,长音连绵,短音瞬息而止……刘天华被这空山鸟语深深地迷恋住,此时此刻陶醉地半眯着眼,投入地手打节拍,嘴哼曲调,头随节拍曲调摆动着,翻来覆去地酝酿创作……他到山中时,太阳还没升起,当阳光透过树梢,洒在他身上时,二胡独奏曲《空山鸟语》初稿诞生。

暑期过后,15岁的刘北茂来到常州五中10班乙组就读。同一组的同学由于各自性格不合,爱好不同,无形中显出亲疏来。他与吕叔湘(江苏丹阳人。中国著名的语言学家,语文教育家)、与来自江阴峭岐的徐骧等几位同学常在一起。重视英语是常州五中的传统。当时的英语老师姓沈,苏州人,他上课有一特点,在每天教的课文中指定一段,大概十几行,要求学生第二天上课时背诵给他听。班里大多数同学能背出来,少数几个同学磕磕巴巴背不出,只有刘北茂背得十分流利,为此沈老师经常这样说:"你们几个背书像推小车过石阶桥,咯噔咯噔,那样地吃力,看着都不舒服。你们要学习刘寿慈同学的刻苦钻研精神。"得到老师的表扬,他更下功夫苦读,英语成绩总是名列前茅。

课余,他报名参加了丝竹合奏团。新生们第一次去丝竹合奏团时,刘天华站在教室门口迎接,吕叔湘、徐骧等同学见了他,恭敬地行礼:"刘老师好。"而北茂跟在他们后面,调皮地叫了一声"刘二哥"。同学们哄笑,北茂也跟着傻笑。刘天华严肃地对他说:"刘寿慈同学,你是学校丝竹合奏团队员,要好好学习,不准调皮。"

等同学们一一落座,在刘天华的目光环顾下,全场安静。刘北茂十分认真地把二胡搁在腿上,拧着琴杆上的两个把柄,作弦丝的调整,刘天华过来纠正了他的姿势,满意地点着头。刘北茂自从来到常州五中上学,课余跟二哥刘天华学习二胡等乐器后,明显流露出对音乐的一种欢喜。

五四运动

　　1919 年的春天仿佛来得特别迟，刘半农一家三口租住的小四合院中的树木迟迟不见发芽泛青，仿佛还没有从冬眠中醒来。"这要在江阴，院中的花草树木不早就发芽长叶了？"朱惠对刘半农说，不等他接话，她接着说，"北京冬天虽然零下十几度，很冷，但室内暖和，比在江阴过冬舒服。"刘半农听了笑了："去年暑假我回江阴接你和小惠来北京，你还担心零下十几度、二十几度，北京这冬天怎么过？"朱惠听了有点不好意思地开心地笑了。

　　随即，刘半农带着些许自豪，些许调侃的意味问朱惠："北京大吧，好吧？北京大学大吧，好吧？我工作的红楼大吧？各方面条件好吧？"

　　"好！好！好！大！大！大！"朱惠笑着回答。

　　自去年暑假从江阴来京安顿下来后，刘半农只要得空，便领着朱惠，抱着女儿四处游览，故宫、颐和园……还领着参观了北京大学，参观了他搬进去工作不久的红楼。对红瓦铺顶，红砖砌成的红楼，朱惠赞叹不已，为丈夫能在这样好的地方工作感到自豪！朱惠心里美滋滋：嫁给他，跟他在一起生活，是自己前世修来的福气！她在生活上对刘半农尽心尽力，照顾周详。刘半农有了家的滋润，精气神更足，更全身心地投入工作！

　　1919 年 4 月 2 日，教育部"国语统一筹备会"在北京召开成立大会。全国35名会员代表,刘半农、胡适、钱玄同、周作人等6人被北大推选为会员代表,参加了大会。4月22日,刘半农执笔拟定了《国语统一进行方法》会议案和《请颁行新式标点符号议案》。这两个提案经大会决议通过。正当刘半农在为改革国语,统一国音,推行十三种标点符号而认真工作,忙碌时,震惊中外的五四运动爆发了! 1919年的春天终于来到了。

1919年5月4日,一大早,刘半农就赶到北大红楼。虽然刘半农到得很早,但红楼内外早已热闹非凡,人员进进出出。人员主要是学生,也有一些积极主动帮忙的教职员工,有的写标语,有的做旗帜,有的整横幅,有的捆扎、分发《宣言》传单,满眼是"拒绝和约签字!""誓死力争,还我青岛!""外争国权,内惩国贼!"等标语,满耳是"取消二十一条""惩办卖国贼曹汝霖、陆宗舆、章宗祥!"等等的声音。在这紧张、忙碌、有序,但又有点兴奋、激动的气氛中,刘半农匆匆走向二楼会议室。

二楼会议室俨然成了指挥中心。偌大的会议桌上,摊满了为五四示威游行召开的一系列会议的《通知》《狭议》《纪要》等等,还有为五四游行示威拟定的口号、宣言等等。陈独秀、李大钊正跟几名学生代表说话……刘半农一到,先把桌上摊着的这些材料理整齐,然后在离陈独秀他们不远的空位上坐下,一张张翻看这些材料,不一会儿,钱玄同、沈尹默等人到了。陈独秀扫视了大家一眼,看看人到的差不多齐了,开口讲话:"情况大家都了解了,一切都准备就绪。我们已关照学生掌握几条,一是要联合各界,二是要通电巴黎代表团,三是要通电全国在'国耻日'这天示威游行,四要将矛头直指卖国贼!"话到此处,他顿了一顿,接着告诉大家,"这次学生示威游行关系到我们中国的命运,民族的存亡!"

话声刚落,钱玄同第一个站出来表示:"下午我要和学生一起去游行示威!"

"你去,我也去!"刘半农立即响应,"日本并吞朝鲜是由于本土卖国贼与日本勾结。如果我们再麻木不仁,中国会成朝鲜第二,即将亡国!"

"说得对!"这时,李大钊接上话,悲愤地告诉大家,"在巴黎和会上,我国代表由于谈判失败,准备引咎辞职,但北洋政府当局竟然冒天下之大不韪,准备签字。"

"是可忍孰不可忍!"陈独秀插话并一拍桌子,"我们要斗争到底!斗争到不在和约上签字!"

"国难当头,我们决不能坐视!"

"我们要坚决斗争到底!"沈尹默等人纷纷表态!

"斗争也要讲究策略,"李大钊告诉大家,"今日开会,我特地叫蔡校长回避,免遭当局口舌,生出意外之事,我们教员都不要外出活动。"

"下午我跟着去,有什么情况可以向大家通报!"钱玄同还是一心要参加示威游行。

"联络方面早有安排。你一定要去,我不拉你!"陈独秀顿了一顿,转而告诉大家,"我这次不公开参加游行示威,并不是我怕什么!为国为民,我什么也不怕!我一直对青年学生讲,要立志:出了研究室入监狱,出了监狱就入研究室。我本人早就被当局盯住了,但斗争才刚刚开始,斗争目的还没有达到,我不能被当局抓到把柄。"接下来他对刘半农说,"你今天坐守这指挥部,哪儿也不要去。"

"好的。"刘半农点点头。陈独秀看着他,想一想,又这样关照他:"胡适这一阵子在上海陪同他美国来的导师不在北京,周作人在日本探亲,鲁迅因为在我们《新青年》上发表《狂人日记》等文章,是当局重点关注对象。下午你最好到鲁迅那里去一趟。"

"好的。"刘半农点点头。

1919 年是中国历史的一个转折点。第一次世界大战结束后,战胜国在巴黎召开凡尔赛和平会议。中国首次以战胜国名义参加了会议。会上,中国代表提出废除外国在中国的特权和取消"二十一条"的要求!

自 1840 年第一次鸦片战争以来,中国被帝国主义列强一次次任意宰割,中国沦为半殖民半封建社会。1911 年辛亥革命,虽然推翻了清王朝,成立了中华民国,但政权掌握在以袁世凯为中心的北洋军阀手中。

1914 年,第一次世界大战爆发,一战的主体一方是英、法、俄等协约国,一方是德国、奥匈帝国等同盟国。日本帝国主义看到欧洲列强相继卷入战争,无暇顾及中国,立马以对德宣战为由,出兵中国山东,夺取了德国在山东的侵略权益。紧接着日本以战争威胁,向袁世凯提出"二十一条"。"二十一条"主要内容是:承认日本在山东半岛的一切权益;承认日本在东北、内蒙古居住权、开矿权,开展工商的权利,并将旅顺、大连和南满铁路和安奉铁路的租借权延长至 99 年;汉冶萍公司改为中日合办,附近矿山不准公司以外的开采;所有中国的沿海港湾、岛屿概不准租借或转让给他国;中日政府聘用日本人为政治、军事、财政等顾问;中日合办警政、兵工厂;武昌至南昌,南昌至杭州之间的铁路建筑权让给日本;日本在福建省有开矿、建筑海港、船厂及筑路的优先权……袁世凯政府于 1915 年 5 月 9 日签订了这丧权辱国的"二十一条"。签约消息传出,神州一片怒吼!国人把 5 月 9 日定为"国耻日"。

然而,巴黎和会拒绝了中国代表提出的废除外国在中国的特权和取消"二十一条"的要求,并决定把德国在山东的权益转让给日本。消息传来,举国愤怒,成为了五四运动的导火线!

5 月 2 日,北洋军阀政府密电巴黎,命令中国代表签约,蔡元培第一时间将这消息带到了北大。陈独秀、李大钊立即召开会议,在陈独秀的倡导和具体指导下,北大学生决定将原定于 5 月 7 日到天安门广场举行的示威游行提前到 5 月 4 日。此时此刻,北大红楼北面的操场上已有学生陆续到来,红楼成了指挥中心,陈独秀是总司令!平日里,红楼中,没有客套礼节,没有师生之别,自由聚集、讨论,各抒己见,新文化运动、民主、科学、反封建、反礼教等新思想、新思潮由此在学生中传播。在陈独秀、李大钊的影响与支持下,不满足于空谈的几个学生还创办了《新潮》杂志,直接鞭挞北洋军阀政府。一名学生代表执笔书写的《北京学界全体宣言》虽然仅 180 个字,但字字铿锵,句句有力!

> 中国的土地可以征服而不可以断送!
> 中国的人民可以杀戮而不可以低头!
> 国亡了!同胞起来呀!

这份《宣言》在蔡元培、陈独秀、李大钊的支持下,北大庶务主任李辛白负责印刷事宜,工人们加班加点,当即赶印 2 万份!

下午一时左右,集合在红楼北面操场上的游行队伍不顾军警阻挠,向天安门广场进发,学生们有的手拿《宣言》传单,有的举着小旗,有的打着横幅,呐喊着"誓死力争,还我青岛!""废除二十一条!""外争主权,内惩国贼""拒绝在巴黎和会上签字!"……口号声声震天撼地,如春雷滚滚在黑沉沉的中国上空炸响了!

当北大学生游行示威队伍朝天安门广场涌去后,红楼安静下来了,刘半农离开红楼,前往绍兴会馆。鲁迅在 1919 年 5 月 4 日的日记里写道:"……下午孙福源君来。刘半农来,交与书籍二册,是丸善寄来者。"据孙福源(孙伏园)后来回忆,那天他参加游行后来到绍兴会馆。鲁迅"详细问我天安门大会场的情形。还详细问我游行时大街上的情况"。那天下午,孙福源离开不一会儿,刘半农到了。鲁迅向他了解北京大学的情况,最后刘半农说:"国家兴亡,匹夫有责,现在是青年学生冲在前头。"鲁迅听了不断点头……

那天的天安门广场,人山人海,北大联合其他高校的几千名学生在这里举行游行示威活动。集会后,原计划是到外国列强使馆集中区域东交民巷去游行示威,但由于大批荷枪实弹的军警严密封锁,于是游行队伍转向赵家楼。赵家楼是曹汝霖的住宅。由于当初签订"二十一条"的罪魁袁世凯已于 1916 年 6 月暴毙,因此,当初参与谈判、签订

"二十一条",时任外交部次长,现任交通总长曹汝霖,时任驻日公使,现任货币局总裁陆宗舆,现任驻日公使章宗祥成了人人唾骂的卖国贼!出于对卖国贼的愤慨,示威游行的学生们火烧了赵家楼,痛打了当时正在曹宅的章宗祥……大批军警赶到,抓捕了32名学生!

"学生爱国,何罪之有?"陈独秀、李大钊闻讯拍案而起,组织各界营救。

5月5日北京各校罢课!迫于各方压力,5月7日下午5时,被捕学生被释放,这时,五四星火正在燎原……

5月19日,北大各高校再次总罢课,并进行演讲,抵制日货。

6月3日,北京各大高校学生分组出发,走向街头演讲,当天,被捕170名学生。第二天,更多学生走上街头演讲,又有几百名学生被捕。由于被捕学生多,当局强征北大三院法科作关押场所。

6月3日下午,刘半农、周作人、王星拱等相约一同前去。在法科门口,刘半农自称是北大代表,要求进去看望被捕的学生,几经交涉,但军警就是不准他进去。

6月4日下午,刘半农、钱玄同、沈尹默等二十位北大教职员工召开紧急大会,商量救援被捕学生。刘半农起草了《致全校全体教职员诸君函》,钱玄同等二十多人签名,发表在《北京大学日刊》上,组织社会支持、声援被捕的学生和教员。

6月5日开始,上海带头,全国响应,开始罢课、罢市、罢工,以此支持北京学生的爱国运动。

6月11日,陈独秀等人在北京闹市散发《北京市民宣言》时被捕,《宣言》中声明如果政府不接受市民要求,"我等学生、商人、劳工、军人等,惟有直接行动,以图根本之改造"。

蔡元培辞职离京,北京其他高校校长也纷纷辞职,力挺蔡元培。上了黑名单的李大钊,离京回老家避风头。

《新青年》也被迫停刊了,在这期间,一直坐守北大的刘半农,一直在积极奔走呼吁,想方设法为监禁学生做好后勤工作。一天,商量救援办法的救援会议正在进行,一位事务员过来把刘半农叫出去,不一会儿,大家就听到外面传来刘半农大声呵斥"混账"!又过了一会儿,刘半农走进来,愤怒地告诉大家:"诸位,刚才事务员向我报告,被捕学生的伙食费用,王学长居然不同意报销。学生们示威游行、演讲、发传单,爱国何罪之有?被捕学生的伙食费用,是我们教授会共同决定请学校报销的费用,他王学长拒不执行。刚才,我一时火起,大骂混账,现在我当着大家的面,还要再骂他'混账'!请跟王学长私交好的同仁带个口信,请他必须执行教授会决定!"刘半农的讲话得到了教授们热烈的掌声!

在全国人民的支持下,800多名学生被释放;曹汝霖、章宗祥、陆宗舆三人被免职;6月28日,在巴黎的中国代表拒绝在《凡尔赛和约》上签字。至此,五四运动取得了胜利。五四运动是一场彻底的反帝反封建爱国运动,同时也是中国新民主主义革命的开端。

7月中旬,大学放暑假。刘半农带着妻子、女儿离开北京,乘坐一天一夜的火车到无锡,再乘一天的班船,从锡澄运河回到江阴。刘半农一家三口刚上码头,刘天华、刘北茂就高兴地迎了上来,帮助提行李,抱小孩。刘天华说:"接到信,知道你们今天到江阴,我们早早地就来等候了。"

一行人刚到西横街家门口,刘北茂就兴奋地亮开嗓门喊:"二嫂,小菜烧好了没有呀?大哥大嫂他们到家啦!"

"好了!好了!小菜早烧好了,早烧好了!"见到大伯一家三口,尚真领着长子育毅迎上来,高兴得合不拢嘴。刘家一片欢声笑语。饭后,大家闲谈,谈论最多的是刚刚过去的五四运动。听到大哥绘声绘色地讲述"火烧赵家楼""痛打章宗祥",小小年纪的刘北茂也十分激动,转身到自己小房间,拿来一张传单给大哥:"为支持北京大学生,常州罢课、罢市那天,高年级同学叫我们低年级同学帮助散发传单,我留下了一张。"

刘半农接过传单，边看边念："烧烧烧！烧光日本货！日本人欺压中国人，中国人再也不买日本货！我们中国人，要买中国货，中国才有救！"提到烧日本货，刘天华来了劲，告诉刘半农："因有规定不准教员参与，我找了个借口上了街，烧日货的地方围观的人最多，我看到一位常州市民当场脱下身上的洋布衣服扔进火堆中，还有一位市民将头上戴的一顶东洋帽远远地从围观人们的头顶扔向火堆，我还注意到，还有一位穿旗袍的中年妇女撑着洋伞经过时，不声不响将洋伞收起放在地上，围观的人把洋伞捡起扔进了火堆。"

这时，尚真接上话来："别说北京、常州，我们江阴也烧日本货。烧日本货时，我们江阴人还扎了三个稻草人，上面贴着曹、张、章卖国贼的名字，放在火里烧！"

刘半农、朱惠、刘天华、刘北茂听了咯咯大笑，小惠、育毅看到在大人笑，也跟着傻笑。笑声中，刘半农掏出个小本子说："我在北京还记下了好几副对联，有家小药店门口的对联是这样的，上联是'三鸟害人鸦雀鸨'，下联是'一群误国鹿獐螬'，横批四个字：'当归天麻'。有家帽子店门口贴着'留着大好头颅，去拼国贼，不必到我店来买帽子'的标语以作罢市告示。"

"有意思！有意思！"刘天华听了笑出了声。随即他叹了一口气，告诉大哥："我没有办法，要保住饭碗，只能当个旁观者。"他这样一说，气氛变得有点闷起来。朱惠、尚真领着小孩到后园乘凉，拉家常，北茂到自己小房间摆弄大哥带给他的洋画片。剩下刘半农、刘天华哥俩促膝谈心。

"二弟，你不是旁观者。我认为，在这时代洪流中，没有一个人会是旁观者。虽然你表面看上去是旁观者，但你的思想、你的观点没有旁观。"顿了一顿，刘半农告诉他，"我们每一个人都希望自己的国家好，都希望能报效国家，但中国的现状摆在这里，如何报效国家？我反复思考过。我认为，报效国家有几种，除了直接冲锋陷阵的，我们做好自己的学问,做好自己的本职,培养好学生,也是报效国家。"说完这番话,他问刘天华,"二弟,你认为我说得对不对?是不是这个道理?"

"阿哥,你说得对!就是这个道理!听了你的话,我心里敞亮。"刘天华告诉他,"我明白了,我做好音乐方面的学问,培养好学生,也是为国家尽力,也是为国家做事!"

"走。陪我出去转转。"刘半农说。于是哥俩出家门朝西,穿过西城门来到运河边。

夏天日头落得晚,傍晚近七点钟了,暮色还比较亮,这运河因是水上交通要道,此时,樯桅林立,舢板、乌篷船、渔船、货船、班船挤挤挨挨,就像公路上的堵车,这些船有的因歇夜停泊,有的因等待过闸停泊。船上有人正在吃晚饭,有人在聊天,有人在打扑克,有人在喝酒,有人在唱戏哼小曲,还有一个光屁股、扎兜肚的五六岁模样的小男孩在大声哭喊……嘈杂声声,河风阵阵,刘半农、刘天华哥俩驻足看着船上的风景。突然一艘被拥挤在河中央,装有西瓜的舢板船上传来歌声:

> 结识私情隔条河,
> 手攀杨柳望情哥。
> 娘问女儿"你勒浪望啥个?"
> "我望水面上穿条能梗多。"

歌声不大,但一字一句唱得清清楚楚,刘半农全神贯注地听着,听完立即掏出小本子记录。这本是女孩子唱的船歌,由独坐船头的中年汉子口中唱出来别有韵味,"船家!船家!"刘半农挥手招呼,"我想买两只西瓜!"听喊,船家朝他站了起来,刘半农从货码头下去,边打招呼边走过几只船,很快来到西瓜船上。"船家,你的西瓜船怎么停在了中间?"

"我是本乡人,今年种了几亩地西瓜,西瓜大丰收,我和表兄第一次从东乡摇船来城里卖西瓜,到得晚了。表兄进城了,送西瓜到他丈母娘家中去了。"船家憨厚地告诉他,"天色现在有点暗了,秤星可能看不大清了……"

"这不要紧,西瓜你给我挑好点的,钱大约算算就可以了,你说多少我就给你多少。"顿了一顿,刘半农告诉他,"我是北京大学教授,你刚才唱的船歌很好,你肯定还会唱其他船歌,我想采集一下。"

"好,好!"从没遇到买西瓜的人如此爽快大气,船家已是十分高兴,当听说是大学教授要向他采集船歌,他感到受宠若惊,兴奋得直搓双手,不知说什么才好,"我一个人在船上没意思,瞎唱唱的。"

这时,刘天华也来到船上,刘半农向他介绍:"这是我的弟弟,在常州五中教书。"说完,刘半农敬上一支香烟,他虽不抽烟,但十分开心地接过烟,小心地夹在耳根说:"坐坐,你们坐,我去切只西瓜给你们吃!"半农、天华怎么拉都拉不住。西瓜红瓤黑瓜子,又香又甜,口感极好。他们一边吃西瓜一边聊船歌。附近船上的人闻讯大学教授、中学教员在采集船歌,也都热心地将自己知道的船歌毫无保留地提供了出来,刘半农当场就采集了十来首江阴船歌。从这天起,刘半农和刘天华每天吃好晚饭,就来到运河边,想方设法采集船歌。

他们还走到离家有二三里地的长江边的黄田港。黄田港十分宽阔,水深20米以上,最深处约50米,四季通航。商船上溯长江中上游,下达上海,北连苏北,南接运河,日本、朝鲜及东南亚地区的商船也时有抵港。北宋王安石曾写诗曰:

> 黄田港北水如天,
> 万里风樯看贾船。
> 海外珠犀常入市,
> 人间鱼蟹不论钱。

至清朝末民国初,黄田港已发展成长江下游重要商品集散地,兼有交通、水利、渔业、外贸等功能,是重要港埠。离黄田港口1.2公里的弯道处,建有定波闸。定波闸闸底有形同门槛的石限,上承闸板,下挡流沙,闸上有建石桥。桥西堍建有两层庙宇,上下分祀关帝和海龙王;桥东堍为亭子,驻守闸管人员。定波闸也被老百姓称为"桥上桥,庙上庙"。因为定波闸处于弯道,闸小水急,闸门内外水位相差常达三米以上,涌急,直泻如瀑,开闸时数百上千船只逶迤,候于闸口,闸门一开,争相过闸,在水势翻滚中,事故频出,故有谚云:"船到定波闸,性命交给海龙王。"船夫们过闸时全神贯注,齐心协力:

嗨!嗨!嗨!

嗨嗨嗨!

弟兄们呀!

撑篙的撑上来呀!

摇橹的摇上来呀!

……嗨嗨嗨!

弟兄们加把劲呀!……

船夫们过闸时的呐喊声铿锵有力,表达了不畏艰难险阻的坚强意志!刘半农、刘天华来到定波闸,看着这动人心魄的过闸情景,听着这过闸时的呐喊声,心中激动不已……这次回江阴,刘半农采集了20首江阴船歌。

听了许多江阴船歌后,刘天华将《病中吟》《月夜》《空山鸟语》又作了一次大的修改。在后园乘凉时,专门演奏给大家听,演奏完毕,"好听,真好听!"刘北茂情不自禁鼓掌。两个小孩不知所以跟着鼓掌,大人跟着欢笑。

欢笑声中,刘半农当着大家的面对刘天华说:"二弟,你的曲子里已经有了自己骨子里的东西。你要不断创作下去,争取在国乐这个领域里搞出点名堂来!"

"大哥,"刘天华这样告诉他,"我为自己定的就是这样的目标!"

这天,江阴书场请来了苏州评弹名角演出经典弹词《珍珠塔》。小小江阴城有好几家书场,名家登场,一票难求,姚志诚连夜雇人排队买了几张票,来到西横街刘家,请刘半农、刘天华去书场听评弹。

台上一桌两边分坐一男一女,男的温文尔雅,风度翩翩,女的妆容朴素,神态从容;男的手执三弦,女的怀抱琵琶;台下听客一杯香茶,书场人多嘈杂,三弦、琵琶一响压场,全场听众全神贯注起来。在清茶的香气和三弦、琵琶的袅袅声中,二位名角开腔,果然名不虚传,高腔激越嘹亮,低腔清晰动听,百转千回,跌宕起伏,细腻委婉,字字真切,将《珍珠塔》的传奇、儿女情长,娓娓叙来,韵味十足,听众个个听得如痴如醉。每一句幽默风趣的说表,每一段优美动听的唱腔,每一曲酣畅淋漓的弹奏,都引来听众的笑声、掌声、叫好声。

刘半农、刘天华、姚志诚欣赏完评弹之后,到书场旁一小饭馆小酌,席间意犹未尽地谈论起刚才两位名家,仍是赞不绝口。这时,刘半农问:"为啥?苏州评弹为啥好听?"

刘天华、姚志诚都摇摇头:"不晓得。"

刘半农告诉他俩:"一般我们只有 4 种声调,而苏州话有 7 种声调,抑扬顿挫,吴侬软语,苏州评弹当然好听。"接着,刘半农又问他俩:"评弹最好的东西是什么?"

两人又说:"不晓得。"

刘半农告诉他俩:"评弹最好的东西是用艺术讲故事。"平日里跟着天华叫刘半农"阿哥"的姚志诚从心底佩服地说:"阿哥,你的博学真正不是一般人可比的。我们江阴人生在长江边,我一直希望天华能为长江谱写乐章。"

刘半农听了,很感兴趣地问刘天华:"二弟,你说说看?"

刘天华认真地告诉好友和大哥："我试着写过长江,写一次被我撕掉一次。"

"为什么呀?"姚志诚问。

"因为我跳不出古琴曲《潇湘水云》,跳不出琵琶曲《十面埋伏》。"说到此处,他顿了一顿,接着表示,"我要写只有我刘天华才有的东西。我要写也不会硬写,我更不会东拼西凑地写杂烩出来。"说完,他想了一想,告诉他俩,"刚才《珍珠塔》中有段叠句连唱:'灯映月,月映灯,今宵灯月分外明,团圆月下灯千盏,盏盏灯中有一轮,月借灯光光闪闪,灯趁月色色沉沉……'我听这段的时候,心中一动,我想起了我的《月夜》中的节奏、音色。"说到这里,他又想了一想,之后告诉他俩,"另外我还一直在想二胡能否借鉴三弦拉戏等等。"最后他告诉姚志诚,"阿哥去年暑假特地从北京带给我的,还有阿哥以前从南菁书院藏书楼,从上海帮我觅得好几本我国古代的和外国的关于乐理知识方面的书,我反复看了,学了,长进不少。"

听天华说到这里,刘半农接上话茬,告诉姚志诚:"因为我看到二弟从小喜欢音乐,只要发现有关音乐方面的书,有时我宁可自己需要的书少买,不买,也要给他买。"

姚志诚对刘半农说:"阿哥,你知道的,我跟天华是发小,天华对音乐的钻研劲头,我是一直相当敬佩的。我一直相信天华在国乐方面会搞出名堂,做出成绩的。"

听了好友的话,刘天华说:"学无止境,艺无止境,我只有不断地学习,才能有长进,才能写出好的曲谱。"

刘半农听了赞许地笑笑,举起手中杯:"来,干杯!"

这天,回家之后,刘天华受评弹启发,对《月夜》《空山鸟语》作了进一步修改,并将自认为得意之曲段哼唱给尚真:"好听不好听?"

尚真说:"你问我,等于问瞎子、聋子、哑子,我对音乐一窍不通。"

"不会,可以学。只要肯学,样样都能学会。你到我家之后,不是学会了识字吗？"

"音乐跟识字是两回事。音乐我不懂。"

"那我问你，蛐蛐叫好听，还是蝉叫好听？"

"蛐蛐叫声婉转，蝉叫是'知了知了'，喊个不停，当然是蛐蛐叫好听。"

"这就对了，你不是也懂音乐吗？"

尚真听了笑着"哼"了一声。"你一天到晚蒙我！"接下来，尚真告诉天华，"今天听大嫂说，大哥可能要到外国去留学。"

"大哥怎么没提一个字，明天我来问问大哥。"

第二天早上，吃早饭时，刘天华特意问："大哥，听说你要到外国留学，这么大的事，回来这么多天，你怎么提也不提起？"

刘半农回答："本来去年5月份，北大就报教育部，请派我去欧洲学习语言学，但因我的教学工作无人接替，于是经教育部批准，留校一年。何时去国外留学，到现在还没正式定。再说，正式定下去国外留学的日期后，我肯定还要回江阴一趟，所以我就没讲。"听他说完，刘天华、尚真、北茂都激动不已："大哥真的要去外国留学了！恭喜大哥！"

赴欧留学

　　八月底,刘半农回到北京。教育部已发文北大,"刘复留校现已一年期满,该员本年是否定期出发,仰即迅速据实呈复,以凭核办"。北大回复教育部,决定不再延期,让刘半农定期出发留学。

　　这时,五四运动掀起的巨澜刚刚平息。9 月 16 日,陈独秀出狱了。刘半农曾到所谓"优待室"看望过陈独秀,陈独秀当时闷闷地坐着,对他说:"威权已瞎了我的眼,聋了我的耳。我现在昏昏沉沉,不知道世间有了些什么事体,世界还成了个什么东西?"陈独秀所指"威权"是指北洋军阀政府。为欢迎陈独秀出狱,刘半农写了长诗《D——!》,诗中说:"威权幽禁了你,还没有幽禁了我,更幽禁不了无数的同志,无数的后来兄弟……"这时陈独秀是北洋军阀政府、守旧派的眼中钉,出狱便被免职,不再担任北大文科学长。由于蔡元培的坚持,陈独秀仍为北大教授,并给假一年。在如此严峻的情况下,刘半农的百行长诗《D——!》依然坚定地表达了对陈独秀的支持。

　　12 月 1 日,刘半农因准备赴欧留学,停授文法课。12 月 4 日,陈独秀、周作人、马幼渔等 11 人在东兴楼设宴欢送刘半农赴欧留学。在那个年代,面对中国现状,为改造社会,为救中国,陈独秀在探索中走上了漫长而艰辛的革命道路;而刘半农等爱国知识分子走了一条同样是漫长、艰辛的求索之路。

12月17日，在北大二十二周年纪念会上，蔡元培邀请他上台作《留别北大学生的演说》："我是中国人，自然要希望中国发达，要希望我回来时，中国已不是今天这样的中国。但是我对于中国的希望，不是一般的去国者，对于'祖国'的希望，以为应当如何练兵，如何造舰。我是——希望中国的民族，不要落到人类的水平线下去；希望世界的文化史上，不要把中国除名。怎么样才可以做到这一步。——还要归结到我们的职任。"

刘半农的演讲，得到了暴风雨般的掌声！他在演讲中还表明了："此番出去留学，不过是为希望能尽职起见，为希望我的工作做得圆满起见，所取的一种相当的手续，并不是把留学当做充满个人欲望的一种工具。"

刘半农到北大执教，以他个人独特新颖的见解，编写教材，他所授之课深受学生喜爱，他出色的国学功底和教学水平得到了一致的认可。因此，他和胡适、周作人、钱玄同等六人被推选为国语统一筹备会会员，后来又被推选为国语辞典委员会会员。

尽管业务上被认可，可是只是中学肄业，每当他大力倡导白话文时，守旧派讥讽他，"你懂什么？你有什么资格来倡导呢？"，甚至连同是《新青年》轮值编辑的胡适，因是洋博士，是"阳春白雪"，也有点看不上刘半农这个"下里巴人"中学生，刘半农的稿子有时也遭他排斥。轮到刘半农编辑《新青年》时，胡适也不热心投稿，同一战壕里的战友尚且如此，何况其他人呢？在北大这个学院派占统治地位的地方，刘半农不能不摘掉没有文凭的帽子。周作人曾在回忆录中说："半农受了这个刺激，所以发奋去挣个博士头衔来，以出心头的一股闷气……"

在听说北大有教育部公费出国留学名额时，刘半农去找蔡元培，要求出国留学。除了文凭的因素，刘半农还这样对蔡元培说："虽然我提出破坏旧韵，重造新韵，但我心里总有个想法，齐梁时期周颙、沈约提出的'四声说'，如何从科学上来解释证明，这是一个千古之谜。我再三考虑之后,想出国研究语言学、语音学,为国家做一些这方面的奠基工作。"

蔡元培认真听完刘半农的话,心想,以刘半农平日对文史的钻研,本可以选个轻松的学科,在课堂上听听讲,在书本上寻找点论文材料,轻松赚一个博士文凭就行。然而,他没有想到,刘半农选的是语言学、语音学。因此他大为赞赏地对刘半农说:"你出国留学能想到研究学问,填补我国教育上的空白,为此,我支持你出国留学!"刘半农听了点点头。

蔡元培决定让刘半农定期出发。临出发前,他又找刘半农谈了一次,叮嘱道:"北大图书馆是北大的第二生命,你去国外深造时,帮助北大关注考察一下国外的图书馆,在这方面你有什么见解,及时写信告知。"

提到图书馆,刘半农表示:"图书馆是大学的命脉,图书馆里有一万多本好书,可抵上三五个好教授。本校的图书馆不太完备,打算到了欧洲,尽力代为采购有关文化的书籍;还有许多有关东亚古代文明的书或史料,流传到欧洲去的,也打算设法抄录或照相,随时寄回,以供诸位同学的研究。"

蔡元培听了十分感动:"你在国外深造,研究学问,又要操心图书馆的事,真是有劳你了!"

刘半农说:"这是我附带的责任。虽不容易办,我尽力去办。"

蔡元培紧紧地握着他的手,一切尽在不言中……蔡元培不但请刘半农作《留别北大学生的演说》,以教育引导学生,而且还在刘半农离京赴欧前,指示北大出版社出版了他自编的,有独特见解、新颖的教材讲义——《中国文法通论》。刘半农还将此书赠送鲁迅,跟鲁迅告别。

1920年1月初,刘半农带着妻子、女儿回到江阴,做出国准备。原打算让妻子、女儿留在江阴,跟天华妻子尚真在一起,好互相帮衬。但因为这期间刘半农听到了这样的闲言碎语,"才三十来岁的人去留洋，一去几年，老婆孩子肯定不要了"等等，因此决定带妻子、女儿一起出国。朱惠说："你带我和女儿一起出国，你一个人的公费三个人用，万一钱不够怎么办？"刘半农说："只要我有一口饭吃，就有我们三个人的饭吃。一家人出去，也好有个照应。我算算钱好像够用，你放心，教育部每月有20英镑，北大有40英镑，我事先打听计算过的。"

1月20号，刘半农一家三口告别天华、尚真、北茂等亲友，离开江阴，到上海，在旅馆住下，继续办理出国事宜。这天，他跟几个朋友在上海汉口路小天地酒楼喝酒话别。席间，刘半农忽然听得相邻雅间包厢传出的声音有点耳熟，过去一看，原来是上海《礼拜六》等杂志的编辑和沪上较有名气的作家杨了公、朱鸳雏、包天笑、姚鹓雏等人在此聚餐。看到刘半农，他们都十分高兴，一定要拉他入席，刘半农不得不答应小坐片刻。做东的杨了公一边举起高脚酒杯，一边高兴地说："今天桌上来了故交刘半农先生，增光添彩。今天我们一不划拳，二不唱曲。"他提议"来个飞觞行令，各人背诵一首诗，诗中必须含有鸳鸯蝴蝶字眼，输者罚饮一杯酒"。

"好，好呀！"除刘半农外，大家都叫好！

杨了公首先吟诵唐朝诗人吴融的《闲望》："三点五点映山雨，一枝两枝临水花。蛱蝶狂飞掠芳草，鸳鸯稳睡翘暖沙。"

"好！"众人一致称好！

酒杯传到朱鸳雏面前，朱鸳雏酝酿了一下，很快吟出唐朝诗人郑谷的《海棠》："莫愁粉黛临窗懒，梁广丹青点笔迟。朝醉暮吟看不足，羡他蝴蝶宿深枝。"

"好！'羡他蝴蝶宿深枝'这句诗好！"

酒杯传到刘半农面前，刘半农说："能不能不要以鸳鸯蝴蝶为题，来飞觞行令？"

"怎么，老兄？"姚鹓雏问，"难道你现在写了新诗，写了白话文，对鸳鸯蝴蝶的诗一点也不感兴趣了？"

刘半农说:"唐诗很好,鸳鸯蝴蝶也很美丽。只是鸳鸯蝴蝶使我想起了徐枕亚的骈文小说《玉梨魂》[1]。"

姚鹓雏说:"徐枕亚的《玉梨魂》写得很美,我以为属于鸳鸯蝴蝶派小说。"

朱鸳雏笑呵呵地说:"《玉梨魂》看了叫人哭哭啼啼,应该叫眼泪鼻涕小说。"在座的有人也笑着附和。

刘半农说:"《玉梨魂》空洞、肉麻、无病呻吟,应当列入鸳鸯蝴蝶小说。"

"鸳鸯蝴蝶本身是美丽的,我们不能辱没了它。"姚鹓雏话中有点指责的意思。

刘半农站起来讥讽地说了一句:"是啊,《玉梨魂》是真正的鸳鸯蝴蝶派小说。"之后,话有点不投机起来,他不失分寸地随即告辞:"恕不奉陪,我那边还有客人。"一直没开过口的包天笑拉也拉不住,刘半农拂袖而去。

就是这小天地酒楼酒桌上议论的一席话,日后在中国文学史上留下了"鸳鸯蝴蝶派"的名称。

刘半农在上海期间,又一次拜访了林墨之。看到刘半农,林墨之十分高兴:"听说你要赴欧洲留学,好! 好! 出国深造,你将来戴上博士桂冠,后生可畏,后生可畏,前途更不可限量! 祝贺祝贺!"林墨之自从上次跟刘半农长谈之后,尽管依然写着骈文,写着"知乎者也"的文章,但也十分关心白话文,他指着家中订的白话报刊:"这些都是你常在上面发表文章的白话文杂志、报刊。"顿了一顿,他感慨地说:"时代潮流不可阻挡。"最后,林墨之建议他,可将欧洲见闻等写成文章,寄到上海有关报刊发表。

---

[1] 《玉梨魂》是民国小说家徐枕亚于 1912 年创作的小说,它叙述了清朝末年的一个寡妇不能跟所爱的人成婚的爱情悲剧。

刘半农告诉林墨之,这一点他已经想到,离开北京前就写信联系好。此外,还告诉林墨之,他的《中国文法通论》不但北大出版社印刷出版了,蔡元培还写了推荐信给商务印书馆。商务印书馆同意花二百元买下《中国文法通论》版权。

刘半农在上海一边办理一家三口的出国事宜,一边忙着出版事宜,会友。忙忙碌碌中时间很快过去,1920年2月7日,刘半农一家三口乘上日本海轮"贺茂丸",离开上海,前往欧洲。"贺茂丸"很大,十分平稳,刘半农订的是二等舱,住的比较舒服,吃的也很好。由于朱惠自从上船就一直呕吐,当时不知是怀孕,以为是晕船,刘半农便这样安慰她:"经常航海的告诉我,晕船的人吐个十次八次,躺个三天五天,对身体不但无害,反而有益。"当时中国人去欧洲,除了海路之外,还有一条陆路,即走西伯利亚线路乘火车前往欧洲,只要十来天,但是费用特贵,一路上还要转好几次车,每转一次车就要查行李、护照。除此以外,一路上的伙食还要自己解决,麻烦得很。因此,我国去欧洲的人,大都走海路,不仅船票便宜,而且船票里还包含伙食费,省事。再者,乘火车一路上是荒山荒原,不如海上风景好。

由于朱惠身体不适,只能整日在舱里躺着,刘半农常常带着小惠到甲板上自由自在地走走。4岁的小惠,大大的眼睛,乌黑的头发,小模样很是惹人喜爱。

2月10日,船到香港作短程停留,刘半农乐呵呵地带着小惠游览太平山。太平山海拔554米,是香港最高峰。来到云雾缭绕、景色宜人的太平山,小惠兴奋极了,一边跑,一边问:"尔胡为乎来哉?"

游览结束回到船上,母亲问她:"去玩什么了呀?"

小惠回答:"今日阿爹携我上天。"

"哈哈哈!"女儿的天真活泼,带给刘半农和朱惠许多快乐!

贺茂丸上的船员是清一色的日本人,旅客也是日本人居多,他们之间说日语,他们很喜欢跟小惠玩,偶尔跟刘半农说话,只会说几句半生不熟的英语。其中有位旅客是日本著名雕塑家太仓佑一郎，还特地为小惠画了一张生动传神的画像。只要贺茂丸停靠港口，刘半农必定带女儿下船，去走走看看。令刘半农高兴的是，在锡兰附近，居然难得地还看到了一条飘扬着中华民国五色旗的中国货船。通行于上海至欧洲的船，一般都是英、法、日、德、意五国的，而当时中国连条邮船也没有。

海阔天空，海风吹拂，妻子女儿相伴，尽享天伦之乐，无其他生活琐事，心无杂念，除有感而发写写诗歌、记录一些旅途上的所见所闻之外，刘半农在这三十多天的旅途中，无论是身体上，还是精神上，都得到了难得的休息。

1920 年 3 月 15 日，船终于过了地中海，到达法国马赛。为最大可能地减少妻子呕吐的痛苦，刘半农改变了直接乘船去伦敦的计划，而是改走陆路。于是从马赛乘火车经巴黎，于 1920 年 3 月 17 日下午，一家三口到达目的地——英国伦敦。

《她字问题》

　　在办理好伦敦大学入学手续后，经过多次的比价选择，刘半农一家三口在租金最便宜的郊外的一座旧式四层公寓房的两间底楼安了家。这时的朱惠仍是呕吐不止，身体十分虚弱。已到陆地上不可能还会呕吐晕船。刘半农不放心妻子的身体，在留学生朋友的帮助下，送朱惠去医院诊治，医生检查确定，朱惠是怀孕了。因孕妇身体十分虚弱，需住院调理身体。住了一段时间医院，朱惠的身体刚恢复了一些，就坚决要求出院回家。这时，经济上的困难更加突显出来！刘半农一家三口到英国伦敦还不满一个月，物价开始飞涨，从原来三四元涨到七八元，无形之中，刘半农的60英镑公费减少了一半。房租十五英镑，每月学费三至四英镑，教科书薄点的三至四先令，厚点的七至八先令，专业书更贵，要十几先令，更专业的书要二十几先令，生活费所剩无几。刘半农的家离伦敦大学还算比较近的，但计算下来从家到学校一来一回，乘公交车，一个月也要花去1.5英镑。为了省下公交车钱，刘半农每天来去都是步行。除了在伦敦大学学习之外，他每个星期天还要到大不列颠图书馆去看书查资料。图书馆离家较远，他一大早走上十里八里，中午就在图书馆室外走廊里吃两块自带的面包，喝杯自来水。有好几次，为省下面包钱，他骗朱惠说，有朋友请他吃饭，就不带面包了。中午，他在图书馆看书时，肚子饿得咕咕叫，他就喝些自来水，并自我鼓励说：

"看书当饭吃！"

不列颠图书馆馆藏丰富,总数四百万册,每年添 3 万册新书,书架有 46 英里长,但读者很快就能查到所需要的。刘半农雷打不动,每星期两天去图书馆借书、还书。看书的过程中还注意观察、分析、研究,有问题还请教该馆工作人员。

5 月 26 日,刘半农写了《对于改良北京大学图书馆的意见》。他在文章说:"我的朋友李守常先生,自从做了图书馆主任以来,没有一天不是很诚恳、很刻苦地想法改良;而且还曾经开过几次会议,请校内注意收藏的教员,帮他想法改良。然而到今天,还没有很大效果。因其如此,所以我虽不是个研究藏书学的人,也要就我的一知半解,略略贡献一点意见。"

针对北大图书馆藏书一天天增加, 编目统计日益困难的实际情况,刘半农在文章中提出了一个具体的编目统计方法:如全馆有十座书库,按"壹""贰""叁"……编号;每库有二十座书柜,按"一、二、三……"编号;每座书柜有十层,接"a、b、c……"编号;书柜每层可以放 50 本书,按"1、2、3……"编号。例如一本书,书目上写书名、作者名、何时出版,背上贴"玖、五、20"纸条,就可知道这本书在九库五柜三层第 20 本。在文章中,刘半农连书籍上贴的纸条的尺寸、款式以及怎样保存不遗失等细节,也写得明明白白,一清二楚。

蔡元培收到刘半农寄来的文章后,立即转给李大钊,李大钊看了后感慨地对蔡元培说:"随着我们北大图书馆藏书一天天增加,编目统计也越来越困难,本来我正愁着不知怎么办,这下可好了,刘半农的及时雨来了。"蔡元培告诉他:"刘半农 3 月 17 日到达伦敦,5 月 26 日就为图书馆提出改良的具体方法,他的刻苦钻研、认真负责是一般人所不及的。"蔡元培、李大钊两个人在谈论时,还不知道伦敦物价飞涨,刘半农遇到了经济危机,日子过得很苦。刘半农的这篇文章被放在《北京大学日刊》上连载。从此以后,不仅北大图书馆,其他图书馆都参照刘半农提出的方法进行改良。

1920年5月27日,是刘半农30岁生日。虽然经济窘迫,朱惠因怀孕身体不适,但还是尽最大可能烧了两盘简单的小菜,下了面条,为刘半农庆生。当时电灯还没有普及,晚上家中照明是靠蜡烛和煤气灯。一家三口吃生日面时,刘半农指着照明蜡烛对小惠说:"来,阿爹今天生日,你跟阿爹一起来吹生日蜡烛。"父女俩开心地将照明蜡烛吹熄又点上,小惠拍手跳脚,开心地说:"再来一次!"一家三口苦中作乐。

刘半农《三十初度》的诗中写道:"三十岁,来的快!三岁唱的歌,至今我还爱:'亮摩拜[1],拜到来年好世界。世界多!莫奈何!三只银子买只大雄鹅,飞来飞去过江河。江河过边[2]姊妹多,勿做生活就唱歌。'我今什么都不说,勿做生活就唱歌。"他将诗中的江阴儿歌一句一句教给小惠,小惠很快就学会,但她调皮地总喜欢跳过几句,反复说"飞来飞去过江河,勿做生活就唱歌"这两句。天真烂漫的小惠不知愁滋味,给父母带来了许多快乐!

30岁生日过后,刘半农开始写《她字问题》。几天前,刘半农收到一封上海朋友的来信,信中告诉他,上海《新人》杂志上刊登了寒冰的文章《这是刘半农的错》,反对刘半农造"她"字的主张。

早在出国前,刘半农就主张造一个"她"字,因为要写白话文,需要有合适的女性表达用词,用什么字呢?他在古典文献里找到了这"她"字,但这字在古代不念 tā,是已经废弃不用了的一个古字。刘半农一看这个字很好,跟"他"相似,换上"女"字偏旁,特征明显。他把这想法跟周作人说了之后不久,周作人在《新青年》五卷二期发表的译文按语中说,半农想造一个"她"字和"他"字并用。由此,刘半农造"她"字的主张被公开透露,立刻引起了争议。周作人、鲁迅都反对用"她",主张用

[1] 犹言月之神。亮摩,江阴话,月亮的意思。
[2] 江阴语,那边的意思。

"伊"代替"她",因为"他"跟"伊"能分清读音。胡适也反对,主张用"那个女人"代替"她"。另外还有人指责刘半农发表"她"字,是多此一举。因为老祖宗从来没有这个字,还不是照样写文章……当时因为有诸多争议,刘半农就将"她"字的主张暂时搁置下来。但他没有想到,国内文坛因"她"字问题,引起了口水战。上海朋友寄出的《新人》杂志虽然没有收到,但刘半农从上海编辑老朋友寄来的《时事新报》学刊上看到了两篇文章,一篇是署名孙祖基的《她字的研究》,支持造"她"字;一篇是署名寒冰的《驳她字研究》,反对造"她"字。刘半农虽然没有看到《这是刘半农的错》的文章,但从《驳她字研究》中,他了解到了寒冰这篇反对文章的意思。主要是两点,第一点是第一、第二人称的"我""汝"等字都没有男女性别区分;第二点是"她"和"他"字,只能在阅读时区别,读音时不能区别,所以没必要新造一个"她"字。无论是孙祖基还是寒冰,他一个都不认识。但这两个人都是因为"她"字在争论,说明这个"她"字已引起了社会上的关注。刘半农在伦敦看到这些信息、文章后,认真起来,下定决心要发明这个"她"字。

在《她字问题》这篇文章中,对语言、语法、语音有研究,文字造诣极高的刘半农,一条一条据理力争,首先提出,中国文字中,要不要有一个第三位阴性代词?如果需要,能不能就用"她"字。紧接着他直截了当地说明为什么要发明"她"字:

因为如果照寒冰君的办法,用"他"字表示所有第三人称的话,会出现丈二和尚摸不着头脑,不明不白的情况。

例如,他说:"他来了,诚然很好;不过我们总得要等他。"

这句话设计了二女一男三个角色,如果用"她"字,就很明白,

例如,她说:"他来了,诚然很好;不过我们总得要等她。"

如果这句话用胡适的则是:那个女人说:"他来了,诚然很好;不过我们总得要等那个女人。"这话意思虽然对,但语气的轻重,文字的巧拙,就有些区别了。

如果这句话用周作人的"伊",读音虽然与"他"字分得清了,但是:一、地域很小,难求普遍;二、"伊"字的形式,表现女性,没有"她"字明白;三、"伊"字偏近文言,用于白话中,不甚调匀。

在文章中,刘半农直截了当地说:"这一个符号,形式和"他"字极像,容易辨认,而又有显然的分别,不至于误认,所以尽可以用得。"

值得一提的是,在《她字问题》文章中,刘半农还提出,"除'她'字外,应当再取一个'它'字,以代无生物"。虽然他在文章中说,"这是题外的话,现在姑且不说",但后来这个"它"字也成为除人称代词之外,其他物名的代词,并被广泛应用。

《她字问题》这篇文章,1920 年 6 月 6 日写于伦敦,发表在 8 月 9 日的上海《时事新报·学灯》上。经过几番论战,"她"字得到了社会认同。

刘半农由于太过劳累,营养不良,一天深夜,突发高烧,神志不清。朱惠一看情形不对,立即叫醒小惠,叫小惠陪她一起去请医生。5岁的小惠,大大的眼睛,乌黑的头发,天真活泼又懂事,很受英国邻居们的喜爱。到英国短短几个月,她跟英国邻居们已经学会不少英语。因为小惠会英语,所以朱惠叫醒小惠,小惠一看爸爸病了,也十分着急,她想到了平日里对她最好的一位英国邻居,立即前去敲门,在英国邻居的帮助下,及时请来了医生。事后,其他邻居得知小惠半夜为父请医的事很感动,都纷纷上门看望小惠和刘半农,怀孕的朱惠也得到了大家的关心,大家劝她早日去医院检查,但朱惠坚决不听:"我又不是没生过小孩,小惠在我肚里时,从没做过什么检查,小惠出生的那天,我肚子痛了才去医院的,不是一切顺利吗?当时,我们两个人是在上海生活。"她还强调:"如果在江阴老家的话,还不是像尚真一样,肚子痛了,快要生了,请个接生老娘到家中去接生,不也是一切顺利吗?我们还是省省钱吧。"

但因为朱惠怀孕期间没有钱加强营养,身体较为虚弱,加上肚子特别大,刘半农一直担忧着。这天早上,他果断地对朱惠说:"走,不能再拖了!我实在不放心你,我昨天已托朋友安排好了,今天就送你去住院!这家医院的妇产科是很有名的!"

"现在去住院,这要多花多少钱？"

"钱的事你别管,我只要你和肚子里的孩子都平安！"

1920年8月1日,朱惠怀孕7个多月时,英国医生根据朱惠的身体状况,决定提前剖腹产,并征询刘半农意见:"保大人还是保小孩？"刘半农坚决地回答:"大人小孩都要保！"原本以为剖腹产手术要很长时间,也不放心小惠一人在家,于是利用这段时间,他匆匆回家,对小惠说:"走,跟阿爹到医院看姆妈去！"父女俩匆匆赶回医院,这时,刚巧有个医生出来,告知人早回病房了。一位护士小姐笑眯眯地把他们领到一个较为僻静的病房门口。刘半农领着小惠一进门,就看到面色苍白,虚弱的朱惠。但她开心地说:"一切顺利,没想到剖腹产这么快,真正才一会儿工夫。"她告诉刘半农:"医生其他的话我听不懂,只看到医生竖着两个手指说'秃！''秃！'"刘半农疑惑地重复着,一时也搞不懂啥意思。

朱惠说:"每个小孩刚生下来时,看上去还不都好像是秃头。"

"小惠在这儿陪你,我去找医生,去看看我们的宝宝去！"

就在这时,两位护士小姐各自抱着一个裹着白毛巾的婴儿来了,笑眯眯地说着"Two! Two!",将两个婴儿抱给他们看。夫妻俩这才恍然大悟,原来生了一男一女龙凤胎！"'秃！''秃！'"是英语"两个"的意思。中国人在英国医院生下龙凤胎,这是罕见的喜事,医院方面也十分重视,处处照顾,并特地将朱惠从普通病房安排到这单间。

看到龙凤胎,刘半农眉开眼笑,激动地不知说什么才好！小惠也十分开心,欢呼着对护士姐姐说:"我又有弟弟又有妹妹了！"

看到龙凤胎,朱惠更是高兴得流泪:公公刘宝珊在世时,曾埋怨自己没有为刘家生儿育女。公公去世后不久,自己在上海生下女儿小惠,现在又生下一男一女龙凤胎,而且还是生在英国伦敦！如果公公现在还活着,该有多么高兴啊！

因为是在伦敦出生,为了纪念,刘半农将"伦敦"二字拆开,先出生的儿子叫"育伦",后出生的女儿叫"育敦",从此,三口之家变成了五口之家。三口之家尚勉强度日,如今再添上两张嘴,日子真正是无法形容的艰辛!更要命的是,由于国内军阀混战,社会动荡,留学公费不能及时过来,刘半农天天夜里写文章,寄出去发表,稿费有时也不能及时汇来,真正是穷上加急,雪上加霜!因为朱惠剖腹产元气大伤,育伦、育敦是早产儿,需要特别护理,医药费再贵,借了钱也必须要住一段时间的医院。但再苦再难,也难不倒刘半农。白天他把五岁的小惠送医院陪妻子,晚上接回。白天紧张地工作、学习,晚上待小惠睡着后拼命写作。出国留学才几个月,就经历了如此的艰难困苦,刘半农更思念祖国,思念家乡,于是在 1920 年 9 月 4 日的晚上,写下了流传至今的《教我如何不想她》。

日子再艰难,总要过下去。买不起摇篮,刘半农将从国内带出来装行李的藤条箱子,一拆两半当摇篮。看看这样的两只摇篮,朱惠笑着说:"这个办法只有你才想得出来!"

贫困也激发了朱惠的潜能,从小在家就做得一手好针线活的她,成了做衣服的能工巧匠,小孩的围兜、衣服、尿布垫等等,所有用品都是她想法裁剪、缝制、改制的。刘半农常抢着将自己的衣服拿出来让妻子改,但朱惠总是这样说:"你的衣服先留着不动,我在家中穿好穿差穿多穿少无所谓,先尽我的衣服用,等不够了,再拿你的衣服派用场。"刘半农听了,总是感动地说:"真是苦了你了,累了你了!"朱惠每次听到他这样说,总这样告诉他:"我再苦再累也没有你苦你累!"

为了给家里省钱,刘半农尽量不理发,有时甚至瞒着家人一天只吃一顿。朱惠用面粉变着法做各种各样的主食。住在底楼光线暗,但为了节省蜡烛钱,等到实在看不见了,才点上一截蜡烛,燃烧时滴下的蜡烛,也不浪费,积起来重新组合,放根线再点,样样精打细算,能省钱、能不花钱的办法都被夫妻俩挖空心思用到极致。曾经有一天深夜,孩子们都睡着了,夫妻俩轻轻聊几句时,朱惠随口说了句:"如果这时能有碗鸡汤喝喝多好啊！"刘半农听了一笑,立马在纸上逼真地画了只鸡,画了只鸭,画了条鱼,还画了一只猪大腿,对朱惠说:"古人画饼充饥,我先画点鸡鸭鱼肉给你饱饱眼福,等我有了钱,第一件事就是买只老母鸡给你炖汤。"

朱惠了心里热乎乎的,笑着嗔他一句:"省省钱吧,到时你买了我也不吃。"

一天,同在伦敦留学的朋友们到刘半农家中看望两个新生儿,看到一家五口的生活情形,都很担忧。因国内公费时断时续,极不稳定,留学的朋友中有人准备在国外自谋出路;有人因为英国的生活费用是整个欧洲最贵的,于是想办法转到法国、德国去;有人因生活困难准备放弃学业回国;也有人坚持学成后回国;还有一位国内家中富有的自费朋友说,能拿到文凭最好,拿不到也无所谓,混到哪里算哪里,出国开开眼界也是不错的。总之,留学人员中各种情况、各种心态都有。但提到祖国,大家都一致认为:国内军阀混战,社会动荡,再这样下去,怎么得了呀?但他们看到经济上比任何人都困难的刘半农却始终抱着积极向上的态度,十分佩服。

"我为什么要来留学?是为了改变我们国家在语言学,特别是语音学研究的落后面貌。"

"我国在这方面完全是空白,怎么改变?"有人提出。

"我想,我用'扎硬寨,打死仗'的办法,总有成功的一天。"

"何谓'扎硬寨,打死仗'?"有人问。

于是,刘半农将"扎硬寨,打死仗"的故事娓娓道来:晚清大臣曾国藩是一介书生,怎么率领新组建的湘军,去平定太平天国运动,打败战斗力强的太平军呢?曾国藩不懂兵法,就用死办法、笨办法。在被太平军占领的城下,他不是凭一腔热血跟对方硬拼,而是先勘察地形,再筑墙挖壕,对墙的高度、厚度,壕沟的深度、宽度都有一定的要求,不但要能够防太平军的步兵,还能防对方骑兵进攻,这就叫"扎硬寨"。扎好硬

148

寨后,立即在城外围不停地挖沟。打武昌,湘军挖了一年沟;打安庆,挖了五个月沟……沟连沟,一道道沟连成一个个圆圈,将城市套住,直到城里的太平军弹尽粮绝,再攻打,一举拿下。这叫"打死仗"。曾国藩率领湘军,用"扎硬寨,打死仗"的办法,攻下一座座城市。用了13年时间,最后取得平定太平天国运动的最后胜利。

"'扎硬寨,打死仗'的确是个好办法!"大家赞叹!

"曾国藩用这办法攻城,我用这办法来攻克语音学上的一个个难关。"刘半农说,"任何情况下,我决不会半途而废!"

"眼前,你经济上比我们任何人都困难,"有人刚说了这半句,就被刘半农打断。"我们江阴人都是硬骨头,死都不怕还怕穷?"顿了一顿,他坚定地表示,"再穷再困难,我也绝对不会半途而废!"

刘半农的话对他们触动很大。"跟你相比,我自叹不如。""我敬佩你在做学问上的恒心、毅力!"……

等他们走后,朱惠就着刚才的话题,向他表示:"你放心,不管遇到什么困难,我和儿子、女儿陪你到底!"

半农听了感动地告诉她:"你放心。我用'扎硬寨,打死仗'的办法,一点一点地攻,一定会完成学业,一定会考上博士!"

白天,刘半农孜孜不倦地学习、研究,借助伦敦大学语音实验室的仪器,探索着音韵的奥秘。晚上回到家中,帮辛苦了一天的朱惠做家务,照看藤条箱摇篮中的两个婴儿,教小惠说英语、背唐诗……待到妻子、孩子都睡了,他坐到写字桌前,开始写一篇又一篇文章,用白话写诗……他每天很晚才上床睡觉,在床上他常辗转难眠:海外求学,生活艰辛,常撩起他思念祖国、思念家乡的情丝。每当这时,他在心中就会吟诵:

天上飘着些微云,
地上吹着些微风。

啊！
微风吹动了我的头发，
教我如何不想她？

月光恋爱着海洋，
海洋恋爱着月光。
啊！
这般蜜也似的银夜，
教我如何不想她？

水面落花慢慢流，
水底鱼儿慢慢游。
啊！
燕子你说些什么话？
教我如何不想她？

枯树在冷风里摇，
野火在暮色中烧。
啊！
西天还有些儿残霞，
教我如何不想她？

　　"她"字被刘半农写入《教我如何不想她》这首诗中，从此作为女性第三人称代词出现在各种体裁的文章中，被广泛使用。

机
遇

　　1920年暑假，刘天华远赴河南郑州跟大师学了二十来天古琴，因感染严重的皮肤病，回到江阴。一到家，手中行李还没放下就问："大哥有没有信来？"

　　"没有。"尚真一边接过行李一边回答。北茂也告诉他，"我天天留心邮差有没有信送来，等来等去都没有信来。"

　　大哥一家三口出国到达伦敦后，有过一封信来，写过两封信去，也不见回信。因此，大家都盼着信。"如果还是没有信来，就再写封信去。"天华一边说一边脱衣服，赤裸着上身。

　　"哎哟喂！"尚真、北茂一看他背上，不由得惊呼。他背上密密麻麻全是疹子，因奇痒难忍而拼命搔，搔破后糜烂，有的糜烂处结痂，结痂之处因再搔又破，血肉模糊一片，真正是惨不忍睹！他的皮肤病在郑州、江阴都找医生看过，但都不见效。尚真急得到处打听偏方和秘方，听说野薄荷涂抹有效，她冒着酷暑，戴着草帽，提着竹篮，到田头、江边、山上去找，并天天烧香拜佛，祈求天华的皮肤病早点好。

　　一天，她打听到，用江猪油(江豚)涂抹有特效。于是北茂在家里看两个孩子，她到黄田港口的店铺一家一家打听，终于在江边滩里的一条渔船上买到。她说了情况后，渔民告诉她："只要抹上了这江猪油保证好。"她如获至宝，拿着江猪油兴冲冲立即往回赶，刚进门就听到琴声,她以为是天华哪个会弹琴的朋友来啦,赶紧随着琴声到后院,一看大吃一惊!灶间灶膛里烧着柴禾,刘天华赤裸上身,背靠灶膛,坐在小板凳上,膝上放着古琴,尽管大汗淋漓,人像刚从水里捞出来一样,下身的短裤已湿透,但他双手正弹得专注起劲。

"你这是在干什么呀?"尚真一看发了疯似的冲上去,双手夺过古琴,"你不要命啊!"随即领着天华来到有穿堂风的厅堂里,打了盆水,找了块布,一边小心翼翼帮他揩背、胳肢窝,一边涂抹江猪油,这时,天华告诉她:"我好几天没弹琴了!今天想到一个好办法,火一烤背,就不痒了,就不会去搔了,可以腾出来弹琴了。"顿了一顿,他不管尚真听得懂还是听不懂,接着告诉她,"琵琶的弹奏技法有一部分是从古琴上演变而来,古琴的历史比琵琶长,学古琴对弹琵琶有好处。"

在尚真的精心护理下,天华的皮肤病一天天好起来。这天下午,两个孩子午睡。他正在修改二胡独奏曲《空山鸟语》,因为家中后园竹林的鸟声、常州学堂里树林中鸟儿的对答声在他脑中盘旋很久,给了他一些启迪。尚真站在天华身旁,"一人摇扇二人乘凉"。

"二哥!二哥!"突然,北茂从前进屋走过来,高兴地喊着,"大哥来信了!邮差刚送来!"

天华喜出望外,立即搁笔,拆开信一看,立刻开心地告诉尚真、北茂:"大哥来信说,八月一日,大嫂在伦敦生下了龙凤胎,起名叫育伦、育敦。"

"真的吗?真是太好了!"

"龙凤胎?太好了!"

欣喜过后,天华首先发起愁来:"这一下子添了两个宝宝,大哥的公费怎么够用啊?"

"是呀!"尚真、北茂也都担忧起来。

"尚真,我现在月薪已经是80元,我们现在经济条件好了,但大哥一家五口在国外过得肯定苦了。"

"是呀！我们在江阴，家中还有个大园子，最起码菜钱、柴钱不要花费了。大哥大嫂在国外，吃的、住的、用的，样样都要花钱买呀。这么多年来，从来都只是大哥挣钱帮家里还债，贴补家里，这次，不管怎样，大哥大嫂生了龙凤胎，我们一定要表示心意！"

听尚真说完，天华说："要寄就寄二百元去，家中钱不够，我去借。"

"好的！以给龙凤胎压岁钱的名义寄去。另外我再做些新的小衣服、小鞋子，也找些小衣服、小鞋子给大哥大嫂寄去。"

这时，北茂也拿了一些零钱来，不管怎样推辞，坚决要给尚真："二嫂，我这几块零用钱，放在你身边，你好派上用场。"

当远在英国伦敦的刘半农收到天华寄来的给育伦、育敦的两百元压岁钱以及尚真亲手缝制或挑选的小衣、小裤、小鞋、小袜时，感叹地对朱惠说："这真是雪中送炭呀！我们家最后一根蜡烛昨天点完了，我正愁没钱买蜡烛呢。"

"真正是救了急呀！"朱惠也感动地说。

时光似流水一天天过去，转眼到了1921年。5月，蔡元培一行来到了伦敦。蔡元培欧洲之行有三个目的：一是考察欧洲大学情况，二是访求教员，三是筹款扩充北大图书馆。刘半农在陪同蔡元培参观不列颠图书馆时，将自己想去法国求学的想法汇报给蔡元培，他说，在英国这一年多，学了语音学原理，现在想到法国学实验语音学，因为实验语音学创始于法国。另外，法国图书馆里的藏书比英国丰富，特别是我国敦煌古写本，英国只有一部分，大部分在法国。他还表示自己可以抄写法国图书馆里的敦煌古本，自己会摄影，还可以拍摄些照片。此外，还有法国的生活费用比较便宜。

蔡元培听了刘半农的计划，表示赞同，并立即出面，安排他到法国巴黎大学学习。在蔡元培的大力支持下，1921年6月，刘半农一家五口从伦敦前往巴黎。巴黎的生活费用比伦敦便宜一半，书费便宜，学费更是全世界最便宜的。巴黎大学的学费便宜到只相当于国内小学堂的学费。刘半农把家安在了巴黎大学附近的一座公寓楼上,没有花园、草地,出门就是马路,马路对面有一所由法国大文豪雨果故居改造的小学。小惠后来就读于这所小学。一家五口在巴黎的生活虽然依然困难,但是比在伦敦要好一点了。刘半农全身心投入到学业中去,除在巴黎大学学习实验语音学,还在法兰西学院听讲。春夏之交的6月到巴黎,秋高气爽的9月,刘半农先是写下《提议创设中国语音学实验室计划书》,寄给北京大学。后又写下《四声实验录》。

刘天华从信中得知大哥在巴黎的情况十分高兴,并写信详细地告诉了大哥自己在江阴组织"暑期国乐研究会"的情况:借用辅延小学因暑假空出的宿舍、礼堂、教室等场地,北茂、尚真帮忙,当后勤服务,请了外地同好和艺人,如请了周少梅教琵琶、二胡,还请了崇明岛著名艺人王小君教二胡,因周少梅风格华丽,王小君风格朴实,各有千秋。还请了以彻尘和尚为首的一些和尚来教十番锣鼓和昆曲;此外,还有中小学音乐老师,以及五中毕业,现在北大求学的三个学生。除授课之外,他还利用这个机会学了昆曲和十番锣鼓,他认为昆曲中舞蹈性的节奏,优美婉转的曲调,有许多地方值得借鉴学习。

江阴"暑期国乐研究会"临近尾声时,在小学大礼堂还开了场音乐会。刘天华在会上演奏了《病中吟》《月夜》《空山鸟语》。除部分赠票之外,还对外售票。原来估计票很难卖,没想到一售而空。一票难求的景象使刘天华认识到老百姓是喜欢音乐的,这样更坚定了他要搞国乐普及、搞平民音乐的信心。

此次国乐研究会,在江阴城里影响很大,成了人们议论的热点。原来有的邻居说刘天华"一天到晚吹吹拉拉弹弹,不务正业,游手好闲",现在称赞他"在音乐上搞了点名堂出来"。原来还有的人说,"刘宝珊的大儿子是个人才,二儿子没出息",现在这样说,"刘宝珊的这个二儿子是个音乐方面的人才呀"!

刘天华在信中把人们的议论告诉哥哥时说:"不管人们对我是如

何评价,我只有一个想法,国乐要普及,要提倡平民音乐。"

刘天华站在常州五中母校立足点上,在搞好教学工作之余,遍访知名民间艺人,悉心钻研音乐,二胡、琵琶的演奏已到相当水平,他创作的三首二胡独奏曲《病中吟》《月夜》《空山鸟语》,虽仍在不断修改中,但已参与演出。在他的努力下,常州五中的军乐队和丝竹合奏团训练有素,演奏水平很高,常被省里或外地邀请去参加一些活动,名噪一时。江苏省所有的中学堂几乎没有不知道常州五中有一位出色的音乐教员刘天华,常有学校慕名请他去授课,他基本来者不拒。外出授课费用很微薄,还要赶时间往返奔波,有人劝他不要自讨苦吃,但他说:"我多教一些课,就会多一些人了解国乐,对国乐感兴趣。再说我教人家一遍,比自己学一遍进步还快,何乐而不为呀!"

此外,英语成绩出色的刘北茂,课余参加二哥指导的军乐队和丝竹合奏团,不仅学到不少乐理知识,还学会了小号、长笛、黑管、二胡、琵琶、笛子等中西乐器的演奏。他认为二哥创作的二胡独奏曲特别好听,因而特别喜欢拉二胡。有一次外演出时,有位摄影师慕名来观看,演出结束时,他提出免费为天华、北茂兄弟俩拍照片。摄影师就近选了棕榈树为背景,兄弟俩并肩站好;天华当时穿着深色长袍马褂,两手自然下垂,眼睛自然地看着前方,穿着浅色长袍深色马褂的北茂显得有点拘谨,左右手搭着。

天华与北茂的合影照片寄到巴黎后,刘半农高兴地指着照片上的北茂对朱惠说:"你看看,北茂的个头又长高了,长得跟天华一样高了。"

1922 年春夏之交的一天,学校老门房拿了一封北京大学来信找刘天华。刘天华打开一看,喜出望外,原来是一张聘书,北大校长蔡元培聘请他为北京大学音乐传习所的琵琶导师。他拿着聘书立即去找童校长,童校长看了聘书,也很是为他高兴:"今年是你在本校执教的第 7 个年头,这 7 年来你教学认真,成绩有目共睹,还栽培了不少桃李。

155

从学校工作角度考虑，我希望你留下。但为了你的才能有更大发挥，你的抱负有更大发展，我支持你去北京。如果你在北京工作不理想，学校依然欢迎你回来。"

接下来，学校为他举行了隆重的欢送会。刘天华跟大家一一告别，并与军乐队、丝竹合奏团全体成员，与江阴旅常新同会四十多位会员合影留念。

之后，他带着在常州久负盛名的老九昶皮箱店专门设计定做的，可放多种乐器的黑色皮箱，以及洗得干干净净的衣服、被褥、蚊帐回江阴。

7 年来，天华从不将脏衣服、脏被褥带回家叫尚真洗，每次换季都是自己将换季衣裤洗干净后再带回家。尚真常多次叫他带回家来洗，但天华体贴妻子，从来都是洗干净后再带回家。

回到家中，天华告诉尚真，自己已辞去常州五中教职，去北大音乐传习所当琵琶导师，接着，天华还告诉她："到北京去工作，月薪只有 36 元，比常州少一半。"

听了他的话，尚真这样回答："能跟大哥一样，到北大去工作，不是你朝思暮想的么？你在常州月薪只有 10 元钱的时候，日子不照样过么？"顿了一顿，尚真关照说："你到北京后，前几个月的薪水不要寄回来，你留着自己用，添置些物品。"

晚上，煤油灯下，夫妻俩有说不完的知心话。

"我在北京站稳脚跟后，再把你和孩子接过去。"

"你独自在北京，冷暖要当心。还有，吃饭不要过于节省，身体要紧。"

"我晓得了。你独自在江阴带孩子，你吃苦了，你也要当心身体。"

"我晓得了。家中的事你不要牵挂，有我在，你放心。"顿了一顿，她再次叮嘱，"陌生地方用钱的地方很多，花费大，开头几个月你不要寄钱回来，记住了吗？"

"记住了。"

"明天我们到乡下去一趟,将你到北京的事告诉阿爹。"

"好的。"

岳父殷可久知道消息后,开心地吟诗:"长风破浪会有时,直挂云帆济沧海。"

刘天华人还在乡下岳父家时,他即将去北京任教的消息很快传遍了江阴城。这天清晨,姚志诚第一个登门庆贺。刘天华对好友敞开心扉:"进京任教,我心中很高兴,但也有压力。当年大哥到北京任教后写信回来告诉我——"话到此处,他转身拿出这封信,指给姚志诚看,姚志诚念出声来:"在高等学府中,若无灼见之真知,定然会遭致鄙视、奚落和嘲讽。"读完刘半农信中的话,姚志诚对天华说:"大哥的意思是一定要有真才学,你刘天华是有真才实学的,你担忧什么呢?"

"我是在想北京集中了全国最优秀的音乐人才,我去了要更加努力。"

两个人谈得正欢时,君永小学的校长来了,见面就说:"我是现任君永小学校长,登门有事相求。"

坐落在北门外君山脚下的君永小学堂,最早是义塾,后改设为蒙养学堂,1910 年更名为"官立君永初级小学堂"。校内空间、格局比城内小学堂宽敞,景色很美。刘天华曾在君永小学当过音乐代课老师,于是十分热情地说:"校长,有事尽管说好了。"

校长从口袋里取出一张纸,说:"前两年,大先生回返故里,我曾代表学堂请他作一诗词,大先生一挥而就,再过几个月,我校即将迎来隆重校庆。想以大先生所作诗为校歌,想有劳你刘先生配曲,不知先生意下如何?"

天华从校长手中接过大哥撰写的诗,姚志诚凑上来,两人一起观看,姚志诚赞道:"大哥写的这首诗真好呀!做好人,学好样!朗朗上口,说到心坎里!"

天华抬头告诉校长:"我谱好曲后给你们送去!"

　　当天晚上,他就动笔谱曲,反复琢磨诗意,反复定旋律,定音调……
这时,尚真端了一碗热腾腾的夜宵进来:"来,趁热把它吃掉!"

　　"热?"天华脑中灵光一闪,脱口而出,"热!"

　　"当然是趁热吃。"尚真不知其意,回答,"总不见得热的不吃,吃冷
的?"

　　"热!"天华突然找到了感觉。君永校歌要用热情的旋律,要让孩子
们在歌声中发奋起来、活跃起来、欢快起来!他立即拿笔谱曲,谱完,唱
了一遍之后,情不自禁欢呼一声"好!好!正合我意!"刘半农作词、刘
天华作曲的《君永校歌》就这样诞生了!

> 唱唱唱唱我们的小学堂,
>
> 唱唱唱唱我们的小学堂,
>
> 学堂里有的是我们的好花好鸟好教室好操场,
>
> 唱唱唱唱我们的小学堂,
>
> 学堂里有的是我们的好兄弟,好姐妹,好先生,
>
> 大家欢欢喜喜相亲相爱,
>
> 要把学问练得好,身体练得强。
>
> 最要紧的是做好人,学好样。
>
> 想想想兄弟姐妹一齐想,
>
> 想想想兄弟姐妹都想。
>
> 最要紧的是做好人,学好样。
>
> 唱唱唱唱我们的小学堂,
>
> 唱唱唱我们的君永小学堂。

　　几天后,岳父一家来西横街,帮助尚真照看小孩。尚真、北茂提着
行李、包裹,天华提着乐器箱,来到常州火车站。尚真、北茂送刘天华登
上去北京的火车。临别,天华对尚真说:"我到了北京就写信给你。家里

的事要辛苦你了。"接着又对北茂说:"小弟,你明年就要考大学了,你一定要好好读书啊!"火车就要开动了,尚真又一次追着关照他:"你到北京后,前几个月的薪水不要寄回来了,留在身边,买些需要的物品。"当尚真、北茂转身离去时,不知怎地都流下了眼泪。

北大音乐传习所是我国最早的高等音乐教育机构。它的前身是北大音乐研究会。蔡元培兼任所长,萧友梅[1]任教务主任,主持日常工作。音乐传习所的宗旨是"以养成乐学人才为宗旨,一面传习西洋音乐,一面保持中国古乐,发扬而光大之。"

音乐传习所大师汇聚,萧友梅讲授普通乐学、声乐等课程;杨仲子和俄籍教师嘉扯教授钢琴;赵年魁教授小提琴。琵琶导师因故空出来,无人授课,在常州五中毕业后考入北大英语系就读的吴伯超等几位学生的积极推荐下,不拘一格用人才的蔡元培聘请刘天华来担任琵琶导师。

刘天华来到北大音乐传习所后,因为他不是学音乐的留学生,甚至连师范音乐系的学生也不是,只是个普通中学的肄业生,萧友梅一开始对他的音乐才能并不了解,安排他为琵琶导师兼事务员。事务员其实就是勤杂工,刻钢板、印讲义、买纸张、打开水……都归他管。虽然心中有点郁闷,但刘天华还是任劳任怨,认真负责地做好后勤工作。在此期间,杨仲子对他十分关注。

杨仲子,1885 年生于南京一个家道中落的书香门第,曾留学海外多年。他知识渊博,多才多艺,是钢琴家,也是篆刻、书法大家。

一开始是因为跟刘天华都是江苏人,于是主动找刘天华交谈。了解了刘天华的家世、经历,并谈到对音乐的感悟之后,两人越谈越投缘。这天下班后,杨仲子听刘天华弹琵琶、拉二胡,很是欣赏:"你要相信音乐

---

[1] 萧友梅(1884—1940),字思鹤,广东中山人。曾在日本学习音乐教育,在德国莱比锡音乐学院深造。从他编写的《普通乐学》可以看出,无论对西洋音乐,还是国乐,他都有极深的研究,是学贯中西的音乐教育家、作曲家。

传习所是不会埋没人才的!"天华听了心中很是感激,很是振奋!

　　数月后,当刘天华第一次走进教室,上琵琶课时,萧友梅悄悄地站在教室外面的树旁听他授课。当他听了刘天华简单明了地讲述悠长的琵琶历史与发展,以及刘天华给学生示范演奏的琵琶曲后,心中的疑虑、担心没有了,他认为刘天华在江苏常州中学音乐教育上获得赞誉名不虚传。刘天华是个奇才,完全能胜任琵琶导师!

　　刘天华在北大音乐传习所安顿之后,这才写信告诉远在巴黎的刘半农。刘半农立即回信说:"知其技艺必有大进也。"刘半农还在信中告诉他,"为取得参加法国国家文学博士考试的资格,正在潜心钻研、苦读……"

　　1922年冬天,刘半农取得了参加法国国家文学博士考试的资格。刘天华从信中得知后,在为大哥高兴的同时,更以大哥的努力与成功鞭策自己。他一个人租住在离音乐传习所不远的银闸胡同53号小屋里。小屋是一多功能的大间,卧室里一张床、一张桌子、一把椅子,拉琴时坐在上面,不拉琴时搬到桌子前;还有一顶简易书架、一盏电灯、一盏煤油灯;墙上挂着,桌上、床上放着二胡、三弦、琵琶等各种民族乐器。小屋周围都是简陋的出租房,房客都是学生和穷教员。由于这些出租房在学校附近,因此路边摊、小饭馆应需而生。刘天华来去一个人一把琴,进门一盏灯,吃也挑最简单、最便宜、最省时的吃,花一毛钱吃几个馒头或一碗面。平时,除教学之外,他读音乐方面的书籍,钻研乐谱,练习乐器。虽然到北京工作,收入比常州少了,他依然感到很庆幸,很满足,因为北京常有世界级音乐大师来演出,而且音乐传习所集中了萧友梅、杨仲子等国内一流音乐教育大家,唯一使他感到遗憾的是音乐传习所西洋乐器钢琴、大提琴、小号、长号、萨克斯等等样样齐全,国乐乐器琵琶、古琴、古筝、笛、箫、三弦、唢呐也有,不知怎地独缺二胡。他在疑惑中观察到:三弦在北方如同二胡在南方一样,角色比较特别。为了把三弦拉戏中的滑音技巧运用到二胡中,他开始苦练三弦拉戏。

因为钢琴是"乐器之王",它采用十二平均律作为定律标准,音律准确,转调自由,音量宏大,音色优美,音域宽广,键盘乐器,双手弹奏灵敏,表现力丰富,是任何单个乐器(除为数不多的管风琴之外)无法与之相比拟的。于是刘天华近水楼台地向杨仲子请教钢琴,并下决心节衣缩食,买钢琴。他写信告诉尚真:"钢琴是乐器之王,钢琴得从小学起,为培养我们家孩子长大成为钢琴家,为尽量多积攒些钱买台音色好、价格便宜的二手钢琴,我想节省来回路费,不回家过年了。"

日夜盼天华回家过年的尚真收到此信后,表示:"一切听你安排。江阴家中有我,你放心。你也不要太节约,要当心身体,要尽量吃好点,要注意休息……"

不久后的一天,萧友梅找他谈话,首先夸奖他:"琵琶技艺高超,深受学生爱戴。"

他谦虚地回答:"我教琵琶时间还短,学生只是初步掌握了琵琶基本按指法和换把要点。我还要进一步努力,争取在琵琶教学上作出点成绩。"

萧友梅听了赞许地点点头,接着征询意见:"不知先生对传习所有何改进意见?"

于是,刘天华提问:"传习所怎么没有二胡?"

萧友梅告诉他:"我们音乐传习所,今后计划要成为音乐系或音乐学院。在我国民族乐器里,二胡先天最不足,一是几乎没有独奏曲,二是也没有什么学说师承,三是没有任何流派。因此我们音乐传习所将二胡排除在外。"

刘天华告诉他:"江南丝竹是用二胡压拍来带动其他乐器的,它是放在首位的。我们那里的老艺人这样说:'二胡一条线,笛子打打点,洞箫进又出,琵琶筛筛匾,三弦当板压,扬琴一捧烟。'"

"居然还有这样的说法?"萧友梅皱着眉说,顿了一顿,"我可是只听说这样的民谚:'叫花子二胡一黄昏。'"

刘天华听了眼神黯淡了,他知道今天的谈话意味着音乐传习所不可能有二胡的席位。但他不放弃,坚持将自己的想法告诉萧友梅。"关于二胡,我个人始终是这样想的,正因为二胡结构简单,容易学习,才受到广大民众的喜欢。二胡先天不足是事实,但先天不足,可以后天补上。"顿了一顿,他特别强调,"我认为,音乐应该平民化,应该普及。"萧友梅听刘天华这样一说,心中一动,但没来得及细想,这时,有人来找,于是萧友梅对刘天华说:"二胡的事,以后再谈吧。"

谈话就这样匆匆结束了。关于二胡,刘天华本来还有许多话要说,也想将自己创作的三首二胡独奏曲拿给萧友梅看,但都没来得及。回到教室,他继续教琵琶。在教琵琶的同时,他还悄悄地将二胡也教给学生,并传授了他创作的三首二胡独奏曲《病中吟》《月夜》和《空山鸟语》。回到住处,他继续苦练三弦、二胡、琵琶等民族乐器。

日子一天天过着,一晃1922年过去了。1923年,刘天华请杨仲子帮助挑选的那台二手钢琴终于买回来了,他将钢琴放在小屋中间,既可作为隔断,又不影响弹琴。在音乐传习所,他得空就去请教杨仲子,回到住处,得空他弹弹钢琴,琢磨琢磨音律。

1923年,刘半农在巴黎更忙了,一方面要准备两篇博士论文《汉语字声实验录》《国语运动略史》,为此进一步进行汉语四声研究工作;另一方面,他利用研究语音学的杂暇,把法国巴黎图书馆中被法国学者伯希和从我国非法运走的敦煌写本的杂文都抄写出来。他分类排比,文学、语言、历史,一字一句,一页一页,埋头抄写,实在感到饿了就吃块面包。另外,他还抄写了有关太平天国历史研究方面的重要文本。一天二十四个小时,除睡着之外,刘半农没有一分钟是闲着的。

刘半农在法国巴黎,刘天华在北京,都在为实现各自领域的理想而努力着。

留守江阴的尚真撑着家,千方百计地节省开支。蔬菜是她在后园种出来,不要花钱买。荤菜怎么办呢?大人不吃不要紧,小孩长身体不吃点荤腥怎么办呢？难得花上两毛钱买条最便宜的鲢鱼，一条鱼能吃一个星期，今天炖鱼头汤，明天吃鱼尾巴，鱼身分切几段，每天吃一段。她将刘北茂身上的衣服拾掇得干净整齐，北茂穿旧的衣服改给自己的小孩穿。只要北茂从常州回家，她就尽可能做好吃的。北茂晚上做功课时，尚真坐在煤油灯另一头，借光做鞋、缝衣。北茂穿衣服十分爱惜，衣服总是自己洗，尽量不让二嫂为自己操心。他知道，父亲去世时，自己才12岁，是24岁的大哥在上海靠一支笔挑起全家生活重担，他也知道，在江阴时大嫂、二嫂照顾自己，到二哥所在的常州五中上中学时，是二哥各方面关心自己。大哥、二哥本身经济困难，但他们还千方百计负担自己，培养自己，自己不好好读书，对不起他们。再想起自己从小就看到大哥认真刻苦读书、写作，二哥刻苦钻研各种乐谱，刻苦练琴，他更加发愤地读书。

刘半农在江阴的藏书中，有不少是上海商务印书馆出版的有注释的英文著作。北茂有时带几本到学校去读，有时还将书借给好友吕叔湘看。他不仅看马骥注释的哥尔斯密的《威克菲牧师传》，还跟吕叔湘比赛背诵欧文的《见闻杂记》中的一个短篇《旅程》。他阅读大量课外英文著作，增加知识，加上在江阴跟李德理牧师学习过英语，基础好，英语成绩相当突出。

1923年初，刘北茂以优异成绩考上了苏州东吴大学英语系。上大学的费用实在凑不够，尚真写信给天华，天华写信告诉大哥，刘半农给几个朋友写信求助，这才解决了上大学的费用。刘北茂到苏州东吴大学正式接受了高等英语教育，学习很用功。同学中有人认为上大学就可以放松了，课余常到苏州街上、苏州园林去玩。他学习很用功，课余也从来没有想过要出去玩，除看书、学习之外，就拉二胡排除寂寞。

不久，远在巴黎的刘半农考虑到刘天华已在北京工作，自己将来回国后也是在北京，于是跟天华商量，决定叫刘北茂去考北京燕京大学的插班生，这样可以对北茂有个照应。

刘北茂在苏州东吴大学上了一学期之后,以优异的成绩插班考入燕京大学英语系。他到北京上学的第一夜,在二哥租住的简陋小屋里,开心得睡不着。夜深了,看看正埋头把工尺谱琵琶曲转换成五线谱的二哥,他开口问:"二哥,我一直想不通,你怎么是只教琵琶,不教二胡?"

听完,已完成曲谱转换的刘天华站起来,一边脱衣上床,一边将原因简单地讲了一番之后说:"我心中也放不下二胡呀!"

接着,北茂看着那台钢琴问:"二哥,你准备挑哪个孩子学钢琴呀?"

"等他们到北京生活后,问他们哪个愿意学再定。"

"这倒是好办法。孩子不感兴趣的话,不能硬逼。"

"我自己得空练练钢琴,琢磨琢磨音律……"

兄弟俩躺在一张床上,有说不完的话。刘天华兴奋地告诉他:"二胡现在在北大已经有点影响了。"

这是怎么回事呢?在北大举办的一次音乐会上,刘天华先用琵琶演奏了《十面埋伏》,接着用二胡演奏了《病中吟》《空山鸟语》。他精湛的演奏,使整个会堂沸腾了,师生们报以一阵又一阵暴风雨般的掌声。在场的蔡元培对刘天华的演奏给予高度评价。在场的人们感受到二胡独奏表现力不亚于任何一种国乐独奏乐器。通过这次音乐会的演奏,引起了大家对二胡的关注。

此后不久,北大成立管弦乐队,这是我国高等教育机构的第一支管弦乐队。这支管弦乐队只有 17 个人,虽然手持西洋管弦乐器的队员穿着长袍马褂,但他们能够出色地演奏大型交响乐,举行交响音乐会,介绍外国名曲,也能够演奏贝多芬、瓦格纳、施特劳斯等名家经典作品。这支管弦乐队,萧友梅任指挥,杨仲子演奏钢琴,刘天华担任小号手……

在演奏中,他全神贯注地吹奏小号声部的旋律,在音准、音色、节奏、音乐表现上十分出彩,乐队同仁都没想到他还有这一手,十分钦佩!为了体现音乐传习所"以养成乐学人才为宗旨,……一面保存中国古乐,发扬而光大之"的原则,在交响音乐会上,刘天华吹奏小号之外,常登台琵琶独奏《汉宫秋月》《十面埋伏》等曲目。他不同凡响的演奏,获得观众热烈持久的掌声。在音乐舞台上,刘天华个人独特的音乐才华展现在大家面前。他自学成才,会记谱作曲,会演奏多种中西乐器,不但得到了音乐传习所同事们的尊重,在北大、在北京城里也有了知名度。

当刘天华把这些经历讲给北茂听后,北茂说:"二哥,现在你在音乐传习所已经很成功了。你一天到晚钻研乐谱、练琴,不要太累了,二胡的事如果争取不到就算了。"

刘天华听了批评他说:"小弟,你还小,有的事你不懂,今天我为什么要讲这些给你听?是想告诉你一个道理,你要得到别人的尊重,你自己必须要努力,要有实力。大哥巴黎来信叫我关照你,到了燕京大学英语系,你要好好钻研英语。"

"二哥,你放心。你写信时也叫大哥放心,我会好好学习英语的。"

最后,刘天华沉思着像是自言自语,又像是对刘北茂说:"国乐要振兴,音乐要平民化,要普及,没有二胡怎么行呢?我一定要努力争取让二胡跟琵琶一样,开课!"

二 胡

辛亥革命使中国由封建制走向共和制,五四新文化运动提倡"平民文学""平民音乐"。处在这样一个大变革的时代,刘天华和中国一大批有理想、有抱负的年轻人一样,对国家、民族、文化、音乐有深层的思考与抱负。这时候的刘天华已经从兴趣爱好转变为一种神圣的责任。

二胡原称奚琴,宋代音乐理论家陈旸于公元 1099 年所著《乐书》说:"奚琴本胡乐也,出于弦鼗而形亦类焉,奚部所好之乐也。"据陈旸当时考察,奚琴(二胡)是唐代我国北方游牧民族奚部族所用的一种拉弦乐器,它是在古代弹弦乐器弦鼗的基础上衍变发展而成的。二胡在国乐史上,与琵琶、古琴、三弦、萧、笛等地位相当,但因它是"胡乐"而受人鄙视,被称为"有伤风雅"之器,"粗鄙淫荡不足登大雅之堂"。刘天华通过多年来广泛深入的社会调查,发现国内皮黄、滩簧、梆子、高腔、川剧等等各地方戏曲,丝竹合奏,僧道法曲都离不开二胡这门乐器。但是因为世俗偏见,作为一种重要的伴奏乐器的二胡,发展缓慢。不过,因为二胡价格低廉,容易上手,受广大民众喜爱。

刘天华想,如果自己一门心思教授琵琶,没有人会责备,更不会自寻烦恼和自讨苦吃。但如果自己在音乐的道路上,不为改进国乐做点实实在在的事,不想办法教授二胡,对于热爱音乐,热爱二胡的广大民众来说怎么办呢?这时他想起了哥哥去年寄给自己的一封信,信中说,在中国文坛上,改文言文为白话,曾被当作"盘古以来一大奇谈"。而现在他要进一步用江阴方言、俚调写新诗,说"要试验一下,能不能尽我的力,把数千年来受尽侮辱与蔑视,打在地狱底里而没有呻吟的机会的瓦釜的声音,表现出一部分来"。哥哥在信中还告诉他,这本诗歌集的书名就叫《瓦釜集》。《瓦釜集》出版后,准备挨守旧者们的"一阵笑声,骂声,唾声的雨!"想起哥哥在新文学道路上大无畏的进取精神,他勇气倍增。他先去找教务主任萧友梅请示,能否在教授琵琶之外教授二胡。萧友梅告诉他,一个学科的设置涉及一系列的具体问题……于是,他决定去找兼任音乐传习所所长的蔡元培。

校长室的门敞开着,蔡元培刚送走一位工友,见到他,亲切地说:"刘先生,找我有事吧。请坐请坐,坐下来说吧。"

刘天华不会客套,也不会拐弯抹角,坐下后就诚恳地对蔡元培说:"改进国乐之事,在我心中酝酿已久。音乐要普及一般民众。除教授琵琶之外,我还想教授二胡。二胡历史悠久,我国最早的《乐书》上就有记载考证。由于世俗偏见,也由于二胡先天不足,没有独奏曲,所以很少有人将它作为正式乐器讨论过。国乐乐器将二胡排除在外,我认为是不公正的。二胡有丰富的艺术内涵和很大的挖掘潜力,再加上,二胡价格便宜,学起来容易上手,是音乐普及民众最适当的乐器。"

认真,静静地听刘天华说到这里,深有同感的蔡元培插上一句:"国内有人说'叫花子二胡一黄昏',国外洋人一边拉小提琴一边乞讨,这两者有异曲同工之妙。"

刘天华听了笑了,心情更放松了:"二胡虽然有点先天不足,但我有信心将它后天补回来。这是我创作的三首二胡独奏曲。"说完,他双手将谱呈上。

蔡元培双手接过曲谱,一边认真看一边亲切地问:"作曲你是跟谁学的?"

"主要是自学的。"他认真回答,顿了一顿,告诉蔡元培,"我认为,乐之有谱,犹如语言文字。国乐源远流长,但流传下来的很少,这是因我国记谱之法不完备,不如外国作曲家一纸五线谱,各国乐坛可发其妙响。"

"你说得很对,很有见解。"蔡元培大为赞赏,"你在曲谱方面的工作看得出来是下过一番功夫的。"顿了一顿,他又问,"你怎么会想到创作这三首二胡独奏曲呢?"

"一是和生活有关,二是因为二胡从来没有独奏曲。"他回答得很简短,很真诚。如果不是遭遇到失业、丧父、贫穷种种不幸,自己不可能创作出追问人生何去何从的《病中吟》;如果不是在绝境中遇到知音童伯章,如果不是在常州五中执教 7 年,教学有成,生活安稳,心情愉快,自己不可能写出《月夜》《空山鸟语》。

这时,蔡元培又问他,"对于中国音乐的出路,现在有人主张国乐西化,也有人主张国乐朝'雅乐'复古的路上引。你怎么看?"

"我认为,一国的音乐文化断然不是抄袭别人的皮毛就可以算数的。反过来说,也不是死守老法,固执己见可以算数的。我们一方面要亲取本国固有精粹,另一方面容纳外来潮流,从中西的调和与合作中闯出一条新路来,然后才能说到'进步'两个字。"顿了一顿,他告诉蔡元培,"在记谱作曲方面,我就是学习西洋音乐这方面的先进之处。我国琵琶有曲谱传下来,我根据工尺谱将其转换成五线谱,这样学生易懂易学。"说完,他呈上琵琶曲谱。早在江阴的时候,他就用五线谱记录周少梅演奏的乐曲,还将工尺谱的琵琶曲《瀛州古调》整理转换成五线谱。

蔡元培双手接过琵琶曲谱,仔细翻看着,自始至终,只要刘天华说话,蔡元培就认真,静静地听。此刻,听了他的话,看了他创作的二胡独奏曲、工尺谱转换成五线谱的琵琶曲,心中想,只听说他教授琵琶认真出色,深受学生喜爱,现在看来,果然名不虚传呀!随即他不禁想起刘半农来。刘半农提倡平民文学,刘天华提倡平民音乐,哥哥无论是教学还是小说、诗歌创作都十分出色,是个难得的人才;眼前这弟弟也是个难得的音乐人才呀。他看着刘天华,目光中是满满的喜爱、欣赏。他告诉刘天华:"既然你有这个志向,有这个决心,有这个能力,在教授琵琶的同时教授二胡,我支持你!"

刘天华跟蔡元培谈过话后不久,萧友梅通知他,除教授琵琶以外,可以试授二胡。试授即是经过一个讲授考察阶段,再决定是否正式开课。二胡要开课,首先要解决的问题是系统性的教材,这需要投入大量的时间、精力、心血。刘天华除教琵琶之外,将所有心思、时间全花在编写教材上,连走路也在酝酿练习曲,甚至做梦都在想着二胡的事。除了自己创作练习曲之外,他还从自己多年来搜集、记录下来的江南丝竹乐曲、广东乐曲等等乐曲中挑选、改编、整理练习曲。他借鉴了西洋五线谱的记谱法,标出工尺板眼,注明方法、指法,并适当作出修饰。因为二胡除了他创作的三首二胡独奏曲之外,其他方面基本是空白,但他认为路是人走出来的,既然认准了这条道路,一定要排除万难坚持走下去。他满怀信心,不知疲倦地日夜工作着,节假日也不休息,更不要说回江阴看望妻子、孩子了。他写信给妻子说:"萧友梅介绍我到北京女子高等师范学校音乐系兼课,收入增加不少,经济已不是主要原因,主要还是教学方面的原因。二胡教学一切要从头开始,开头很重要,我的时间实在不够用,只能利用假期……"

这一阶段,由于一直埋头思考创作,不停地编写练习曲,他的眼睛越来越近视,此后他就没离开过近视眼镜;由于用脑过度,头发掉得厉害,原来一头浓密的黑发变得稀薄了,额头由于额发脱落显得更宽了。由于废寝忘食创作,常常忘了吃饭,即使吃饭也选最省时的馒头。这阶段他人瘦得厉害,原来丰满的两腮塌了下去。在燕京大学攻读英语的刘北茂抽空到二哥住处,看到他为了二胡神魂颠倒,日夜操劳,人也仿佛换了副模样,十分心疼地说:"二哥,你要注意身体呀。你千万不要为了二胡把身体搞垮了呀!"

他听了朝北茂笑笑。"小弟,你不要担心,我身体底子好,没事。"接着他告诉北茂,"国乐要振兴,不努力做点事不行啊!万事开头难,二胡像一块荒芜多年的田地,要把荒地开辟出来,不辛勤劳动就不会有收获。"

北茂拿二哥没办法,回到燕京大学后更刻苦努力学习英语。

在刘天华不懈的努力下,二胡终于开课了。当学生们来到教室,发现每个人的座位上都发了一份二胡曲谱,由于借鉴了西洋五线谱,易懂易学。从认识二胡曲谱的音符开始,有由浅入深的练习曲和三首二胡独奏曲《病中吟》《月夜》《空山鸟语》。原来抱着好奇和试试看的学生们看了二胡曲谱,抬头看刘天华,目光带着敬佩。

铃声响了,刘天华浓眉一扬,开始正式授课。他从二胡的历史渊源说到当前中国振兴国乐的意义,他告诉同学们:"国乐乐器中二胡虽然算不上是一件完美的乐器,但它有着自己独特的魅力。例如我创作的这三首独奏曲,别的乐器虽然也能演奏,但二胡的演奏比它们更细腻,更能表现出作品的内涵……"他的讲话简单明了,甚至没有超过五分钟。之后他叫学生自由发言,谈谈对二胡的看法。其中有个学生说:"听说在西洋乐器中,小提琴是王子,谁掌握了它谁就进入了艺术殿堂。"

"任何一种乐器,不存在高低贵贱之分,都是表达情感的工具。不管哪种乐器、哪种音乐,只要能给人精神上带来愉悦、安慰,能表现人们对美的追求,都是可贵的。大家都知道这句民谚,叫花子二胡一黄昏,但也有国外洋人拉小提琴乞讨。好比吃饭,吃得起大菜固然好,吃不起大菜,窝窝头同样能吃饱;好比走路,穿得起皮鞋固然好,要是没有皮鞋,穿着草鞋、布鞋一样可以走路。今日中国也许草鞋、窝窝头的用处比皮鞋、大菜还要大些。二胡价格低廉,易学易懂,比其他任何昂贵、学习难度大的乐器更容易向民众推广。"最后他又一次告诉学生,"国乐要振兴,二胡是最适当的乐器。"

他的讲话使学生们懂得了学习二胡的意义,感到了时代的气息。

"二胡容易学是它的长处,但容易学不等于容易学精,一定要勤学苦练。"说完,他演奏《病中吟》。《病中吟》的旋律深刻体现了中国旋律的内在品质,把社会之"病"和愤世忧国的主题烘托得鲜明突出,将痛苦悲怆、挣扎彷徨的内心世界刻画得入木三分。学生们被吸引住了,全神贯注地听着,一曲终了,同学们还沉浸在引人入胜的音乐旋律中。还没等回过神来,刘天华接着演奏《空山鸟语》。《空山鸟语》作曲上借鉴了西洋铜管音乐的律动,技法上借鉴了三弦拉戏,他创造性地运用了轮指、滑音等各种手法,逼真地描绘了深山幽谷中,百鸟争鸣的美妙意境,表现了热爱大自然的高尚情操。刘天华脸上表情专注,目光熠熠,姿动有律,左右手挥洒自如,游刃有余,向同学们展示了二胡强烈的艺术感染力,使同学们认识到了二胡是极富表现力的独奏乐器。同学们完全被刘天华的二胡演奏迷住了,迫不及待地想要了解二胡,想要学习二胡。

这时,他叫学生们翻开他编写的二胡教材,从认识二胡音符开始,由浅入深,循序渐进,正式开始了他的二胡教学实践。

他对学生非常负责,从来不说伤学生自尊的话,例如"你好像没有这方面的天分""你可能学不出来"等等。对于班上学习进度较慢的学生,他总是勉励说:"你在这一方面练得很好,只不过还要再下点功夫,如果人家练习一小时,你就练上两小时,你的成绩很快会追上,或者超过人家了。"对于班上学得好的学生,总是关照"艺无止境,学无止境"。他告诉同学们:"拉二胡最重要的是心手合一,弓法、指法讲究精妙的配合。"

一次一位同学没来上课,这位同学来自浙江杭州,家境贫寒,体质较弱,来到北方水土不服,生起病来,他只好孤零零地躺在宿舍小床上,将带补丁的被子裹得紧紧的,还是感到冷。昏昏沉沉、迷迷糊糊中,突然,他听到了门外响起先生的呼唤声:"师竹,师竹,你怎么啦?你怎么今天没来上课呀?"宿舍门被轻轻推开,刘天华来到他床前,弯下腰,热乎乎的手掌搭在他额头一测:"你在发烧呀,你怎么不叫同学带个信给我？"

"先生,你那么忙,还想着来看我。我不要紧,睡一觉就会好的。"

"师竹,你在发高烧,有病不能硬撑,一定要看医生。你等我,我去请医生。"刘天华一边说一边急忙跑去请医生。半个多小时后,他将附近药房里的坐堂医生请来了。搭脉,看舌苔,测体温,医生说:"令弟的病是体虚加上风邪入侵所致,宜先退热清瘀。我开个处方,你跟我到药房去为令弟配药。"医生认为生病学生是刘天华的弟弟,刘天华也不挑明,只是连声应允着,一边跟医生走,一边回过来关照:"师竹,你好好躺着,我去配了药就来。"

学生躺在床上,心中感动地说不出话来,泪水止不住地流下来了。他知道先生很忙,除教授琵琶、二胡两门乐器之外,还要不停地编写二胡教材,此外,先生还在跟俄籍小提琴家托诺夫学习小提琴。

小提琴被誉为"乐器皇后"。它是弓弦乐器,是 17 世纪以来西方乐器中最为重要的乐器之一,它音域宽广、音色优美,情感表达细腻、深刻,表现力极为丰富,具有人声特点。它演奏灵活,携带方便,其制作本身也是一门精致的艺术。

托诺夫是俄国圣彼得堡音乐学院的小提琴教授,是俄国小提琴学派奥尔的得意门生,因俄国社会动荡而来到中国。托诺夫是当时北京首屈一指的小提琴家。刘天华早在上海开明剧社工作时,就接触练习过小提琴,他一直希望像学习琵琶一样,能够在名师指点下,系统深入地学习小提琴。另外,他还认为二胡在演奏技术、制作结构上要进一步完善,或许能从西洋小提琴上借鉴。因此,刘天华当面向托诺夫提出想跟他学小提琴,托诺夫吃惊得睁大眼睛问:"刘先生,你不是在教琵琶、二胡吗?为什么要跟我学小提琴呢?"

"因为我需要。"

"你需要什么?"

"我需要了解小提琴的演奏技法,借此提高二胡的表现力。"

"中国二胡？表现力？"托诺夫觉得不可思议。

"西洋小提琴有中国二胡可以借鉴的地方。所以我尊重你和小提琴。琴虽为二，理则为一，互相融合。"顿了一顿，他又说，"你我都是搞音乐的，你我都应该尊重各个国家的民族音乐和乐器。"

听了刘天华的话，托诺夫理解了："好。你放心，我一定尽心尽力教你小提琴。"

"我一定认真刻苦地学。"

"不过，费用方面我是很贵的。"

"你报个数。"

"每月三十块大洋。"

"好的，一言为定。"

托诺夫授课费很贵，但这是向一流名家学习的难得机遇。刘天华的收入虽然已有所提高，但每月要寄钱回江阴养家糊口，还要负担小弟北茂上大学，甭提别的，他平常连买双袜子的钱也没有，袜子穿破了，剪下筒子套脚上，筒子再穿破，就光脚。为了钱，他还写信跟尚真商量，告诉她自己决定跟托诺夫学习小提琴，今后可能会少寄一点生活费回家。尚真回信说，生活费有就寄点回来，没有也不要紧。家中有她在，请放心。尚真带着孩子留守江阴，省吃俭用，勤劳能干，任劳任怨。刘天华收到尚真的信，情不自禁地说："家有贤妻，何患贫穷。"尚真的支持，加上刘天华节衣缩食，终于凑齐学费交给托诺夫。他不但自己去学，还鼓励班上家境富裕，交得起学费的罗炯之和唐俊也去。因此班上学生都知道先生跟托诺夫学习小提琴的事。

当先生配了药回宿舍，师竹再也忍不住，哭着说："先生，你那么忙还来看我，你经济负担那么重，还为我看病花钱。叫我怎么报答你呢？"

"先生应该关心学生。"刘天华亲切温和地告诉他，"等你病好了，好好上课，好好练琴。毕业后，走上社会，能为振兴国乐做点事，就是对先生最好的报答。"这位学生病好后，认真学习，刻苦练琴，后来也成为著名音乐家。

这年冬天,音乐传习所师生在北大三院大礼堂,召开音乐演奏汇报演出。刘天华的学生徐炳麟登台成功地用二胡演奏的《病中吟》,引起巨大轰动。此后,北大校园中常有学生吟唱《病中吟》开头几句引人入胜的旋律,不久,《病中吟》这首二胡独奏曲传遍北大校园和其他兄弟院校。

刘天华的二胡教学终于成功了!刚到北大时,聘书上只写"琵琶导师",教授二胡课成功后,给他的聘书上就写明教授琵琶、二胡两种乐器。刘天华使二胡这个千百年来被人们歧视的大众化乐器登上了大雅之堂,进入了高等学府音乐教程。这在我国民族音乐史上具有划时代意义。但他并没有满足,他在二胡上不断探索、改革、创新。他从无到有,为二胡一共编写了由浅入深、科学又合乎技术规范的47首练习曲,为中国民族音乐教学开创了一条崭新的道路。他一共创作10首二胡独奏曲:《病中吟》《月夜》《空山鸟语》《苦闷之讴》《悲歌》《良宵》《闲居吟》《光明行》《独弦操》《烛影摇红》。每一首乐曲都很经典,具有强大的生命力,是中华民族音乐宝库中的瑰宝。其中5首《月夜》《良宵》《病中吟》《光明行》《空山鸟语》,是中国民族器乐曲中不可多得的传世之作。他还对二胡进行了大胆的改革,改进了二胡的制作规格,并借鉴小提琴的优点,将二胡拉弓改成了可调式,把仅限于使音乐翻高的简单3把演奏发展到了7把,从而丰富了二胡的表现力。他使二胡一跃成为独奏乐器,成为有世界影响力的中国主要民族乐器之一。由于二胡价格便宜,容易被广大群众接受,从而二胡艺术得到了广泛传播。

二胡被列为国乐主要课程,使刘天华对民族音乐的改革、发展更充满了信心。

四声汉语字声实验录

　　法国巴黎大学路易利雅堂是一座可以容纳二百人上课,宽敞的马蹄形阶梯式教室,长方形的大讲台上有序摆放着气派的长桌、椅,讲台后面有两扇小门,门内是小型会议室兼休息室。阳光从长窗洒下,将此处映照得既明亮温馨又神秘。1925 年 3 月 17 日下午,刘半农带着《汉语字声实验录》《国语运动略史》两篇论文,以及他研制的音高推断尺、刘氏音鼓甲种,到这里参加法国国家文学博士论文答辩。法国博士学位分两种,一种是非国家博士学位,考试难度低;一种是国家博士学位,考试难度高。凭他扎实的功底,他可以选点轻松的学科,听听课,轻松赚个博士证书! 但他没有这样做! 他说,文凭不能混来。他是为了能真正学习、掌握知识而念博士。

　　出国时想研究文学和语言学,到了国外,才知二者不可兼得,只能舍去文学,专攻语言学。但语言学没有十年八年的工夫不成,于是在语言学中侧重语音学。因觉得自己嘴巴和耳朵不是很灵敏,于是从普通语音学再转到实验语音学。如同关云长过五关斩六将一样,他通过了一系列严格的预考,各门科目成绩优秀,才取得了国家文学博士考试资格。他深知要顺利通过今天的考试不是件容易的事。虽然他进行了充分的准备,胸有成竹,但在考试前夕,他还是以严谨的态度,认真地对论文逐字逐句再次核对;为确保万无一失,他对自己研制的语音实验器材作最后的检测，却发现录音设备失灵，于是连忙连夜抢修好……此时此刻，一切准备就绪，他信心满满地等待着最后的冲刺。今天考场内来了许多人，有在巴黎的外国语言学家、汉学家、中国留学生，还有刘半农的法国邻居、将小惠视为己出的老姑娘童泽姐妹以及刘半农的好友赵元任、杨步伟夫妇……刘半农给赵元任的任务是拍照片。因怕孩子吵闹，朱惠带着三个孩子和童泽姐妹坐在最后一排。

临近一点钟时，讲台后面的一扇小门打开了，一位工作人员来到台前张望，看到刘半农，走过去跟他握手，请他走上了讲台。这时，小门里依次走出了法兰西大学的梅耶教授、伯希和教授、马士贝洛教授、巴黎大学的贝尔诺教授、弗里欧教授、格拉内讲师。这六位头戴方顶黑帽，身着黑色长袍，肩披表示学衔级别的绶带的考官，都是著名的语言学家、汉学家。考官们按指定位置在长桌前排坐下，刘半农在他们前边，与居高临下的考官们面对面。这时，考场内的气氛紧张了起来，旁听席安静了下来。

一时整，考试正式开始，刘半农宣读论文。《国语运动略史》主要论述字体变迁大势，《汉语字声实验录》是第一份汉语声调现代科学研究报告，汉语语音不仅仅包括汉语拼音，它也是汉语语音系统以及发展规律的统称。刘半农在实验语音学上，不仅传承了先进的科学技术，还进行了改革创新。流利的法语，新颖的内容，无论是考官还是旁听者都被深深吸引了。论文宣读完毕，答辩开始。考官们严肃认真，提出一个又一个问题，刘半农从容应对。他不高的个子，轮廓鲜明的方脸，颧骨略高的双颊，挺直的鼻梁，闪着聪慧亮光的眼睛，向两边下垂，带着锐气的眼角，笔挺的西装……整个人看上去十分精神，信心满满，非常镇定。在《汉语字声实验录》里，刘半农写了四声研究小史，说清了"阴、阳、清、浊、上、下"等歧义，常声、变声等定义，他不但引用了前人在四声问题上的观点，还举了最新的例子。与字声有关系的，他都作了研究，如广州话，他研究了原来的八声和新发现的第九声；在江阴话中，他研究了有争议的"浊""上"消失问题；在北京话中，他研究了自然声。

时间一分一秒过去，不知不觉两个半小时过去了，这时，主考官宣布暂停，休息半小时。考官们依次走进小门，刘半农在工作人员引领下走向另一扇小门，在进门时，他转身朝大家微笑致意。虽然因为连夜抢修录音器材，没睡好觉，但他目光炯炯。朱惠关切的目光一直跟随着他，看到他走进门里，一颗心也仿佛跟着进去了……

自从 1920 年春天赴欧留学至今，已整整五年了。五年中，刘半农苦心孤诣地专攻实验语音学，致力于汉字声调的研究。1924 年 3 月，上海群益出版社出版了他从巴黎寄来的《四声实验录》。这是一本第一次运用近代科学实验语音学的仪器、方法研究汉语四声的学术著作，由蔡元培题书签，傅斯年、吴稚晖作序。出版后在学界引起极大反响！

"四声"之名，属于"音、声、韵"，是一千五百多年前齐梁周颙、沈约首创。但在"四声"解释上，一千五百多年来迷雾重重。曾经有人说，我们中国没有这方面的专家，必须依靠外国人的力量研究这项工作。但刘半农不信这个邪！他认为，中国人的四声，理所当然是由中国人来研究。为了得出科学的结论，他做了长期的工作。这项工作，理论上虽不算高深，但十分枯燥，实验很苦，一般人没有这个决心和耐心。刘半农对朱惠说："我们江阴人个个都是硬骨头，死都不怕，还怕困难？我用水磨功夫，用'扎硬寨，打死仗'的办法，再苦再难也要坚持到最后的胜利！"

在这实验过程中，他必须全神贯注侧耳倾听，捕捉瞬息即变的声音，并用仪器测绘成声调曲线，推算语音纹线中处于同一个时间的一个或多个颤动的速度。如果发现出了什么差错，他就洗把冷水脸，清醒清醒再接着推敲。在实验过程中，能在巴黎找到的中国人有限，他想方设法找到了可以代表我国东南西北区域，发音正确的十来个人受试，其中的江浙语系他本想找个苏州人作代表，没能找到，无奈只能用自己的江阴方言。书中记录了北京、南京、长沙、成都、广东、江阴等 12 个地方的声调实验结果。经过他长期艰苦、认真的实验,终于得出了科学的论断:声音的要素在于强弱、音质、高低。"四声跟声音强弱没有关系,跟音质、长短有些关系,但不起决定作用。决定四声的主要是音的高低,这种高低是复合音,不是简单的移入,两者之间是移滑的,而不是跳跃的"。这个科学论断一举驱散了笼罩在四声解释上一千五百多年来的迷雾,是具有开创意义的全新论述。

《四声实验录》的出版,刘半农在汉语字声上的研究,还引起了法国巴黎语言学会的关注。1924年12月6日,在法国巴黎语言学会召开的常委会上,刘半农被推举为该会会员。这时候,他的博士论文《汉语字声实验录》的实验工作已近完成。他一家五口租住的"房子很小,在桌椅板凳锅灶碗盘之间,东放一个音鼓,西放一个转动音浪计用的留声机",这是赵元任夫妇到巴黎后,第一次到刘半农家拜访时看到的情景。

赵元任(1892年—1982年),常州人,是现代著名学者,中国现代语言和现代音乐先驱。常州、江阴是近邻,两人既是老乡又是北大同事,虽然各自研究的专业不同,但钻研精神,对祖国家园的思念相同,因此成为好友。当时,刘半农看到赵元任带着照相机,开玩笑地对他说:"我们家过得是叫花子一样的生活,你就给我们照一张叫花子相吧。"拍照时,幼小的刘育伦故意双手趴在地上做出乞讨的样子。

许多年过后,杨步伟感慨地说,幸亏当时拍下了相片,正好可以给今天的人们看看当年的这些学者是怎么成功的!在赵元任的描述中,刘半农几年如一日,孜孜以求,白天收集资料,做实验,晚上写论文,不写论文时写文章,长年累月,没日没夜工作,使得年仅34岁的刘半农未老先衰,眼睛近视,脊背也有点弯了,连他自己也知道,"虽然没有闹成病,但弯腰曲背,已彰彰在人耳目"。留学几年来没睡过一个囫囵觉,没吃过一顿定时的饭,为了省钱省时,头发长得像野人,长时间伏案甚至影响了他的肺功能,常感到胸闷憋气。朱惠看了十分心疼,但又不敢多打扰。有时，看他工作告一段落的样子，就逼他："你出去走走，透透气，你不是会拍照吗？你出去拍几张风景照片，回国时带给天华、尚真、北茂他们看看。"夜晚，安置好孩子后，朱惠尽可能去陪陪他，想方设法端杯牛奶，拿片面包给他吃，刘半农总是感动地说："你又要做家务，又要带孩子，你辛苦，你是真正的无名英雄。我不要你陪，你快去睡吧。"平时，懂事的小惠只要看到爸爸在工作，说话、走路都轻轻的，有时还帮着照看弟弟、妹妹，做点力所能及的家务事，大人没空陪她玩，她就独自到屋后草地上玩耍，还有就是到童泽姐妹家中去。

这其间，因为德国的语音实验比较先进，刘半农到德国进行了3个月的学术考察。当时，因为第一次世界大战结束，德国战败，马克贬值，同样数目的钱，在巴黎只能过着贫穷的生活，但到了德国，却仿佛成了富翁。刘半农在朋友的帮助下，一家五口租住在一幢带有花园的伯爵府邸，还请了女佣。因物价便宜，家中伙食有所改善。在德国的童禧文、傅斯年二人常到刘家吃饭，感受一下家庭气氛。这三个月，虽然朱惠手中用钱仍要精打细算，但这是跟刘半农赴欧以来，生活最好的时光。有不少在法国、英国的中国留学生，来到德国后乐不思蜀，贪图享受，甚至荒废学业。刘半农看到这种现象，十分痛心。他回家对朱惠说："我们是为学业而来，不是为物质而来。"

三个月考察期满，他带着全家离开柏林，回巴黎。这时，手头多余一些马克，如果将马克换成法郎带回巴黎，根本不值，怎么办呢？经过精挑细选，对比价格，到柏林百货商店给小惠买了一件袖口镶有黑皮毛的红色呢大衣。小惠看到新衣服，高兴得蹦跳起来！到欧洲五年多来，这是买的唯一一件新衣服。三个孩子的衣服，除了朋友送的，都是朱惠自己缝制，或用旧衣服改制的，包括小惠上小学的制服，也是朱惠仿制的。朱惠成了做衣服的能工巧匠，看到刘半农这样辛苦，朱惠决定不在国外添置任何新衣服或零星物品，节省开支，减轻刘半农的压力。一家五口，经济压力不是一般人能想象的，有时因国内政治动荡，留学公费不能及时寄来;刘半农拼命写作投稿,有时文章发表了,稿费不能及时寄来,真正是又穷又急!五年多来,患难与共,休戚相关,使得这个极度贫穷的家庭还是充满了温馨。

　　三个月后,回到巴黎,没有想到,原先的住房被房东高价租给了别人,刘半农家只能重新租房子。这房子离学校、图书馆较远,但为省钱,刘半农起早带晚仍是步行。新租的家虽小而拥挤,但还跟以前一样,在法国的中国留学生只要有什么事, 特别是每当国内社会发生大事,仍然来他家议议,听听刘半农的看法。刘半农总是这样告诉他们:"在批评社会的同时,不能忘记自己的责任,我们要救中国,就先要努力把自己做成一个堂堂正正的人! 要追求我们的事业,就得时时刻刻问一问自己所做的事业,是不是跟先进的国家做得一样地好! "一次,有一对年轻的留学生恋人闹矛盾,到刘家来倾诉。刘半农做男孩的工作,朱惠做女孩的工作,使得两人和好如初。每当有留学生、朋友来家中,朱惠总是诚恳接待,给大家倒水端茶,三个孩子也都很有礼貌。赴欧五年多来,温馨成了这个贫穷家庭的一抹亮色。

　　此时此刻,朱惠脑子里东想西想,眼睛盯着讲台后面那扇小门,一颗心全在刘半农身上。这时,杨步伟邀请她和孩子去附近店里吃点东西,朱惠不想给人增添麻烦,推说不饿,婉言谢绝了。但不一会儿,善解人意的杨步伟吃完点心回来时,给他们带来了饮料、面包。朱惠看到孩子们吃得津津有味,不由得叹了一口气说:"不晓得你们的爸爸现在有没有胃口吃点东西?"说完,眼睛又不由得盯着小门。

　　刘半农在小门里的休息室喝了杯咖啡。稍事休息后,就跟在考官们后面走了出来。考官们按原位一一就座,考试接着开始。考官们围绕论文课题,提出一个又一个问题。刘半农一边简明清晰地答题,一边有条不紊地演示实验,他的汉语字声实验方法分四步,记声、量线、计算、作图。做实验需要很多时间,写这篇博士论文,单单是实验,前后花了两年半时间,其中仅胡适的一篇 255 个字的文章《清道夫》,平均每个字一个音，延长只有半秒钟左右，就要用两个小时以上的时间来进行实验。由于繁琐，他发明了音高推断尺和音鼓。刘半农研制的音高推断尺，一步到位，将原本分三步的量线、计算、作图三合一。他研制的音鼓，不但记声比外国仪器优越，并且还能研究乐器音高。无论是考官们还是旁听者们都认真地看着、听着，一个个面露惊奇，惊奇中带着欣赏。

阳光跟着时间在不知不觉移去，一盏盏吊灯把路易利雅堂照得通明。下午六时，答辩结束。考官们回到小门内研究考试成绩。经过整整四个多小时的紧张的答辩，刘半农精疲力尽地两手撑头靠在桌子上，场内鸦雀无声，所有人都关切地注视着他，默默地等待着考试结果，朱惠更是紧张，心扑通扑通，跳得厉害，眼睛一眨不眨地看着他。

考官们由于意见一致，没有任何异议，仅过了十分钟，就从小门里走了出来，各就各位坐定后，主考官站起来，庄重地高声宣读了优异的评语，最后宣布"我们一致认为应当授予他国家博士的学位！"话声刚落，场内掌声雷动。热烈掌声中，工作人员从小门里出来，将双手捧着的全套博士服交给主考官，主考官亲自将博士帽、黑色长袍、绶带，给刘半农披戴上，从这一刻起，刘半农正式成为国家博士！他是第一个获得以外国国家名义授予的最高学衔的中国人！考官们站起来，一个个笑容满面地走过去跟刘半农握手祝贺。刘半农尊敬地握手还礼。如潮的掌声中，有中国留学生还欢呼起"万岁！"朱惠一颗心终于放下了，激动得流下了眼泪。她泪眼蒙眬，深情地看着刘半农，仿佛在做梦一样。章泽姐妹也高兴地拥抱着，亲吻着小惠，表示祝贺！赵元任、杨步伟夫妇二人来到刘半农身边，跟他热烈握手，告诉他："晚上请你们全家吃饭，表示祝贺！"

晚饭后，回到家中，孩子们上床就睡着了，夫妻俩兴奋地睡不着。朱惠对他说："我高兴的是你今天终于考到了博士学位！我还高兴的是，我们一家人终于能回中国，能回江阴老家啦！

"是啊！我们离开中国整整五年多了。"他感叹着说，"在这国外，我没有一天不想着早日回去呀！"

"有的想，还不如早点回去。"朱惠顿了一顿，又说，"你晓得的，上个月天华写信来说，我们江阴老家的房子在直奉战争中挨了一颗炮弹，不知房子到底怎么样了？回国后，先回老家看看，再回北京。"

但是，刘半农沉吟着告诉她："目前，我们还不能马上回国。"

"你博士学位已经考到了。还有什么丢不下呀？"

"我们来一趟外国不容易。鸦片战争，我们中国无数的文物、珍宝被外国掠夺，我们中国的学者为研究有关方面的中国历史，不得不到外国来找资料，这是我们中国的耻辱呀！"刘半农越说越激动，话到此处，顿了一顿，稍稍平静下来，"你想想看，我们到过的英国、德国，还有这法国，这三个国家的图书馆建造得多好，藏书那么多，我在这巴黎国家图书馆，发现许多珍贵的中国史料。敦煌写本、杂文是举世无双的珍品。如家宅图，可以看出当时的居室布置；年谱可以了解当时的年谱形式；从退婚书、答婚书、历书、解梦书等文书中，可以看出当时社会的风俗习惯；从借券可以了解当时借贷实物与所交的利息……我要将它们分门别类抄下来带回去。我已写信给蔡校长，蔡校长同意，延长我在巴黎留学时间。"

"你好不容易熬出头，又要吃苦头了。"

"博士考到了，我没什么压力了。敦煌史料，以前我已偷空抄录了一部分了，现在可以专心到图书馆抄录、研究了。我们这几年这么多苦头吃过来了，眼前这还算苦？"

仅仅休息了两天，刘半农就开始到巴黎国家图书馆去抄录敦煌史料。

1925 年 4 月 15 日，《法国最高文艺学院公报》宣布，《汉语字声实验录》获康士坦丁·伏尔内语言学专奖。以前没有一个中国人得过法国国家博士学位，更没有一个中国人获得语言学专奖。《汉语字声实验录》被列为巴黎大学语言学院丛书之一。刘半农得奖回家，朱惠开心地一边做事一边哼着江阴山歌:"郎想姐来姐想郎,同勒浪一片场上乘风凉。姐肚里勿晓得郎来郎肚里也勿晓得姐,同看仔一个油火虫虫飘飘漾漾过池塘……"

晚上,她又一次问他:"你博士考到了,现在奖又拿到了。你到底什么时候回去呀?"

"快了。"

"每次问你,总说快了,敦煌史料你还有多少没抄完呀?"

"真的是快了。你放心,我已经在着手办理回国的手续。"

1925 年 6 月 27 日,刘半农一家跟章泽姐妹、邻居老木匠等左邻右舍们依依不舍地告别,离开巴黎,乘火车到马赛。在朋友介绍的旅馆住下,赵元任一家也相约来到马赛。刘半农、赵元任两个人一起到轮船公司订到了 7 月 3 日回国的船票。在马赛短暂停留的几天,刘半农抓紧时间还写下一篇《敦煌掇琐叙目》。刘半农的抄文分文学史、社会史、语言史上中下三辑,虽然小而零碎,但这些"敦煌掇琐",以小见大,反映了当时的社会、民俗、文学、语言……

1923 年,看到 95 期《文学》上刊登的吴立模研究五更调的文章。他虽不认识吴立模,却立即将自己抄录的敦煌写本中有关《五更调小唱》《太子五更转》,再抄写一份辗转交给吴立模。吴立模根据刘半农寄来的这两篇五更调写本,得出新的结论:现在的许多五更调,大多是从这五更转这类东西里递变而来。1924 年,在刊物上看到顾颉刚研究孟姜女,立即将自己前年抄到的《孟姜女小唱》寄去,证明孟姜用作杞梁妻之专名,远在邵武士人之前;孟姜女三字相连为一个专名,也有一千多年的历史。顾颉刚收到此信十分高兴,称之为所得材料中最重要的一种。抄录的敦煌史料,两次抄寄,两次得到国内学者的喜欢和重视,如此更加坚定了他抄录、编辑的信心。他起早带晚,抓紧时间,加紧抄录,已成为他老朋友的图书管理员,每次只要一看到刘半农来,就主动把有关书籍资料取出来给他,刘半农告诉他:"我很快要回中国了。"管理员听了，不舍地说："等你这位中国博士走了，这些书只好喂蛀虫了。"

在马赛候船期间，他在旅馆将抄录的敦煌史料 104 种，整理分类，29 日写成《敦煌掇琐序目》，7 月 3 日，启程回国。刘半农、朱惠夫妇带着三个孩子，赵元任、杨步伟夫妇带着两个孩子，一起登上法国海轮坡托斯（Porthos）。这艘法国海轮比 1920 年春天赴欧时乘的日本贺茂丸海轮还要大，还要豪华。赴欧时，朱惠怀孕加上晕船，几乎是一直呕吐，一直躺在船舱内。现在回国，心情愉快，加上两家人在一起热闹散心，杨步伟又是出色的医生，会照应人，还有没有怀孕，船大、空间大、房间大、舒适，种种因素让朱惠舒服多了，常到甲板上笑眯眯地看着孩子们玩耍。同样是长达三十多天，横跨欧亚两洲的海上航行，刘半农这次回家心中充满了喜悦。虽然目前国内风雨飘摇，内忧外患，但他学业已完成，回报祖国，刻不容缓，归心似箭。在船过地中海时，他写下"一片清平万里海，更欣船向故乡行"。船过苏伊士运河时，他写下"最是岸头鸣蟋蟀，预传万里故乡情"。在船经一座小岛时，他写下"从今不看炎荒景，渐入家山魂梦中"。《归程中得小诗五首》，就一个主题，就是怀念祖国和家乡。8 月 7 日，坡托斯号在中国上海靠岸停泊。漂泊海外的游子终于回到祖国的怀抱。

江阴团聚

　　近6年来艰苦的海外留学生涯,以中学肄业学历,刻苦攻读法国国家博士学位,使得刘半农两鬓过早地白了,脊背微微地驼了。而近6年没见,刘天华戴上了眼镜,本来茂密的头发稀疏了,丰满的双颊变瘦了。近6年没见,刘北茂从少年长成了青年,个子高高的,现在是燕京大学英语系大三学生。三兄弟久别重逢,格外亲切。赴欧时,天华、尚真的二女儿育和还在襁褓中,现在蹦蹦跳跳追着小惠叫"姐姐"。朱惠的母亲、尚真、朱惠的哥哥、弟弟、妹妹们抢着抱育伦、育敦,关切地问长问短。亲人团聚,刘半农、朱惠高兴中又有遗憾,因为朱惠的父亲因病去世,没有等到大女婿、大女儿、外孙女、外孙们海外归来的这一天。

　　思乡心切的朱惠和三个孩子随特地来上海迎接的亲人们先回江阴。刘半农留在上海,联系有关出版事宜,拜访林墨之等老朋友。在拜访林墨之时,听说,林纾病逝。"哎,如今逝者已去,愿他一路走好!"刘半农长叹一声,心中说不出的滋味。刘半农在上海忙碌了几天,收取了欠他的两笔稿费并预支了部分稿费后,回到江阴。

　　刘半农带给刘天华的礼物是一把法国小提琴:"二弟,这是你喜欢的。"刘天华喜出望外,激动地轻轻拨动了一下琴弦,弦声宛如千年古潭丢了一颗小石子,激起圈圈涟漪,这是梦寐以求的珍品呀!"好琴!真是好琴!"刘天华爱不释手地拿着这把精美的小提琴,看着哥哥未老先衰的模样,感激、心疼,种种心结难以言表:"你们在欧洲生活那么苦,还给我买这么好的小提琴!"刘半农告诉他:"我的《汉语字声实验录》得到了一笔奖金。"接着,他从行李箱中拿出几本崭新的英国文学名著,对刘北茂说:"小弟,我知道你专攻英国文学,这是我走了好几家书店,特地为你挑的。"刘北茂眉眼含笑,当宝一样接过书,当即翻阅了起来。从国外带回的其他礼物主要是糖果、巧克力之类,由朱惠分发。唯独天华、北茂的礼物,刘半农在国外用心挑选,回国后当面呈交给两个弟弟。从此,这把小提琴成为刘天华一生最爱,这几本英国文学名著伴随刘北茂一生。

刘天华告诉半农,1925年1月下旬,驻扎在江阴的直系军队与常州那边过来进攻的奉军打了几天几夜。1月26日,占领黄山炮台的白俄炮手向直军困守的城内开炮,混战中一颗流弹打掉了兴国塔半个塔顶。残存塔顶,远看好像一只钢笔尖,说来也巧,这个钢笔尖正好朝向附近的西横街上刘家庭院。由此,人们联想到在法国攻读博士学位的刘半农,联想到了在北京大学任教的刘天华,联想到了燕京大学英语系高材生刘北茂……于是乎,一个带有传奇色彩的神话流传开了:刘家要出状元了!刘半农戴着法国国家博士桂冠回来,人们仿佛印证了传说,谈论得更起劲了!听了这个传说,他站在院中,朝兴国塔看去,看到兴国塔坚强地挺立着的残存塔顶果然像钢笔尖,头一仰,哈哈大笑:"没想到战争带来的不幸与摧残居然变成吉兆了!"

这时,手中拿着洗净的香瓜,走过来的尚真,听到他这话,接上来告诉他:"大哥,咱们家中了一颗炮弹,没有爆炸,大家都说是神灵和祖宗保佑!"说完,尚真送上香瓜,"大家都已经吃过了,这是特地留给你的。"刘半农接过香瓜,先用拳头轻轻一敲,瓜裂,再两手轻轻掰开,甩掉籽,随即大口吃起来,一边吃一边赞:"好瓜!好瓜!"这瓜两头尖,中间圆,江阴人称之为老鼠屎香瓜。这瓜皮色青中带黄,香甜、脆,是夏季时令瓜果之一。在欧洲,得知"老家中了一颗炮弹"后,刘半农在回信中说："今年夏天要回江阴吃老鼠屎香瓜了。"收到回信,刘天华立即写信告诉尚真。尚真特地去乡下要了几棵瓜秧在后院种下。如今香瓜成熟,大哥一家真的回来了!天华、尚真、北茂看他吃得香甜,很是高兴。刘半农吃完瓜,就着刚才的话题,说:"军阀混战使得百姓受苦,战争是永远被诅咒的!"尚真听了直点头,但回想起当时仍是心有余悸:这颗炮弹擦着前排屋顶轰然着地。虽然没有爆炸,但飞过时,产生的巨大气浪瞬间凶猛地刮去了不少瓦片、砖头,震倒了这前排屋一只角,打断了银桂的不少树枝。当时,屋顶、墙壁上泥沙簌簌落落……此时,刘半农先察看墙壁,再拍拍伤痕累累的银桂主树干。"留得青山在,不怕没柴烧。只要人没事就好。"桂花树虽然品种繁多,就花色而言,仅金桂、银桂、丹桂之分。中院里祖上栽种的这两棵金桂、银桂,刘半农打记事起就仿佛一直是这样:四季常青,树干粗壮,枝繁叶茂,树冠呈半圆形。每当开花时,散发阵阵清香,令人神清气爽。金桂花呈金黄色,银桂花白中泛黄。花盛之时,树下铺上布,用小竹竿轻轻一敲,桂花便密密麻麻簌落落下来。收集起来,一层桂花撒一层糖,一层层铺在罐子里,将其密封。这糖渍桂花,可保存一年以上不变质。除做桂花糖之外,春节时,糯米小丸子汤中放入桂花,桂花的香甜萦绕舌尖,真是难得的美味呀!刘半农的目光在金桂、银桂树上久久停留,随即他感慨地说,"我近6年没回来了,要好好看看这个家了。"

他在前院徘徊,父亲、母亲、祖母的音容笑貌已逝,曾经充满琅琅读书声的屋子,如今是空空荡荡的,他嘴上不说,心中却是伤感;他来到后院,直奔老井,孩子般猫下腰,将身子伏在井圈栏上,看着下面这亮得像小圆镜似的水井,耳边仿佛突然响起一阵焦急的呼唤声:"阿彭,你又看井了!别掉在井里了!"这分明是祖母、母亲亲切的声音!他闭上眼睛,两颗泪珠落下来,落在井里,掉在水里……这时,刘天华在竹林里徘徊,想起父亲曾经不允许自己拉二胡,自己偷偷躲在这竹林里拉二胡的情景,倘若父亲能活到现在,看到自己拉二胡走上大学讲台,能有今天的成就,该有多么高兴啊!这时,刘北茂在自己房间看英国名著;尚真、朱惠在热气腾腾的灶间烧这烧那,做着饭菜;孩子们在那里围着听小惠讲国外的事情,眼前是多么美好啊,可惜,父亲、母亲、祖母已经不在了!想到此,刘半农返回到父母曾经的卧室,将一口大红木箱子打开,里面保管着他父亲、母亲、祖母和几位祖先的遗画像和牌位,他抬头说:"我们在国外,好几年没祭祖了。"

第二天,三兄弟恭恭敬敬地将父母、祖母、祖先画像、牌位请出来,有序排列摆放,再摆上香烛;长条桌前面的八仙桌上摆着丰盛的菜肴和美酒。在刘半农的率领下,进行了一次祭祖活动。祭祖结束,聚餐时,刘半农站起来说:"饮水思源,如果没有我们的祖母夏氏,就没有我们刘家今天的兴旺!从现在起,这厅堂就称作'思夏堂'!"

晚上,夫妻俩躺在床上聊天,刘半农对朱惠说:"今天祭祖时,我想到一件大事,小弟今年已经二十二岁,还有一年半载就要大学毕业了。只有帮小弟成家,我才能对死去的父母和祖母有个交代!"

"成家是人生大事。我叫娘家人也帮着物色物色,挑个好姑娘,等小弟看中后,毕了业再结婚。"

"好的。"顿了一顿,刘半农告诉朱惠,"现在是 8 月中旬了,我不能在家多耽搁,要赶紧到北京,把教学上的事和建立语音乐律实验室的事落实好。"

刘天华房里。尚真问:"我听大嫂说,大家很快要到北京去过日子。"

"是的。大哥的计划是找好房子,寒假就回来接大家到北京去过年。"

"今年就要到北京去过年?我还以为最快要到明年暑假才能去北京呢!"尚真又惊又喜,眉开眼笑。

因为刘半农从国外带回的有关语音实验器材,部分书籍、资料都暂时寄放在上海,于是三兄弟取了这些东西后,在上海乘火车到北京。

回京后,刘北茂因离开学还有几天,住在刘天华处。除看书之外,他就是跟二哥学乐器。二哥家中有各种乐器,凡是自己没学过的,感兴趣的,他都想学,凡是他想学的,二哥精心指教。

回京后,刘天华除编教材、教学、练小提琴,还进行国乐改进,并请大哥帮助计算音律。刘半农后来成功完成了琵琶定位等乐位计算法,帮助刘天华依十二平均律,创新地设计、制作了新的琵琶。

回京后,刘半农借住在孔德学校,全身心投入到工作中去。作为当时中国唯一的语音乐律研究方面专家,他除了继续担任北大国文系教授,讲授语音学外,还兼任北大研究所国学门导师、中法大学讲师。在这同时,他还积极筹建北大语音乐律实验室。

他和钱玄同、林语堂、黎锦熙等六人在赵元任家聚餐时,提议发起数人会。"数人"出自隋朝的语言学者陆法言的《切韵》序。数人会专门研究音韵,切磋学问,讨论国语统一。他们着重谈论国际音标用法原则,数人会后来一年多达 22 次聚会,最终议定了《国语罗马拼音法式》。刘半农除了忙教学,忙学问,还忙写作,不断发表作品。就在这数人会期间,赵元任为刘半农的诗歌《教我如何不想她》谱曲,从此这首语言生动,意境雅致,音韵和谐、流畅,使人浮想联翩的爱国思乡歌曲传唱至今,成为华人歌曲中的经典。

11 月,刘半农在北帅府胡同 7 号租了一个小四合院,从临时居住的孔德学校搬了出来。刘天华在北河沿租到了合适的房子。寒假,三兄弟一起回江阴,在火车上,刘半农对刘北茂说:"三弟,马上要过年了,过了这个年你就二十三岁了,应该成个家了。这次回江阴,除了把家搬到北京,还有一件大事,你大嫂、二嫂她们在家帮你物色了好几个人,等你回家挑选。"

刘北茂听了心里热乎乎的,嗫嚅:"我本想等大学毕业工作后,有了工作再成家。"

天华笑着说:"小弟,我在你的岁数,别说结婚,连小孩也有了。"

刘半农亲切地对他说:"小弟,父母不在了,帮你成家,是我当大哥的责任呀!"

"一切听凭大哥做主。"

回到江阴,听朱惠、尚真提供了几位城里姑娘的信息之后,刘半农沉吟着说:"这几位都还可以,但其中郁咏春先生的长女郁祖珍(后改名为南华)不错,她是江阴女子师范学校的高材生,跟三弟年龄相仿。"

"郁咏春当过我的小学老师!"刘天华插上话来,"郁先生曾留学日本,学识渊博,还会弹奏钢琴、古琴,为人也很好的。"

"郁家世代行医,积德行善。我记得我们祖母、父母还活着时,家中无论谁生了病,就是到西大街上找郁医生看病搭脉开方。"说到这里,顿了一顿,刘半农告诉大家,"郁医生写得一手好字。从他开的药方就可以看出。我小时候天天被逼练毛笔字,练习惯了,不逼我也天天练。看到郁医生药方上的字写得很好,我还挑选几个写得特别好的,照样子练!"打开话匣子的他,说到这里,又顿了一顿,"言归正传,郁家个个长得端正,皮肤白净,想来这郁祖珍肯定长得不丑!"

"我叫我娘以看病搭脉的名义,去了郁家几次。这郁祖珍清秀、文静、大方。"朱惠告诉大家。

"三弟,你怎么一声不吭呀?"尚真问,"你认为郁家姑娘好不好呀?"

刘北茂红着脸,连连点头:"好的,好的!"

"啥叫好的?你跟她面还没见,就好的好的。"刘半农笑着说,"成不成要看你跟她的缘分。也许你看上她,她看不上你;也许她看上你,你看不上她。我明天就上郁家提亲。"

第二天早上,吃完早饭,刘半农带着小惠,拎着几盒北京特产,朝西大街走去。西横街是南北走向,西大街是东西走向,两条街的长度差不多。西大街在西横街北头,两街相隔仅数百米。郁家坐北朝南,坐落在西大街东段。刘半农和小惠受到了郁家上下热情接待,长相清秀、举止大方的郁祖珍(后改名为南华)笑盈盈地上茶和点心,刘半农赶紧叫小惠喊她"郁阿姨"。

"你叫什么名字呀? 你多大了?"郁南华跟小惠亲切交流了几句之后,就退下了。

听郁医生称呼"刘博士",郁咏春称呼"刘教授",刘半农哈哈大笑。"你们这样称呼我就见外了,都是老街坊,还是叫我小名'阿彭'吧。"他这么一说,气氛更加亲切随意。随即他告知郁医生,"今日我特地领小惠来跟你学习书法。小惠现在只会用钢笔、铅笔。"

"你从小就喜欢练字。"郁医生说,"你的字比我好。"

"我的字已经脱功了,字要像你一样,天天练习的。"刘半农来到郁医生平日里练书法的大桌子旁,顺手拿起一本翻开的字帖,"郁医生,你现在在临柳体?"

"是的。本人除了帮人看病搭脉开方,就爱好书法。每天练习,修身养性。"

"我要向你学习,以后每天坚持练习。"说话间,刘半农将随身带来的毛笔、墨、纸摆放在桌上。郁医生连忙说:"我这里一应俱全,以后不必带来。"

"好的。"刘半农点头。随即,郁医生铺纸、磨墨,手把手教小惠握笔练字。刘半农走过去坐在郁咏春旁边,喝茶聊天。他开门见山,直接对郁咏春说:"我特意上门是为三弟北茂提亲。如果小弟能娶到你家祖珍,是他修来的福气。"

"哪里哪里,你家北茂是燕京大学英语系高材生,不简单! 现在江阴城里提起你们刘家三兄弟,个个称赞!"

第二天,刘半农将小惠送到郁家,打招呼说:"不好意思,有事先走,到时麻烦祖珍送小惠回家。"

小惠练好字,郁南华送小惠回家,受到刘家特别热情的接待,还特意安排北茂跟她单独在一起。

刘北茂对美丽大方、知书达理的郁南华十分中意。他涨红了脸,不知怎么样表达,结结巴巴地说:"我家穷,你要准备吃苦,但我会对你好的。"南华听了他最后一句话,心里一热,朝他莞尔一笑。这一笑增加了他表白的勇气,他认真地告诉她:"我会让你觉得我好的。"这实实在在有责任,有担当的话,牵住了刘北茂和郁南华一生的情缘。刘半农、刘天华虽然都是旧式婚姻,但仿佛是前世修来的福,朱惠、尚真不但长相好,还温柔善良,贤淑达礼,手脚勤快,懂得体贴人。朱惠、尚真只是个性略有不同,一个是城里气质,一个是乡土气息。刘北茂和郁南华是亲人牵线,自己选择,也是幸福的一对。刘半农在江阴最大的饭店订下几桌酒菜,邀请双方亲戚在一起吃了一顿,定下了刘北茂和郁南华的婚事,只待刘北茂大学毕业后,再正式结婚。

在江阴期间,甚至在张罗刘北茂婚姻大事前后,刘半农也不忘记收集江阴山歌。他对刘天华说:"6年前,在江阴采集了20首《江阴船歌》。在歌谣发表前,这一次回来要尽量把江阴民歌采集全。"他和刘天华利用起走亲访友,跟朋友在西横街附近的茶馆、酒楼喝茶吃酒时的机会,收集民歌。说笑间,常引得一些茶客、酒汉哼起山歌,唱起水乡谣,有人自己不会唱歌,就推荐会唱的来唱。刘半农、刘天华还特地将江阴有名的山歌状元请来,好酒好菜招待。山歌状元醉醺醺地越唱越起劲,唱了三天。这次回江阴,刘半农记词,刘天华用谱记下曲调,广征博采,苦心收集,一共收集了两首长歌,三四十首短歌。

这时,搬家的行李也准备得差不多了。刘半农想到举家搬迁北京后,不知何时才回家乡,于是特意率领大家到郊外青山扫墓。在墓前,刘半农表示,大红木箱将跟着他到北京,每年都会在北京的家中祭祖。

一切准备就绪。把西横街49号房屋托付给朱惠的小妹管理后,刘半农夫妇带着三个孩子,刘天华夫妇带着两个孩子,刘北茂加上尚真介绍,和善又勤快的保姆王家婶,六个大人,五个小孩,带着箱子、铺盖,乘船前往上海,从上海乘船前往天津。到了天津刚下船,就听到直奉又开始打仗。火车运兵,津京铁路中断,没有办法,只能在火车站附近找地方住下。这是个不大不小的饭馆,店小二看到他们一行人,主动迎上去说："我们这饭馆后面鸭棚里有住的地方。"

"鸭棚？"刘半农问。这时店老板出面解释："前几年，张勋辫子军闹复辟，火车只运兵不载客，天津大小旅馆人满为患，我饭店后面鸭棚地方大，于是整理块空地搭了木板房，作为简易旅馆，当时还没搭好，就有人等着住进去。"

"价格呢？"刘半农问。店老板说："价格当然是很便宜。"

交谈中，大家走进去一看，木板房干干净净，地上铺着厚厚的稻草，房梁上挂着照明的马灯，屋中间还有连接着暖气、通风管的炉子。虽然隔壁就是鸭棚，鸭子有时有点闹，有点嘈杂，但因为眼前是冬天，没什么影响，于是大家在这里住下。朱惠、尚真、王家婶三人合力将自带的铺盖打开，铺好……

接下来，在等火车的日子里，孩子们便在稻草床上玩耍；尚真扎鞋底；朱惠织毛衣；王家婶帮着打水做杂；刘北茂看"莎士比亚"；刘半农将皮箱当桌子，将稻草挽个草把坐下，开始给花也怜侬所著的中国第一部吴语方言长篇小说《海上花列传》写读后感；刘天华同样将箱子当桌子，草把当椅子，翻译凡海姆著的《曲调配和声法初步》。一切随遇而安。

这天清晨，刘半农跟往常一样，去火车站买报纸。迎面碰上店小二，店小二慌慌张张告诉他："昨夜廊坊站出大事了！"

"什么大事？"刘半农急问。

"昨夜从北京站开出一列徐树铮乘坐的专列。车刚到廊坊站，就被守候在那里的冯玉祥手下，从车上拖下来，一枪打死了！"

"徐树铮被打死了？"刘半农有点吃惊。

"消息千真万确！"店小二告诉他，"听说是徐树铮前几年杀害了冯玉祥的舅舅陆建章，现在是陆建章的儿子为父报仇，打死了徐树铮！"

刘半农听后怔住了，他赶紧去买报纸，确认了消息。回来吃早饭时，跟大家聊起这事时说："徐树铮被打死了，我倒要写篇文章悼念悼念！"

"悼念这种人？"刘天华不解。

"你们别以为徐树铮只是段祺瑞的红人，他还会写几句诗，自居桐城派。想当年曾有人想借助他的武力扼杀新文学运动，幸亏当时段祺瑞和徐树铮正忙于争权夺利，没时间来干扰。想不到现在徐树铮这个害人者被人害了。"刘半农情绪上有点兴奋，"我前几天买的一份日本人办的《天津时报》。有篇吹捧他的文章，名为《快绝一世的徐树铮将军》，现在我想想'快绝一世'这四个字，真是太有意思了！"

"阿哥，徐树铮死了，段祺瑞还在执政。"刘天华担忧地说，"你不怕手持枪杆子的人报复？"

"半农，鸡蛋碰不过石头。"朱惠也说他，"你少写写带刺的文章，免得惹祸上身！"

"如果没有人写，没有人揭露，就没有人知道正义的呼声！"

听刘半农这样说，大家都知道他的性格，不再吭声。刘半农写了一篇杂文《悼"快绝一世の徐树铮将军"》。文章中他用那嬉笑怒骂，尖酸泼辣的笔调，讽喻鞭挞祸国殃民的徐树铮之流和他们背后的日本主子。

几天后，终于盼到了京津铁路开通。一行人到达北京。

进京生活

　　到了北京,朱惠、尚真在各自家中忙忙碌碌准备过年。1926 年的春节由于闰月,姗姗来迟。除夕之前,大家在刘半农率领下,打开大红木箱,取出祖父、父母先辈的遗画像,举行了祭祖仪式。根据江阴风俗,搬家的第一年,必须在家过年。除夕,各在各家度过,刘北茂因从小跟二哥二嫂惯了,住在刘天华家。二月十三日大年初一,一大早,刘天华、尚真、北茂和孩子们上门拜年,孩子们从伯父刘半农手中接过压岁钱。刘半农的孩子们向刘天华夫妇拜完年,也从叔叔刘天华手中接过压岁钱。压岁钱虽然很少,但个个欢天喜地。接着两家孩子一起向刘北茂拜年:"叔叔,新年好!向你拜年了!"这时,朱惠和尚真各自给北茂发压岁钱,北茂坚决推却:"我大了!"朱惠说:"三弟,你收了这钱,平常零用。"尚真笑着说:"三弟,你只要还没结婚成家,就还是小孩,压岁钱应该发给你!"此话引得一片笑声!笑声中,大家围着吃瓜子、花生、糖果。这时,刘半农感慨地说:"过了年,每个人又长一岁了。我离四十不惑也快了!"随即,他对刘天华说:"二弟,我在国外近六年,这次回来一看,你琵琶、二胡已卓然成家,小提琴也登堂入室。俗话说,三十而立,你做到了!"顿了一顿,他问:"我在国外收到你的信,得知你改进琵琶、二胡,具体地说给我听听。"

　　见刘半农谈论学问上的事,朱惠笑着说:"你们弟兄三个到书房里去谈,这里让给我们。"于是,弟兄三人来到书房。刘半农的书房一间屋,除门、窗之外,几乎全被书橱、书架、书籍包围。到客厅搬了两张椅子过来,三个人坐在书桌前谈论。天华从随身带的布袋中取出二胡,指着琴筒、琴弓、琴弦等部位告诉他们,"我改进了二胡琴筒的规格,增加了琴杆的长度,改进了琴弓……"顿了一顿,他继续说,"二胡是琉璃厂文兴斋老乐工根据我的设计制作的。"

刘半农接过二胡,仔细打量:"这乐工手艺不错。"

这时,北茂插上话来告诉刘半农:"大哥,文兴斋制作的每一把二胡、琵琶,都是二哥帮忙调音的。有次,我在二哥家,看到老乐工拿了把二胡来,二哥调了近2个多小时才调好音。大哥,听找二哥学琴的学生说,文兴斋的生意特别好,学音乐的都去文兴斋买二哥改进过、调过音的二胡、琵琶。"

"调音是我跟文兴斋的合作。现在我正跟老乐工商量进一步改进琵琶。"刘天华告诉大哥、小弟,"现在我想把十二平律的琵琶做出来。"

"我在国外时收到你的信,你问我关于西洋管弦乐器音律计算问题。为了答复你的问题,我抽空查了不少资料,研究近一年才答复你。"

"阿哥,这琵琶我还是需要你帮助计算音律。"

"没问题。我来协助你计算音律。"刘半农爽快地回答。接着,他说:"我这书房里的书,你们看中的、需要的尽管拿去看。你们要买什么书,看什么书,开个单子给我,我跟书店老板们熟,不但可以打折,还可以欠账。"天华、北茂听了连连点头。

接着他问北茂:"小弟,你能不能一边上学,一边尝试翻译一些作品出来?"

"我一定试试翻译作品的事。"

"爸爸!爸爸!"这时小惠走进来,拉起刘半农的手,"弟弟要放小鞭炮!"

"好好好!"刘半农笑着说,"走,我们一起去放鞭炮。"一挂长长的小鞭炮已挂在院中的树枝上,刘半农掏出抽烟用的火柴点燃鞭炮上的导火索,大人、小孩全部避到屋檐下,兴高采烈地看,鞭炮噼噼啪啪热烈地响着!

春节很快过去,寒假结束,学校开学,刘北茂回到燕京大学,小惠去了离家近的孔德学校,刘天华的两个学龄孩子也上了家附近的小学。

正月刚过没几天,3 月 18 日天津大沽口发生了震惊全国的惨案!大沽口位于天津海河(又名沽河)入海口。3 月 12 日下午,两艘日本军舰不顾驻军旗语制止,欲强行闯入大沽口。守军立即空炮警告,没想到军舰以实弹炮击守军炮台,打伤守军 13 人,炮台守军忍无可忍,予以还击,将日舰赶出大沽口。事后,日本政府竟以破坏《辛丑条约》中港口不允许有防御设施等条款为借口,向中国抗议,并纠集订立《辛丑条约》的美、英、意等八国公使,于 3 月 16 日向中国发出最后通牒,要求"撤去大沽口防御设施""否则采取必要手段",并限段祺瑞执政府于 48 小时内答复。17 日,日、英、美、意等八个帝国主义国家军舰云集大沽口,进行武力威胁。大沽口事件发生后,由中共北方区委领导李大钊和国民党右派执行委员、中俄大学校长徐谦等国共双方商议决定,组织学生和各界群众团体在天安门前集会,要求"驳回八国通牒,驱逐八国公使!"

3 月 18 日,天安门广场北面临时搭建的主席台上,悬挂着孙中山遗像和他在《国事遗嘱》中最著名的一句话"革命尚未成功,同志仍需努力"。台前横幅上写着"北京各界坚决反对八国通牒示威大会"。大会决议"通电全国一致反对八国通牒,驱逐八国公使,废除一切不平等条约,驱逐外国军舰!"李大钊作为大会主席之一,号召人们用五四的精神,五卅的热血,不分界限地联合起来,反抗帝国主义的联合进攻,反对军阀的卖国行为!

大会结束后,浩浩荡荡的游行队伍在李大钊等人的率领下,像滚滚洪流,汹涌澎湃地来到段祺瑞执政府所在的铁狮子胡同门前广场请愿。此时,段祺瑞执政府门里门外,士兵杀气腾腾地端着步枪,枪口对准着学生。带领同学们走在最前的女师学生自治会主席刘和珍见状,回过身去告诉大家:"同学们,不要慌,士兵不会开枪的,他们也是中国人!"话声刚落,"啪!啪!"枪声响了,一颗子弹从她背部穿入,斜穿心脏,她倒下了!刘和珍22岁,正当青春年华,一头乌黑的短发,清亮的眼睛,水蜜桃般白嫩的脸庞,平时总浮现着微笑,今天,为了中国,她死了!身旁的杨德群同学想扶起她,被开枪射击,子弹打入她左肩,穿胸偏右些,虽然中弹倒下,但还能坐起来,然而,残暴的士兵冲上去在她头部、胸部猛击两棍,当场将她打死!为了中国的中国青年一个个倒在血泊中……士兵用子弹、枪柄、木棍当场打死47人,打伤200多人,李大钊为掩护学生也受了伤!三一八惨案彻底暴露了段祺瑞执政府卖国、残暴的真面目,更加激发起全国人民推翻北洋军阀政府的决心,更加坚定了国共两党在广东革命根据地出师北伐的决心!惨案发生后,段祺瑞执政府下令通缉李大钊、徐谦等人,鲁迅等人也上了黑名单!

这天,北大教务室,刘半农、钱玄同等人听闻惨案,个个义愤填膺:"这帮头戴金缨帽,肩披金肩章,腰挂指挥刀的军阀,残暴到这种程度,真是万万没想到!""这帮双手沾满鲜血、祸国殃民、卑鄙无耻的军阀,真正是禽兽不如!"刘半农更是痛心疾首地说:"学生时代是黄金年代,学生本应该安心读书,但社会动荡,学生不能安下心来读书。当局如果稍有良知,应当反省!当局不但不反省,还居然开枪杀学生!"说完,他铁青着脸,离开教务室,离开学校,回到家中。到家后,王家婶告诉他,朱惠和孩子们到叔叔家去了,于是他赶到天华家。

"快!快!快!来吃晚饭!"尚真看到他,立即盛饭,"就是没什么菜。今天我请大嫂来帮我裁衣服。刚巧天华昨天领到了一些欠薪,我买了一块肉,炖了一大锅白菜、豆腐、肉片汤。"

一向胃口很好的刘半农说:"我今天吃不进,气也气饱了!"随即他把今天惨案的具体情况一讲，大家听了都惊呆了！

"今天因为学生上街游行，不上音乐课了，我就回来了。在回来的路上我还看到了举着大横幅，挥着小旗，一边走一边喊口号的游行队伍朝铁狮子胡同那边跑去。"刘天华说，"我怎么也不会想到后来居然发生这样的暴行！"

"死伤学生中有不少是外地考到北京来的。"刘半农说。朱惠接上来说："可怜啊，死伤学生的父母知道了该有多伤心啊！"

"唉！"尚真听了不断叹息，并念叨起，"阿弥陀佛，菩萨保佑，保佑我们刘家大人、小孩平安无事！"

气氛伤感起来。后来，朱惠劝说道："半农，气归气，饭总归要吃的，气坏了身体不值！"刘半农这才端起碗闷闷地吃起来。吃完就领着朱惠和三个孩子回家。回家就进书房，怀着对死难者的敬意，对当权者的无比愤慨，化名范奴冬女士，写下：

　　　　呜呼三月一十八，
　　　　北京杀人如乱麻！
　　　　民贼大试毒辣手，
　　　　半天黄尘翻血花！
　　　　晚来城郭啼寒鸦，
　　　　悲风带雪吹咫咫！
　　　　地流赤血成血洼！
　　　　死者血中躺，
　　　　伤者血中爬！
　　　呜呼三月一十八
　　　北京杀人如乱麻！

　　　　呜呼三月一十八，

北京杀人如乱麻！

养官本是为卫国！

谁知化作豺与蛇！

高标廉价卖中华！

甘拜异种作爹妈！

愿枭其首藉其家！

死者今已矣，

生者肯放他？！

呜呼三月一十八！

北京杀人如乱麻！

仅仅隔了三天，这首《呜呼三月一十八——敬献于死于是日者之灵》就发表在《语丝》。后经赵元任谱曲，这首悲愤的歌在北京城四处传唱！

这天晚上，刘天华也是辗转难眠：他想起去年3月12日，缔造中华民国的一代伟人孙中山，在铁狮子胡同行辕与世长辞，他特地去瞻仰遗容；5月，上海五卅惨案消息传来，北京学生在天安门广场集合游行，声援上海！今年今天的3月18，发生死47人，伤200多人的惨案，死者、伤者都是学生呀！唉，再这样下去，我们这个国家，这个社会怎么了得呀？他越想越苦闷。苦闷激发了创作灵感，他起床在曲谱上写下《苦闷之讴》。

这首《苦闷之讴》是刘天华来京后创作的第一首二胡独奏曲，直至当年8月才正式定稿。此曲借鉴了西洋古典音乐的变奏手法，他用了引子，主题，三个变奏及尾声。引子像戏曲中悲旦出场时发出的那一声长长的悲声"苦——啊"；中间四个乐段，乐段之间环环相扣，虽然是统一主题，但各有特点；后面尾声虽然有小欢乐，但仍是苦闷。《苦闷之讴》表现了内心的苦闷以及不知怎样消除苦闷的痛苦情结。

现实生活也实在是苦闷。刘天华执教北大、女师、艺专三所高校，收入应该相当不错，但由于段祺瑞执政府长期拖欠教育经费，每月只发一二成或三四成生活费。刘天华每月要支付学习小提琴的昂贵费用，要购买有关音乐书籍和乐器，有时还要支付一些改进制作二胡、琵琶的成本费，加上他们这时已生有四个孩子，人口负担增加，日子过得相当困难。尚真挂在嘴边的一句话是"怪只怪我们这个国家多灾多难，连薪水都要拖欠！"每月领到生活费，尚真先买好必需的米、面，以保证一大家子不饿肚子，有时孩子嫌总是素菜，尚真总是说，"这个世道，我们能有房住，能吃饱穿暖，已经是烧高香了！你们没看到外面有多少讨饭的？你们没看到你们爸爸一天到晚多么辛苦！"来京时，尚真还带了一些菜籽，想在院中种点菜，因北京气候冷、旱，菜难种，只好放弃种菜。没有想到的是，这年冬天，幼女突然生病，高烧不退，来到医院后，院方要求先交40块大洋，家中实在没有几个钱，刘天华不得不将情况告诉大哥大嫂，刘半农、朱惠把所有钱全凑出来，才凑齐了40块大洋。交钱后，结果还是没有医治好，小孩死了。连安葬费也拿不出来，尚真哭泣，天华悲愤交集。杨仲子前来慰问，看到这种情况，立即赶回家中，拿来一只金镯子，叫天华"去卖了，应眼前之急"。

"这是嫂夫人嫁妆，我怎么能收呢？"刘天华推辞的话声刚落，杨仲子双手将金镯子一掰两半，不得已，天华只能领情，变卖了镯子，将幼女草草安葬。

在这样艰难困苦的日子里，刘天华专注地做着与音乐有关的事。文兴斋每做成一把二胡、琵琶都请刘天华定音。定音时，刘天华聚精会神，对每一个部位都十分认真，要求音准，不含糊。在二胡改革成功的基础上，刘天华在1926年着手改革琵琶，依十二平均律制作新的琵琶，增加琵琶的品和相，琵琶能有准确的音准，并能演奏半音阶。他在传统琵琶上插上可灵活装卸的半音品位。在弹奏十二平均乐律时可以把半音品位装上去，不用时可以卸下来，这样弹奏传统琵琶者容易过渡,逐渐接受十二平均律。为了准确,他请刘半农计算音律。刘半农经过大量语音乐律实验,成功地完成了琵琶定位等律计算法,并写出了专著,帮助刘天华设计制作出了依十二平均律的新式琵琶。

刘天华生活窘迫，刘半农的经济状况也较为拮据。一次，朱惠一边向茶杯倒水一边问刘半农："北京怎么有这么多讨饭的人呀？虽然我们江阴也有讨饭的，但很少，难得看见。这一阵胡同口，几乎天天有人守在那里乞讨。"

"去年北方大旱，军阀政府不闻不问不赈灾，大批灾民只能逃到城里来谋生，找不到活干，只能讨饭。现在的军阀政府只顾争权夺利，根本不顾老百姓的死活。"

"如果军阀政府一直拖欠教育经费，一直欠薪，我们家生活怎么办？"刘半农听了笑笑，"欠薪又不是欠我们一家。有我一支笔在，愁什么？不管怎么样，我们家的生活还是过得去的。"

"是的。我们手头虽然紧巴巴，样样要精打细算，但孩子们每个星期还能吃一次荤腥，我是心满意足了。"朱惠说到这里，顿了一顿，将手中茶杯给他，体贴地说，"就是辛苦你了。"

虽然手头紧巴，样样要精打细算，但刘北茂上学、生活一切费用由刘半农独自承担。学习成绩优异的刘北茂在刘半农的指导下，利用休息时间尝试翻译了105首《印度寓言》，从1926年7月1日起至1927年2月1日在《世界日报》副刊上连载。而刘半农除教学外，担任一些社会服务。忙碌之外，他每天还利用一切可利用的时间写作，发表了不

少作品。在1926年4月、6月由北新书局出版了两本诗集《瓦釜集》《扬鞭集》

关于诗歌,他在《我之文学改良观》《诗与小说精神上之革新》等理论文章中,具体提出了他对新诗发展的观点。他主张推翻古人作文死格式;主张白话与文言文互补,主张破坏旧韵,重造新韵。他提出增加诗体,文章分段和采用新式标点符号等等。他还特别强调作品要反映现实生活和真情实感。他在《〈瓦釜集〉代自叙》中说:"我觉得中国的'黄钟'实在太多了……因此我现在做这傻事……把打在地狱里而没有呻吟的机会的瓦釜的声音,表现出来一部分。"

关于民歌,早在1918年,他就曾提出。那年大雪后的一天,暖阳下,刘半农和沈尹默在北河沿散步,议论中国的民歌民谣。"歌谣里边有许多真情实感的活文字,是当前一些空调无物的陈词滥调的诗无法比拟的。"他顿了一顿接着说,"我们是不是征集一下民歌民谣?"

沈尹默一听十分赞成:"你这个建议好啊,我看,你先拟定一份详细的方案,交给蔡元培先生,以北大的名义征集更好!"于是,刘半农认真拟定了一份方案,交给了蔡元培。蔡元培看了之后十分支持,立即批文,北大文牍处印刷多份,分寄给全国各省教育厅和有关大学。2月,《北京大学日刊》刊发了《北京大学征集全国近世歌谣简章》,随即,《新青年》第四卷第三号也加以转载,由此面向全国征集歌谣的工作正式展开。各地各民族歌谣像雪片一样飞来,刘半农欣喜不已。他亲自编订注释,在《北京大学日刊》上发表的歌谣就达148首。1919年3月在北大学术演讲会上,他们提交了《歌谣之科学的研究》报告。1920年,北京大学成立"歌谣研究会",刘半农虽然赴欧洲留学,仍是研究会的骨干。他在海外,研究外国民谣,研究中国民歌在海外的流传状态,并以外国民歌与中国民歌作比较。1922年12月,北大《歌谣》周刊创刊,他立即把20首《江阴船歌》寄给杂志发表,并撰写了《海外的中国民歌》等文章。他不仅搜集整理研究民歌,还用江阴方言"四句头山歌"创作民歌。他在《〈扬鞭集〉自序》中说:"我在诗的体裁上是最会翻新鲜花样的。当初的无韵诗,散文诗,后来的用方言拟民歌,拟'拟曲',都是我首先尝试。至于白话诗的音节问题,乃我自从一九二〇年以来无日不在心头的事。"他在序中还说:"十年以来环境的变迁与情感的变迁留下一些影子;又一层是要借此将我在诗的体裁上与诗的音节上的努力,留下一些影子。"

诗集《瓦釜集》共收歌 22 首,附录《手攀杨柳望情哥词》共 19 歌。1926 年由北京北新书局出版。

《扬鞭集》时间顺序编成,收入了他十年来创作、翻译的诗。"扬鞭"两字出自第一首诗《游香山纪事诗》第一句:"扬鞭出北门。"《游香山纪事诗》共有 30 首,他挑了 10 首放在《扬鞭集》中。这香山特指江阴之香山,离城数十里,传说因春秋时吴王夫差遣美人上山采香而得名。香山春有桃花、樱花;夏有荷花;秋有桂花;冬有梅花,一年四季有花香,还有精致的亭台楼阁、香火旺盛的庙宇,风光秀丽,颇具江南特色,游人络绎不绝。历代文人墨客常上香山观赏游览,宋朝诗人苏东坡游香山时曾为香山梅花堂题匾,明朝地理学家、旅行家、江阴马镇南阳岐村人徐霞客多次登上香山,为香山留下诗词赋文。刘半农父亲刘宝珊的老家就在香山脚下的三甲里。

由于祖母夏氏、父亲刘宝珊、母亲蒋氏的社会关系,刘半农常随祖母、父母到农村,听到丰富多彩的山歌。祖母、母亲唱童谣、山歌谣,父亲咏诗词,口口相传,耳濡目染。美丽的大自然,开阔了他的眼界,激发了他的想象,对他的诗歌创作产生了积极的影响。诗歌寄托了他的情思与感悟。在《母亲》这首诗中,"黄昏时孩子们倦着睡着了,后院月光下,静静的水声,是母亲替他们在洗衣裳。"怀念逝去的母亲。在《稻棚》诗前小序中,他说:"记得八九岁时,曾在稻棚中住过一夜。这情景是不能再得的了,所以把它追记下来。"秋天的夜晚,农村贫苦的生活,童年的刘半农睡在稻棚中,银色月光洒下来,秋虫、稻浪、美梦,真实的感受和浪漫主义相结合,使稻棚这首诗显得格外纯真。正如诗中所说:"一片唧唧的秋虫声,一片甜蜜蜜的新稻香——这美妙的浪,把我的幼稚的梦托着翻着……直翻到天上的天上。"

对家乡山水的热爱,对家乡的语言的熟悉和热爱,使他对江阴方言情有独钟。《瓦釜集》以江阴方言和两句头山歌写成,《扬鞭集》中的部分诗也是采用方言、民歌、童谣的形式创作。在《人比人来比杀人》中,"人比人来比杀人!人比人来气杀人!你里财主人吃饱仔末肚皮浪弹上去像个三白西爬咚咚响[1],我里穷人饿仔要死末只好穷思极想把裤带来束束紧[2]!"诗用形象对比揭示了对财主的恨!《女工的歌》则说出了女工的苦。他的作品广泛揭示了农民、女工、学徒、乞丐、佣工等生活在社会最底层人民的疾苦以及他们的苦难人生,帮他们向这个不平等的社会呐喊!

《瓦釜集》《扬鞭集》中也有清新的小诗,有黄钟大吕的诗歌,有天真的童谣、淳朴的民谣,大气的无韵诗……开拓了散文诗的新领域。

两本诗集在引起社会关注的同时,他也想到儿时以及母亲。每当自己一不小心摔了跤哇哇大哭,母亲赶来一把将他扶起,检查有没有受伤。没有受伤,母亲就点着他脑袋快乐地唱"炒蚕豆,炒豌豆,噼里啪啦翻跟头",引得自己破涕为笑。还想起母亲在灶前,一只手添柴火拉风箱,一只手搂着他,不让他再去看井,嘴里哼着儿歌哄他:"天上七颗星,地上七块冰,树上七只鹰,梁上七只钉,台上七盏灯,呼噜呼噜吹脱灯,哎呦哎呦拔脆钉,嗬嘘嗬嘘赶脱鹰,飞过乌云盖没星,连念七遍就聪明。"想起夜深人静,孩子们都睡着了,淡淡的月光下,母亲在井边为孩子们洗衣服的身影……

有评论家推崇脍炙人口的《敲冰》,也有评论家欣赏《在一家印度

[1] 此句诗即:你们财主吃饱的肚皮弹上去像西瓜咚咚响。
[2] 此句诗即:我们穷人饿得要死,只好把裤带收收紧。

饭店里》,如赵景深认为这首诗艺术完善,尺幅之中见千里,想象丰富,词语成熟,是压卷之作。苏雪林、赵景深、周作人、沈从文、胡风、张秀中等作家、评论家在报刊发表多篇评论文章。如女作家苏雪林说:"刘半农先生在'五四'时代新诗标准尚在迷茫之时,能打破藩篱,贡献一种新鲜、活泼的风格,而且从容潇洒、谈笑自如,没有半点矫揉造作之态。"沈从文认为《稻棚》写得亲切感人……

刘半农在国外创作了许多表达思念祖国、思念家乡的诗歌,如《忆江南》《秋风》《教我如何不想她》等等,情感表达最浓烈的是《教我如何不想她》,除公开首创"她"字外,这首诗体现了浓浓的民歌风味,还是不折不扣的白话新诗,无论新文学派和守旧派都无话可说。

还有《一个小农家的暮》也得到了众多关注:

她在灶下煮饭,
新砍的山柴,
必必剥剥的响。
灶门里嫣红的火光,
闪着她嫣红的脸,
闪红了她青布的衣裳。

他衔着个十年的烟斗,
慢慢地从田里回来;
屋角里挂去了锄头,
便坐在稻床上,
调弄着只亲人的狗。

他还踱到栏里去,
看一看他的牛,

回头向她说：
"怎样了——
我们新酿的酒？"

门对面青山的顶上，
松树的尖头，
已露出了半轮的月亮。

孩子们在场上看着月，
还数着天上的星：
"一，二，三，四……"
"五，八，六，两……"

他们数，他们唱：
"地上人多心不平，
天上星多月不亮。"

这首诗刘半农写了三个场景。第一场景，农妇在灶前烧晚饭，她丈夫从田里归来，在屋角挂了锄，坐在稻床上逗弄家中的狗；第二场景，丈夫一边去牛栏看牛，一边问妻子："怎样了？我们新酿的酒？"这时，门对面青山顶的松树尖头已露出半个月亮；第三场景，孩子们在场上看月，数星星，唱儿歌。它用白描手法，描绘了黄昏时期的农家小景，看上去平淡无奇，但能使人浮想联翩……更有意思的是，一位笔名"渠门"自称是"穿草鞋摸枪"的黄埔军校生，买了一本《瓦釜集》看完之后，花了一个月时间，写了一封好几张纸的信。刘半农收到这封信后，认真阅着，一开始以为是骂他的，看到后来，哈哈大笑，归根到底，原来是赞扬的：

1、你是在中国文学上用方言俚调作诗歌的第一人,同时也是第一个成功者。

2、你在江阴方言与"四句头山歌调"两重限制之下,而能很自如的写一些使人心动的情歌,使人苦笑的滑稽歌,使人不忍卒读的女工歌,使人潇然神往的车夜水歌,你的颇大的文艺天才,使我不得不承认是一个"诗人"。

刘半农长时间致力于白话新诗的多种形式摸索,向民间文艺学习,源于生活,高于生活,创作出版的《瓦釜集》《扬鞭集》,打破了"清规戒律",开新诗现实主义创作的先河,为白话新诗的艺术性和多样性起了模范带头作用。在五四新文学革命中,刘半农在理论和创作两方面,作出了重要贡献!一首首诗歌像一朵朵鲜花,在五四白话新诗园地里散发着泥土气息的芳香!

两本诗集出版后没多久,成舍我找到刘半农,请他担任1926年7月1日创刊的《世界日报》副刊主编。成舍我是中国著名报人、教育家。刘半农跟他是朋友。刘半农答应当副刊主编,并提出了不加干涉的条件,成舍我答应了。刘半农担任《世界日报》副刊主编后,立即利用自己的影响力向许多著名学者和名家约稿,得到了支持。特别是鲁迅,刘半农向他约稿时说"你马上写,我马上登",于是鲁迅的杂文就叫《马上日记》,在《世界日报》副刊连续刊登。

时局动荡,三一八惨案后,大军阀张作霖、张宗昌联合进京,赶走了段祺瑞,实行了更为残酷的统治。4月26日,《京报》社长邵飘萍被以"宣传赤化"为名杀害。邵飘萍是中国近代著名报人,牺牲时年仅40岁。1926年7月,以推翻军阀政府为目的的北伐战争开始,国民革命军取得节节胜利。在此形势下,军阀政府更变本加厉地实行白色恐怖。报界先驱林白水,时任《社会日报》社长,因在报上多次抨击军阀张宗昌。8月5日,又在报上发表《官僚之运气》,文章中揭露了潘复与张宗昌狼狈为奸的丑闻。当晚林白水就被张宗昌逮捕,于 8 月 6 日凌晨,以"通敌有据"罪名被杀害,时年 52 岁。

在林白水被害的当天上午,成舍我在《世界日报》头版头条加黑框公开报道林白水遇难的消息。成舍我曾经针对三一八惨案、李大钊被通缉、邵飘萍被杀事件,发表文章和社论。这次又公开报道林白水遇难消息,因此立即被张宗昌逮捕。成舍我被捕,随时有被杀的可能,而刘半农作为"附逆",也有被捕被杀的可能。无奈之中,刘半农立即离家,悄悄地住到了孔德学校。成舍我被捕后,营救活动迅速展开。在当过国务总理的孙宝琦的营救下,成舍我被放了出来,刘半农这才得以露面回家。白色恐怖笼罩着北京城,蔡元培、鲁迅去了南方,胡适去了国外,钱玄同、周作人等人几乎是封笔不写。

1926 年很快过去。1927 年 4 月 12 日,蒋介石在上海发动四一二反革命政变,大肆屠杀共产党人,孙中山先生生前倡导的国共第一次合作就此失败。1927 年 4 月 18 日,以蒋介石、汪精卫为首的国民政府在南京宣告成立。

总以为,北京局势会趋向好转,没想到,北京军阀政府在垮台前,更加疯狂。三一八惨案后,执政的皖系军阀段祺瑞下台,但前门去狼后门进虎,北京来了奉系军阀张作霖。他以"假借共产学说,啸骤群众,屡肇事端",通缉李大钊,李大钊逃往苏联驻华使馆。这天,张作霖突派军警搜捕苏联使馆,抓走了李大钊。4 月 28 日,李大钊被处以绞刑,中国共产主义先驱,中国共产党创始人之一的李大钊,牺牲了,时年仅 38 岁。

得知噩耗,半农来到刘天华家中,进门就告诉他:"李大钊死了!"

"啊?!"刘天华听了十分震惊!

"被军阀处以绞刑,被卑鄙地杀害了。听说他走上绞刑架时,面不改色,从容不迫。"刘半农悲愤难抑,说到这里,眼睛湿润了,"李大钊是我的同事,是我的朋友!他是我们北大经济系的教授,图书馆主任,他是学识渊博的学者！"

刘天华也悲愤着告诉刘半农："阿哥，无论你在国外还是国内，李先生对我都很关照，还说我借的书如果图书馆里没有的话，叫我开出单子，他去想法采购。不管是去借书，还是在路上遇到，任何时候，只要遇见他，他定会跟我交流几句。有一次他特别认真地对我说：'刘先生在国乐上走着前人没做过的路，我在另一条路上闯着前人没做过的路，在某种意义上来说，我们是同行。'当时我还不明白他闯的路是什么路，现在我明白了，他要在政治上闯出一条路来。"

"这是一条想使中国走向光明的路，他为闯出这条路，献出了生命！"

刘半农、刘天华深深地怀念着李大钊。这时，刘天华在书架上找出一本《新青年》，翻出一首诗，指给他看："我在《新青年》上，曾经读到他写的诗。'是自然的美，是美的自然。绝无人迹处，空山响流泉。云在青山外，人在白云内。云飞人自还，尚有青山在。'这首小诗我特别喜欢。"

刘半农告诉天华："李大钊这首诗比唐代诗人王维写的'空山不见人，但闻人语响。返景入深林，复照青苔上'更耐人寻味。"

"阿哥说得对。他这首诗，我觉得淡泊有意义。"

"他是一个胸怀大志，襟怀坦荡的正义学者！"刘半农说完，顿了一顿，告诉天华，"李大钊在我面前夸过你几次，所以我特地赶来告诉你他被害的消息。"

"阿哥，我们什么时候去吊唁？"

"现在还不能公开吊唁，否则有更多的人有危险。"顿了一顿，刘半农长长地叹了一口气，"我在国外近六年，没想到回来后，不但遇到自北大创办以来教育经费最困难时候，还遇到军阀统治最残暴的时候。"

"是啊！"天华听了也是长吁短叹。

不能公开吊唁，但鼻梁上架着一副眼镜，镜片后面的眼睛里总透着探索深邃的光，唇上如铁扫帚一样的短胡须，魁梧的身段，身着青布长衫的李大钊形象永远烙在了刘半农、刘天华的心上。

国乐改进社

1927年春夏之交,北京军阀政府挪用教育经费用作军费。为防止闹学潮,借口"音乐有伤风化,无关社会人心",勒令北大音乐传习所、女师音乐系、艺专停办。因女师音乐系女生面临毕业,在社会舆论呼吁下,才得以保留。具体主持音乐高等教育多年的萧友梅被迫南下去上海,另谋出路。原在三校任教,现在只剩下女师音乐系最后一个阵地的刘天华,面对这样的巨大打击,浓眉紧锁。这时,教古琴的同事唉声叹气。"怨只怨我们教的音乐这个行当不好。"顿了一顿,他又说,"你比我好,别人发愁,你不用发愁,你会吹小号,会拉小提琴,你可以放下国乐,转向西乐。唉,我除了古琴,不会别的,只能回家吃萝卜干饭了。唉……"

刘天华听了默默无语,拖着沉重的脚步回到家中。尚真见他早早回来,脸色又不好,跟着他进书房。"你怎么这么早就回来了,是不是生病了?要不要先到床上去躺一会儿,休息一下?"说着,她把手搭在他额上测试体温,没想到被他一把推开。"歇歇歇!你就知道歇!音乐传习所、艺专都关门了,现在我有的是时间歇了!"

结婚几年来,从没见他对自己这个样子,尚真一下怔住了,但听完他后面的话后,理解了丈夫,不声不响退了出去,悄悄地抹起了眼泪。

天华冷静了一些,欠发月薪、贫困可以忍受,但军阀政府对音乐的摧残,使人窒息!这年头,学音乐的学生失学,教音乐的老师失业,唉——"现在学校关门,我做些啥呢?"他呆呆地坐在书桌前,想了好一会儿,接着研墨,提起毛笔,书写了八个字:"抱朴含真,陶然自乐。"但心情仍然不平静,感怀国难,感怀事业的挫折,欲哭无泪,难以言表,于是他放下笔,拿起笔,奋笔疾书……

平日里,只要看到他坐在书桌前,拿起铅笔,别说尚真干活轻手轻脚,就连孩子们也只用眼色、手势来替代说话。以往他一边写,一边拉奏二胡,嘴巴里还不时地哼哼曲调,今天他一反常态,像个哑巴似的,请他吃饭,他仿佛没听见,尚真将饭菜端进去,他仿佛没看见,眼看着饭菜凉透了,尚真无奈将饭菜端出去热了一下,端进来又放到他书桌上。"不管有什么天大的事,饭总是要吃的,身体要紧啊!"说着将筷子递到他手边,"我们是苦水里趟过来的,眼前我不怕再吃苦,只要你挺得住,我想,苦里还是会有乐来的。再说,苦也不会一直苦下去的。"

听妻子这么一说,天华心头一热:是啊,苦和乐是他人生的两个音符,不论是苦还是乐,自己决不能放弃。于是接过筷子,开始大口吃饭,尚真这才舒了一口气。吃完晚饭,他又开始全神贯注创作起二胡独奏曲《悲歌》,这是有感而发的悲痛、孤独、焦虑的呼号,这是对音乐教育命运的关切大悲……

刘天华的收入一下子减了三分之二,他还坚持学小提琴,昂贵的学费,是向杨仲子凑借的。尚真为维持生活,不得不常跑典当行……暑假过去,小学开学时,夫妻俩商量来商量去,决定让十一岁的大儿子育毅继续读书,让九岁的女儿和弟弟在家。开学了,育和看到哥哥背着书包高高兴兴去上学,她躲在门背后悄悄抹眼泪,但她知道,爸爸只给一个学校教书了,收入很少了,她知道妈妈常去典当行,家中值钱的东西都当掉了,家中实在没钱给自己和弟弟交学费了。

这天,学生曹安和到刘天华老师家求教,看到两个小孩在门口玩耍,好奇地问:"已经开学了,你们怎么没去上学呀?"

育和说:"爸爸实在没钱交学费,哥哥大,让他先去上学,我和弟弟在家等几天再说。"曹安和听了十分难过,连老师家门也没进,就回去联系同学商量这件事。大家听了纷纷把自己的零用钱凑了出来。但这钱送给老师,肯定要给训斥。如果以交私人学费为名去送也不行,因为老师在家授课从不收取学费。同学们商量来商量去,打定主意,挨骂也非送这钱不可!于是,大家一齐来到老师家,刘天华被迫以"暂时存在这里"的方式收下了。两天后,同学们叫曹安和去老师家看看。曹安和一进门,师母尚真就笑着说:"谢谢你和同学们,育和与弟弟都去上学了。"曹安和将这一消息告诉同学们,大家都高兴得跳了起来。

这天,刘北茂到二哥家里来,看到书桌上摊着不少练习本,练习本右上角都标上了名字,曹安和、肖从方……翻开练习本,里面是抄写的琵琶、二胡练习曲。肖从方是北大哲学系学生,业余选学了二胡。由于他是初学,刘天华专门还为他编了练习曲。刘北茂翻看着练习本,笑着对二哥说:"二哥,你这不是在家里办起了音乐传习所吗?"

刘天华听了也笑了。"音乐传习所、艺专关门了,同学们主动要求到家里来继续学习。只要有人愿学,我就愿意教,我就高兴教!"接着,他问北茂,"三弟,你还记得我在江阴办国乐研究会的事吗?"

"记得,怎么不记得?你在江阴总共组织过两次国乐研究会。当时你邀请了不少人来江阴,你们的演出轰动了江阴城。我和二嫂还帮忙做后勤工作呢!"

回想起1921年,在常州教书的二哥,在江阴组织的暑假国乐研究会以及1925年,在北京工作三年的二哥暑假回来探亲时又组织的国乐研究会……往事历历在目。北茂甚至还清楚地记得二哥在演奏会上提出:"我们搞国乐的人态度应该很忠实地教学生,把曲调推广出去,使很多人学好,这样才能把国乐流传下去!"

突然,刘天华认真地告诉北茂:"三弟,我还想再办一次国乐研究会!"

"怎么?二哥,你还想办第三次国乐研究会?"

“是的。”刘天华肯定地说。

这时,尚真听到后,插上话来:“人呢？地点呢？钱呢？”

“这个你别愁。我初步有个规划,地点放在我们家里,钱,大家一起想办法,以入股的形式。”说到这里,他顿了一顿,对尚真说,“就是咱们家里安静不下来了。”

见天华神色舒展,尚真心里开心,笑着说:“哈！越热闹越有看头,越有奔头。”

“对！好比住在深山老林,再清闲也没有价值呀！人要做点有价值的事才好。”

刘天华告诉北茂、尚真:“我前两次在江阴组织国乐研究会的时候,有些问题还是懵懵懂懂,搞不清楚,现在我弄明白了。将音乐普及大众,让国乐与世界音乐并驾齐驱,始终是我的理想,我的追求！现在我有志同道合的朋友、学生,我还有时间,所以我决定组织第三次国乐研究会。”

在军阀政府摧残音乐教育的逆流中,在国乐极为低迷的形势下,刘天华说干就干,联合徐炳麟、吴伯超、王同华、张友鹤、郑颖荪等34人,成为发起人,经费以入股的方式,成立了以改革、振兴国乐为核心的国乐改进社。

在成立大会上,刘天华被公推为主席,选举产生了15名执委。为扩大社会影响,还聘蔡元培、萧友梅、杨仲子、刘半农、赵元任等社会各界知名人士为名誉社员。国乐改进社社址设在北京亮果厂西口外东河沿47号——刘天华家中。他的书房本来就兼练琴室、教室、会客室,现在又再兼了办公室。国乐改进社成立后,刘天华和大家一致认为,要振兴国乐,必须办刊物！随即成立了《音乐杂志》编委会,刘天华除主持社务,还负责总编工作。

这天,刘半农百忙中抽出时间来到国乐改进社。他不但具体指导如何编辑、办好刊物,还介绍了搞出版印刷的老板朋友前来接洽业务。

"二弟,万事开头难,我准备继续为你们呼吁,找社会各界支持!"此外,他还告诉天华,"北伐军很快会进京,军阀在北京横行霸道的日子快要到头了。在南京国民政府任职的蔡元培十分关心、支持国乐改进社。"他端详着"抱朴含真,陶然自乐"这八个字,笑着说,"二弟,你难得用毛笔书写,这八个字,别有深意。"

刘天华指着书和琴,告诉大哥:"我的心思全在这里。"哥俩对视一眼,笑了。临走,刘半农从提包里取出一包银元给天华。"二弟,我和赵元任又为你凑了点经费。"顿了一顿,他笑着告诉天华,"我的钱原本是想去还欠下的书债的。后来想想,管他呢,书债欠着再说,大不了把书还回去,当然这是不可能的!不管怎么样,二弟的国乐改进社要紧,《音乐杂志》要紧。"

有了大哥实质性的指导、支持,刘天华信心更足,劲头更大了!1928年1月初,《音乐杂志》出版发行,这像寒夜里的一颗孤星,光芒虽然微弱,但给死气沉沉、凄惨的乐坛带来了一些光明和希望。在这第一期《音乐杂志》里,刘半农发表了语音学上的重要文献《音律尺算法》。刘天华为了庆祝国乐改进社成立和《音乐杂志》出版,特地创作了琵琶曲《改进操》,表达他对于改进、振兴国乐的信心和希望。《音乐杂志》办得相当生动活泼,内容丰富新颖,既有改进国乐方面的文章,也有中国古典和民间乐曲、音乐故事,还有乐器研究,以及外国音乐家传记与作品介绍等。在第一期《音乐杂志》封底上,还刊登了国乐改进社社员名单、《音乐杂志》各股委员会名单、名誉社员名单、以及召开成立大会时的合影。此外还有预告:为了引起社会人士对国乐的乐趣,使国人对国乐有正当认识,于1928年1月12日下午二时半在北京协和学校大礼堂进行首次演奏会。

这次国乐演奏会轰动了北京城。刘天华上台演奏了《病中吟》,还演奏了风格不同、富有当前时代感的新作《悲歌》《改进操》,琵琶古曲《汉宫秋月》。他的弟子分别独奏了《月夜》《歌舞引》,表演了琵琶齐奏

216

快板和二胡、琵琶合奏《虞舜薰风曲》。社员张友鹤、郑颖荪先生古琴独奏、合奏《秋江夜泊》《捣衣》《良宵引》等等，节目一个接一个。引人注目的还有外国友人的女高音独唱，女大音乐系集体演出的由赵丽莲导演的，讲述了一群天真烂漫的女学生在鲜花盛开的五月去郊游的西洋歌剧《五月花》……这台别开生面的演奏会，既有传统精华，又有时代色彩，是中国近代音乐史上具有重要意义的探索和创举！演奏会使人们看到了在荒芜的乐坊上，出现了刘天华这样的开拓者，披荆斩棘地为国乐生存求发展，艰苦卓绝地垦荒！这次国乐演奏会，反响之大，简直出乎意料！

国乐演奏会之后，人们根据《音乐杂志》上刊登的地址，络绎不绝地找到刘天华的住处，一致要求，再开一次或两次音乐会。有的说，想看音乐会但没有买到票；有的说，1月12日是年终大考，没抽出时间，现在考过了，有时间看音乐会了；还有的说，音乐会太精彩了，虽然看过了，听过了，但是还想再看一次……虽然由于春节即将来临，学校放假，大部分人员回家过年，没有再次举办音乐会，但社会上的热烈反响，人们的热情期盼，增加了刘天华改进国乐，普及大众音乐的信心！

很快，1928年的除夕来到了。北京刚下过一场大雪，天气很冷，但刘天华心里热乎乎的：国乐改进社成立，《音乐杂志》发行，国乐演奏成功举办，演奏会劳务收入暂时缓解了资金困难，他心情十分愉快。

几个家在外地的学生，由于路途遥远、经济困难而留在北京，不能回家过年。早在几天前，他就和尚真商量好，请他们来家中共度除夕。除夕夜，这几个学生高高兴兴结伴来到老师家中，老师、师母热情招呼，孩子们看到他们也欢呼雀跃。大家围桌而坐，桌上是尚真早已准备的丰盛菜肴。尚真待大家都坐下后，端起一大壶酒，一边向学生碗里斟酒，一边开心地告诉大家："这是我为过年特地酿的米酒。我从小就会酿酒，我们江阴老家村里家家户户都酿米酒。"

"师母真能干！"

"敬老师、师母！"师生互敬，气氛融洽。

"来！喝酒！"平时不喝酒的刘天华，今天破例高兴地喝起了酒，端着斟满酒的碗，笑眯眯地对尚真说："来！碰杯……"他话还没说完，最小的孩子突然兴奋地站了起来："我也要碰杯！"引得大家哈哈大笑。刘天华招呼着学生"吃菜！大家吃菜！"，气氛热烈愉快，学生们像在自己家里一样，无拘无束地吃着、喝着……

饭后，尚真把花生、瓜子、糖果端到刘天华那间多功能的房间，沏上茶。同学们嗑着瓜子，喝着茶，无话不谈，谈的最多的还是音乐、时局……"北伐军节节胜利，北京马上要光复了！北京光复，音乐传习所肯定能恢复！"

喝得微醺的刘天华神采飞扬地告诉大家："我们国乐改进社将会大发展，我们要设立国乐研究所，要成立国乐图书馆、博物馆，还要开办乐器厂！"

同学们听了又惊又喜，情不自禁地鼓起掌来，大家对国乐的未来充满美好的憧憬！同学们热烈的掌声、充满活力的笑声，使屋子里升腾起融融的春意。

此时此刻，室内老式留声机播送着优美的乐曲，室外远远近近地不时传来辞旧迎新的爆竹声……此情此景，一串串美妙音符，从刘天华心底里跳跃出来，使他不由得产生了创作的冲动。他激动地告诉大家："现在我想写一个小小的二胡谱，作为今天的纪念！"说完，他拿起二胡拉奏，微垂着头，闭上眼睛，全身心投入拉奏，拉着拉着，忽然若有所思地睁开眼睛，高兴地要纸和笔，孩子们立刻抢着给他拿了来，刘天华顺手放在面前茶几上，飞快地在纸上写下刚才拉奏的旋律，接着边拉边奏边记，边记边拉边改。写到差不多一大半了的时候，停下，叫学生根据曲谱试奏。同学们抢着试奏，都感觉很好，催他赶紧接着写完，刘天华胸有成竹地一挥而就，写完后他兴奋地照着曲谱，从头至尾，完整地拉奏了一遍，稍作修改后，又完整地拉奏了一遍给大家听，并问大家:"感觉怎么样？"

这几个学生亲眼目睹了刘天华老师的即兴创作,心中十分敬佩！这首短小精悍的二胡独奏曲洋溢着浓浓的民族风味,旋律优美、柔和,洒脱轻盈,将除夕之夜和谐、美满、幸福的气氛渲染得淋漓尽致,并对新的一年充满了期待。学生们十分喜爱,纷纷抢着传抄曲谱,争着拉奏。

刘天华开心地请大家一起为作品取名。同学们兴致勃勃,起了好几个名,刘天华从中取了"除夕小唱",但后来觉得这个曲名偏重叙事,最后定名为"良宵",原名附在其后。

夜深了,同学们乘兴归去了。孩子们已进入梦乡,尚真开始收拾屋子,天华要帮忙,尚真说:"今天太晚了,你先去睡吧。明天是年初一,家中不能动扫帚,倒垃圾,我收拾完就来。"但天华不听,俏皮地说:"太太,你今天辛苦了！"

尚真听了没说话,只是瞟了他一眼,心里比蜜甜。夫妻俩一起收拾完毕,已是半夜,虽然睡得很晚,但第二天还是起得较早。吃过桂花小汤圆,全家到刘半农家拜年。

刘半农、刘天华两家大小十来口人,聚在一起,热热闹闹,互相拜年,大人发红包,孩子们拿压岁钱,开开心心。一派喜气洋洋中,刘天华笑着说:"如果三弟、三弟媳也在,还要热闹。"

刘半农听了,笑眯眯地接上来说:"三弟、三弟媳在江阴过年,肯定开心！"

尚真听了他俩的话,说:"三弟媳将来怀孕生小孩,不知道是在上海生还是回江阴生？"

"江阴离上海近,三弟媳不管在上海还是回江阴生,来去方便。"朱惠说,"不像这北京,离江阴那么远,我们要回去一趟不容易。"

刘天华接上来说:"我和大哥两家在北京,就小弟两口子在上海,不知大哥能不能想办法让小弟回北京教书？"

"我早有此意。"刘半农笑眯眯地告诉大家,"小弟英语出色,我还了解到他在上海暨南大学教学水平也不错。"

听到大人们的议论,小惠走过来说:"三叔离开北京前,送给我们几个小孩的洋画片可好看啦!今天大年初一,不知道三叔、三婶到哪家去拜年,不知三叔、三婶有没有拿到压岁钱?"小惠的话,引得刘半农哈哈大笑:"大年初一,你不想别的,就想着压岁钱!"

听了刘半农的话,大家都笑了,欢声笑语,冲淡了些许对刘北茂、郁南华的惦念……

北茂回京

　　1927 年 6 月,刘北茂以最优异成绩从燕京大学毕业。那天,他兴冲冲地拿着卷成一卷,上面扎着红色缎带的毕业证书,向大哥报喜。刘半农展开毕业证书,高兴得合不拢嘴。"好!好!祝贺!祝贺!祝贺三弟大学毕业!"接着关照,"三弟,你要赶紧回江阴娶亲,不能让郁南华再等下去了。"

　　刘北茂遵嘱,回江阴和郁南华结婚。婚后,小夫妻双双回到北京,租住在离大哥、二哥家较近的地方。没多久,他前往上海暨南大学执教英语。临行前,他叫侄儿、侄女们按年龄排好队,然后分送他收集多年的洋画片。送掉这些心爱的洋画片,他很有些不舍,因为一盒香烟盒只有一张彩色画片,画片有古代美人仕女画像,也有《封神榜》《西游记》《桃园三结义》等人物画像。他在大哥支持下,一张一张,收集了多年才有这个集成,现在自己结婚了,是大人了,洋画片毕竟是带有些孩子气,自己平时也没有什么礼物送给侄儿侄女们,现在将洋画片送给他们,说不定还能培养一些兴趣爱好。想到这里,他开心地分发。孩子们拿到洋画片,十分高兴。

　　第二天,他只身前往上海暨南大学。在上海暨南大学,他除了认真做好教书育人的本职工作之外,空余时间,他除了看书,就是拉二胡。独居生活倒也觉得充实,但时间一长,难免感到寂寞。于是他写信给南华，诉说思念之情。南华收到信后，没有半点犹豫，跟大哥、大嫂、二哥、二嫂说明情况后，就拿上简单的行李，乘火车到了上海。北茂接到电报，到火车站接到妻子，开心地说："我很敬佩你的勇气，这兵荒马乱的，你竟然这么快就来了。

"怎么？"南华娇嗔一笑，"你不高兴吗？"

"怎么可能呢？我就盼着你来！"北茂拿着行李，领南华回大学宿舍。

南华一看北茂住的单身宿舍，干净整洁，惊喜地说："没想到你这么能干。"

"论做家务，我跟大哥、二哥比起来，差得远了。大哥、二哥从小就做家务。你知道吗？大哥、二哥还倒过马桶。"

"是吗？"

"我娘身体不好，拎不动马桶，马桶是天天需要倒，天天需要清洗的，但大哥、二哥年纪小，独自也拎不动。娘想了个办法，给马桶套上绳，叫大哥、二哥用扁担扛着去后园菜地边上，倒进大粪缸里。有一次，大哥、二哥一不小心滑倒了，马桶内的粪便泼了一地，大哥、二哥身上也洒到了，臭气冲天，清洗了几遍，闻闻，身上好像还有点味道。"

"你大哥、二哥小时候真是吃了不少苦啊！"南华感叹道，"我只听你对我说过，你8岁丧母，12岁丧父，全靠大哥、二哥。大哥为了还债，为了养家，在上海没日没夜地写、写、写，后来幸亏有大嫂跟去陪他、照顾他。没有想到你大哥、二哥小时候会苦到这种程度。"

"我完全是靠大哥、二哥的抚养、培养才有今天的。我考上苏州东吴大学，为了学费，远在欧洲留学的大哥，在北京的二哥，在江阴的二嫂，帮我东借西凑……"回忆往事，北茂的眼睛不由得湿润了。

这时，南华倒了杯水递给他，安慰说："你们兄弟三人现在总算是从苦水里走过来了。我很喜欢读大哥的文章和诗歌，我很喜欢听二哥的琴声。"

"我大哥、二哥能取得成功是真正下了苦功的。大哥大热天里要读

222

书写作,吊一桶井水,放在写字台下,脚浸在水里,这样既凉快又防蚊虫叮咬;二哥大热天为防蚊虫叮咬,躲在蚊帐里练琴是常事。"话到此处,他问,"南华,你不是喜欢听二哥的琴声吗?"

"是呀。"

"我从小至今,一直看着二哥如何作曲。他还教我拉二胡。我与你结婚到现在,还没有拉给你听过。不信,现在我就拉一段给你听听。"他来了兴致,拿起二胡拉奏了一段《病中吟》……

一段终了,南华由衷地赞道:"原来我以为你有点王婆卖瓜——自卖自夸,没想到你的拉奏真的也很好听。"

"那当然,二哥亲授。"

小别胜新婚,小夫妻俩知心的话说也说不完,第二天,北茂提议:"为了纪念你来上海陪我,我们到照相馆拍张照。"

几天后,北茂到照相馆取回六张照片,给北京的大哥、二哥寄去两张。

刘北茂在上海有妻子陪伴,生活虽然安定,但因为不在大哥、二哥身边,心里总感觉缺少些什么……

1929年4月,经过一番周折,刘北茂结束了在上海暨南大学一年半的教学生涯,回到北京,到北京大学执教英语,并从事莎士比亚研究。刘半农、刘天华、刘北茂三兄弟都执教北大,成为佳话。三兄弟相聚,三家相聚,一个个高兴得不得了。在接风的宴席上,刘半农说:"三弟、三弟媳,你们真是好福气。我和天华昨天刚刚领到薪水,才能尽兄弟之谊为你们接风,否则,只好清茶一杯。"

军阀执政期间,大学常常欠薪,换了国民政府,大学教授的命运也没有根本改变,学校也常拖欠薪水。

北茂听了,憨憨地笑着说:"看样子,我的命运要和哥哥的命运一样了。"

"比起你二哥来,我和你的命运要好一点,你二哥是站在橄榄核上过日子[1]。"刘半农说。

"大哥所教的国文和三弟所教的英语,都是大学必修课,而我所教国乐,虽然有蔡元培那样的教育家将美育作为德育的一个组成部分,但现在的社会,连国画、中医、京剧、书法都受到不同程度的歧视,国乐更是不被重视。"刘天华说。

"二哥,到底怎么回事呀?"

"哎,说来话长啊……"饭后,这边朱惠、尚真、南华和孩子们一起拉家常,那边三兄弟在一起,接着饭桌上的话题聊,真是乐融融。

1928 年 5 月 3 日,日寇在济南无故挑起事端,阻止北伐军北上。日寇甚至不顾外交惯例,冲入济南交涉处,将战地政务委员会外交处主任兼山东交涉员蔡公时等 19 人捆绑毒打。蔡表明身份并表示抗议,日军割去他耳朵、鼻子,挖去他眼睛,然后枪杀,除二人逃出,其余全被枪杀,惨绝人寰!中国军民反抗,日寇大肆屠杀,在整个惨案中屠杀我中国军民 3200 多人,伤 1400 多人。五三惨案发生后,全国各地愤怒的浪潮一浪高一浪!刘天华带领国乐改进社在清华小礼堂举行了为济南惨案受害同胞的募捐义演。刘天华手抱琵琶,首先上台,先深深鞠躬致谢,接着演奏《十面埋伏》。刘天华将这首表现古代将军出征、伏击敌兵的琵琶曲弹奏得气势磅礴,出神入化,人们在琵琶声中看到了旌旗猎猎,听到了战鼓咚咚,马蹄得得得……突然,旗偃鼓息,浩荡大军不见了,埋伏起来了,敌兵过来了,一步一步走进了埋伏圈,说时迟那时快,伏兵们以迅雷不及掩耳之势突然杀出,战鼓擂,杀声震……刘天华借《十面埋伏》琵琶曲表达了对日军的无比愤慨!一曲终了,掌声雷动!这次募捐义演,座无虚席,一票一银元,募到了不少款。分管经费的社员对刘天华说:"我们国乐改进社、《音乐杂志》缺少资金,能不能留些钱下来?"

---

[1] 站在橄榄核上过日子,是江阴人形容生活不安定的俗语。

"募捐款一分不能留,收入全部交给济南惨案后援会。"刘天华斩钉截铁地说!

济南惨案发生后不久,北伐军进京。6月4日,军阀张作霖退出北京,在回东北途中被日本人炸死在皇姑屯!张学良恨透了日本人,代替父亲张作霖全面接管东北军政,并兼任东北大学校长。为了庆祝建校6周年,东北大学元老之一孙献特地赴京请刘半农写校歌。刘半农满怀激情写下了振聋发聩的《东北大学校歌》[1]:

> 白山兮高高,黑水兮滔滔;
>
> 有此山川之伟大,故生民质朴而雄豪。
>
> 地所产者丰且美,俗所习者勤与劳。
>
> 愿以此为基础,应世界进化之洪潮。
>
> 沐春风时雨之德化,仰光天化日之昭昭。
>
> 惟知行合一为贵,惟自强不息方登高。
>
> 爱国,爱校,爱乡,爱国,爱人类,期终达于世界大同之目标。
>
> 啊!使命如此其重大,能不奋勉乎吾曹?

《东北大学校歌》深含中国传统文化内涵,结构层次分明,一气呵成!不但歌颂了东北白山黑水地杰人灵,物产丰富,还大义凛然地陈述国难当头,莘莘学子与国家与人民同呼吸共命运,充分展现了东北大学的精神气质和文化情怀!校歌还充分体现了刘半农忧国忧民之情。著名语言学家、作曲家赵元任为歌词谱曲。东北大学6周年校庆时,张学良进入会场登台讲话后,东大学子齐唱校歌,歌声嘹亮,声震天外!

1928年8月,蒋介石宣布完成北伐!12月29日,张学良宣布东北

---

[1] 此版为东北大学校歌现行版。

易帜,服从国民政府,由此中国表面上形成统一。由于国民党政府将首都定在南京,北京改北平。

在刘天华、杨仲子等音乐界人士和社会舆论呼吁下,被军阀政府砍掉的音乐传习所、女师、艺专音乐系等,得到了恢复。刘天华依然执教音乐传习所、女师、艺专三所高校。期间,升任教授。此外还有不少人慕名请他传授二胡、琵琶、小提琴。他的收入增加,经济情况好转,将家搬到了王府井大街大阮府胡同17号,这是一处比旧居宽敞、明亮的四合院。

国乐改进社办公室设在四间打通的南屋,后来又成立乐友社。乐友社出售乐谱、乐器,具有商店性质。当时北京只有一家乐器商店,价格昂贵,货色还不齐全。乐友社通过留学生关系直接从法国琴行订购乐谱、乐器。除西洋乐器外,还出售天华设计、校音、文兴斋制作的二胡、琵琶等民族乐器。乐友社乐器品种齐全,价廉物美,很受学生们喜爱。此外,国乐改进社聘请了一位秘书,负责国乐改进社《音乐杂志》的稿件,抄录曲谱等工作,还兼乐友社营业员。

这时,萧友梅在上海筹建的国立音乐院正式成立!看到中国音乐教育事业有了起色,北平音乐界刘天华、杨仲子等同仁十分振奋,发起申请,希望教育部批准成立北平国立音乐院。为此,刘天华在一个万籁俱寂的夜晚,在满怀希望又带着疑惑的心潮下,创作了琵琶曲《虚籁》。由于南京政府忙着把各类政客、官僚买办、军阀、帮派流氓头子等拉在一起,借以粉饰全国统一,并着力围剿共产党,根本不会考虑对于政府实力于事无补的北平国立音乐院的成立。最终,成立北平国立音乐院的设想成为泡影。

"哎,"刘天华叹着气告诉北茂,"我的理想是振兴国乐,音乐普及大众,但理想是一回事,现实又是一回事。"

北茂仔细打量二哥,一年多没见面,二哥额头上已完全光秃秃,头发退隐在后面,鼻翼两侧的弧沟更深,更长了。未老先衰,二哥才三十多岁呀,北茂看了心里一阵悸动!

再打量大哥,大哥虽是单眼皮,但眼睛大而有神,仿佛带着锋芒,锐气逼人,但脸色看上去不太好,有点泛黄!北茂心疼地说:"大哥,你身兼多职,太忙太累,你可要注意身体啊!"

"我身体没啥问题,只是心脏有点弱,但不是心脏病,放心吧。"刘半农说,"我是天生劳碌命,从来没有空的时候。"

刘半农跟刘天华不同,刘天华一门心思只钻研国乐,刘半农博学多才,除语言、音乐、乐律、文法、写作、翻译等方面,在摄影、历史考古、书法等方面也有较高造诣。1927年初,他辞去当了7个月的《世界日报》副刊主编之后不久,写出了研究我国乐律的文章《从五音六律说到三百六十律》;接着翻译出版了《国外民歌译》,书中收集了法国、希腊、伊朗、柬埔寨等国民歌80首;还翻译出版了《法国短篇小说集》,书中有雨果、左拉等10位法国作家的14篇短篇小说。此外,他身兼多职,跟本职有关联的,如执教北大,兼任中法大学服尔德学院(文学院)中国文学系主任、中央研究院历史语言研究所研究员等等,社会职务也很多,如西北科学考察团理事会常务理事。这个职务因何而来呢?从1894年开始,多次到中国新疆、西藏考察探险,发现楼兰古城的世界著名探险家——瑞典斯文·赫定博士,1926年底又一次来到中国,准备到中国西北考察,遭到北京学术界一致反对,北京大学、清华大学、历史博物馆等学术团体和中国学者联合抗议,与斯文·赫定进行了十多次交涉谈判。谈判中,刘半农一马当先。谈判最终达成了19条协议。由斯文·赫定提供经费,将最初的瑞典单方考察团确定为"中瑞联合西北科学考察团",其中气象家、地质学家、考古专家等专家学者,中方、外方各10余名;并确定收集、挖掘所得之物属于中国。谈判还有一个成果是文件以中文为主,外文为辅,一反过去中国外交谈判文件中以外文为主,中文为辅的惯例。中方考察团团长徐炳昶在日记中记载,谈判中,"折冲最多"的刘半农,被推举为西北考察团理事会常务理事。刘半农在维护国家利益的同时,也赢得了对方尊重。

为了进一步跟刘半农搞好关系,瑞典无冕贵族、两大科学院院士、在诺贝尔奖的评选中有发言权的斯文·赫定,请刘半农推荐诺贝尔奖文学奖中国候选人。刘半农推荐鲁迅,请台静农征求鲁迅意见,鲁迅婉拒:"……请你转致半农先生,我感谢他的好意,为我,为中国。但我很抱歉,我不愿意如此。诺贝尔赏金,梁启超自然不配,我也不配,要拿这钱还欠努力。……倘这事成功而从此不再动笔,对不起人;倘再写,也许变了翰林文字,一无可观了。还是照旧的没有名誉而穷之为好罢。"

由于西北考察时,斯文·赫定完全遵守协议进行,因而得到了中国学术界的认同,也跟刘半农建立了友谊。不久之后,美国中亚考古团来到中国,团长安得思以挖出恐龙蛋而闻名。他们将我国内蒙等地挖掘的文物成车成箱地运走,并在北京设立了办事处。这时,身为古物保管委员会19名委员之一的刘半农,又一次冲在了最前面,刘半农他们将安得思请到古物保管委员会,将与斯文·赫定签订的西北考察协议给他看,谁知安得思说,美国是大国,瑞典是小国,大国怎能照小国的办法去做?一副流氓腔调。接着,安得思还在北京一些报刊上大骂文物、古物两会,并致电美国,请人找美国国务卿史汀生出面与中国交涉。在美方压力下,国民党政府外长亲自到古物委,做刘半农等人的工作。刘半农针锋相对地问:"如果是我们中国人到美国的土地上去挖掘文物并运回中国,美国人答应不答应?"

外长没办法,只能恳求说:"我希望美国国务卿帮助我们撤销领事裁判权,所以在文物这件小事上最好让着点。"

外长的话让刘半农目瞪口呆,指责说:"中国眼前好像成了丧失天良,掘卖祖坟的破落户了。"真正体会到:弱国无外交。

济南惨案发生前后,刘半农在日本参加东亚考古会议。6月初,奉系军阀退出北京后,刘半农发起成立北京文物临时维护会,反对在国子监和景山驻兵,反对坛庙管理处标卖古柏。再后来,当法国黄种巡察团来中国,这个团名义上是中法联合考察,实质上中方不做主,考察过程中,法方居然殴打中方人员,为此,全国上下义愤填膺,而国民政府软弱无能,只想息事宁人。刘半农气愤地在《世界日报》发表《介绍黄种巡察团》,文章公开揭露这个团的真正目的,一是盗取中国文物,二是收集情报,三是揭露他们是强盗和骗子!

除在文物保护方面担任职务,他还是北京摄影社会团体——光社的成员、《北京光社年鉴》的编辑。在中学时代就喜欢摄影的他,将自己多年来的摄影体会和摄影同仁们的摄影经验,进行总结、论述,写了《半农谈影》。这是中国第一本摄影理论专著,该书由北京真光摄影社出版,大受欢迎。他在《光社年鉴》的序言中说:"我以为照相这东西,无论别人尊之为艺术也好,卑之为狗屁也好,我们既在玩着,总不该忘记了一个我, 更不该忘记了我们是中国人……必须能把我们自己的个性,能把我们中国人特有的情趣和韵调,借着镜箱充分地表现出来。使我们的作品,与世界别国的作品之外另成一种气息。"刘半农的摄影作品,两次参加摄影展览,受到观众热议和赞许,他摄影方面的才识得到了摄影同仁们敬佩。

身兼多职的刘半农忙,忙,忙……这么忙还笔耕不辍。

"大哥,你做这么多事,写这么多文章,你时间从哪里来的呀?"北茂情不自禁地问。

"利用一切可以利用的时间,这是我的法宝。我想,这也是二弟的法宝。二弟,你说是不是这样啊?"

"我们的时间确实是挤出来的。不过,"刘天华笑着说,"我再忙也没有大哥忙!"接着他又认真地对刘半农说,"我们三十几年老兄弟,大哥,你一定要注意身体呀!"

"是啊,大哥,身体要紧呀!"

看到二弟、三弟关切的眼神,刘半农说:"放心吧,我会当心身体的。"

随后,北茂说:"大哥、二哥,跟你们相比,我是一事无成啊。"

"三弟,你大学毕业刚踏上社会不到两年,你在上海,我除了关照你认真教书之外,还关照你专攻莎士比亚,你做得怎么样呢?"

像被刘半农抽了一鞭子,北茂的脸刷地一下红了。刘半农见状,话锋一转:"现在军阀政府垮台,国民政府统一领导,社会总算基本稳定了,这个条件有利于定下心来做学问,如果三弟你盯住莎士比亚做专门研究,说不定将来是我国这方面的权威人士呢!不过,做学问的事,全靠专,没有十年八年,甚至几十年的钻研工夫,是做不下来的!"

"大哥说的是。"北茂听了连连点头,"我一定会利用一切可以利用的时间。我一定照大哥的话去做。"

北茂回京后,三兄弟因各有家室,业务兴趣不同,为方便起见,分住三处,但相距很近,有事随时来往,感情上更加亲密。三兄弟只要几天不见面,便互相惦记,一见面,高兴得不得了。于是,刘半农建议:"我们兄弟三家住得近,以后,每个星期轮流到各家聚一次。"

别说天华、北茂,连朱惠、尚真、南华听了这建议也一起大声叫好!

从此后,每逢星期天和放假,三家人便团聚在一起,吃喝玩乐,谈天说地,爱怎样就怎样,和和美美。北茂在这快乐的大家庭里,心情是从未有过的愉快……

中秋节那天,天华家院中摆了两大桌,除弟兄三家大小之外,他特请了京城著名昆曲艺人、笛师何经海老人,学生程朱溪、肖从方等人,两大桌坐得满满当当,边吃边赏月,有说有笑,热热闹闹。酒足饭饱之后,刘天华满面红光,乘着酒兴,提出唱一段昆曲《长生殿》。刘天华唱小生,程朱溪唱旦角,何经海吹笛,三人配合还算默契。高大的刘天华夹细着嗓门,咿咿呀呀唱起来,不免引得大家发笑。但北茂知道,二哥能把这难度很大的《长生殿》应付下来,已属不易。

当初,刘天华向何经海学昆曲,两鬓斑白的何经海不解地问:"刘先生名满京城,为什么还要学昆曲?"

"为了借鉴,为了改进国乐。"

一个认真地问了一句,一个诚实地答了一句,再没有第三句话,何经海将自己所有技艺兜底传授。不久,受天华老师影响,国乐改进社十多个学生要求跟着一起学,每次两个小时,每人付一块银元。教材是清末王锡纯辑,李秀云拍正的《遏云阁曲谱》。这曲谱中有《琵琶记》《长生殿》《西厢记》《思凡》等87出昆曲折子戏。教时,何经海唱一句,大家跟着学一句,教完一段,从头学起,直到一丝不差,再学新的。

这天,何经海教《长生殿·哭像》,其中不少是念内心独白。他反复强调:"《哭像》重在念白,咬字一定要清楚!"几遍教下来,仍有几个学生咬字不清,何经海正想冲这几个学生发火,这时,坐在学生中间一起跟着学的刘天华见状朝他点点头,站起来对大家说:"同学们,何老先生说得对!念白咬字一定要清楚!我在天桥一书场看折子戏时,遇到过这样一件事,《紫钗记·折柳阳关》里有两句台词,'旌旗日暖散春寒,酒湿胡沙泪不干。'当时,演小生的咬字不清,'泪不干'听上去像'萝卜干',观众里有个车夫,脱下脚上一只草鞋,一边朝戏台上扔去,一边大声说:'你别卖萝卜干了,卖我的草鞋吧。'"

"哈哈哈……"学生们笑了,在笑声中真正理解了为什么"咬字一定要清楚",于是认真地学起来。看时间差不多时,何经海从蓝布套子里取出一根笛子说:"最后我们来复习上一堂课教的《痴梦》,大家齐唱,我用笛子伴奏。"一般笛子的吹奏法是上下两片嘴唇撮口吹奏,但他不同,因为他上了点年纪,牙齿松动脱落并时常肿胀发炎,撮口吹奏达不到效果,于是,他将笛子作了改造,将笛面上的笛孔封住,在握手旁另外开一个小孔,里面装上一枚精巧的哨子,用像吹西洋铜管一样的吹法吹笛子,气流经过膜孔,通过哨子,发出清亮、婉转之声,音效比一般昆笛还要好。

因此,刘天华常对学生说:"何老先生牙齿不好,开动脑子,想法改造笛子,我们不管是学习二胡、琵琶、小提琴,还是学习昆曲,一定要多动脑子。"虽然刘天华学习昆曲是为了借鉴,平时并没有花时间吊嗓子,昆曲唱得并不怎样,但他学习昆曲是最认真的。

在又一次三家聚集的家宴中,饭后,三兄弟照例聊天,刘半农说:"二弟,我认为你的小提琴练得太多了,如果光是为了借鉴,不是去当专门的小提琴演奏家,我看没有必要在这上面花费这么多的时间和精力。"

"大哥,"北茂接着说,"我在燕京大学读书时,我班上有个同学也在跟托诺夫学小提琴,他批评同学不用功时说,刘天华年龄最大,进步都比你与其他人快,他现在的水平已经超过上海的一些小提琴教师了。后来,我把这话讲给二哥听,二哥叫我不可随便对外讲,免得人家说,弟弟吹捧哥哥,自卖自夸之类的话。"

"只要是事实,自己人吹捧自己人,怕什么?"刘半农说,"我看到那把法国小提琴上面,好像有个地方有点瘪了?"

"琴弓下端由于二哥长年累月天天练习、摩擦,确实明显凹下一块。只要功夫深,铁杵磨成针。"北茂笑着说,"我小时候就看到二哥练习二胡、琵琶,练到胳膊不能举,手连筷子也拿不住……小提琴还要难练。"说到这里,北茂对天华说,"二哥你再这样练下去、磨下去,琴弓恐怕就要断了。"

"我学小提琴,如同一只蜗牛在爬一棵大树,开始看不见树有多高,现在可以看见树顶的地方了。我虽然还在跟着学习小提琴,但我练琴的时间已经减少了。因为社会上大家对国乐不太重视,我要培养一些学生当助教,对于学得好的,经济上比较困难的,我尽量把我的钟点让给他们去教二胡、琵琶,我自己去兼教小提琴,以教代练,琴不练是不行的。"接着他告诉大哥、三弟,"停止小提琴学习,我已有打算。不过在停止学习前,我想开个人小提琴演奏会,让大家看看我刘天华不但二胡、琵琶好,小提琴也不差!"

北茂听了恍然大悟:"二哥怪不得你那本《世界小提琴名曲》用得

这么破旧,怪不得每一页上都有你勾画圈点的记号和文字说明,原来你是为开小提琴演奏会作准备啊!"

"先不要对外说出去,"刘天华连忙关照,"免得招来闲话。"

"晓得!晓得!"北茂连连点头。

"二弟,除了二胡、琵琶、小提琴,我认为你的重点还是要放在作曲上。任何乐器,曲谱是根本,是依托。"

"大哥,当年在上海开明剧社时,你就关照过我。作曲这个问题,这么多年来,我一直在摸索,开始一直是从书本上学,后来我跟燕京大学外籍教授交换,他教我系统的作曲理论,我教他弹琵琶。到目前为止,我只创作了一些独奏曲,以后要创作合奏、重奏之类的作品。等作品写成了,我还要培养一批学生出国演奏,好让外国人也知道我们中国的音乐,让中国的音乐与世界音乐并驾齐驱!"

刘半农听了鼓励说:"有些事情,虽然不是三年五载能完成的,但只要你认真去做,一件一件去做,不怕做不成!"

北茂听了说:"二哥,你一直说,学习如同蜗牛爬树,只要有恒心,就能爬到树顶上。二哥,我祝你事业成功!"

天华听了大哥、三弟鼓励的话,两眼焕发出坚定的光彩与喜悦。这时,两个刚学会走路的孩子——他的幼子育京和北茂的长子育亮,在尚真、南华、朱惠,和小惠几个大孩子的鼓动和笑声中,跌跌冲冲地兴奋地朝他俩走来。天华高兴地迎上去,同时伸出两只手臂,一边吊着一个孩子,在院子里打转,逗得孩子们兴奋地"咯咯咯"笑。北茂看了,开心地说:"二哥力气大,身体好,看样子能够活到一百岁!"当时,他们兄弟三人在保险公司保了寿险,经保险公司医生检查,刘半农心脏有问题,刘北茂体质差,刘天华身体最好,因此,保险公司同意刘天华保五千元,只同意刘半农、刘北茂各保三千元。北茂为二哥身体好高兴,看着自己的宝贝儿子在二哥手臂上兴奋模样,又接着说:"二哥身体好,一定能活一百岁!"

"如果能活一百岁,我的所有理想都能实现,那真是最好不过了!"刘天华一边笑着说话一边将两个小孩放下来,对北茂说,"来!三弟,我们来掰手腕!"

听说比赛掰手腕,三家大小全部过来围观,结果是北茂两只手也掰不过天华一只手,看着北茂一副窘相,所有人都大笑起来。

笑声中,刘半农又一次提到祖母。"我们刘家能有今日,不能不归功于我们的祖母夏氏。我们的祖母、父母,一生清贫,含辛茹苦把我们拉扯大,着实不容易。现在,我已是四十出头的人了,老之将至,我要多做点事,多写些著作才好。"最后,他对北茂说,"三弟,你从小就体弱多病,你要把身体搞搞好。平时呢,你要多看些书,多积累点,将来发挥自己专长,不但要翻译一些外国名著,还要把我们中国的一些好作品翻译成英文让外国人看!"

北茂听了连连点头。他从大哥、二哥身上看到,做学问就像造房子,砖头必须一块块向上砌,砌砖的过程来不得半点马虎,要实打实。他想,大哥、二哥事业有成,还在努力工作和学习。看样子我只有笨鸟先飞……

天华之死

　　1932 年 5 月 31 日上午,尚真正在院子里洗衣服,看到天华穿着一件旧灰布长衫走出来,就知道他又要去天桥了。

　　明末清初天坛、先农坛外,有东西走向的一条河,河上有一座桥,这是明清两代天子祭祝苍天、先农的必经之路。"酒旗戏鼓天桥市,多少游人不忆家",这是形容天桥热闹的名句。天桥是北京最大的百姓游乐场,集美食、娱乐、游玩等为一体,是民间艺人大显身手的地方。武术、相声、魔术、杂技、评书、梆子、皮影,百戏杂陈,是民间艺术取之不竭的宝库。刘天华每次去天桥采集曲谱,总穿件旧衣服,衣襟上插着钢笔,口袋里放着本子,鼻梁上架着眼睛,给人一种亲切、庄重、有知识的感觉,无形中就跟天桥艺人拉近了距离。

　　今天他准备去天桥民间艺人表演处听记《吵子会锣鼓谱》。吵子会由多人组成,闹吵子所用乐器有号锣、大鼓、大钹、大铙、唢呐等等,演奏时有一定套路。不同的曲子不同的起鼓,钹铙锵锵,唢呐声声,锣鼓阵阵,声势浩大,声雷入耳,但又有条不紊,十分精彩,摄人心魄。天华一边走一边想着这《吵子会锣鼓谱》,神色匆匆正朝外走。尚真抬起沾了些许皂沫的手背抹了下额上起的汗,说:"天华,有人对我说,你是有名的大学教授,到天桥去会有失身份。"

　　"你又来了,人家的闲话你少听听。"天华停下脚步,朝她一笑,"天桥是民间艺术的宝库,如果我不去学习,怎么进步?"

"好好好,"尚真听了他这话,沾着皂沫的手挥挥,笑着说,"我不妨碍你学习,不管你,随便你到哪里去。"

"今天上午没有课,我现在有空去天桥听一点记一点,下午上完课,我再去听点、记点。今天可能要晚一点回来。"天华关照尚真,"晚饭你和孩子先吃,不要等我。"说完,他就走了。

目送天华离去的背影,尚真心里和这天气一样暖暖的!曾经有位邻居大婶问尚真:"你家先生在书房里教女生,面对面,一教就是一两个小时,你怎么肯的?"

后来,尚真把这话告诉天华,天华坦然地说:"我除了教琴,别无他意。如果我是别人想象中的那种人,我就不是刘天华了,就不能为人师表了。"

刘天华为了让尚真消除一些顾虑,只要家里来人,总先向客人介绍夫人殷尚真。平日里,还常带她去看展览、演出。有一次,天华带她到中山公园去看一位留日女画家的画展。回家的路上,心里一直有一小团疙瘩的尚真感慨地说:"我没有什么文化,嫁到你家后才学识字。像你现在的身份,只有会画画、会弹琴、会唱歌、有知识、有文化的女人,才配做你的妻子。"

"画画、唱歌、弹琴,只要有条件学习,就能达到。"天华真诚地告诉她,"你的心地善良、勤劳能干、任劳任怨、贤惠大方是很难得到的。"顿了一顿,他又告诉她,"你看大哥,大哥学问比我大,大哥能做到一心一意对大嫂!难道我不能做到一心一意对你?"

尚真了解天华,知道他不会对自己变心,但随着天华名气越来越大,她觉得没有什么文化知识的自己矮了一截。现在,尚真心田的一小块疙瘩被天华滚烫的话语化解了。她觉得自己的心跟丈夫的心贴得更近了。

生活中每每想起这些点点滴滴,她的心里总是泛起一圈圈甜蜜的涟漪。今日,她喜滋滋地洗、晾好衣裳,喜滋滋地环顾院子:阳光下,一大丛月季花开得正艳,大树枝繁叶茂,郁郁葱葱,一片兴旺景象! 最近这三五年,是天华事业最好的时期,也是家中经济状况最好的时期,但天华不容易呀,一天到晚没有歇息的时候,劝他注意休息,他又不听。每每想到这一点,尚真就心疼。接着,尚真来到刘天华书房,整理、打扫、擦抹,这是她每天的习惯,只要是有天华笔迹的每一张纸,哪怕是天华扔掉的草稿纸,她都收集、整理好。书房窗明几净,铜角、古琴、笛、钢琴等各种乐器,都被尚真拾掇得一尘不染。她喜滋滋收拾好后,目光停留在书橱里那本醒目的硬面烫金精装的《梅兰芳歌曲谱》上,只有她知道自己的丈夫刘天华为这本书花费了多少心血呀!

1930 年,京剧大师梅兰芳决定应邀访美演出,向西方展示中国京剧,但担心西方人看不懂京剧词曲,于是与追随他多年的剧作家、京剧理论家齐如山等人商议,如果能把演出的京剧唱腔谱成世界通行的五线谱就好了。但是谁有这本事呢? 齐如山说:"刘天华对于中西乐曲一切源流,洞如指掌,又深知乐律,躬研实习,北平这么多大学音乐教授,无不佩服他的精力识见……"于是,他登门拜访刘天华。刘天华想到这事意义重大,京剧本属国乐之列,是乐谱的不完备使中国戏曲音乐无法完整地流传下来,间接地造成中国戏曲音乐的衰微。改进记谱法一直是自己坚持推行的,京剧大师梅兰芳出国演出,是为京剧、为中国争光扬名,将京剧唱腔工尺谱改为五线谱,责无旁贷! 今后并可借此改进记谱法,推广五线谱。于是,他承担了下来。

在没有录音设备的条件下,过程非常繁琐复杂,非常艰难。齐如山领着梅兰芳以及琴师徐兰沅、笛师马宝明第一次登门时,刘天华问"有多少现成的唱腔谱子?"对方回答"有是有一点,不全。"天华想在谱子不全的情况下,梅兰芳在台上演唱得如此美妙动听,伴奏是那么天衣无缝,这是何等高超的功夫啊! 于是,根据实际情况,先由梅兰芳的琴师徐兰沅、笛师马宝明先把梅兰芳所演各戏唱腔谱出个初稿,刘天华根据工尺谱初稿译成五线谱初稿,再一遍又一遍听徐拉京胡,马吹笛子,按谱反复对照,发觉工尺谱中有许多差错和遗漏的地方,再一点一点地修改、补充。由于当时人们仍习惯用旧工尺谱,于是刘天华将五线谱中一些记谱法,如节奏指法、强、弱等记号融入工尺谱中,形成了一套比较完善而能通行的记谱法。他用他改进的新式工尺谱、五线谱两种谱,同时再用小提琴按改过的五线谱拉给徐、马反复听,有时齐如山也来听,如果发现有不对的地方再改,改完了,再请梅兰芳来把各戏唱腔清唱,刘天华再按唱腔逐一推敲、修改。

"梅先生,唱累了吧。"

"不累,唱惯了。"顿了一顿,梅兰芳问,"刘先生,听说你跟何经海先生学过昆曲?"

"是啊。要不然,记你的谱更费力了。"

"你真博学呀!"

"谈不上博学,是好学!你看,现在我又跟你学习了!"

"哈哈哈……"

刘天华是民族音乐家,梅兰芳是京剧大师,两个人无私奉献,愉快合作,梅兰芳一字一句清唱,刘天华一音一符记录……因为刘天华多年来接触过多种剧种,记录惯了各种民间曲谱,凭借深厚的艺术素养和功力,记谱工作进展还算顺利。三个多月,一百多个日日夜夜,反反复复,他用国际通用的五线谱和经他改革的新式工尺谱两种谱式准确记写了梅兰芳的 18 出戏:京剧 94 个唱段,昆曲 41 段,其中有脍炙人口的《霸王别姬》《贵妃醉酒》《思凡》《游园》……这是我国近代重要的戏曲曲谱,中国近代音乐史上的重要文献,开创了科学记谱法记录、整理戏曲音乐的先河!为了在国际上容易沟通,定名为《梅兰芳歌曲谱》,而不是"唱腔谱""戏曲谱"。1930 年 1 月出版,共印 1050 册,梅兰芳访美演出大获成功,《梅兰芳歌曲谱》功不可没!

此时此刻,尚真用一块干净的小绒布轻轻地拭抚着这本《梅兰芳歌曲谱》,当时,她做梦也没想到那名满天下的梅兰芳会一次又一次光临他们家中,做梦也没有想到梅兰芳在他们家中一段又一段,唱了那么多……她记得自己那三个月中仿佛喜傻了,还有那一阵常来看、常来听的三弟北茂也喜傻了……大哥刘半农百忙中也来过几次,没想到他跟梅兰芳、齐如山早就熟识,他来了,他们就停下工作,一边喝茶一边商议讨论京剧、乐律、曲谱、出版、宣传等方面的事。梅兰芳跟刘半农本是朋友,请刘半农作序。刘半农在序中称中国的传统戏剧为"旧剧","希望它能于把已往的优点保存着,把以往的缺陷弥补起来,渐渐的造成一种完全的戏剧"。刘半农还希望"梅君及其同行诸君到了国外,能有充分的机会可以增加些见识,以为回国后改良旧剧的参考!"

刘天华在序中强调:"今日我国剧乐二界,欲进步必自有完备之乐谱始。而养成演员乐师读谱记谱之能力,亦为要图。当知今后学术界,必定事事科学化,事事精密确凿,方能有立足之地。"

此时此刻,尚真捧宝似的捧着这本《梅兰芳歌曲谱》,心里想,这本《梅兰芳歌曲谱》的完成,凝聚着多少人的心血呀。她还想起,天华将曲谱完成后,他的学生程朱溪埋头工整地抄写,另三位学生曹安和、周君宜、杨筱莲认真地校对;她还想起,每天夜里,天华在灯光下整理白天记写的谱子,不时低声哼唱琢磨,不时拉奏小提琴,着了魔似的工作到深更半夜。"太太,你不要来催我休息,每板每眼没有得到正确的体现,每天的功课没有好好地完成,我是不会休息的。"

尚真舍不得他这么吃苦,心里疼他,却又拿他没办法,只有在伙食上尽量让他吃好点。但给他吃的再好也没有用,三个多月没日没夜的工作下来,他相当憔悴,相当劳累。哎,真不容易呀,天华总算为梅兰芳完成了这本曲谱。尚真把书小心翼翼当宝似的放回原处,心里很是为天华骄傲!并情不自禁地哼起了江阴山歌:六月里太阳似火烧,晒得我情郎背皮焦。天呀,天呀,你为啥勿撑朵乌云遮没我郎背,哪怕我当落仔罗裙买香烧!

她记得，天华当时是常州中学音乐教员，回江阴过暑假，听到她哼唱这首山歌，问她："情妹妹愿意当掉罗裙不让情郎晒焦，情郎还怕太阳似火烧吗？"说完，他朝她瞟了一眼，眼睛里含着浓情蜜意。回想到这里，尚真脸上漾满了笑意！再看看眼前这三五年天华名满京城，家中生活节节高，尚真心里真是乐开了花……

时间在尚真愉快的忙碌中很快过去，暮色升起时，放学回来的孩子们做好作业，准备吃晚饭。"今天上午爸爸出门时就关照，要晚点回来，我看，我们还是等等吧，等他回来一起吃。"尚真告诉孩子们后，惯了跟爸爸一起吃晚饭的孩子们，听了娘的话，表示最晚也要等爸爸回来一起吃晚饭。等啊等，天完全黑了，七点钟左右，终于，刘天华手提琴匣与书包回来了。"爸爸回来了。"孩子们一阵欢呼，高兴地去拿碗筷，尚真赶紧去厨房热汤。刘天华的习惯是一进院门，解衣服扣子，直接去书房，将衣服朝壁上一挂，趁着拿碗筷、热菜的间隙再争分夺秒地练琴。然而，今天他却没有去书房，而是直接来到吃饭的屋子，告诉尚真："我身体不舒服，全身发冷，要去睡一下，不吃晚饭了。"自从尚真来京后，不知是将天华照顾得好，还是他体质好，别说生病，连感冒他都没有过，每当看到他累，叫他注意身体，他挂在嘴边的一句话是"我身体好的连老虎也打得煞(死)！"现在尚真突然听天华说身体不舒服，不知怎地一阵心慌，颤声说了句："天华，你生病啦。"立即接过他手中的琴匣、书包，陪着他到房间里，服侍他在床上躺好，帮他盖上被子，并出去拧了块毛巾，帮他擦了把脸，接着倒了杯水，放在床头柜上。她刚坐在床沿上想陪他，这时，天华开口说："你快去吃晚饭吧，你和孩子们都饿了。"

"你先好好歇息，我一会儿就来。"

因牵挂天华，尚真没心思，草草吃了几口就算吃好了，到房里看了天华两次，天华对她说："我可能是感冒吧，你别愁，我睡一觉就好了。"尚真听了还是不放心。待孩子们吃好，收拾好，关照孩子们温习完功课,上床睡觉后,她赶紧到房间里来照看天华。这时,天华告诉她:"我还是感到冷,寒丝丝的。"

尚真惴惴不安地摸摸他额头,额头滚烫。"天华,你在发热呀!"说完,忙不迭翻柜,找出一条被子给他盖上,"你好好躺着休息,我现在出去请个郎中来。"

"这么晚了,关门了,明天再说吧。"他有气无力地说。尚真赶紧扶他起来,喂他水喝,但他勉强喝了两口,又无力地躺下,闭着眼睛呻吟,无力地告诉尚真:"我还是觉得冷,觉得心烦,喉咙也有点痛,我不想再开口了,你不要再跟我说话了。"

尚真看他这个样子,心急如焚,想说,天华,我们现在还是去医院看看吧,但她不敢提。因为医院是痛苦的回忆,她和天华总共生了五个孩子,现在只剩下二儿一女三个孩子。先是1926年幼女因受了风寒发热,送往医院医治,先洗热澡,次打针,过了一点钟又打针,过了一点钟又打针,打的什么针,医院里照例不发表的,同时因为发热,又给她戴起冰帽来,此外,还有种种色色的花样……仅十二个钟头,眼睁睁看着阿燕停止了呼吸。再是1928年春天,次子阿明发高烧到医院后,医生一会儿说是重感冒,一会说是猩红热,在不能确诊什么病的情况下,听孩子喊耳朵痛,在耳朵旁开个洞,听孩子喊鼻子痛,在鼻子旁再开个窟窿,东一刀西一刀,8岁的孩子吃尽苦头……尚真流着泪想换个医院,但医生就是不答应,可怜孩子到医院才几天工夫就被活活折腾死了。为此,别说天华,刘半农为侄女、侄子的死也相当痛恨医院!看天华闭着眼睛昏沉沉地躺着,尚真轻手轻脚找出一件大衣,轻轻地给他盖上,接着打了盆冷水,将毛巾浸湿拧干,轻轻搭在他额上……好不容易熬到天蒙蒙亮,尚真立即出门,朝附近的刘半农家跑去。

刘半农一听"天华病了",心一沉。江阴有句谚语:弯扁担不断,直扁担一碰就断。意思是弯扁担有韧劲,不易折断,直扁担脆,容易折断。好比一个从不生病的人要么不生病,要生病就是大病!他没有片刻犹豫,急忙跟着尚真就走!这时的刘天华,脸色暗黄,热度越来越高,喉咙痛得话也说不出来,皮肤呈现异样的红斑。刘半农赶到后一看,火急火燎立即请名医上门诊治,医生诊断说是"猩红热",注射血清但无效。猩红热是急性传染病,估计天华是去天桥搜集《吵子会锣鼓谱》时被传染上的。当时的医药条件,还无药可根治。

尚真的心碎了,魂飞了,她怎么也不相信晴朗的天空里会出现这样的乌云!她俯身坐在床沿上,抚摸着天华的手,这手掌既厚实又柔软,富有弹性,仿佛一粒石子落上去也会发出一声动听的音符;这手的每根手指上都有老茧,摸上去是那样粗糙,但当弹起琵琶,拉起二胡、小提琴,手指是那么灵巧!然而现在,这手在一点点枯萎,尚真紧紧地握捏他的手,一边流泪一边虔诚地看着头上方:"观世音菩萨,求求你保佑保佑我家天华!我要天华身体好!求求观世音菩萨,把天华的病转给我,让我代替他生病……"

二嫂哭,闻讯赶来的北茂也哭,他怎么也没想到,5月29日,三家大小十几口人还在一起欢聚,饭后一起聊天时,二哥还说,他要准备到国外去开个人演奏会……仅仅只有两三天,二哥就突然变成这个样子,真正是晴天霹雳!他8岁丧母,12岁丧父,是大哥、二哥抚养,培养,才有今天。他跟二哥从小到大几乎没有分开过,江阴、常州、北京……他在心中把大哥当严父,把二哥当慈母,现在二哥病重病危,他的泪水止不住地流……

天华的病越来越重,刘半农想方设法动用一切关系请来北平五位顶级名医会诊,然而,还是没有留住天华,1932年6月8日清晨五点四十三分,刘天华与世长辞。"距其初病,仅七昼夜,又十点钟耳。"刘半农带泪的眼睛蒙了层冰霜,心里的痛苦不是笔墨可以形容的,这种巨大的悲痛清楚地反映在他写的《书亡弟天华遗影后》:

呜呼,此吾二弟天华之遗影!民国十有八年三月一日下午,天华偶过余家，余适影匣在手，即为摄取此帧；洗晒既成，丰神不恶，天华欣然持去，悬之斋头。余生平好以摄影自娱，而为天华摄者仅此。不谓天华死后，举殡之日，即以供于影亭之中；今设灵于家，即以悬于木主之上。余每一瞻瞩，丰神如昨，而幽明之路已殊，悲痛伤心，不知涕泗之何从也。

天华少余四岁，幼与余同学于先君子宝珊先生及先师杨绳武先生所创之翰墨林小学，即今之江阴县立三校；稍长，又同学于常州府中学，即今之江苏省立五校。时余颇有"小时了了"之誉，而锋芒流露，恒为同学所倾。天华课业不异于人，而朴讷寡言语尊兀兀，纯呼得学子之正。以是先宝珊先生及诸师长，每愿天华能兼余之颖悟，余能兼天华之沉潜，方为两全也。

余家素清贫，武昌起义，学校停闭，余与天华均废学。天华入本邑青年团抗贼；余北走清江，以书牍翻译之事佐戎幕。居数月，小子溥仪去位，余还归江阴，挈天华同往上海，时民元春二三月之交也。余居上海以卖文为活，天华则致力于音乐。天华性情初不与音乐甚近，而其"恒"与"毅"，则非常人所能及。择业既定，便悉全力赴之；往往练习一器，自黎明至深夜不肯歇，甚或连十数日不肯歇，其艺事之成功，实由于此，所谓"人定胜天"者非耶？

民三，天华就教本邑华墅某小学。明年，先宝珊先生弃养，天华即于是年就教母校省立第五中学。民六，余就教北大，天华来书，每羡都中专家荟萃，思欲周旋揖让于其间。民九，余有欧洲之行。民十一，天华果北来，缔交于杨仲子、赵丽莲、郑颖荪、嘉祉诸君。余得书狂喜，知其艺必将大进也。

天华以国乐西乐，方域虽殊，理趣无异，而当时士子，每重新声，鄙夷旧物，贯通之责，难望他人；于是择西乐中最难之小提琴而兼习之，纳贽于俄国名师托诺夫称弟子。今人每怀小技，辄沾沾自喜，以为当世莫我若者；其能于既为大学教授之后，而犹虚心师事他人，以求其艺事之完成者，天华而外，吾不知当世尚有几人也。

民十四，余东归，见天华，聆所奏乐，知其于琵琶二胡，已卓然成家，小提琴亦登堂入室，即举在法所购一名厂小提琴赠之。七年以来，天华日与此琴俱，出则携以相随，入则操奏不去手。天华艺日益进，琴声亦日益美好，果天假之年，天华必兼为此道名师，此琴亦必为世间珍品。今人既云亡，琴亦绝响矣！

天华于琵琶二胡，造诣最深。琵琶之《十面埋伏》一曲，沉雄奇伟，变化万千，非天华之大魄力不能举。其于二胡，尤能自抒妙意，创为新声，每引弓一弄，能令听众低徊玩味，歌哭无端；感人之深，世罕伦比。二胡地本庸微，自有天华，乃登上品。欧西士人有聆天华之乐者，叹言"微此君，将不知中国之有乐！"此虽过誉乎？亦十得八九矣。

天华于所专习之外，凡与音乐有关者，如钢琴、铜角、古琴、队乐，以及昆腔、京戏、佛曲、俗曲之类，亦无不悉心钻研，得其理趣；于和声作曲之学，及古来律吕之说亦多所窥览。说者谓中西兼擅，理艺并长，而又能会通其间者，当世盖无第二人。顾恒小心谨慎，不轻述作，故一生所写，仅二胡琵琶谱十数种，及《梅兰芳歌曲谱》一书均已行世；其未及付印者，有《安次县吵子会乐谱》及《佛曲谱》二书，又二胡新谱已成未成者各数种，将由其门弟子整理而刊行之。

天华北来之后，所就教之学校凡三，曰北京大学，曰女子学院，曰艺术学院。十年以来，政局不定，教育组织，朝三暮四，推转靡安，此三校名目屡更，少则三次，多者七次，而天华连续任教其中，直至得病之日，犹往上课，其于职务，可谓全始全终者矣。

天华体质素强，身材高伟，内气充实，平时从不病，乃以本年五月三十一日晚七时病，时授课归来，书囊琴箧犹在手也。病之初，仅心烦作冷耳。越一夕而体大热，喉大痛，肤现红斑，医者断为猩红热，注血清，不见效。六月三日四日，更注血清二次，仍不见效。五日，病大剧，发狂如虎吼，健仆四人挟持之，势亟亟不可终日；遍延北平名医五人会诊，注少许吗啡，更于血管注血清，狂势稍止。六日，略有转机。七日，神智苏醒，热减脉平，能进饮食，可安睡，医者欣然相谓曰："希望与日俱增矣。"此下午六时事也。八时后益平稳；十二时，静睡如常人，举家欢喜；乃至一时半，病忽剧变，体骤热，脉骤乱，眼上翻，右腹飞跳，自此急转直下，医者来，束手无策，亦莫知其所以然，但言势将易箦，当有以为备。至太阳初出，百鸟方鸣，天华竟于晨光熹微中徐徐阖目，与世长辞，而一家恸哭之声作矣。时为中华民国二十有一年六月八日上午五点四十五分，距其初病，仅七昼夜又十点钟耳。天华近数年中，每谓余曰："我俩三十多年老弟兄。"此本友爱之辞，不意竟成恶谶！天华得年三十有八，吾二人为兄弟之期至此斩矣，悲哉悲哉！

天华娶同邑殷可久先生女尚真，生三子二女，一子一女早殇；存者子育毅、育京，女育和，均尚幼，未成立。

天华一生，行事至简，初不如大人先生之勋名赫赫，而其艺事之成功，与夫为学之勇，诲人之勤，固已可使一代士夫唏嘘感想于无穷矣。余生平不肯作谀墓之文，余爱余弟，尤不愿以违衷夸饰之言被余弟，是以上方所写，字字悉真。世有作民国初年乐人传者乎，当有采于斯文。

天华逝世，半农悲痛，尚真悲痛欲绝，发了疯地哭嚎："为什么不让我代替天华去死呀？"

北茂嚎啕大哭："二哥，你怎么能死呀？二哥，你不能死呀！"

这天早晨，刘天华逝世后，不到两小时，《音乐杂志》第十期，刚印出，恰好送到他家中。《音乐杂志》自1928年1月创刊以来，由于经费、稿源等原因，断断续续出了十期。因刘天华的突然逝世而停刊，国乐改进社也随着他的离去而解散。

刘天华死后，本想叶落归根，葬回故乡江阴，但由于此时的中国上空战争阴云密布，日寇加紧了侵略步伐，1931年"九一八"事变，日寇侵占东三省；1932年1月28日，日寇进攻上海，淞沪抗战打响，离上海很近的江阴自古是兵家必争之地，军事要塞，紧张备战。在这样的形势下，只能将刘天华灵柩停厝北京崇文门外法华寺，等待时机再运回江阴安葬。出殡那天，前来吊唁的来宾及学生队伍从家中逶迤至胡同口外，凭吊的来宾中，最引人注目的是旅华德籍教授雷兴。

雷兴是研究东方文化史的专家，他跟刘天华相识在1930年冬天，由北京基督教青年会组织的在北京饭店举办的中外音乐家同台演奏的音乐会上。

北京饭店坐落在王府井大街南口，由法国人建造经营，设施先进，功能齐全，法式风格，豪华气派，是北京当时最高建筑物，也是最高档次的饭店。演出那天，一层宽敞的舞厅临时改作音乐厅，墙上挂着西洋油画，地上嵌着拼花地板，窗户挂着金丝绒落地窗帘，灯火辉煌，空气里弥散着淡淡的法国香水味。演出还没开始，音乐厅已座无虚席，在座的有在京的驻华使馆文化参赞、大使夫人、国内外学者名流。刘半农夫妇跟时任北大校长蒋梦麟、新月派诗人徐志摩等人坐在同一排。雷兴教授和法国驻华文化记者，一位美丽的金发女郎坐在一起。金发女郎对雷兴说："我主要是来欣赏小提琴的演奏，中国的音乐早已衰败了。"

"中国音乐曾经有过辉煌。"雷兴告诉她，"中国古代为宫廷礼乐制造的青铜编钟，造型精美，音色悠扬。但是近百年来，中国音乐确实已经衰败，乐坛成了荒田。"

金发女郎听了点头补上一句："说得好，中国乐坛是荒田，是无人涉足的荒漠。"

然而，雷兴和金发女郎他们万万没有想到，这场音乐会最最出彩的不是著名的金发碧眼的小提琴演奏家，而是刘天华！刘天华的二胡独奏《病中吟》《空山鸟语》,琵琶独奏《十面埋伏》,征服了在场的所有中外来宾,喝彩声、鼓掌声宛如平地起风暴,巨大声浪几乎要将北京饭店那法国头盔式的圆顶掀翻!刘天华用一把二胡,让中国民族音乐从北京饭店走上国际乐坛。当时我国民乐,在大多数中外人士心中,仅仅只是下里巴人的民间文艺,特别是二胡,更是被轻视。这场音乐会上的多数人是为外国演奏家而来。在外国音乐家演奏了一些乐曲之后,刘天华上台演奏《病中吟》,二胡那两根琴弦上,神奇地发出了扣人心弦的酷似人声的乐音,一下子将听众带入哀怨凄楚的意境,大厅里静极了,人们的思绪随着琴声跌宕起伏,与之产生强烈共鸣,不少女士眼睛里含着泪水。刘天华用二胡让世界听懂了中国人的情感。一曲奏毕,片刻宁静之后,突然爆发出雷鸣般的掌声!紧接着,他演奏了《空山鸟语》,人们静静地聆听着,仿佛被带入了一个青山翠谷、鸟语花香的境界。最后,他的琵琶独奏《十面埋伏》压轴,震撼人心。刘天华演奏完毕,如潮般的欢呼声、鼓掌声一浪高过一浪。他一次次返场致谢!所有在场的外国人非常激动,他们没有想到,中国竟然还有如此神奇美妙的音乐。雷兴教授更是赞叹不已。

"过去我只知道中国有唐诗宋词,今天才知道中国还有如此妙不可言的音乐!"金发女郎激动地说,"我要专门为刘天华写篇报道!"

"微此君,将不知中国之有乐!"雷兴发自肺腑地说。

音乐会结束时,雷兴特意向刘天华表示祝贺。后在雷兴的推荐下,德国高亭唱片公司为刘天华灌制了两张唱片:二胡曲《病中吟》《空山鸟语》,琵琶曲《歌舞引》《飞花点翠》。本来还想跟刘天华进一步合作的雷兴,对于刘天华的突然逝世感到十分痛惜!

刘天华逝世后,他生前执教的北大、女院、艺专三所学校的音乐系决定停止奏乐三天,并取消一切娱乐活动。女院音乐系主任杨仲子跟他相交十年,友情很深,无话不谈。杨仲子感受最深的还有刘天华的厚道。有一次,担任音乐系主任的杨仲子对刘天华说:"学生拥戴你当音乐系主任！我很高兴也愿意将这个位子让给你。"但天华告诉他："我的心思全在琴上，我绝不会当音乐系主任。任何人叫我当，我都不会当！"还有一次，在北平音乐界积极申请成立北平国立音乐院时，杨仲子对刘天华说："以你现在的名望，北平国立音乐院的院长非你莫属！"但天华告诉他："我的心思全在琴上。如果北平国立音乐院成立，我会极力推荐你当院长。"刘天华的突然病逝，让杨仲子十分悲痛，天华才38岁，正当人生好年华呀，哪怕再让他多活两年也好呀！杨仲子忙前忙后，帮助料理后事。

　　当刘天华灵柩停厝法华寺仅十天后，刘半农就怀着悲痛的心情主编《刘天华先生纪念册》一书，尚真提供遗稿，杨仲子和天华学生沈仲章等人尽心尽力帮助整理、编辑。《刘天华先生纪念册》一书收集了刘天华生前创作的10首二胡独奏曲、47首二胡练习曲、3首琵琶独奏曲、15首琵琶练习曲、1首合奏曲。《刘天华先生纪念册》一书还收集了各界人士和亲朋好友、学生的悼念文字。其中刘天华女儿育和在《父亲的琴声》一文中这样写道："月亮可以再圆，星星可以再发出灿烂的光，一切都似乎可以再现，但父亲的琴声不会再响……"中国现代民族音乐事业的开拓者，年仅38岁的刘天华就这样突然地走了……

半农之死

　　刘天华逝世后,为了使尚真和孩子们不感到孤独,为了互相有个照应,也为了帮尚真省下房屋租金,刘半农请尚真带着三个孩子从大阮府胡同27号搬进了大阮府胡同16号。

　　刘半农自欧回国进京,搬了好几次家:北帅府胡同7号、墩厚里7号、南池子大街扁担胡同1号等等。其中数扁担胡同1号住宅条件最好,环境安静,不过刘家平静的生活被日本邻居的一条矮脚狗破坏。这矮脚狗非常凶狠,常常趴在刘家门口,只要有人走过来,它就蹿上去狂叫,当来人被吓得想逃走时,它追扑上去咬人。为防止被咬,刘半农常带一柄把很粗的伞作防身武器,家人出门随身携带木棍,没多久,这条让人提心吊胆的恶狗,被人毒死,倒在了刘家门口。一好心邻居提醒刘半农:"能搬家尽早搬家,因为日本人的宠物狗死了,不会善罢甘休的,会来找我们的麻烦。"果然,日本人气势汹汹上门寻衅,弄得全家不得安宁。好心邻居悄悄地搬走了。几天后,刘半农家也悄悄搬到了王府井大街大阮府胡同30号,不久,刘天华家搬到了大阮府胡同27号,两家住斜对面,近在咫尺,几乎天天见面。但是,刘半农家在大阮府胡同30号居住的时间不长,因为当时搬家匆忙,没有仔细考虑住房的布局和大小,感觉住得不舒服,加上朱惠哥哥家两个儿子朱穆之和朱福荣在刘半农支持、帮助下,进京报考,考上了高中,朱惠的母亲跟着进京,陪两个孙子读书。于是,1931 年 9 月, 刘半农迁居到这大阮府胡同 16 号。16 号是一座宫廷式房屋,原主人是清朝末代皇族伦贝子。这住宅面积大,有花园,租金也不贵。房屋分为东西两部分。东部是正房,清末思想家、翻译家严复在这里居住过。西部是花厅,是刘半农租下的住宅。花厅是一座花园式的四合院。花厅的正厅墙上方挂着清朝皇帝亲笔题写的"含辉堂"金字匾额。刘半农把"含辉堂"称为"二复居",意即严复、刘复居住。正厅坐北朝南,厅左是三套间,前间是刘半农书房,中间是夫妇卧室,后间是儿子育伦的卧室。正厅东厢房是刘半农的书库,书籍挤满了二十多架带玻璃的大书柜。一条精巧的走廊将上房与后面一排整齐的房间相连,这里小惠和妹妹育敦各有一间卧室,各有一间书房,小惠书房里还有一架风琴。

尚真带着三个孩子居住在南面的一排房屋里。西厢房由朱惠的母亲和两个侄子居住,各有独立房间。由于面积大,房屋间数数不过来,生活、学习用房绰绰有余。四合院由长廊连通,并与后面一座大花园相连。花园里有几座假山、一座亭阁、树木、花卉等,在假山后面紧靠围墙处还有六间空屋。

面积大,环境好,租金不贵,刘半农和朱惠觉得这房子住得称心如意。刘半农一家五口,尚真一家四口,朱惠的母亲和两个侄子,大大小小十几口人,加上刘半农来来往往的朋友胡适、周作人、钱玄同、梅兰芳、沈兼士、沈尹默、齐白石、徐悲鸿、张恨水、吴文藻谢冰心夫妇、钱云鹤、王梦白、萨空了等等。除了朋友们,还有进进出出的学生、同事,大阮府胡同 16 号,热闹非凡。

三弟北茂一家三口仍住在沙滩附近的亮果厂,跟大哥家并不远,他常到大阮府胡同 16 号来。天华的死,北茂深受刺激,他没有想到二哥这样身体强壮的人就这样突然死了,二哥才 38 岁,正当年华呀,正当干事业的时候呀!他感到人生空虚。平时性格较为内向,现在更加沉默寡言,整日沉浸在痛苦怀念中,人越来越瘦了。半农看到他这个样子,十分心疼:"三弟,人死不能复生,你不要再想他了,再想下去,你要发疯了!你好好地做事吧!"

话虽这么说,刘半农自己想到天华,也是割肉剜心的痛!但人死不能复生,有什么办法呢?一向乐天派的刘半农也变得有点郁郁寡欢,脾气、性格好像也有所改变,变得比以往任何时候都更加珍惜光阴,每天晚上忙到12点钟才睡觉。为了忙工作,吃饭总不准时,粥、馒头、菜,有时要热上几回,朱惠跟他讲道理:"一个人再忙,饭总是要吃的,身体要紧。无论做什么,不能太急,要慢慢来。"但每次劝他,他都嫌朱惠烦。后来朱惠虽心疼,但索性不去劝,干脆让他"发痴劲",因为再多劝一句,他就要发火。

这天傍晚,朱惠正因劝他不听生闷气,北茂来了,朱惠领他到书房门,指指半农后背:"看,又在发痴劲了,坐在那里好几个小时了,也不歇息,我劝没有用,你是他老弟,你去劝劝他吧。"

这时,正埋头写文章的刘半农感觉北茂近前,像自言自语又像对北茂说:"二弟身体这样好,尚且就这样突然死了,我现在是四十岁出头的人了,再不抓紧时间做些事,就真是太糊涂了。"

北茂劝他:"大哥,你要保重身体呀!要有一点休息才好呀!"

半农搁下笔,噘起嘴说:"我倒是想轻松一下,可无奈我的事情还没做完呀,叫我怎么休息呢?而且我最怕闲着无所事事,这比什么都难受,我是天生的劳碌命呀!"

北茂听大哥这样说,十分心酸,再想起二哥,不知不觉地流下泪来。半农怕他过度悲伤,身体受损,极力劝导:"三弟,你与其伤心流泪,还不如振作起精神,将你二哥教你的几件民族乐器,拿出来复习复习,练练好,将来有机会,说不定还能继承他一番事业。"

当天晚上,北茂回到家中躺在床上,虽闭着眼睛一动不动,但没有丝毫睡意,想着大哥的话,心中由此萌发了继承二哥事业的想法。在教授英语认真做好本职工作之余,他练习二胡并自学作曲。

1934年6月北大放暑假,6月19日,刘半农率领负责记录方言的白涤洲、负责记录音乐的沈仲章、负责管理仪器并负责抄录的周殿福,还有工友梅玉,前往西北考察。考察是为了完成《四声新谱》《方音字典》和《中国方言地图》的资料收集。此外,瑞典地理学会准备在1935年纪念斯文·赫定七十岁生日向他征文,刘半农打算根据西北考察情况将平绥沿线的声调实测出来,写一篇论文,祝斯文·赫定七十岁诞辰,如同他为庆祝蔡元培六十五岁生日特发表论文《十二等律的发明者朱载堉篇》。

行前,北茂劝他说:"大哥,这样的大热天,如能不去,还是不要去,我们南方人到西北去,水土不服,饮食不惯,容易生病。"

"三弟,平常我实在没有工夫,现在只有利用暑假去考察一下。"顿了一顿,他又说,"人生在世不过几十年光景,假使因循偷安,还有成就的希望么?"

在北茂看来,大哥早已是功成名就。单从职务上说,欧洲回国后,除执教北大还兼中法大学服尔德学院中文系主任。1929年12月,他创办的中国第一个"语音实验室"在北大正式成立,他任主任。期间,应邀担任辅仁大学教务长。1930年,被南京政府教育部任命为北平大学女子文理学院院长。1931年,他说他喜欢专职搞研究,不喜欢兼职做行政杂务,辞去一切职务,专任文学院研究教授。1932年9月,北大成立研究院,设自然科学部、文史部、社会科学部,刘半农被任命为文史部主任。另外,他还有数不胜数的导师、编委、委员、代表、董事、主任等头衔。他在涉足的众多领域都成绩斐然:文物保护、摄影、书法、小说、诗歌、杂文、翻译、乐律、发明制造最简音高推断尺、刘氏音鼓2种等等,大哥是多么成功啊!然而,大哥这样成功,却还时时不满意自己,仍然在努力!而我自己呢?

刘北茂自1929年从上海回京后,在北大任英语讲师,1930年兼任女院英语讲师,在教学上十分钻研,教育有方,深受同事和学生敬重、喜爱。另外，他在北京《英文导报》上发表了多篇中译英的短篇小说、散文，在《世界日报》上发表了英译中的《印度寓言》。他翻译的《印度寓言》还单独出了书。刘北茂认为自己取得的一点成绩，根本不值一提。怎样当个好老师，大哥、二哥都多次将自己的心得体会传授过；至于翻译作品，大哥给过许多好的建议，并帮助校对。如今二哥突然逝世，只有大哥在了，北茂心里一遍又一遍地说："大哥，你要保重身体呀！"

今年以来，特别是三四月份间，连续一个多月，刘半农每晚睡觉，手、脚总有点肿，怀疑是心脏病、肾病，但经医生检查，又没查出什么病。天华死后，刘半农每天工作到十二点钟，睡前抽一支烟，喝一杯朱惠沏的茶，是他一天最大的放松与享受。前一阵，他感到疲倦。"从前不管怎么忙，我从来没有感到累，现在却常感到疲倦，看来是一年年纪一年人，我也要成老朽了。"接着他又说，"我要抓紧时间，不浪费光阴才是。"

"既然感到累，就趁暑假，好好歇歇，调理下身体。"朱惠劝说，但刘半农不接话茬。

北茂来了，劝他，他也不听。今年暑假，他不肯休息，执意要去西北考察，北茂和朱惠不支持，也不敢极力反对，因为知道他是不听劝的。再说，他哪一年暑假里像模像样休息过！拿去年暑假来说吧，刘半农提出去江阴祭祖扫墓，北茂记得，三家聚在一起议这事时，刘天华的女儿育和以为要将停柩在法华寺爸爸的棺木运回江阴安葬，哭着说："江阴太远了，让爸爸在近的地方，这样我们可以随时去看看他。"刘半农安慰她说："育和你放心，我和你爸爸从小在一起，三十多年来可以说是形影不离，现在我也要把他留在身边，跟从前一样。"北茂一家三口因南华娘家有亲戚从江阴来北京，没回江阴。北茂总以为大哥会跟大家一起回江阴。没想到，他关照大嫂、二嫂带着孩子们回江阴，他自己呢？他和郑颖荪、沈仲章等人先去河南郑州、开封一带，再到南京，测试古代编钟，做乐律研究工作，忙了近一个月，才回江阴。回到江阴，他又忙着录江阴民歌。今年暑假，他又忙着去西北考察。

北茂问："大哥，这次你去西北考察要多长时间呀？"

"计划一个月。"

6月19日，朱惠带着三个孩子到西直门火车站为刘半农送行。火车载着刘半农开向西北，朱惠的一颗牵挂的心也仿佛跟着去了西北。

6月20日，刘半农一行到达包头后，立即深入计划中的点去采样：包头、绥西、安北、五原、临河、固阳、萍县、托县等地；5天后，到呼和浩特、武川、丰镇、集静、陶林、兴和、清水等地；7天后，到百灵庙。每到一个地方，刘半农深入乡野村落，深入民众，听羊倌、种地的、赶路的老乡、街头百姓唱民歌。在内蒙古，民歌称为漫瀚调。在晋、陕、冀、甘，所有民歌都同称爬山调，他们是西北劳动人民心声的自然流露，是历史、生活、风土人情的写照，有浓郁的乡土风味与泥土气息，它的神奇魅力还在于将蒙汉两个民族的语言和音乐相融，因而千百年来一直保持着旺盛的生命力！刘半农带领助手一筒一筒采录原声，以民歌的音韵为方言标出字韵、音韵，再画出音调、声调的曲线图形，作比较研究，并请各个点的老乡说同一句话，作比较，定宏观，确定后，再在方言地图上标明。刘半农每天清早开始到晚上六七点钟，一天工作十几个小时。凡是白涤洲记录的，刘半农必定核对一遍，提出几点疑问，指出几个误点，商量纠正。刘半农自己记录的，也叫他们复核一遍。每次发现一个新音，必定反复试验，几番研究，才决定一个符号。

他认真、严谨的工作作风，起早带晚的刻苦精神，使白涤洲、沈仲章他们很受激励，工作十分努力！

刘半农在欧洲留学时，计算作图每测成一个声调的曲线最长要花费六小时，他深感其苦，回国十年来，立志革新，制造了三个测声浪波纹的仪器，一个比一个方法简单，一个比一个携带方便，最新发明的乙二声调推断尺，简便到测成一个声调的曲线只要3分钟就可以了。这次到西北考察,调查声浪用的浪纹设备要用两个木箱子来装,刘半农告诉白涤洲他们,他已经重新设计,想办法缩小,新的测声设备到时只要一个手提箱便可装下,但目前这件仪器还在中法大学铁工厂制作,这次西北考察赶不上,下次外出考察就可以用上了。工作最多、最累的他,平常很关心年轻人,常笑眯眯地说:"你们累不累?累了就休息。我一个人倒是还能再记录。"白涤洲他们是各司其职,而刘半农在忙完自己的工作之外,还要看收声,调浪纹,听民歌唱筒。

一天,他们在黄河边上,看到一队纤夫拉纤。当时由于交通不便,货物全靠水运,货船在河中央逆流而行,全靠纤夫拉纤。烈日下,纤夫裸露着上身,下身只挂一块遮羞布,浑身上下汗湿淋淋。他们弓着腰,几乎是匍匐着身躯使劲拉着纤绳,口中嘶吼着低沉的号子,号子苍劲悲壮,一声号子一身胆,一声号子一身汗,就这样,一步一步艰难跋涉着,拉着河中央的货船走向远方……此情此景,刘半农被震撼了,感叹说:真是人间地狱!并叫沈仲章随船而行。沈仲章得令,二话没说,立即追上去,三天后,沈仲章回来了。他将采集的几筒黄河船歌、纤夫号子原声交给刘半农。刘半农十分高兴,连连说:"仲章,你辛苦了,辛苦了!"

跟随刘半农到西北考察,虽然艰苦、辛苦,但白涤洲他们并不觉得枯燥。工作完毕,如有时间,只要这地方有名胜古迹,刘半农尽量带他们去游览,如果没有时间,就作罢。一路上,他谈笑风生,妙语连珠,常逗得大家开心不已。沿途,看到老百姓窗户上的木刻画,他就立刻打听何处可买,说是宝贵的民间艺术。听见几个老百姓围坐低唱,他就立刻叫沈仲章记谱。看到有一些地方罂粟种植遍地,他十分愤慨:政治不良,毒害国家和百姓。一次在黄河渡口,刘半农突然发现一位拎包的女郎在衣衫普通的人群中十分显眼,立刻作诗一句:"黄河古渡一摩登。"大家一看,确实如此,哈哈大笑!

6月30日下午,刘半农等到达百灵庙。百灵庙是达尔罕贝勒庙的转音,建于清康熙年间,从 1702 年开工到 1707 年竣工,建造时间长达 5 年。由 5 座大殿、9 顶佛塔、36 处藏式院落组成,最大的大佛殿上挂着康熙皇帝题写的"广福寺"牌匾。百灵庙雕梁画栋,廊柱林立,壁上彩绘着许多佛经故事。百灵庙自建成以来,一直是达尔罕草原商旅云集之地和物资集散地,也是政治、经济、佛教活动中心,并是通往新疆等地的交通要道。

到百灵庙后,傍晚时分,他和白涤洲一起到野山坡上出恭,一边走一边大声对白涤洲说"痛快!高山拉屎去,天地一茅房!",引得白涤洲笑个不停。夜宿集义公店,因蒙古虱子多,为防虱子,刘半农特意将随身携带的简易帆布床放在屋中央,不临靠墙壁,他笑称是"停枢中堂",当时引得大家发笑。但虱子防不胜防,因为没有蚊帐,刘半农被叮咬得几乎彻夜难眠,就此种下病患祸根。

7 月 2 日离开百灵庙,重返呼和浩特。这天,他们工作到晚上 7 点,刚睡下不久,夜里十一点,地方教育部门负责人和归绥中学校长等人来访,白涤洲想帮他挡驾,他却仍穿上衣服去见,对方恳请他演讲,他答应了。第二天,他到归绥中学演讲,听众来了上千人,影响很大。刘半农作为知名人物,到西北考察,对西北各界,尤其是文教界是一个巨大鼓励。前往拜访他的有地方党政长官、士绅名人、老师、学生等各色人,他对任何人都热情接待。他对白涤洲说:"西北这地方各方面还比较落后,我们既然来到这里,就要传播一些新的东西给他们!"

这期间,刘半农感到身体相当疲倦、乏力,但他没有在意,照样工作,照样谈笑风生。按原定计划,离开呼和浩特,7 月 5 日到大同,调查雁北 13 县的方言及声调,用录音机收录了 5 筒歌谣。尽管他感到身体不适,但以为是劳累所致,仍没在意。7 月 7 日,离开大同,到张家口已是凌晨 3 时,睡了不一会儿,7 月 8 日早晨 9 时,刘半农就到张家口第一师范联系调查事宜。因为是星期天,没法开展工作,于是游览了地方名胜。晚上 6 时回旅馆,这时,刘半农开始发烧,7 月 9 日早晨,测体温

37.5 度。大家劝他休息,他不肯:"到这新的点上,新的地方开展工作,我不出面怎么行呢?"他带病来到第一师范开展工作,校长请他演讲,他婉转告诉对方自己身体不适,但禁不住对方的恳请,又答应。演讲完毕下台,体温已是 38.5 度。大家劝他休息,他仍不肯,记录了一县方音之后,实在支持不住了,不得不先回旅馆休息。等白涤洲他们工作告一段落回旅馆,他的体温已经升至 39.5 度,大家一看情况不对,赶紧连夜送他乘火车回北京。

7 月 10 日早上 8 时,刘半农抱病回京。到家后,朱惠急忙请名中医来诊治,医生说是重感冒,但服药并不见效。

北茂得到消息,立刻赶去看望。看到大哥脸色发黑、精神萎靡地躺在床上,心里十分焦急,但刘半农安慰他说:"三弟,我脸色发黑,是西北的太阳照的,精神不好,是因为劳累了,过几天自然就会好了。"

但是没想到连续请了两个中医都说是重感冒,服药总不见效,7 月 12 日,病情加重。7 月 13 日一早,请来首善医院院长方石珊,方说是黄疸病,劝他到协和医院治疗。但刘半农因为二弟天华的 8 岁次子育明的死,最恨协和,不肯去。医生一个个请来,结论不同,服药也不见效,病反而越来越重。刘半农全身发黄,四肢冰凉,并打嗝不止。朱惠寸步不离陪着,尚真熬药,北茂跑腿请医抓药,三个人急得像热锅上的蚂蚁。14 日一早,朱惠打电话给胡适。胡适赶来一看,立即劝刘半农:"听方石珊的话,到医院去。"被病魔折磨得实在痛苦的刘半农这时才劝勉强点了头,于是,胡适立即联系老朋友协和医院院长。医院先派医生后派救护车,尚真留守,朱惠、北茂跟着一起把刘半农送进协和医院。

这时,从刘半农 7 月 10 日抱病回京到 7 月 14 进协和医院,病已延误 5 天了。经医院验血,见血中已满是螺旋性病菌,确诊刘半农染上了回归热。回归热是毒虱将螺旋体病菌传染给人类的一种急性虫媒传染病。这种病原本是可以医治的,给刘半农对症下药打了一针"九一四"后,病状似乎安稳了点。但因为耽误了几天,再加上刘半农原本心脏就弱,到西北考察劳累过度,心脏不支,从下午 1 时 30 分开始,刘半农突然呼吸急促,2 时 15 分,与世长辞!年仅 44 岁。顿时,朱惠感到天突然塌了下来,眼前一黑,昏了过去!

得到消息,匆匆赶到医院的小惠一边大声哭喊着"这是怎么回事呀?我的爸爸不能死呀!",一边死死地拉住担架,不让护士们将爸爸的遗体送往太平间。护士们一看情况,"回归热,小心传染!",立即采取强制隔离措施。"爸爸!爸爸!"小惠拼命地哭喊,仿佛想把爸爸喊醒……

"大哥!大哥!你不能丢下我们不管啊!大哥你不能死啊!"北茂哭着喊着想扑向刘半农,被医生、护士用力拉住,"回归热,要传染人!"这时,北茂突然发了疯似的冲向医生,抬手就打:"我大哥到医院才几个钟头,怎么就突然死了呢?!"

北茂登台

　　刘半农 7 月 14 日刚在医院去世，北大校长蒋梦麟闻讯立即带人赶到医院，帮助料理后事。蒋梦麟跟刘半农既是同事又是好友。去年秋天，朱惠的哥哥朱祖绥来京，看望两个儿子和母亲。刘半农陪他带着孩子们一起游览长城，乘火车到西直门时，列车在途中一再故障，开开停停，午夜才到。这时，城门已关闭，刘半农无奈之中想办法找电话打给蒋梦麟，虽然午夜已过，但蒋梦麟放下电话就赶来，叫开城门把他们接回城中。好友刘半农的死，令蒋梦麟十分悲痛！他尽心尽力帮助！

　　朱惠、尚真、北茂商量后，决定跟天华灵柩一样，先停厝北京，等待时机再回江阴安葬。1934 年 7 月 16 日，刘半农的灵柩移厝北京西城北海后门的嘉兴寺。移灵这天，送灵的学生擎着蔡元培亲笔书写的"国立北京大学教授刘复博士铭旌"为前导，灵车上盖着北大三色旗，表达北大师生的敬意。灵车经过北大一院时，蒋梦麟率领教职员工、学生举行路祭，蒋梦麟、胡适、杨仲子、马幼渔等人一起送殡至嘉兴寺。7 月 20 日，法国驻华代理公使特发唁电到北大，向家属表示慰问。由于刘半农生前为人正直，真诚，大家都愿意和他交往，他英年早逝，大家思念，感叹不已。在此期间，瑞典斯文·赫定博士闻讯后，特地赶到大阮府胡同 16 号吊唁，并将西北科学考察团的纪念邮票赠送给朱惠，以作永久纪念。刘半农逝世三个月后，10 月 14 日，北大暨刘半农生前好友发起追悼刘半农先生大会。追悼大会在北大二院大礼堂隆重举行。出席追悼会的有北京各界代表，北大校、院、系负责人，中法大学、辅仁大学负责人，刘半农的生前好友、同事、学生代表500多人。追悼会收到挽联300多件，花圈200多个。送挽联的有蒋梦麟、孙科、马裕藻、俞平伯、胡适、钱玄同、周作人、郁达夫、林语堂、汪兆铭等等。钱玄同的挽联最长：

> 当编辑《新青年》时，全仗带感情的笔锋，推翻那陈腐文章，昏乱思想；曾仿"江阴四句头山歌"，创作活泼清新的《扬鞭》《瓦釜》。回溯在文学革命旗下，勋绩弘多；更于世道有功，是痛诋乩坛，严斥"脸谱"。
>
> 自首建"数人会"后，亲制测语音的仪器，专心于四声实验，方言调查；又纂《宋元以来俗字谱》，打倒繁琐谬误的《字学举隅》。方期对国语运动前途，贡献无量；何图哲人不寿，竟祸起虮虱，命丧庸医。

字数较少的，如俞平伯的挽联：

> 百灵庙远驼铃寂，二复居寒凤彗孤。

挽联字数不长不短的，如胡适的挽联：

> 守常惨死，独秀幽囚，新青年旧伙如今又弱一个；
> 拼命精神，打油风趣，老朋友之中无人不念半农。

当时，在南京监狱坐牢的陈独秀，当友人前来探监时讲到胡适这副挽联时说，胡适的挽联虽然写得不高明，但他对最后一句"老朋友之中无人不念半农"有同感。

引人注目的还有赛金花送的挽联。赛金花身着蓝色素服,脚穿白色绣花缎鞋,出席了追悼会。刘半农生前想为她写传,没完成便逝去,赛金花心中感激,前来悼念。她送的挽联是:

> 君是帝旁星宿,下扫浊世秕糠,又腾身骑龙云汉。
> 侬惭江上琵琶,还惹后人挥泪,谨拜首司马文章。

挽联中第一句"君是帝旁星宿"指半农姓刘,与汉朝皇帝同姓。

追悼会场内外满目花圈、挽联、挽幛,气氛肃穆、庄严、隆重。祭坛设在大礼堂西面,墙面上布满青松绿枝,挂着横幅,横幅上写着"失我诤友"四个大字,横幅下面中间位置是一个大花圈,花圈中央摆放着刘半农的大幅遗像。朱惠、尚真、北茂领着孩子们走进会场,看着遗像,一个个泪如泉涌。

追悼会由蒋梦麟主持,蒋梦麟、胡适、周作人、钱玄同等生前好友在追悼会上介绍了刘半农生平事迹。刘北茂代表家属致答词。追悼会上,刘半农生前好友、音乐家李抱忱指挥北京育英中学歌咏团演奏哀乐、哀歌。追悼会结束时,演奏了由赵元任谱曲的刘半农的两首诗,一首是《织布》:

> 织布织布,
> 朝织五丈,暮织丈五,
> 今人作古
> 尚余丈五,
> 吁嗟辛苦。

其中今人作古、吁嗟辛苦是后加的。另一首是《听雨》:

我来北地已半年，

今日初听一宵雨。

若移此雨在江南，

故园新笋添几许？

时光如水，刘半农自 1917 年到北京第一次听到北方的雨，到这 1934 年逝世，17 年了。这 17 年中，他做了多少事，还有多少事没完成，《织布》仿佛是他人生的真实写照啊！歌声中，追悼会场上一片哭声……歌声还带给北茂、朱惠、尚真许多江阴老家的回忆，他们情不自禁又一次嚎啕大哭！

刘半农逝世后，全国各地报刊纷纷发表消息和文章，《世界日报》《人世间》《青年界》专门为纪念刘半农出了专辑，蔡元培、鲁迅、赵元任、黎锦熙、张恨水等几十个人写了悼念文章，对刘半农一生作了高度评价。其中鲁迅的《忆刘半农君》影响较大。

刘半农去世后不到一年，整个中国处于全面抗战前夕，从多种情况来看，无论人力、物力，还是道路通行等各个方面，已经绝对没有条件实现将刘半农、刘天华的灵柩运回江阴安葬的可能了。北茂和朱惠、尚真不得不考虑就地安葬。国难当头，决定丧事从简。刘家将决定汇报北大校方后，蒋梦麟相当重视，校方成立了治丧委员会。刘半农、刘天华会葬之期定于 1935 年 5 月 29 日。中法大学为感谢刘半农对中法大学的贡献，捐赠了属于中法大学公墓区里的一块约六十平方米的墓地。这块墓地在北京西郊香山玉皇顶大木坨。

1935 年 5 月 25 日，在天华生前挚友杨仲子等人的精心组织下，刘天华的学生、同事、朋友们在协和礼堂举行先师刘天华遗作演奏会。是夜，礼堂内座无虚席。演奏会上，杨仲子首先上台报告了筹备经过，接着邀请天华夫人殷尚真女士上台致词。面对自己丈夫生前好友、同事、学生，面对喜欢天华音乐的观众，尚真百感交集，还没开口讲话就泣不成声，于是只能由学生搀扶着到后台休息。看到这样的情景，坐在台下的朱惠、南华也悲痛难抑地流下了眼泪，场内一片寂静，无人不为天华英年早逝而伤感。在短暂的静默之后，演奏会正式开始，第一个节目是琵琶、笙、萧三种乐器合奏刘天华在昆曲调子基础上创作的《混江龙》，第二个节目是刘北茂的二胡独奏《病中吟》。这是刘北茂长这么大，首次登台拉二胡。刘北茂怎么会登台演奏呢？杨仲子对北茂说："你二哥生前曾多次告诉我，你有音乐天分，音乐悟性高。当我那次去大阮府胡同 16 号看望天华夫人和孩子时，听到你在拉奏《病中吟》。天华学生中会拉奏《病中吟》的很多，但能打动我的，除了你二哥拉奏的，就是你拉奏的。因此，我正式邀请你登台演奏。"

"跟二哥比，我差很远。"北茂说，"二哥死后，大哥嘱咐我，把琴练练好，说不定能有机会继承二哥的事业。"

杨仲子听了心中十分感慨："你二哥是音乐家，你大哥对乐律有研究，你从小就跟着二哥学琴，看二哥创作。你们三兄弟跟音乐真的缘分不浅啊！"

大哥、二哥在短短不到三年的时间中先后去世，给刘北茂精神上的打击犹如天崩地裂，一时无法接受这残酷的现实，孤独像黑暗一般把他紧紧包围着。但想到自己万一也活不成，自己的妻儿、大嫂、二嫂、侄辈们怎么办？如今刘家只剩下自己一个大男人了，自己只要活一天，就要担当一天！想到不管现实如何痛苦，日子总要过下去，心里面才渐渐地有了亮光。在刘半农去世后不久，为了便于对大嫂、二嫂两家有所照应，他带着南华和孩子也搬迁到大阮府胡同 16 号。大嫂家住在北屋，二嫂家住在南屋，他住在原来堆杂物的西屋。这时，他依然在北平大学、女院两校执教英语。英语老师大都是西装、短衫，只有他总是一袭长衫，每天步行准时到校；认真备课，认真上课。除上课之外，平日里话不多，极为朴素、低调。为了准备这次演出，他上英语课也带着把二胡。课余到校园无人处练习,琴声常吸引路过者驻足聆听,有新生觉得奇怪,一问才知道原来是刘天华的弟弟,怪不得二胡拉得这么好。

刘北茂首次登台演奏《病中吟》,弓法稳健,指法准确,配合协调,刚柔相济,声情并茂,如泣如诉,使人感到了骨子里透出的忧愁、心里面流出的泣血的悲痛和灵魂深处的追寻,引起了听众的共鸣。可以说,是真正地理解并表达出了《病中吟》的真情实感。一曲奏罢,掌声如潮!他首次登台演奏《病中吟》,好评如潮,反响很大。许多因为刘天华逝世而悲伤的,担心音乐前途的人们很振奋,在刘北茂身上,似乎又看到了希望……

先师刘天华遗作演奏会除《混江龙》《病中吟》之外,还演奏了刘天华的《光明行》《独弦操》《烛影摇红》《闲居吟》《悲歌》《空山鸟语》《良宵》《月夜》等名曲。最后一个曲子是丝竹合奏《变体新水令》。参加演奏者一律着素服。整场演奏会肃穆庄严,在听众热烈掌声中圆满结束。演出所得票款收入全部交给尚真和孩子。

5月25日的演奏会过后三天,5月29日清晨,刘半农灵柩由嘉兴寺,刘天华灵柩由法华寺,在家属的哀哭声中,分别发引前往香山玉皇顶南岗大木坨。这天,《北京晨报》以"半农天华昆季今日同窆玉皇顶"为标题报道,"刘半农天华昆季,一以音乐名家,一以治语音学及工为小品文著称于世,乃不及三年,先后即世,识与不识,均叹为吾国文艺界之大损失!"香山在北京西郊,由于路途较远,交通不太方便,除治丧委员会安排数百人送葬之外,刘家事先登报辞谢送葬。然而这一天,主动自发前往送葬、敬献花圈者,络绎不绝。人们在香山脚下,一批批会合,然后登山……

安葬完毕,已是傍晚五点多钟,刘半农的墓在北,刘天华的墓在南,相隔不远。刘半农墓前有两块碑,其中一块是由蔡元培撰写墓志,吴敬恒题碑,章太炎篆额,钱玄同书丹的故国立北京大学教授刘君碑铭:

刘君讳復,号半农,江苏省江阴县人,民国纪元前二十一年五月二十七日生。四岁受父教识字。六岁就傅,能为诗。十三岁进翰墨林小学。十七岁进常州府中学。武昌义军起,君辍学参加革命运动。中华民国元年,君在上海任中华新报特约编辑员及中华书局编辑员。五年以后,常为文发表于《新青年》杂志。六年任国立北京大学预科教授,益与《新青年》诸作者尽力于文学之革新,著有《我之文学改良观》《诗与小说精神上之革新》等文,及《扬鞭》《瓦釜》等诗集。君所为诗文,均以浅浅词句达复杂思想,于精锐之中富诙谐之趣,使读者不能释手。然君不以此自足,决游学欧洲。九年,赴英吉利,进伦敦大学之文学院。十年,赴法兰西,入巴黎大学,兼在法兰西学院听讲,专研语音学。十四年,提出《汉语字声实验录》及《国语运动史》两论文,应法兰西国家文学博士试,受学位,被推为巴黎语言学会会员,受法兰西学院伏尔内语言学专奖。

回国,返北京大学任中国文学系教授,兼研究所国学门导师,计划语音乐律实验室。二十年任北京大学文学院研究教授。君于是创制刘氏音鼓甲乙两种,乙二声调推断尺。四声摹拟器,审音鉴古准,以助语音与乐律之实验;作调查中国方音音标总表,以收蓄各地方音,为蓄音库之准备;仿汉日晷仪理意,制新日晷仪,草编纂"中国大字典"计划;参加西北科学考察团,任整理在居延海发现之汉文简牍。虽未能一一完成,然君尽瘁于科学之成绩已昭然可睹,而君仍不懈于文艺之述造;如《半农杂文》及其它笔记调查录等,所著凡数十册。旁及书法,摄影术,无不粹美。可谓有兼人之才者矣!君于二十三年六月赴绥远,考查方言及声调;染回归热症,返北平,七月十四日卒,年四十有四,妻朱惠,长女育厚,男育伦,次女育敦,葬君于北平西郊玉皇顶南岗。铭曰:

朴学隽文,同时并进;

朋辈多才，如君实仅；

甫及中年，身为学殉；

嗣音有人，流风无尽。

另一块由朱惠委托周作人撰写墓志，魏建功书石，马衡篆盖。

刘天华的墓碑由杨仲子撰写墓志，许寿裳书丹。

　　君讳天华，江苏江阴人也。父宝珊公为邑名士，治学有声；母蒋君。幼即颖慧，长而倜傥逸群。年十七，会武昌起义，即与兄复入青年团抗贼。越岁居上海，致力音乐，昼夜弗懈，然毅与恒，艺乃大进：任教于苏者，先后凡七年。民十一北游，历任北京大学、女子师范大学、女子大学、女子学院、艺术学院教授导师等职。君于音乐无所不通，中西并擅，理艺兼长，琵琶二胡尤称绝技，小提琴亦蔚为专家，能令听众低回玩索，歌哭无端，欧西人士惊叹相顾谓"唯君将不知中华之有乐"。君所制曲，有琵琶二胡佛曲及《缀玉轩歌曲》等谱数十种，其《病中吟》《空山鸟语》《歌舞引》等曲曾经君自度铸之蜡片，流风余韵，后之人耳，可得而闻者仅此而已。公为学勇，诲人勤；学总群流，声驰异国。音乐大师并世无两，惜天不永年，于民国二十一年六月八日患疾卒，春秋三十有八，葬于北平西郊香山玉皇顶。夫人殷尚真，子育毅育京女育和，均幼。兄复治语音学，名于时后，君二载卒，亦葬山北数武。弟北茂治欧西文学，见称当世。

　　呜呼！逝者如斯，广陵散绝，国瘁人亡，天胡不恤，流水高山，佳城郁郁，礼坏乐崩，遗徽犹昔。楚此招魂，刻铭玄石。

　　夕照中，刘北茂看着一南一北相隔不远的墓碑，不由得想起大哥、二哥在家中常对坐着，促膝谈心的情景，二哥故去，自己伤心，还有大哥关心、安慰,现在大哥又不幸撒手而去,北茂已无人安慰,心中加倍地悲哀。大哥啊,二哥啊,我们三兄弟中就只剩下我一个人了呀,泪止不住地流……好不容易平静下来后,想起大哥刘半农的追悼会、二哥刘天华的遗作演奏会以及今日人们自发送葬的情景,他的内心受到了进一步的洗礼和升华。失去大哥、二哥虽然悲痛,但大哥、二哥短暂的一生只留下遗憾,没有任何愧疚。想起大哥、二哥的不凡人生,他深切体会到,大哥、二哥虽然在人生最美好的年华里不幸逝去,然而生命的价值,不在于你活了多少岁,而是在于你做了多少事,有多少贡献。他为自己有这样的大哥、二哥感到幸福和自豪!这时,一阵微风吹过,仿佛大哥、二哥在抚慰他悲伤的心灵,32 岁的刘北茂在痛苦中坚强了起来……

　　刘半农、刘天华葬于北京西山玉皇顶，入土为安。事隔没几个月，1935 年 12 月 9 日，北平 6 千多名学生在中共地下党的领导下，举行了浩浩荡荡的示威游行，向国民党提出抗日救国、反对内战、争取民主等 6 项要求，但国民党当局派出了大批军警镇压。12 月 16 日，一场更大规模的示威游行开始。北大学生游行队伍被编为全市大游行第三大队，刘半农的内侄朱穆之担任第三大队总领队。北大一千四百多名同学，排着整齐的队伍，在朱穆之等学生领袖带领下，行进到南长街街口，突然遭到军警拦截。军警用水龙猛射学生，企图冲散游行队伍，与此同时，挥动棍棒，扑向学生。在这紧急关头，朱穆之第一个冲上去夺水龙，紧接着北大十几位同学也勇敢地冲了上去，一鼓作气夺下水龙，并立即反射军警，军警在水龙冲击下，四散逃窜，这一幕被记者拍下来，并刊登在第二天的报纸上。朱穆之在抢夺水龙的搏斗中被军警打得头破血流，负了伤。因此，大姑朱惠闻讯，叫北茂想法把他叫回大阮府胡同 16 号。她又急又气地叫着朱穆之的小名"阿仲"，数落道："阿仲，多危险呀！不要命了！你胆子怎么这么大呀！"

　　"姑姑，你放心，我只不过是流了点血，受了点皮肉之苦。"朱穆之笑着说，"要讲胆子大，跟大姑父相比，我差得太远了！"接着他说道，"1933 年 1 月，山海关失守，大姑父对我说，国民党节节退守，再这样下去,我要去投共产党了!还有,1933 年 4 月,大姑父跟钱玄同等 12 人联名发出为李大钊举行公葬的募捐书,他不但捐款还为李大钊撰写碑文,虽然碑文因为'涉嫌赤化'没有用上,但我真佩服大姑父!"顿了一顿,他又说,"大姑父发表在 1934 年 5 月 13 日南京民生报上的《南无阿弥陀佛戴传贤》,我更是佩服得五体投地!大姑父在这篇 3 千多字的杂文中,将国民政府考试院院长骂得狗血喷头,大骂特骂,骂得句句在理!"朱穆之说到这里,见大姑她们不说话,话锋一转。"时间过得真快呀,一眨眼,大姑父离开我们一年多了,我到北京上学,考学,他出钱出力,无论思想上,学习上,生活上,经济上对我帮助很大。还有大姑父 4 月份还带我跟哥哥一起去看病,到了医生那里,他还开玩笑说:'我们是病夫团,我是团长。'当时医生看过之后说,大姑父是胃不好,说我和哥哥是重感冒。这一切仿佛就在眼前呀!万万没想到大姑父 7 月份会去世呀!"说到这里,他眼睛湿润了。

北茂强忍着心中的悲痛,对朱穆之说:"你大姑父是天不怕地不怕的江阴人,硬骨头脾气呀!每个人的生命只有一次。你这次头被打破,没受到重大伤害,是不幸中的万幸!你一定要注意安全啊!"

朱穆之听了表示:"我不怕危险,但我会注意安全!"

刘北茂离开东屋,回到西屋,对南华说:"学生要求抗日救国,总是没错!大哥、二哥倘若还活着,肯定是坚定支持这次运动的!"本来这些话是想对朱穆之说的,怕提起大哥、二哥,更引起了大嫂朱惠伤心,当时就没说出来。

"唉,"正在给刚出生没几个月的二儿子育辉喂奶的南华,听了长吁短叹地说,"刘家多灾多难,中国多灾多难,唉……"

"唉,"北茂听了也是直叹气,"国民党节节败退,照这个样子下去,北平很快就会沦陷。唉……"

半夜里,婴儿啼哭,北茂起来抱他,自刘半农、刘天华去世后,刘北茂又生了一个儿子,起名育辉。这是刘家的唯一一点喜色。但不知咋回事,仿佛考验父母的爱心、耐心,这小家伙半夜常常啼哭。刘北茂每次半夜起来抱他,口中喃喃地低吟儿歌、摇篮曲,在这过程中,每一次都更深地体会到父母、大哥、二哥养育、抚养自己的不易,对生命有了更强烈的感悟。大哥的勤奋,二哥恒与毅在他心上刻下了深深的烙印,他暗暗告诫自己,不忘大哥嘱托,向大哥、二哥学习,发奋努力。每天,他除了尽心尽责,认真执教英语之外,只要有空余时间就练习二胡,学习作曲。

1937 年 7 月 7 日下午,卢沟桥事变,北平沦陷。这时,北平文教界出现两个阵营,一个是极少数的,以周作人为典型的汉奸阵营;一个是绝大多数的,具有民族气节的爱国阵营。关于周作人,刘北茂想起一事:有一次大哥到周作人家去,走到门口,一看周作人家门口挂着日本膏药旗,掉头就走,回到家中,气呼呼地说:"如果周作人家再挂日本膏药旗,我就跟他划地绝交!"北平沦陷后,日伪当局看中刘北茂身上的他大哥刘半农、二哥刘天华的名人光环,看中他出色的英语,想重金聘他任伪职,被他坚定拒绝。日伪教育部部长亲自找他:"你不要有顾虑,我们可以帮你改名换姓。"刘北茂还是坚决拒绝了。"我要随校走。我任教的学校到哪里,我去哪里。"紧接着,他和天华的挚友杨仲子、天华的学生熊乐忱等友人一起,离开北平,经上海到香港,从香港再辗转多地,历尽艰辛到达大后方重庆。杨仲子、熊乐忱留在重庆,在国民政府教育部音乐教育委员会工作。教育部想聘任他为参事,教育部参事在别人眼里看来是个肥缺,但他谢绝了:"我早在北平时,就已答应许寿裳先生,随校到西北联大任教。"

在重庆时,一次,刘北茂陪杨仲子去七星岗天华的学生肖从方家谈事。两个人气喘吁吁爬上五楼,走进肖从方住处,北茂一眼看到床边壁上挂着一把二胡,顿时眼睛放光:"肖先生这把二胡不错,让我使使看。"

忙着倒茶的肖从方放下水瓶,取下二胡递给他。北茂接了二胡说了句"两位先生,我献丑了",当即演奏《虞舜薰风曲》。刘北茂技巧很高,很是好听。肖从方特别欣赏他在第二十七节末了轻轻加的"小花",不由得赞叹说:"到底是先师的亲弟弟,从小受到音乐的熏陶呀!"后来,肖从方还特地写信给刘北茂,请他把谱子抄给他。北茂收到信后,立即给他抄去一份,字写得工工整整。肖从方将这个谱子夹在自己抄的《病中吟》之中,很珍惜。

在重庆待了几天后,刘北茂跟杨仲子、熊乐忱告别,搭乘一辆敞篷大卡车只身前往城固西北联大。从重庆出发,过万源后,就看到了黄土高原千沟万壑景色,看到了赶毛驴车的老汉身穿脏兮兮的光板羊皮背心,头上扎着脏兮兮的羊肚子式毛巾,像黄土一样的脸色。他看看老汉脸上深刻密集的皱纹,真切地感受到饱经风霜,心中有一种亲近感,觉得自己离目的地越来越近了。大卡车一路颠簸着,冒着日机轰炸扫射的危险,好不容易到达西北联大所在地——城固。

1937 年,以北平大学、北平师范大学、北洋工学院、北平研究院等院校为基干,组成西安临时大学。因太原失守,潼关告急。全体师生不畏艰辛,徒步前进,过渭河,过秦岭,克服重重困难,迁往汉中城固地区,改名为国立西北联合大学。与此相应有西南联合大学,它是中国教育史上的奇迹。由于国民党忙于战事,无暇具体顾及,虽然插足,但效果不大,大多数教授不买账,这为西南联大融东西方长处,学术自由发展提供了条件,培养出许多大师级人物和专门人才。西北联大也是中国教育史上的传奇。因为靠近中国共产党领导的延安、陕北等地区,国民党对西北联大控制得特别紧。西北联大的影响力虽然比不上西南联大,但对整个西北地区的教育事业作出了巨大的贡献!

城固是陕西汉中平原汉江边的一个小县城。西北联大迁移到此后,小小县城,人口剧增,物资奇缺,没有自来水,没有电灯,各方面的条件异常艰难困苦。老师们大都住在简陋的校舍或租住在农民家中,学生住在竹片泥巴墙的草屋里,睡通铺,夜间透过屋顶空隙可看到星光,晴天还好,遇到雨天,无论上课、吃饭、睡觉都要撑雨伞,遮雨布。老师的生活比学生稍微好一点,但也非常困难,跟抗战前无法相比,所有人的工资按教育部"抗战期间薪俸 7 折"规定发放。许多老师,特别是拖家带口的,基本上都做兼职、搞副业。当时,教育部还颁布了《公立专科以上学校战区学生贷金管理暂行办法》。办法中规定,学生家在战区,经费来源断绝,经确切证明,必须借者,可向政府申请贷金,每月 8 元或 10 元。学生毕业后再以服务所得还贷,其还贷期限不得超过战事结束三年之后。于是,贷金成了抗战期间大学生免费食宿、上学的代名词,许多学生靠此维持生活,完成学业。学校也可保有生源。

西北联大设 6 个学院、23 个系,本部设在城固县城。1938 年 5 月 2 日,西北联大正式开学。许寿裳、黎锦熙、许德珩、罗章龙、徐诵明、李达、曹靖华、马师儒、杨若愚等著名学者从各地汇聚这里,担负起教书育人的重任。西北联大的校歌是时任西北联大法商学院院长许寿裳和国文系主任黎锦熙两人撰写的:"并序连黉,卌载燕都迥;联辉合耀,文化开秦陇。汉江千里源蟠冢,天山万仞自卑隆;文理导愚蒙;政法倡忠勇;师资树人表;实业拯民穷;健体名医弱者雄。勤朴公诚校训崇。华夏声威,神州文物;原从西北,化被南东;努力发扬我四千年国族之雄风。"

刘北茂到达城固,被聘任为外文系英文专业讲师。他的推荐人许寿裳先生,多次来宿舍看望他,并跟他作了教学上的探讨。刘北茂受益匪浅,深深感动。许寿裳 1883 年出生于浙江绍兴,是中国近代著名学者、教育家、传记作家。是鲁迅的终生挚友。许寿裳学识渊博,通经史、擅诗文,并会日、英、德等几国语言。受许寿裳影响,刘北茂平时更加注重读书,他在阅读有关古典诗词、中华文化方向书籍时,总情不自禁地想起二哥天华教自己小时候背的那首北宋邵雍的诗:"一去二三里,烟村四五家。亭台六七座,八九十枝花。"还总是想起大哥半农常常指着他书架上众多的古典诗词、文史方面的书,说:"三弟,这些书你也应该多读读,增加知识面,对你翻译、教学都有好处。"记得大哥还表扬二哥:"二弟读书读得多,因此对音乐创作大有帮助。"在几年的教学生涯中,刘北茂更深刻体会到学习中国古典诗词、文史等,对主讲莎士比亚、英文写作等课程,很有帮助。眼前的城固,虽然因抗战,条件十分艰苦,但在学成报国、强国的精神激励下,老师认真教,学生刻苦学,油灯、烛光常常亮通宵。这一切都激励着刘北茂。

他到城固后不久,1938 年 10 月 24 日,妻子郁南华在北平又生下一个儿子。这个孩子的名字夫妇俩早就商定,不管是男是女,都叫育熙,熙是熙熙攘攘,繁荣热闹,寓意是盼望灾难深重的中国早日繁荣富强。南华怀孕时营养不良,加上一直为离开北平辗转去抗战大后方的北茂安全担忧。育熙又黑又瘦,不像哥哥育亮、育辉生下来时又白又胖。刘北茂收到信以后,又喜又忧,他写信对南华说:"育熙出生在烽火连天的岁月里,只能过苦日子了。"

在城固,刘北茂除教英文之外,还兼任国乐指导,常随西北联大剧团到校内外演出。他的二胡独奏《病中吟》《光明行》常常是演奏会上最受欢迎的节目之一。1940 年,刘北茂晋升为英语副教授,薪俸仍旧 7折,但比讲师收入提高了不少。

不久,南华带着三个儿子来到城固,告诉北茂:"大嫂说,她母亲、哥哥、侄子等娘家人都在京,互相有照应,不要牵挂她。二嫂说,她三个小孩都在上学,家里没什么事要忙的,她很轻松。大嫂、二嫂都对我说,育熙现在已经学会走路了,叫我再苦再难一家子也要生活在一起。"南华带着孩子来城固跟北茂团聚不久,尚真为了三个儿女的学业举家迁往上海。自此,刘氏三家分居三地。

1940 年是抗战最艰苦的时期,师生生活更加困难,学校每天只吃两顿,吃饭时八个人围一小盆菜汤,汤里很少见荤腥,老师的生活比学生稍微好一点点。南华的到来,使北茂生活大为改善,毕竟一天三顿,吃得虽苦,但饿不着了。

而城固的抗战氛围,艰苦的生活,也给他带来了创作的灵感。1940

年初秋的一个傍晚,他到汉江边散步。暮色苍茫,夕阳似血,染红了远处起伏的山峦,脚下涨潮的汉江水汹涌澎湃,不时拍打着河岸,情不自禁地他想起了故乡的长江,不知何时才能回故乡看看;想起故乡,情不自禁地想起远在北京的大嫂一家和远在上海的二嫂一家,亲人们不知何时能团聚!

如果不是日寇侵略,自己一家怎会来到这异乡僻壤?转眼之间,自己来到城固已是第三个年头了,抗战不知何时结束。触景生情,百感交集,不可抑制的创作冲动,竟似汉江潮水一阵又一阵撞击着心扉。他急忙赶回家中,就着煤油灯,彻夜不眠,乐思如潮地创作起了二胡独奏曲《汉江潮》。他特别用颤弓和颤音,惟妙惟肖地模拟汉江潮水汹涌拍打,冲击河岸、沙滩的情景。铿锵有节的节奏,悲悯激昂的旋律表达了思念故乡的情感,更表达了大后方人民对日寇的无比愤恨!从此,每次参加演出活动,他都演奏《汉江潮》,大受欢迎!

在《汉江潮》创作成功的第二年,有一批学生决定提前毕业离校,上前线杀日寇!在学生们以身报国,不怕牺牲的英勇壮举的激励下,他又创作了《前进操》。激昂的旋律表现了中国抗日军民团结一心,英勇杀敌的必胜信心!他将此曲献给上前线杀敌的抗日将士。《前进操》广泛流传,极大地鼓舞了人心!

1941 年 9 月,辛亥革命元老于右任先生到汉中观察。在西北联大为他举办的欢迎晚会上,刘北茂演奏了《光明行》《汉江潮》《前进操》。于右任听了十分激动,他说:"来到西北,到处一片乱糟糟。当此国难当头,惟听刘君演奏,令人振奋,耳目一新!"会后,还挥毫书写了"民族的伟力、人格的光芒,都要经艰险危难中表现出来"的题词,送给了刘北茂。

紧接着,刘北茂又创作了第三首名曲《漂泊者之歌》。当时,北茂一家住在城固县城内一条长长的巷子里。巷子两旁是土墙围砌成的民居,巷子里常有一位盲人,衣着褴褛,手执一把简陋二胡,一边拉奏着当地民歌小调,一边乞讨。每当听到琴声,刘北茂尽管自家生活十分困难,但总吩咐南华或给点吃的,或给些许小钱……看着盲人离去的背影,心中有着种种感触,因此创作了《漂泊者之歌》,用音乐刻画了一个在抗战中背井离乡、卖艺行乞盲人的不屈形象。在《漂泊者之歌》中,他不仅创造性地将西洋回弦曲式运用于民族乐器的创作中,在全曲结构中刻意运用了两个不同调性的相互转换。他率先运用"C调"系列的"26弦",突破了刘天华运用的"D调"和"G调"系列弦式,开创了中国二胡乐曲创作采用多种弦式的先河!这是对中国二胡传统调性的一种突破,对中国二胡乐曲的创作与技巧发展产生了深远的影响。《汉江潮》《前进操》《漂泊者之歌》被称之为抗战三部曲。刘北茂在城固,以二胡为载体的音乐活动,不但活跃了学校和城固当地的文化生活,而且对汉江流域的二胡事业产生了十分重要的影响。他是陕西近代二胡发展史中最早的播种人和开拓者。

不幸的是,1941年夏天,一个雷雨交加的日子,当时,刘北茂正在一位本地学生家进行家访,突然,南华头顶一块油布,冒着瓢泼大雨跑来了:"快!快!快回去!我们的小胖走了!"

小胖是大儿子育亮的小名,育亮1930年冬出生在北平。由于出生那天大雪纷飞,雪亮雪亮,因此取名为亮。育亮长得又胖又白,一双明亮的大眼睛,十分讨人喜爱,并且聪明过人,无论学什么,一学就会,成绩名列前茅,被誉为"神童"。这么好的一个孩子,因染病发高烧,突然夭折,死时不足12岁,夫妇俩悲痛的心情难以言表。他们急急赶回家,南华一路嚎啕大哭,北茂强忍悲伤,打水为育亮擦洗身体穿衣服,料理后事……几年前,接连失去大哥、二哥,现在自己人到中年,又丧子,人生的残酷又一次狰狞地摆在眼前,真正是国难家愁奈何天!刘北茂在悲伤中写下这7个字后,随即边哭边拉奏二胡,边写边改地创作了《哭子》。但他万万没有想到,住在他家矮屋后面一位长期卧病在床的年轻人,听了这凄凉悲悯的曲子对家人说:"听了刘先生拉的曲子,感到悲痛欲绝,我真想从床上爬起来去自杀!"有人将这话传给刘北茂,他十分震惊,对南华说:"我写让人听了悲观丧气的曲子等于是谋害人。"决然将《哭子》曲稿烧掉,并下决心,从此再也不创作令人悲观丧气的曲子。

不管你是苦难还是幸福,时光之水一如既往朝前走。很快就到了1942年。

这时,已到重庆青木关国立音乐院担任院长的杨仲子看到刘北茂三部曲,十分欣喜。他多次听过刘北茂的二胡演奏,知道他二胡拉得好,他也知道刘北茂从小就在二哥刘天华的言传身教下,打下了厚实的基础,多年来,特别是在刘天华逝世后,在大哥刘半农的嘱托下,刻苦努力练琴,学作曲。从这三部曲来看,刘北茂在二胡创作方面也已经成长。因此,特聘刘北茂到音乐院任教。

刘北茂接到国立音乐院的聘书之后,毅然决定辞去英语教职,改行去教二胡。"你为什么要丢下一个铁饭碗,去捡一个讨饭碗呢?"音乐在当时不被重视,刘北茂在英语上卓然成家,已是令人羡慕的副教授,同事们感到诧异、不解和惋惜,校方和学生们也一再挽留和劝阻。但他依然坚定地选择了音乐这条道路。这是他人生的重大选择。这重大选择并不是他一时心血来潮,而是有着十年的准备。这样的选择,是对二哥刘天华改进国乐,振兴国乐的继承与发扬。

1942年夏天,39岁的刘北茂惜别城固西北联大,带着全家前往重庆青木关国立音乐院。旅途虽然历经艰辛,但他心情愉快,在旅途中激动地创作了《乘风破浪》初稿,表达了他投身民族音乐事业的坚定信心。

迎接解放

国立音乐院所在地青木关是重庆以西 50 公里处的一个小镇,位于宝峰山口,巴县与璧山县山隘处,成渝公路从这里经过。青木关地形如马鞍状,南北两侧山岭海拔均在 500 米以上,两峰对峙,自成天堑,大有一夫当关,万夫莫开之势。再加上青木关远离战区,抗战时期大后方众多学校、机关迁到这里。国民政府教育部设在这里,南京中央大学及附中等学校搬迁到这里,自古以来,被称为"重庆第一关口"的青木关在抗战时期成了陪都文化教育中心。

国立音乐院成立于 1940 年,为使我国的专业音乐教育事业不因抗战中断,在音乐界、教育界等各界有识之士的呼吁奔波下,选址青木关。教室、礼堂、琴房、宿舍、办公室、图书馆等建在青木关口旁的山坡、山谷、山包。重庆青木关国立音乐院的首任校长为谢寿康,后由教育部次长顾毓琇代理。1941 年秋,由杨仲子接任院长。

"住茅草房,点桐油灯,吃八宝饭",是重庆青木关国立音乐院当时的生活写照。茅草房是就地取材,按照房屋开间、门窗大小,搭好框架;墙体用竹片按照框架尺寸编成大小不同的篱笆,固定在框架上,然后用黄泥巴将篱笆墙两面糊上,泥巴干后,再刷上石灰水;屋顶是稻草或茅草,几天就可盖成一间,但茅草房易透风、不隔音,如果下雨,吃饭、睡觉、上课,都要撑雨伞或披雨布。由于没有电灯,也买不到煤油,照明只有桐油灯。在桐油灯黄豆般大小的火苗带来的微弱的光照下，师生们练琴、看书、备课……但他们一觉醒来，鼻孔里都是黑乎乎的。由于定量供应的糙米中混杂着稻壳、砂子、老鼠屎、稻草籽等，烧出的饭很难下咽，但不得不以此充饥，因此被戏称"八宝饭"。菜是绝无荤腥，炒蚕豆、炒空心菜被称为院菜。青木关国立音乐院地处偏僻山区，校舍简陋，各方面条件极为艰苦，但它是全国音乐名师汇集之地，这里成了爱好音乐的人们向往的神圣殿堂。

重庆青木关国立音乐院的条件比在城固西北联大还要艰苦。虽然刘北茂是国立音乐院唯一一个半路出家，破格聘任的国乐教授，但月薪比他在城固当英语副教授还少很多。但他为了国乐事业，甘守清贫。他的到来，在音院引起了不小的轰动，一是听说他是刘半农、刘天华的弟弟，出身名门世家，又会英语、二胡，江南才子，一定很有气派；二是因为他居然放弃英语教职到音院任教。

刘北茂身着一件灰布长衫，清秀端正的脸上，一双坦诚温和的大眼睛带着笑意，出现在大家面前，朴素、亲切，一种亲近感油然而生，大家热烈鼓起掌来。掌声中，杨仲子说："你二哥天华去世不知不觉已经十年，你放弃优厚待遇，弃文从艺，是个了不起的选择，我们要向你学习！"

刘北茂听了低声说："杨院长客气。我弃文从艺，不是追求不同凡响，仅仅是为了继承兄长的事业，让二胡有个传承而已。"

青木关国立音乐院实际上是五年制专科学校，高中三年加大专二年，这是从我国当时社会音乐现状出发所定。各专业不称系称组。国乐组可以说得了刘天华的真传！曹安和教琵琶，储师竹、陈振铎、刘北茂等人教二胡，音乐研究组的杨荫浏兼教三弦。刘北茂除了教二胡，还教英语。在音乐院，学生们不重视英语和文化课，学习兴趣主要在音乐专业上。他力劝学生认真学习英语，他认为从事西洋音乐的要学好英语，从事民族音乐的也要学好英语；学会了英语，学习西方音乐知识等就容易了，会增强吸收西方有益文化的能力，提高自己的专业水平。他还对学生说,英语并不难学,一是要学好发音,好比学唱歌,一定要先学音阶,正确唱谱;再就是要掌握语法,只有通晓句子结构,才能领会句子的意思,如此才不至于错译、硬译,好比拉二胡起码得定好弦,否则二胡拉奏出来,杂鸡杂鸭杀了一大堆。有的老师上课要训斥学生,他从不训斥,唯一一次是见一女学生上英语课时,悄悄地织毛衣,这才有点不高兴了。但还只是带笑批评:"你不好好听讲,当心拿不满学分!"引全班哄堂大笑,这女学生满脸通红,赶紧收起编织的毛衣。他教学生英语"sentimental"[1]说:"拉二胡要赋予感情,演奏任何乐器都要赋予感情。"学生们被他春风化雨般的教学方法吸引了,课后都夸他讲的课容易懂,记得牢。上他的英语课,没有学生躲、怕、避,学生们不怕他,但敬重他。

他上二胡课,跟上英语课一样,课前备课写教案;上完课后,写教学后记、自我评价、小结,将教学中的得失成败、经验教训及时记录,以作为改进教学的依据,逐步丰富自己的二胡教学经验。他常常忙到很晚才休息,南华心疼丈夫,常揶揄他说:"你就是认死理,不会偷懒,天生的劳碌命。"

北茂总儒雅地笑笑:"我是老师,老师的职责是对学生负责,现在学音乐学二胡的青年不是很多,这些学生就是种子,学成之后会散播出去,生根、发芽、开花、结果,培养出更多的种子。我一定要好好培养这些种子学生。"音乐院国乐队每学期都要到重庆市区国泰剧院演出一两次,刘北茂每次演出演奏2首曲子。一首是刘天华的《光明行》,这是刘天华1927年开始构思创作,1931年正式定稿,发表在第十期《音乐杂志》上,它真正地"从东西的调和与合作中打出了一条新路",在音调、转调、旋律进行曲曲式、音乐结构等方面借鉴了西洋乐曲,但又保持了鲜明的民族风格和中国气派;它还借鉴了小提琴的跳弓、颤弓等

---

[1] sentimental:译作伤感的,富有情感的。

技术,提高了二胡的表现力,它朝气蓬勃、振奋人心的旋律激励着人们信心百倍地向着光明前行!除了《光明行》,还有一首是他创作的《前进操》。当时,剧院没有麦克风,但他的琴声非常响亮,能使剧场内所有观众都听清楚,人们从他特有的琴声中,感受到抗日军队英勇杀敌的英雄气概,感受到中华民族不会屈服,光明就在眼前!听完他的演奏,大家大受鼓舞,掌声雷动。

每个夜晚,桐油灯下,夫妻俩坐在书桌前各司其事:北茂备课,握着毛笔批改学生英文作业,最后是练琴,孜孜不倦的练琴;南华不是缝缝补补,就是借书桌一小角,摊开一堆定量配给的糙米,将混杂在其中的砂子、稻壳、稗草籽、老鼠屎等杂物,一粒一粒挑拣出来。抗战时期,能吃到这样的糙米已然是不错了,买不到米,只能顿顿以南瓜、红薯充饥。为防断供断炊,南华在节约和储备上动足了脑筋,在每天盛出的烧饭米中总另外抓出一把存着,日积月累,积少存多,以防不时之需;在萝卜、青菜上市季节,趁价格便宜多买些,腌在那里,当菜食用;难得买斤肉也腌在那里,十天半月切出几片,烧汤"打牙祭"。至于一家大小的衣服,她在京时跟大嫂朱惠学了不少针线活,全出自她手工缝制,改制。北茂穿的长衫上虽然有几处补丁,但补得细致,不仔细看还看不出。刘北茂为了让自己的衣服减少损坏和褪色,他尽量不洗,一件灰布长衫从北京穿到城固,再穿到重庆青木关,早已破旧,补丁加补丁,并且有了异味,南华想将这件衣服改给儿子穿,余下的边角料用来做布鞋,然而,北茂仍是阻止:"新三年,旧三年,缝缝补补又三年,这件衣服还能穿,到我实在不能穿时,再说吧。"

南华说:"你穿这种衣服出去,人家会说我不会主内。"

"我们过自己的日子,只要我说你好就好,随人家怎么说去!"

1943年春节的一天,家中只有几个鸡蛋,怎么办呢?南华用千方百计省下的一点钱,上街买了一堆土豆,将土豆煮熟了捣成泥,打上这仅有的几个鸡蛋,掺上面粉,加上些调味佐料,做成一个个小丸子,放在油锅里炸,并高兴地向大家宣布:"今天有肉丸子吃!"一听有肉丸子吃,育辉、育熙开心得跳了起来,看他俩高兴的样子,南华又说:"放心,今天的肉丸子一定让你们吃个够!"吃饭时,连北茂居然都没有发觉这不是肉丸子,两个孩子更是吃得津津有味。

两个孩子吃饱了,兴奋地一边敲着当初从北平带出的空饼干桶,一边唱起凤阳花鼓:说凤阳,道凤阳,凤阳本是好地方。自从出了朱皇帝,十年倒有九年荒。大户人家卖田地,小户人家卖儿郎。奴家没有儿郎卖,身背着花鼓走他乡!咚咚锵,咚咚锵,咚锵,咚锵,咚咚锵!北茂、南华看着两个孩子的即兴表演,乐了!看到爸妈高兴,育辉、育熙更来劲了,继续一边敲鼓一边唱,并调皮地把最后两句歌词改成:奴家没有儿郎卖,奴家只好卖爸妈!咚咚锵,咚咚锵,咚锵,咚锵,咚咚锵!……北茂、南华听了哈哈大笑!突然,北茂若有所思,跑去桌前,取出一张纸,抓住一个铅笔头,在纸上飞快地写起来,不一会儿工夫,他拿着这张纸,有点自得地对南华说:"我已经写好了一首曲子。"

南华笑着睁大了眼睛:"眨眼工夫,你就创作了一首曲子?"

"是的。曲名叫《小花鼓》。"

"小花鼓?"这时,两个孩子停止了表演,惊讶地看着爸爸。

"怎么,你们不信?不信,我拉给你们听听!"

《小花鼓》是一首短小精悍的小曲,主题鲜明并带有浓郁的民族色彩,表现了孩子们欢度春节时边唱边敲着小花鼓的生动形象,欢快活泼,情趣盎然!刘北茂在创作《小花鼓》时,率先选用37弦、41弦、26弦等多种弦式,采用F调,来表现欢快的情绪,极大地丰富了二胡的表现力,发展了刘天华创建的二胡体系。《小花鼓》是刘北茂创作的经典作品,脍炙人口,盛传不衰,如今是全国音乐学院必用的二胡优秀教材。

此时此刻,刘北茂拉奏完《小花鼓》,南华带头鼓掌,由衷地说:"不错!真不错!"两个孩子也欢呼:"好听!真好听!"刘北茂放下二胡,伸手将两个孩子一边一个搂着,开心地笑着对南华说:"我们这是苦中作乐呀！"

"是呀。唉——"南华叹了一口气说。"这日本侵略者不知何时才能被赶出中国？如果不是日本侵略，我们家也不会流落在外，生活也不会这么苦，还有育亮……"提起早夭的大儿子育亮，南华的心就抽搐，"如果不是日本侵略，我们家育亮也不会死在西北城固，他死的时候还不满12岁呀，育亮多懂事，多聪明呀！育辉、育熙你们要向你们死去的哥哥学习，认真读书呀！"提起育亮，育辉、育熙也想起哥哥，看父母伤心，他俩懂事地离开父母，回到小房间看书去了。

屋里只剩下北茂、南华夫妻俩。"每逢佳节倍思亲。在这过年的时候，我常常想起那天，我带着育亮、育辉、育熙离开北京到西北城固跟你团聚，大嫂到车站送行，我清楚地记得，当时隔着车窗，大嫂拉着育亮的手，流着眼泪，依依不舍地说：不知还能不能再见到你们？"说到这里，南华止不住流下了眼泪，说不下去了。"大嫂再也见不着育亮了，而我们跟大嫂、二嫂两家不知何时才能相聚？"北茂心情沉重地说，"我们寄出的信不知收到没有？好久没有收到信了，唉……"虽然战火纷飞，但沦陷区和大后方的通信并没完全断绝，只不过信在路上的时间很长，信件丢失也常有发生……

1944年初冬，刘北茂突然收到一封从贵阳来的信。信是刘天华的两个儿子育毅、育京寄来的。从信中得知，他们离开上海沦陷区，到贵州，刚安定下不久。他们在贵阳举目无亲，口袋里的钱一天天减少，吃饭由三顿改为两顿，干饭变稀粥，极度困难，困难中想到了三叔。收到侄子来信，刘北茂立即去信："打消一切顾虑，到重庆青木关来。再穷再苦，即使是稀粥咸菜，我们也要在一起。"

哥俩收到信，立即踏上旅途。他俩艰难跋涉，终于来到重庆青木关大石堡音乐院宿舍区。他们轻轻敲响三叔家门，迎出来的是热情似火的三叔、三婶。"盼你们来，盼了好几天了！"久违了的家的温暖将哥俩逃难的艰辛、旅途的劳累一扫而光。不久，经过北茂的努力，育毅在重庆歌乐山的考选委员会找到了工作。育京也想早点工作,以减轻三叔家的负担,但三叔坚决反对:"育毅比你大好几岁,他的年龄参加工作合适,你年纪还小,我再穷也要让你继续读书。"南华也积极奔波,找在教育部工作的老同学,设法办成了由教育部介绍公费学校上高中的事,但还要面对编班考试这一关。这一关很难,特别是对于因逃难耽误了好长时间功课的育京来说,更难。在三叔三婶热情鼓励下,育京以当时最热门的中学——搬迁到青木关的中央大学附属中学为目标认真复习。育京的英语是弱项,刘北茂忙中挤出时间,为他补课。在刘北茂的督促、鼓励下,育京终于以优异的成绩通过编班考试,进入中大附中读书。中大附中所在地衰家沟离音院宿舍大石堡有十几里,途中还要经过一座山头,育京只能住校。北茂、南华叮嘱他:"平时住校,星期天一定要回家。"家中所有好吃的都留在星期天,等育京回来一起吃。当天热换季时,南华用积攒的音院分配的平价布,利用好几个白天、晚上,给他缝制了两套学生制服和两件衬衣,并为他改制了一顶蚊帐。她对北茂说:"咱们家两个儿子还小,衣服短点、破点、旧点,不碍事。"

北茂听了直点头。"是的,应该先顾大的。"随即夸她,"你真是心灵手巧啊!"

"我这手艺是嫁给你之后,跟大嫂学的。大嫂裁衣、缝制的手艺比正式裁缝还要好。"说到这里,南华叹了一口气说,"不知什么时候能再见到大嫂?"

"看样子只有把日本侵略者赶出中国,抗战胜利后才能相见了。"

"是呀!就盼着抗战胜利的那一天早日到来!"

育京知道这些新衣服、蚊帐是三叔、三婶竭尽全力为自己准备的,穿用十分珍惜。在育京高中毕业前夕,他急于求成,以同等学力考上了来校提前招生的一所三流大学。当他高兴地回去告诉三叔时,三叔板起了脸,坚决不同意:"你的目标太低!如果你父亲在世,也不会同意你去上这所大学的!"随即他教导侄儿,"你要学习你大伯父的'勤奋',你要学习你父亲的'恒'与'毅',认真读书,以最好的成绩来争取最好的教育,使自己有真才实学,而不应该目光短浅。我们家中再穷也不能在读书上糊涂迁就!"

当时,育京虽然顺从了,但思想上仍别扭了一阵,但在三叔不厌其烦的开导下,思想转变过来,开始更发奋努力地学习。想到大伯父和自己的父亲都是年纪不大,因急病就去世,他选择了学医。

1945年8月,日本投降,抗战胜利。1946年5月,国民党政府从重庆还都南京。1946年10月,国立音乐院从重庆青木关,迁往南京古城,刘北茂一家随校迁到南京,住在广州路公教三村的筒子楼。这时,因成绩优异,被保送进中央大学学医的育京也随校迁到南京。这天,育京来到三叔家,一进门就觉得气氛不对,三叔闷坐在书桌边发呆,三婶眼睛发红,还没等他开口问询,三婶就一边抹泪一边告诉他:"你知道吗? 你好娘[1]脑溢血去世了! "

"啊? 好娘去世了? 怎么会这样? "育京一听一怔,简直不敢相信这一噩耗。想起在京生活时,好娘待自己和哥哥育毅、姐姐育和如同亲生,不禁悲从中来,泪止不住地流了下来:"想不到,好娘就这样突然离开我们了,我们再也见不着她了! "

"抗战胜利了, 总以为三家人可以找机会团聚了。我本想到了南京,到北京去看望大嫂比较方便了,但还没有等到我们去看她,还没等到三家人团聚,她就离开我们了,再也见不着……"北茂想起自己8岁那年,母亲病重之时,大嫂嫁过来冲喜,几天后,母亲去世,自己的生活起居全靠大嫂照料。大嫂当新娘子时年轻美丽的样子,大哥当新郎时英俊的样子仿佛还在眼前,时间一晃,先是二哥不在了,再是大哥不在了,现在是大嫂也不在了……泪,止不住,泪如雨下!

南华抹着泪安慰:"好在大哥大嫂的小孩们都长大成才了,成家了! "

---

[1] 好娘,江阴习俗称呼伯母为好娘。

北茂长叹一声说："天有不测风云，人有旦夕祸福。人生无常，生命短暂。我今年已经43岁了。除仅仅创作了几首二胡独奏曲之外，基本上是一事无成。本想着抗战胜利可以休养生息，和平建设国家了。来到南京，可以安心创作，完成大哥的嘱托，继承二哥的振兴国乐遗愿了，没想到，蒋介石国民党发动全面内战。"

南华插话道："这些话只能关起门来在自己家里说说。"

北茂说："抗战是国共合作，一致对付日本人；内战是国民党、共产党打，中国人打中国人。本来去年毛泽东从延安到重庆谈判，国共双方公布了《双十协定》。青木关音乐院的师生议论说，中国的民主、和平有了希望。抗战胜利，大家都想着休养生息，和平建设国家，没有想到，蒋介石国民党刚回到南京就撕毁《双十协定》，发动内战，实在不得人心！"

接着育京说："学校里传言纷纷。我们中央大学里反内战，要和平，要民主的呼声很高。我们许多人还盼望着共产党的军队早点打过来。我有个同学是苏北的，他说，国民党6月份开始打内战，8月份共产党的军队改名为'人民解放军'，现在他的家乡是解放区。解放区人民的生活过得很好！"

南华插上话来："我们国统区老百姓的日子一天比一天苦，物价飞涨，物资短缺，民不聊生！"

1947年5月20日，因学生示威游行，发生国民党军警殴打学生事件。事件发生后，南京城笼罩在白色恐怖下，音乐院内进步师生组织演奏聂耳的民族管弦乐曲《翠湖春晓》。《翠湖春晓》表现了春回大地、万物充满生机，表现了人们对美好未来的向往。当时，音乐院分成两大派，一派主张坚决演出，一派坚决反对演出，刘北茂坚决支持，并毅然决然地参加排练和演出，当时参加排练和演出的教授只有两个人。事件过后，音乐院有11名学生被国民党当局拘留。

1949 年 4 月 11 日，南京各大高校学生举行声势浩大的示威游行，要求国民党当局接受中国共产党提出的八项和平条件，游行队伍高呼着："拥护中共八项和平条件！""反对假和平！要求真和平！"

队伍向总统府进发，在半途，遭到国民党军警、特务血腥镇压，打死学生三人，打伤学生数百人。积极参加游行的音乐院进步学生有的被打伤住院，有的流落在外，音乐院遭特务、警察多次清查，部分流落在外的学生不敢回校，在山西路小剧院找了个栖身之处。这天下午，刘北茂拎着琴盒从家里出发，冒着风险，避开几个盯梢的特务，来到山西路小舞台上。同学们看到他来，都激动万分，争相跟他握手，大家把舞台上的铺盖卷起来，腾出一块地方，让老师坐。刘北茂坐定后，打开琴盒，取出二胡，首先为大家演奏了《漂泊者之歌》，琴声和同学们的心绪交融汇通，产生了强烈的共鸣；接着他演奏《光明行》，同学们听了热血沸腾！黑暗的旧社会即将埋葬，黎明的曙光已经升起⋯⋯

春雷震天响，百万雄师过大江。1949 年 4 月 23 日，人民解放军占领南京，红旗插上国民党总统府城楼。

1949 年 10 月 1 日，毛泽东在天安门城楼向全世界庄严宣告："中华人民共和国中央人民政府成立了！"新中国成立后，党和政府十分重视音乐教育，从全国各地的音乐院系中，挑选一些整体或部分搬迁到天津，组建中央音乐学院。刘北茂所在的南京国立音乐院和附属常州少年班，与华北大学音乐系、东北鲁艺文工团、国立北平艺术专科学校音乐系、北京燕京大学音乐系、香港中华音乐院、上海中华音乐院等多个音乐教育机构汇聚到一起，音乐界各路精英如百川归海，来到天津。中央音乐学院选址在天津河东区一所旧的日本学校，选择这里，是因为有礼堂，有舞台，方便学生演出。

1950 年 3 月，刘北茂随校举家来到天津，住房分配在学校宿舍区两间平房里。刘北茂在天津中央音乐学院担任国乐组教授。在 6 月举行的建校典礼上，刘北茂上台独奏《汉江潮》《小花鼓》，掌声雷动，好评如潮！学校在教学改革中，大力提倡民族音乐，并成立了民族管弦乐队。民族管弦乐队的骨干是学生、队长张子锐，指挥谢直心等。刘北茂和全体民乐家老师都参加乐队，阵容强大。二胡声部除刘北茂，还有储师竹、陈振铎，曹安和弹琵琶，杨荫浏吹箫，老师们以一名普通队员的身份听从指挥，服从管理。这支民族管弦乐队在共青团中央安排下，赴京演出。第一场到北京中山公园音乐堂演出，受到首都群众的热烈欢迎！第二场在青年宫演出，受到党和国家领导人刘少奇等首长的亲切接见。刘北茂激动不已！自从解放以来，刘北茂切身体会和所见所闻，深深感到毛主席好！共产党好！新中国新社会好！他从心底里热爱毛主席，共产党！热爱新中国，新社会！

1951 年暑假，中央音乐学院组织暑期工作队，赴边远地区，深入生活和宣传演出。工作队师生混编，刘北茂参加内蒙古呼和浩特工作队。

归绥之行，刘北茂心情十分激动。他激动的是因为大哥刘半农生前最后一项工作就是到呼和浩特一带调查方言。他思念大哥，想到大哥最后工作的地方去看看，大哥当年出发前往归绥时，对他说的"我要利用这假期去考察一下，平时实在没工夫。人生不也几十年光景，假使因循偷安还有成就的希望么？"，犹在耳畔回响。他激动还因为所经之处看到的是新气象，新面貌。

著名作曲家、音乐教育家吴祖强当时还是个学生，他担任这支工作队的副队长。到了之后，地方上安排工作队住在一个殿堂般的宽敞大房子里。刘北茂平日里话不多，跟人交谈像上课时一样温文尔雅，不紧不慢，生活中他很细致，床铺、桌子收拾得整整齐齐，只要有空余时间，他就练琴，找不到安静角落练琴时，他就端坐在床沿上，轻声拉弦，活动手指。刘北茂在工作队的任务一是给学员上课，二是有演出活动时担任独奏。每次演出，他演奏刘天华的作品，也演奏自己的作品，演奏自己作品最多的是《小花鼓》。一曲奏毕，听众热烈鼓掌，他脸上总是带着淡淡的笑意，谦虚、极为文气地将双手紧贴两侧裤边，起立致谢。

工作队里师生吃、住、行、工作、演出都在一起,吴祖强近距离的密切接触、了解,心中又多了一份对刘老师的尊敬!回想自己1947年秋天考入南京国立音乐院一年级时,刘老师除教二胡之外,还来上英文课,教课相当认真,相当耐心,对学生从不发火。由于当时自己对音乐以外的课程不重视,没有跟刘老师学好这门英语,心中还有点懊悔。归绥之行使工作队队员们不分师生、不分老少都成了好朋友,回校后,吴祖强和几位同学结伴到他家做客。看到刘家收拾得窗明几净,十分温馨。他和同学们受到了刘老师和刘师母的热情、亲切、周到的招待。在刘老师家中,吴祖强看到刘老师高兴起来,竟然也会开怀大笑!

原来面黄肌瘦,看上去比较清秀瘦弱的刘北茂,在南京体重56公斤,在天津体重74公斤,长胖了不少。已过四十不惑,步入五十知天命的他,精神振奋,穿着崭新的中山装,仿佛越活越年轻。他常满足地对南华说:"还是共产党领导的好,新社会好,我们家总算过上了安定的生活。"

南华深有同感地说:"我们再也不会四处漂泊,再也不要担惊受怕,再也不愁吃穿!"南华是江阴女子师范高材生,有文化,有知识。在这解放初期,曾有机会参加工作,但因为要照顾丈夫和两个未成年的孩子,主动放弃工作的机会。北茂感激地对她说:"为了我,为了孩子,为了我们这个家,耽误了你!"

听到丈夫这样说,南华总是这样回答:"你好好工作,好好创作,两个儿子认真学习,成绩优秀,就是对我最好的回报!"

新中国、新社会、新气象、新生活,激发了刘北茂的创作热情。他谱写了一首首歌颂党,歌颂祖国,歌颂人民的二胡乐曲,如《农民乐》《和平民主进行曲》《赶大车》《欢乐舞曲》《太阳照耀到祖国边疆》《拥军优属小唱》……

盲人训练班

北京西郊八里庄北京盲校内,有一个中国盲人音乐训练班,学员由全国各地选送而来,其中有荣誉军人、劳动模范和各地盲校选送来的盲人学员。这些学员虽然都爱好音乐,但基础薄弱,教学难度很大,有关方面向中央音乐学院提出请求,需要有经验的专家担任二胡老师。

我国新音乐运动的先驱者之一,著名作曲家、理论家、音乐教育家,时任中国音乐家协会主席吕骥,把这件事交给教务处研究解决。几天后,教务处负责同志告诉他,经研究,决定派刘北茂教授去担任这项工作。吕骥一听心中嘀咕,刘北茂是赫赫有名的英语、二胡双料教授,去教一批盲人拉二胡,未必肯。思忖了一下后,说:"请刘北茂教授是一个方案。但我们应该有第二个方案作准备。"几天后,教务处负责人前来汇报:"又经过一番研究,认为还是刘北茂合适,并已找他本人商量,他表示同意。"

听说刘北茂要去盲人训练班教二胡,有好心同事劝他,教盲人费心费力费脑,吃力不讨好,再则盲人训练班地处北京西郊,偏僻,生活艰苦,能推就推,能不去就不要去。但刘北茂表示:"组织上叫我干什么,我就去干什么;组织上叫我到哪里,我就到哪里!"他不由得想起1945 年,在重庆青木关国立音乐院时,重庆孤儿院送一名自幼爱好音乐的盲童颜少璋,前来报考。在颜少璋考试时,有的考官故意把分压到最低,刘北茂打了最高分,分数平均下来,够录取资格。当时有人认为,"瞎子难教,录取的话会给音乐院添麻烦。""录取瞎子,有损音乐院名誉,丢音乐院的脸。"刘北茂认为:"盲人已经很不幸了,对他们理应多一些爱心,何况他的考试成绩是合格的。如果我录取坏人,可以说是丢音乐院的脸。盲学生不是坏人,怎么说得上是丢音乐院的脸呢?"在刘北茂的极力支持下,颜少璋破格进入音乐院,在没有人愿意教他的情况下,刘北茂挺身而出:"我来教他,相信他一定学有所成!"

颜少璋只能用耳听,学得比明眼人费劲几倍。刘北茂手把手,不厌其烦,一遍又一遍地指教,为他付出了比明眼学生多几倍的苦心,有时连颜少璋自己也没有信心,刘北茂鼓励他:"你要坚持,只要你耐心地跟我学,用心体会,只要你努力,你一定行的!"在刘北茂的指导下,颜少璋的二胡成绩十分优异。每次登台独奏,都博得院外听众和院内师生一致好评!为使他取得优异成绩,刘北茂领着颜少璋,登门恳请易开基、曹安和、喻宜萱等名家,教授他钢琴、琵琶、声乐等课程,使他成为国内盲人中有名的音乐多面手。他跟着恩师刘北茂,从重庆至南京再到天津,1950年在天津中央音乐学院毕业后,被分配至上海盲童学校任教,成绩显著!享誉盲人教育界!

因为刘北茂教过盲人学生,平时教学对学生十分耐心和善,教务处研究后认为刘北茂是去中国盲人音乐训练班的最合适人选。找他商量时,刘北茂二话没说,表示愿意。

吕骥一听,赞叹:"刘北茂教授真是一个服从大局的人。"随即,吕骥亲自找他谈话。"刘教授,你是正统音乐传人,很了不得。1934年,当时,我在上海,从报纸上看到你们在北京协和礼堂举办刘天华遗作演奏会,你第一次登台演奏《病中吟》,艺压群芳,十分成功。从那时起,我就记住了你的大名……"

刘北茂听了淡淡地笑着说:"吕主席,你客气,我是沾了先兄一点光芒,大家给我面子而已。"

吕骥亲切问:"你有什么困难,有什么要求尽管提。"

刘北茂没有提任何要求,他认真地说:"吕主席,我是教师,音乐院让我去培养、教育一批盲人,让我担了重担,我责无旁贷。"

这次谈话,刘北茂给吕骥留下了非常深刻的印象。他认为,刘北茂为人谦和,忠于音乐教育事业,不考虑个人得失。

谈话过后没几天,刘北茂夫妇在育辉的陪同下,离开天津,前往北京盲人训练班。育辉在父母住的宿舍外和学校转了一圈回来,对刘北茂说:"爹,这里太偏僻了,我走了二三里路,才看到一家小卖部,小卖部里只有油盐酱醋、萝卜干,连小号、电池也没有。"英俊斯文、鼻梁上架着近视眼镜的育辉担心父母在这里住不惯。

刘北茂告诉他:"学校就应该在清静的地方。我和你娘两个人吃食堂,也不用自己烧饭,地方荒僻一点无所谓。"

南华去食堂打了饭菜回来:"两素一荤一汤,几个大馒头,这里的伙食挺好的。"

三个人吃完饭,育辉说:"我借了一只照相机,帮你们两个拍张照片。"听说儿子带了照相机来,平时喜欢照相的南华赶紧洗脸梳头,换上旗袍、皮鞋,看北茂头发有点乱,连忙拿梳子出来,帮北茂梳好头,再顺势帮他理好身上的衣裳。刘北茂身上穿着银灰色中山装,脚上穿着圆口黑布鞋。宿舍门口有三层台阶,他个子高,站在最下面一层,南华站在第二层台阶上,年过半百的夫妻俩满面笑容。育辉没住宿,当晚就回天津了。

育辉在天津上大学,育熙在中央音乐学院附中上学,一天三顿吃食堂,住宿舍。北京、天津两地离得近,火车快捷,来去方便。

尽管这样,南华还是放心不下,千叮咛万嘱咐:"两弟兄要常来往。育熙要学会独立生活。"

剩下南华陪伴北茂。刘北茂的双腿早在重庆和南京时就感到不舒服,站起来时总感到吃力,到天津后,仍是如此。多年请医问药,但总不见好转,随着年岁的增加,腿越来越重,因此南华有点担心。

上课第一天,刘北茂左手拿把二胡,右手提了张椅子,来到教室、搁下椅子后,他笑着跟盲学员们打招呼说:"同学们,刚才你们肯定已经感觉到老师到场了吧?是的,我已经站在你们面前,我穿的是布鞋,脚步声很轻,一般人恐怕感觉不到,但对你们就不一样了,因为你们的听觉是胜过一般人的。音乐需要听觉,你们是天生的音乐家!下面,我先给你们演奏二胡,请你们批评指正。"说完,他坐在椅子上演奏《空山鸟语》《小花鼓》,盲学员们认真聆听,十分陶醉。

盲学员中甘柏林学二胡时间最长,基础较好。一次,刘老师叫他去帮助同学练二胡,因为同学的领悟能力太差,他不耐烦、气呼呼地噘起嘴巴抱怨。这时,刘北茂轻手轻脚地来到他身旁,轻轻扯扯他衣角,领着他走出教室,来到一僻静角落,停下来,语重心长地说:"柏林,你不能冲同学发牢骚啊!这些同学中有不少人是为新中国,为人民而受伤双目失明的,我们今天的幸福生活包含着他们的血汗和双目失明。他们学习上有困难,但他们有不怕困难的精神,我们要学习他们这种精神!"

甘柏林听了刘老师的话,惭愧地低下了头:"老师,我明白了。"甘柏林跟北茂家育辉同岁,是湖南长沙人。自幼双目失明。1946 年春进长沙盲校,跟盲人老师学二胡、笛子、扬琴。1947 年开始专攻二胡。1950 年在湖南人民广播电台录制了二胡独奏曲《空山鸟语》《光明行》,被称为少年二胡能手。1951 年被保送进南京盲哑学校,跟盲人老师宋廷亮学二胡。1955 年被选送北京中国盲人音乐训练班,跟刘北茂学二胡。

刘北茂在学习上对他严格要求:"柏林,你拉二胡,只是熟练,缺乏风格。要想让自己的演奏成为二胡百花园中的一朵花,就必须有自己的特点!你一味追求揉弦,像总给人家吃糖,人家会腻的。你要像做菜一样,有多种调料,好的演奏,应给人各种味道,然后再磨砺出自己的风格!"在刘老师的指教下,甘柏林在二胡技术上得到了迅速提高。除了在技艺上提高,在刘老师多次悉心教育下,他在思想上进步也很快。一次谈心中，甘柏林告诉刘老师："我觉得我们这些学员虽然有能力学好音乐，但出路难寻，毕业后有哪个文艺团体会收我们这些瞎子去工作！"

刘北茂听了，开导他说："柏林啊，你要端正人生态度！我们不说中国古代盲人音乐家师旷，也不说外国双耳失聪的贝多芬，我们就说说无锡的瞎子阿炳。"

无锡瞎子阿炳是一个偶然，一个传奇。他是华道长和寡妇的私生子。华道长精通各种乐器，阿炳从小跟父亲学习二胡、三弦、琵琶、笛子。18 岁时，阿炳对各种乐器的演奏已是非常熟练。当父亲华道长病逝后，阿炳心情郁闷，人生变得混账起来，吸鸦片，逛妓院，染上重症花柳病，因无钱医治而双目失明。无法从事体力劳动，只能街头卖艺。在黑暗的日子里，音乐给了他求生的力量和安慰。于是，三四十年代的无锡街头巷尾，出现了一个拉二胡的瞎子。阿炳面容枯瘦，戴一副圆墨镜，身穿灰布长衫，佝偻着虚弱的身子，一边拉着二胡，一边缓缓前行……

1950 年 9 月，为抢救濒临灭绝的音乐文化遗产，中央音乐学院教授杨荫浏等人回无锡老家，到阿炳栖身的破落道观，听阿炳拉二胡。婉转动听幽咽的曲调，一腔凄楚，唤起人性中最原始的悲悯。一曲终了，杨教授热泪盈眶，哽咽着问："先生，这曲名叫什么？"

"这曲子没名，没人想学它，我自编自拉的。"

"请你为这首曲子命名吧。"

阿炳想了很久，慢慢地说："那就叫《二泉映月》吧。"

杨荫浏教授根据阿炳的演奏，录音、记谱、整理，制成唱片，《二泉映月》很快风靡全国。

当时，老同事杨荫浏带回《二泉映月》录音时，刘北茂教授激动得热泪盈眶，并积极建议校方请阿炳到音乐院任教。然而阿炳没能等到这一天，1950 年 12 月 4 日，57 岁的阿炳病逝，留下三首二胡曲、五首琵琶曲，让人悲悯而敬仰。

"阿炳在穷困潦倒的情况下，靠一把二胡吃饭，并取得了《二泉映月》那样的成就！柏林啊，阿炳是在旧社会，你现在是在新社会！在任何情况下，你都不能消极，都要积极进取，否则会影响你进步！"

听了刘老师的话，甘柏林当场表示，以后决不再胡思乱想，不但自己一门心思钻研二胡，还要帮助同学学好二胡。刘北茂听了满意地微笑着，拍拍他的肩头。

1956年，新中国成立后举办第一届全国音乐周，中国音乐家协会确定刘北茂演出二胡独奏，但刘北茂将这难得的机会让给了甘柏林。他多次找音协负责人，力荐甘柏林参加演出。在这次全国音乐周上，甘柏林演奏了《二泉映月》等曲目，一举成名，获得了青年二胡演奏家称号！当时，刘北茂像自己得了大奖一样欣喜不已！对于自己为甘柏林所做的只字不提！刘北茂对南华说："我已五十多了，甘柏林还年轻，机会应该让给年轻人，特别是像甘柏林这样的优秀人才！"

音乐班有位学员侯臣，在解放天津的战斗中，失去双眼，头部还有没取出的弹片。虽然他酷爱二胡，但记忆力差，并经常头痛，学业进展很慢，刘北茂不厌其烦，一次又一次为他额外辅导，还三番五次到宿舍去找他、鼓励他，连侯臣自己都觉得不好意思，觉得学不好二胡对不起如此关心自己的刘老师。冬天学员的手皲裂，刘北茂叫南华买了润肤膏给他们；有演出，让南华帮助将衣裳熨烫平整……生活上对盲学员无微不至地关怀。

为了使每一个盲学员能按期达标结业，刘北茂动足了脑筋。尽管有甘柏林当得力助手，但还是人手不够，力量不足，于是他想起了自己的学生，在中央歌舞团工作的吴大成。吴大成是四川人，当年考入重庆青木关国立音乐院，师从刘北茂，后随校随师到南京。他年轻，免不了想家，北茂告诉他："好男儿志在四方！你目光要放远，要想到光明的前途。"每逢节假日，北茂总叫他到家中做客，叫育熙叫他"大成哥"，南华总做好饭菜给他吃。有一次家中没有按时寄钱来，学校在催缴伙食费，焦急中只能去找北茂。北茂一听，立即叫南华拿出2千元(旧币)给他：

"你快拿去先把伙食费交清,多余的钱,你不要乱花,买书吧。"吴大成知道老师家生活也不富裕,一个人的工资养全家,全靠师母南华省吃俭用,勤俭持家。他为了报答老师对自己各方面的关怀,刻苦学习,毕业时以优异成绩被分配到了中央歌舞团工作。工作后,两人通讯不断,刘老师常在信中叮嘱,"参加工作了,凡事要认真负责。""演出时要专心。"等等。刘老师成了他工作的指路明灯!眼前,吴大成看到刘老师为了盲学员们的学业,顶着烈日,赶来找他,请他"在不影响歌舞团本职工作的情况下,义务对盲学员们进行二胡辅导工作。"吴大成看着老师被汗水湿透的衣衫,十分感动,满口答应!

在歌舞团工作的二胡演奏员郁玉昆,在天津时,1954年年初,冒昧写信给刘北茂,求教二胡,刘北茂回信允诺。郁玉昆跟刘北茂学了一年多后,因刘老师借调北京盲训班而中断。临走,刘北茂把他介绍给另一位名师继续学习,不久,他考入中央歌舞团。还有另一位二胡演奏员周荫楠,早在南京时,慕名拜见过刘北茂,得到过刘北茂的指点和帮助。他们私底下议论:刘老师教二胡,分文不收,对所有学生一视同仁,为人谦和、忠厚、仁慈、平易近人。现在能为刘老师做点事,为盲人做点事,感到很高兴。他们三个人,加上刚从天津和青岛调来歌舞团工作的两位二胡演奏员,一行5人由吴大成率领,来到北京西郊八里庄盲人音乐训练班。他们的到来,使刘北茂十分开心,开心之余不忘叮嘱他们:"要耐心、细心,困难片段要反复讲懂,要示范,要有爱心。"他鼓励吴大成他们,"你们有技术有经验,工作一定能做好的。"吴大成他们在老师的影响下,对盲人的义务辅导十分认真。虽然来去很远,很辛苦,但没有一个人打退堂鼓,再大的困难也要克服,不能辜负老师的希望。

刘北茂除了负责盲人音乐训练班的教学工作,还指导盲校的民乐队。1956年冬天,中央人民广播电台要录制盲校民乐队的民乐合奏曲,请刘北茂亲临指导。他耐心地从最基本的知识、指法技巧、感情处理讲起,边讲边示范,指导乐队一小节一小节地练,练了一遍又一遍……一个多月后,盲校民乐队的演奏被电台播放,还成为电台进行中外交流的保留节目。除此之外,他还收了盲校民乐队三个学生,每个周日他们到他家去学二胡。其中一个叫郑荣臣。北茂听过一遍试奏后,走到郑荣臣面前,亲切地说:"小朋友,请你按照刚才的样子,再单独拉奏一遍。"

郑荣臣拉奏完毕,刘北茂温和地问:"你是跟曲艺艺人学的琴吧?"他点点头,接着又听刘老师亲切地笑着告诉他,"你拉得很好,不过你要明白,合奏要的是整个乐队的效果,每个人必须严格按照分谱演奏,不能随意加花,自我表现。"

排练结束后,刘北茂特意留下他,问他愿意不愿意跟自己学琴。当时上一届全国音乐周刚结束不久,甘柏林在音乐周上大放异彩,成为青年二胡演奏家,在盲人中影响很大。能跟甘柏林的老师学琴,郑荣臣想,这是自己求之不得的福分,他立即尊敬地叫了声"老师",弯腰行鞠躬礼。刘北茂抚摸着他的头,告诉他:"你从今天起,就是我的学生了。记住,每周日上午9点半,你带琴到我家里来上课。"

郑荣臣原来跟曲艺艺人学二胡,师傅口传心授,徒弟只要音对就行,其他比较忽略。刘北茂教他运弓、指法,一遍又一遍,手把手教,从准备练习开始,接着是拉刘天华的练习曲。但是当他拉过了7条练习曲,耐不住偷偷拉起《良宵》。在第8条回课时出了洋相,刘北茂第一次朝他板起了面孔,严肃地说:"你上星期是不是没有练琴?"

"练了,每天至少两个小时。"

"为人要诚实,没练就是没练,怎么能说谎呢?搞艺术是一项严肃的事业,不下功夫怎么行?"

"练是确实练了,我只是没练第8条,练拉了《良宵》。"

"《良宵》?你拉给我听听。"

郑荣臣拉给他听后,他口气缓和了:"你没有说谎,我错怪了你。不过你要知道,什么时候拉什么曲子,老师都有严格的教学计划的,就像读书一样,三年级能做六年级的题吗?只有循序渐进,才能打下扎实基础。你可不能浮躁呀!"

郑荣臣红着脸使劲点头,从此不再自行其是。练习完20首练习曲,开始学《偶感》《小花鼓》《良宵》等曲子,每学一首,刘北茂都先讲明创作背景,表现意境,再让背谱试奏,然后,便一段一段地指导示范。那天,当郑荣臣拉完《光明行》,听刘老师告诉他:"我在这里的教学任务已经完成,明天就要走了。我帮你制订了练习计划,回去后请老师念给你听。你按这个计划练下去。你悟性好,肯下功夫,会学成的。"听说老师明天就要离开北京回天津,郑荣臣的眼泪一下子就掉了下来……郑荣臣后来因为在劳动中碰伤了左臂和左手食指,除双目失明之外,又一次落下残疾,音乐梦结束后,他没有倒下,努力创作了描写一位盲人音乐家坎坷经历的长篇小说《琵琶情》,成为著名的盲人作家。他说,这得益于刘北茂先生的教诲,其中有一些情节几乎是当年情景再现……

1955年11月至1957年8月,刘北茂在北京圆满地完成了中国盲人训练班的教学任务后,回到天津中央音乐学院任教。这年中秋节,恰逢周日,两个儿子育辉、育熙都从各自学校回到家中,全家团聚,其乐融融。南华提议:"我们到照相馆照张全家福吧!"于是,四个人来到家附近的照相馆。照相馆师傅看到这来照相的四个人中三个戴着眼镜:"老先生,一看就知道你家都是有文化的人。"顿了他又说,"老先生,你家两个儿子长得英俊斯文,想来你年轻时也是一表人才。"

刘北茂认真地告诉师傅:"我两个儿子长相随母亲,你看我的眼袋多大,他们是没有的。戴眼镜也随母亲,全是四眼狗。"

一听这话,大家全笑了,照相师傅笑着在笑声中调好焦,按下快门,拍下了合家欢!

然而,合家的团聚,并没有持续多久。1958年中央音乐学院迁往北京醇王府旧址,刘北茂因为工作急需被借调到千里之外的安徽艺术学院。

　　安徽艺术学院成立于 1956 年，这是安徽省唯一的一所专业艺术学府。学校原来的二胡老师是刘天华的学生陈振铎的弟子张阳生。张阳生在 1957 年反右运动中受到劳教处理，离开学校。他教授的几个学生陈长桂、王懋盛等未毕业，就留校任教。因为学校缺乏有经验、高水平的教师，二胡老师更是奇缺，学校无奈中只能把留校任教的老师送到上海作短期培训。安徽需要高水平的二胡老师，当组织找刘北茂谈话时，55 岁两鬓泛白的刘北茂依然是服从，实际上只要他提出自己年龄偏大，腿脚不好，组织上是会照顾他的，但他没有提任何要求，而是很愉快地接受了借调安徽合肥艺术学院的决定。回到家中，他对南华说："安徽那里需要二胡老师。哪里需要我，我就到哪里去！旧社会，我们这些清贫的知识分子，想要为中国民族音乐事业做点事要经历千辛万苦，到头来还没有出路。现在新中国新社会，有毛主席，共产党好领导，我们不用担心领不到薪水，更不用担心吃了上顿没有下顿。学习条件、生活环境都很好，住房有分配，看病有报销。党和政府、组织上对我们这样关怀，我要抓紧时间为二胡事业做点事！"顿了一顿，他告诉南华，"安徽那边工作急，我们不能耽搁，立即就动身去安徽！"

　　"好，好，好。一切听你的。"南华微笑着点点头，立即开始收拾行装。一天都没有耽误，刘北茂和夫人南华很快就来到安徽。

安徽艺术学院对于有名望的，经验丰富的，又是开创二胡走进大学音乐课堂的刘天华的亲弟弟刘北茂教授的到来，十分高兴和重视。分给他的宿舍，不光有小间厨房、卫生间，还有一分为二的房间。宿舍与两位校长为邻。窗口放办公桌，桌面上摆满二胡曲谱等各种各样书籍，中间一架钢琴，靠里摆放着一张双人床，边道里摆着书架、几只箱子。刘北茂对这样的住房条件相当满意："不错，不错，学校住房紧张，我们给组织上添麻烦了。"考虑到他腿有病，两位校长商量要帮他铺地板，他知道后，拄着拐杖走进校长室："特殊化搞不得，你们要搞我就不住在这宿舍里，到校外租房住。"两位校长无奈，只好让木匠师傅在他床前铺上块桌面大小的木板了事。

学校对他的关心和重视，他感激不尽。安好家后，他立即全身心投入到教学中去。他首先抓住问题的症结，由于师资奇缺，张阳生被劳教后，二胡专业基本上没有正式上课。在这段时间，精心培养留校任教的陈长桂、王懋盛等青年教师。在他精心指导下，这些青年教师无论是二胡演奏水平还是教学水平显著提高。正式招录新生后，他亲自到校部查阅新生名单，并到宿舍一一走访，要求学生在没有分配教师，正式上课之前要抓紧学习、练琴，不要浪费时间，他还特别强调说："你们不但要学演奏技术，也要将时间去阅读文学和历史著作。只有不断提高自己的文化修养，才能正确表现出乐曲内涵。"新生王学林的二胡是他上中学时因爱好自学的，乐曲会拉不少，但姿势、技法缺乏很多。北茂耐心细致给他纠正，在没有正式上课之前，就使他逐步走上规范。刘北茂教学严肃认真，一丝不苟，尤其对音准要求极严，强调每一个句子要拉得干净，不准有杂音、错音。二胡不及其他弦乐乐器有指板，音准较难把握，音的升、降全在于手指的力度控制，遇到难拉的地方，他坐在学生对面，一遍一遍示范，让学生跟着拉，开始速度缓慢，然后逐步加快，直到他满意为止。在教学中，他还善于启发，例如教《拉骆驼》这一曲之前，他先把人、骆驼、沙漠三者关系说清楚，哪一段是表现沙漠荒原，哪一段是表现人，哪一段是表现人与骆驼共命运，斗风沙，哪一段是人继续拉着骆驼重新在沙漠中艰苦跋涉……这样，使从没有到过沙漠，见过骆驼的学生，对这首曲子有深刻印象，能够正确理解和掌握曲风。他还针对学生的特点和缺点进行教学。他不少练习曲就是针对在课堂上发现的问题而写的。当学生在揉弦技术上达不到要求时，他就专门写一首揉弦练习曲。为加强手指灵活性，他又专门写了打音练习。他教的学生进步都非常快。音乐老师大都只带三五个学生，有的只教一个学生，而刘北茂一般带八个学生，最少带六个，最多教十二个学生。

在学习上，他对学生严格要求，在生活上，对学生是无微不至的关爱。特别是在三年自然灾害时，更是尽其所能帮助学生。"我们国家遇到了困难，毛主席、党中央、领导都在节衣缩食渡难关，但对我们这些高级知识分子还特别照顾。我们无论如何要把学生教好、照顾好。"他宁可自己吃混杂了野菜、树皮的杂粮，宁可饿时吃一点腌黄瓜，喝一点开水，喝碗酱油汤，啃块萝卜干，也要省下一个馒头，让南华切片用油煎一下，他拄着拐杖去琴房发给学生充饥。照顾高级知识分子的糖果，他和南华舍不得吃，分给学生吃。

他对学生如此，对其他人都如此。一天，南华将家中仅剩的一点米煮了两碗比粥干点的稀饭，准备分两顿吃，这时家门口来了一位讨饭的农村妇女，还带着两个幼小的孩子。母子三人骨瘦如柴，十分虚弱，看样子好几天没有吃饭了。北茂对南华说："我们少吃一碗，少吃一顿，不会饿死。给她一碗，能救母子三人。"南华将一碗稀饭送给了要饭的妇女，剩下的一碗稀饭，加水再煮……一年多以后，我国经济情况好转，那个要饭的妇女找到刘家，进门就将一篮子小花生扣在地上，扑通一声跪倒，感谢救命之恩。

有一天，学生王学林在老师家学琴，他母亲从家乡来看儿子，找到刘家时，学校食堂午饭时间已过，担心学生母亲吃不上饭，北茂和南华一再挽留，留母子俩在家吃了一顿饭。没多久，王学林的父亲因高血压、心脏病、浮肿病从家乡到合肥省立医院治疗,北茂听到消息后,找到王学林,送给他两张只有高级知识分子才能享用的长江饭店专用餐券,让他带父亲去好好吃顿饭,补补身体。

学生陈明香的父亲病故,他回家奔丧时,母亲流着泪劝儿子放弃学业,早点工作挣钱养家。陈明香回校后,情绪低沉,到老师家中把想退学的事告诉了老师。北茂听了,告诉他:"你千万不能退学,人总有遇到困难的时候,咬咬牙就能挺过去。生活费我给你,钱不多,但对你总会有点帮助。"说完就叫南华拿钱给陈明香作生活费。陈明香因为看到老师用旧信封改制再用,连信封都舍不得花钱买,知道老师经济负担较重,除有两个儿子要负担,还要接济亲友,不想增加老师经济压力,推却不要。这时,南华师母在旁一边劝说他,"只有你收下,我和你老师才高兴。"一边趁势将钱塞进陈明香的口袋里。陈明香得到了老师的接济,坚持到毕业。毕业考试时,他穿上南华师母为他熨平的白衬衫上台,演奏《千里淮北赛江南》。该曲呈现了祖国日新月异的变化,这是刘北茂在 1961 年 3 月,以安徽花鼓灯音调为素材创作的降 B 调性的二胡独奏曲,这是二胡曲中最早运用降 B 调性的,影响很大,并被定为《上海之春》比赛的预选曲目。陈明香娴熟而富有感情的演奏,得到了评委老师们的一致好评。他以优异成绩毕业,被正式分配到安徽省杂技团工作。

陈家驹从小失去双亲,从小迷恋二胡,自学二胡,考上艺术学校,成为刘北茂的学生。在他眼中,刘北茂是他的恩师、慈父。无论是日常,还是逢年过节,只要老师家中有好的总叫他去吃。有次在老师家中上二胡课,他告诉老师,他已经一个星期用没有第四根弦的琵琶练琴了。

"怎么回事?琵琶尽管是你的辅科,辅科也要好好练。"

"一根弦丝要 5 角钱,我——"陈家驹吞吞吐吐地告诉老师,"我没有钱。"

北茂一听,当即给钱让他去买。"下次有这种情况早点告诉我,钱我给你,你赶紧去买。"

三年学习期满,陈家驹被选调到青岛北海舰队文工团担任二胡演奏员。他怀着激动心情来到老师家中,拿出日记本请老师留言。刘北茂在他本子上认真写下:"在艺术上要严格仔细,循序渐进,奋斗终生。"当陈家驹接本子时,刘北茂情不自禁地伸出双臂将他紧紧搂抱,流起泪来。

南华师母说:"我们都舍不得你离开呀!"

这一刻,他真正体会到了老师和师母是这样深深地爱着他呀!他止不住激动地哭了起来。分别后,老师跟他通信不断。在陈家驹25岁时,老师还特地去信,提醒他该成家了,并为他制订了建立家庭互敬互爱等四个标准,陈家驹捧着老师的信看了一遍又一遍,心中暖暖的。孤儿真正感受到了老师慈父般的关爱!

还有的学生一开始不懂事,不用功,甚至旷课,刘北茂拄着拐杖到处找,把学生叫到家中,用自己的休息时间,为学生补课,还常常管饭……曾经旷课的学生流着泪告诉同学:"如果我不努力学习,对不起老师。"

三年自然灾害,学生们在老师、师母的关怀下,都心情愉快、身心健康,而两位老人因长期营养不良,得了浮肿病,双双卧病在床。当时,两个儿子都在外地工作,大儿子育辉在新疆工作,在中央音乐学院学小提琴的小儿子育熙1962年以第一名的成绩毕业,并留校任教。老人身边需要人照顾,在这种情况下,组织上想办法将他们的大儿子育辉调到合肥。为了这件事,他心怀感激。他不止一次地对南华说:"我只有在有生之年,多培养些学生,来报答,来感谢党和领导对我的关心。"

1963年年初,在全国高校调整的形势下,安徽艺术学院音乐、美术两系并入合肥师范学院艺术系,刘北茂在师院艺术系任教授。住房被安排在教师宿舍138幢3号3室大厅。刘北茂初到师院时,有人责疑"教二胡的也能当教授"。这言论与30年代体育界老前辈马约翰执教清华大学时,有人责疑"教体育的也能当教授?"如同一辙。不久,校方为刘北茂举办了一场二胡演奏会。刘北茂每演奏完一曲,场内掌声雷动,还吸引了场外人员止步聆听。最后一曲演奏结束,掌声经久不息,全场起立,久久不肯离去。从此,奇谈怪论、责疑声消失了,代之以心悦诚服和赞叹!

1963年7月,在国民经济还相当困难的情况下,安徽音乐界隆重举行了纪念刘天华逝世三十周年庆祝刘北茂先生六十诞辰音乐会。音乐会上,刘北茂满心喜悦、满面春风地与学生同台演奏。会后,学生张斗武送老师回家。当时,已近深夜十一时,刘北茂没有丝毫倦意。"斗武,今天你上台演奏了我的两首作品,演奏得很好!谢谢你!"接着又对张斗武说,"今天我太激动了,我要感谢党,感谢领导和同志们,也要感谢我的学生们!为了感谢党和领导、同志们,我决定每个星期天上午为你和仕安同学增加一节课。我已经60岁了,一定要抓紧时间为党和国家多培养艺术人才。"

张斗武同学听了十分感动。他和张仕安同学在老师的指导下,取得了优异成绩!刘北茂每星期上24节至30节课,星期天还给学生加课,不论学生基础好与差,天资高与低,他都耐心施教,不厌其烦地辅导。他对学生们在学习上重视,在生活上关怀。以二胡为主科考入艺术系,跟刘北茂学二胡的程东明,家在农村,家境贫寒。冬天到了,别人都穿上了棉衣,只有他衣裳单薄,硬扛着,冻得脸色发青,刘北茂在上课时发现,下了课立即叫南华拿钱给程东明,并介绍裁缝铺子,叫他赶快去做一件新棉袄。几天后,程东明穿上新棉袄来到老师家中,看他穿得暖和和的,北茂和南华开心地笑了。大学五年,程东明每年穿着这件棉袄度过寒冬。凡是刘北茂教过的学生,每个人都能具体地说出老师关怀他们的事。

在安徽工作期间,刘北茂的两条腿病得愈发严重,组织上曾安排他到上海等地治病,还安排他到黄山疗养。在黄山疗养期间,他创作了二胡独奏曲《黄山观瀑》，用音符表达了他对雄伟壮丽的黄山的赞美！

组织上除在教学上对他重视，生活上对他关心，在政治上也给予了他很高的待遇。他兼任安徽三届政协委员、文联委员、音协理事等职。他满怀着对党，对祖国，对人民的热爱，忘我地工作。他在安徽工作十几年，为安徽培养了一大批二胡演奏和教学人才，还创作了大量歌颂党和国家，歌颂安徽新面貌，歌颂安徽人民，歌颂祖国大好河山的二胡曲，如《欢送》《丰产之歌》《美丽的包河》《千里淮北赛江南》《黄山观瀑》等等。他还相当重视关心少儿二胡，创作了《做游戏》《去劳动》《小树快长大》《我爱台湾岛》等二十几首曲目。

1966 年 5 月，是刘北茂人生中最后一次公开登台演奏。二胡艺术发展到 60 年代，在创作和演奏技艺上有了大的飞跃。中央音乐学院学生刘文金在深入生活的基础上创作了《豫北叙事曲》《三门峡畅想曲》。上海乐团民乐队二胡演奏员，年轻的曾加庆在农村体验生活时，切实体会到农村的新气象，创作了《山村变了样》。两位年轻人创作的这三首二胡独奏曲，没有采用常规的民歌音调加变奏等流行手法，而是将音乐表现与现实生活结合，开拓了二胡音乐创作的新途径，创新地运用了快弓、跳弓等新的演奏技法。这三首创新的二胡新作，在全国引起了轰动！年已花甲的刘北茂不故步自封，不墨守成规，认真向年轻人学习。为掌握新技巧，每天坚持练习，他说："不仅仅是我要向年轻人学习，要掌握新技巧，我还要适应教学需要，对学生负责。"他人生最后一次公开登台演奏，随着钢琴伴奏，他炉火纯青地演奏了《豫北叙事曲》《三门峡畅想曲》《山村变了样》。他活到老学到老的精神，对新人新作满腔热忱支持的态度，技艺高超的演奏，使大家肃然起敬！

紧接着，席卷全国的文化大革命开始了，学校停课闹革命。刘北茂作为高级知识分子"臭老九"，免不了受到批判。一天晚上，戴着红卫兵袖章的学生程东明来看望老师，为老师受批判叫屈。刘北茂说："不是我一个人有这样的遭遇。我的遭遇还算好的，尽管我也受批判，但没有挨打,有的教授挨了打,不管怎样,打人是不对的!"顿了一顿,他关照学生,"东明,任何情况下你不能参与打人!"紧接着,他就开始询问东明练琴情况。程东明说:"现在根本无法练琴了。刘天华的十大二胡名曲,阿炳的作品被批判,说是封资修的东西。现在也没有什么曲目好拉,好练的。"刘北茂听了沉默许久之后,告诉程东明:"音乐是大自然的延伸,是风,是天空,是海洋,是鲜花,是原野,任何时代都需要音乐。所有处在压力中的人们只要愿意聆听,就会听出感动。任何一个人哪怕是听了有所触动,哪怕是听了感觉到悦耳好听,就说明这个人内心仍然有一方净土。"

"我懂了,我一定好好练琴。"

"琴不练不行!你换上长琴码减小音量,以防练琴时,别人听见产生不良后果。实在不行,你就拉样板戏曲调。你出生贫下中农家庭,你是红卫兵,别人拿你没办法的。记住,琴一定要练,总有一天会派上用场的。"

程东明点点头,将老师的话铭记于心,后来成长为安徽一所师范学院音乐系主任。

1967 年,学生王学林去看望老师。看到老师住在牛棚里,心里不是滋味,嗫嚅着不知如何安慰老师,结果是老师先开口说:"学林,你来看我,我很高兴。我相信党,相信组织,一定会查清我的问题,给予公正待遇。"

文革期间,还有外调人员找他,要他揭发解放前在北京大学、北平大学女子文理学院、西北联大、国立重庆青木关中央音乐院、国立南京中央音乐院的同事的问题。当外调人员要他揭发陈振铎的反党问题,他说,陈振铎这个人对党从没有二心的。结果被外调人员训斥了一番。他顶着巨大压力,从不说半句违心的话,宁可自己受委屈,总帮同事说话,以同事的不幸为不幸。

文革期间,使他痛彻心扉的是,北京传来消息,有一群造反派赶到香山玉皇顶将大哥刘半农、二哥刘天华的墓碑砸毁。白天他沉默寡言，晚上躺在床上，一会儿侧卧，一会儿仰卧，一会儿手放胸口，一会儿拿下，两腿一会儿分开，一会儿交叉，连续几个晚上都是这样。同样也睡不着的南华，劝慰道："这年头，凡是有名的前辈、学者、名人一个个遭难，我们眼前只能想开一点。总算没动坟，只是砸了大哥、二哥的墓碑，唉……"

"唉，愿大哥、二哥安息！"北茂叹着气说，"你说得对，眼前我们只能想开一点。"顿了一顿，他对南华说，"虽然现在有点乱，但我相信，社会秩序总有一天会恢复的。"

1970年2月，凛冽寒风中，合肥师院撤销建制，刘北茂随系离开合肥，迁并到在芜湖的安徽师范大学。在文革动乱背景下，老教授、老教师的待遇很差。刘北茂和南华被赶到小山上一座三层楼的北面十来平方米的房间居住。房内没有自来水，也没有卫生间，67岁的刘北茂这时下肢麻痹症状越来越严重，走路相当困难，南华也是有病在身。大儿子育辉已到天津工作、成家，小儿子育熙在北京中央音乐学院。两位年近七旬的老人，在这种环境下生活，艰难可想而知。

这时，听说刘北茂老师来到芜湖安徽师范大学，业余二胡弟子，地质工作者刘金龙前来探望。刘金龙跟刘北茂相识于1964年，当时，刘金龙从长春地矿院分配到安徽地矿局，受甘柏林老师委托，专门到合肥师范学院探望刘北茂老师。刘金龙清楚地记得，那天刚一进门，慈眉善目的刘北茂先生扶着门旁的桌子缓缓站起，热情迎接，师母南华沏茶倒水相当客气。刘北茂老先生除询问了甘柏林一家在长春的情况，还与他聊了家常，了解他业余学习二胡的情况，并把他说的一些话记在一个小本子上。临别时，扶着桌子摇摇晃晃把他送到门外。刘金龙回皖南后，立即写信给北茂先生，刘北茂立即回信，信来信往，春节时，先生还寄给他一本《二胡广播讲座》。他每次途径合肥，都要到刘家求教。对于业余二胡爱好者，刘北茂有求必应，从不敷衍搪塞。有一次他去芜湖宣城地区工作,先生还托他带封信给322地质队的彭万芬同志:"彭万芬跟你一样,是热爱二胡的青年。我跟他还没见过面。你一定要把信带到,你们可以交个朋友,二胡方面有什么要求,尽可找我。"刘金龙记忆很深的是有一次去刘家,恰好马绍常先生和青年教师李子贤在刘家研究二胡教材。后来他与李子贤一道离开刘家,在路上,李子贤告诉他:"刘老是我的老师,从不摆名人、学者、长辈的架子,很热情支持我们青年教师,待我亲如父亲。"1968年年初,刘金龙从海南返回安徽,因文革烽火,交通阻断,搁浅合肥,食宿成问题,因而在刘家住了三天,住在原来育辉居住的房间里。三天中,师母南华嘘寒问暖,热情款待,老师话很少,常举目凝望窗外天空,有时刘金龙跟他谈文革时局,他总是这样说:"我以为一切都是暂时的,我们国家不会总是这个样子的。"

1970年,刘金龙的家调迁芜湖,刚巧刘北茂随系合并到芜湖安徽师范大学,两家同居一城,刘金龙闻讯十分高兴,立即赶去看望老师。但当他来到刘家,看到刘老因双腿麻痹接近瘫痪,躺在床上,师母正在帮他按摩敲打双腿,室内一片灰蒙蒙,阴沉沉,毛巾都结了冰,为了节约用水,以放菜盛汤的菜盆代替脸盆,他心中十分悲凉,二话不说赶紧帮忙去打水。"金龙,谢谢你来看望我们。我们怎么好意思让你帮忙干活呢?"头发花白、满脸慈祥的师母劝阻道。挣扎着艰难地在床上坐起来的老师也说道:"金龙,你来,我们很高兴,你一来就帮干活,我们过意不去。"刘金龙不听劝阻,去打水,将水从楼下提到三楼。体格健壮的他更体验到了两位老人平日打水的不易,何况是年近七旬的师母老太太呢!打好水后,他来到老师床前,师母先是剥了一粒糖塞在他嘴里,接着搬了张椅子请他坐下。一坐下,刘金龙就关切地问:"刘老,你的腿还有没有办法能治好?"

"我的腿是神经系统失调引起的。这么多年来,一直想办法医治,唉,越来越严重了,看好是很难了。唉——"北茂坐在床上无奈地叹着气顿了一顿,又感慨地对他说,"自从1958年借调到安徽,一晃已经十几年了,时间过得真快呀!"

"是啊,一转眼,我们头发全白了,已经是接近 70 岁的老头老太了。"南华接上话头说,顿了一顿,告诉金龙,"现在你老师两腿近乎瘫痪状态,只能在家歇歇了。"

接着,刘北茂告诉刘金龙:"双腿瘫痪,不能胜任教学了,也只能认命了。我准备提出申请,退休回北京中央音乐学院。"

桂花飘香

　　1971 年 4 月,68 岁的刘北茂因病退休，返回北京中央音乐学院。他跟南华老夫妇俩住在音院宿舍区 3 号筒子楼,与小儿子育熙一家共同生活。1958 年，中央音乐学院从天津搬到北京西城原清醇王府旧址——鲍家街 43 号,他就被借调到安徽。中央音乐学院代表中国专业音乐最高水平,专业设置齐全,在全国众多艺术学院中,它是唯一一所在 1960 年就被定为全国重点大学。十几年过去,重返中央音乐学院,刘北茂多么想在校园里走一走,看一看呀！然而,他因双腿近乎瘫痪,再也无法行走在校园里了。

　　在中央音乐学院钢琴系任教授的刘天华次女——刘育和第一个前来看望三叔、三婶,在京工作的刘半农的儿子育伦代表在上海工作的小惠姐姐、育敦妹妹赶来探望,在京工作的刘天华长子育毅,小儿子育京也分别前来探望。这天,77 岁的刘天华夫人殷尚真在育和的陪同下,前来看望三弟、三弟媳。自 1937 年,日寇侵略,北京沦陷,刘氏三家分散,一别就是几十年。几十年过去,当年健硕的尚真已成了白发老太,英俊的年轻人北茂成了两鬓泛白的瘦老头,当年白皙、丰腴的南华脸庞上如今满是岁月的风霜。三位老人坐在小小客厅里,互相端详着,唏嘘不已。"老了！""老了"！"我们都老了！"北茂激动地喊了一声"二嫂！",眼睛湿润了。尚真激动地说:"三弟、弟媳,今天看到你们,我高兴呀！"

"二嫂,我们见到你,也十分高兴呀!"南华同样激动地说。顿了一顿,她告诉尚真:"当年北京沦陷,你带着三个孩子去了上海,我跟大嫂到车站送你们;后来我带着两个孩子到西北北茂身边去,大嫂到车站送我们的时候,她依依不舍地流着眼泪,拉着育亮的小手说:'不知还能不能见着你们了?'这个情景,几十年来一直记在我心里呀!"说完,南华抹起了眼泪。

"小惠出国留学,育伦在西南联大上学,大嫂身边只有育敦。本来我劝她到上海,但大嫂说,半农和天华的坟在北京,我要留在北京守着。"尚真一边说一边流泪,话到此处,长长叹了一口气说,"好不容易盼到抗战胜利,大嫂却突发脑溢血去世。我得知后,立即从上海赶到北京,送了最后一程。小惠、育伦、育敦按照她生前一直讲的心愿,死后要去陪半农,把她埋在了玉皇顶。"尚真抹着泪,再也说不下去了。北茂、南华也是止不住流泪,提起大嫂朱惠,想起大哥半农、二哥天华……

"二嫂,"北茂告诉尚真,"我的腿如果能走路,我回北京的第一件事就是想悄悄地去玉皇顶上看望大哥和大嫂、二哥呀!"

"听说有造反派赶到玉皇顶上去砸碑、毁坟,我心里急呀!风头过后,育伦、育毅偷偷地上去查看,估计是路远、山高,造反派上去的人少、工具少,墓碑被砸了,坟基本没被破坏,真正是观世音菩萨保佑啊!"尚真说到这里,顿了一顿,接着对北茂、南华说,"三弟、弟妹,我们这些从旧社会走过来的人是知道新社会好的,知道共产党、毛主席领导的好的,别的不说,单说我们三家的子女们国家分配安排工作,个个成家立业。如果在旧社会,像小惠、育伦、育敦这三个无父无母的孩子,像我一个寡妇带着三个孩子,日子怎样过下去?像三弟你两只脚不能走路,怎样养活一家老小?"

"是呀,"北茂接上来,发自肺腑地说,"新社会好,共产党好,毛主席好!我虽然借调,但工作稳定,住房分配,看病费用报销。平常我总是想着如果自己不努力工作,对不起共产党,对不起毛主席!"

"新社会好,共产党好,毛主席好!"尚真同样发自肺腑地说。顿了一顿她说:"就是眼前这文化大革命,乱成这个样子,唉……"

"二嫂,现在是迷雾重重,我相信总有一天会云开日出的!二嫂,您相信吗?"

"我也相信乌云迟早会散去的,但我马上八十岁了,不知道还能不能看到这一天了!"

"能!二嫂,你一定能!"南华微笑着真诚地说,"我和北茂祝你健康长寿,活到一百岁!"

"谢谢你们的祝福!"尚真笑着说,"我活得再长也派不上用场,天华的寿都让给我活了,我的寿能够让给天华该多好啊!天华好写多少曲子呀,好做多少事呀!"顿了一顿,她叮咛,"三弟、弟妹,你们马上70岁了,要注意多保重身体。北京医疗条件好,三弟的腿要想法再去看看。"

"这么多年来,四处求医,他的腿总不见好转。随着年纪一年比一年大,腿病越来越重,看样子,很难医好了。"南华告诉尚真。

"弟妹,三弟腿脚不便,全靠你照料。这么多年来,辛苦你了!"

"是呀!南华为了我,吃了很多苦!"

三位老人在一起,说不完的知心话……

分别时,北茂在南华的扶持下,站在门口,久久目送着二嫂蹒跚离去的背影,泪在不知不觉中又一次盈满了眼眶。

多年来,因神经系统的共济失调,北茂的双腿从发病之初步伐不稳,到坐着要有支撑才能站起,拄拐勉强走走,再到现在站起来相当困难,必须消耗很大精力,每走一步极度困难。重返北京,北茂曾经拄着双拐,在南华照看下,在筒子楼走廊里练习走路。虽然每走一步十分艰难,但他不甘心,不放弃,坚持练习,直到有一次,因体力不支,他突然一头栽倒在暖气片上,流了不少血,南华惊吓不已。再以后,他的双腿连走出家门也不能了,完全失去了到户外的可能,于是,他就在家里顽强地扶着,硬撑着试着站一站,再坐下。为了久坐能透气,想法请木匠师傅帮忙在木椅上面打了几个洞。他每天坐在那里除了看书、看报,就是写,通过写信跟分散在全国各地的弟子、热爱二胡的朋友们联系。在信中他叮嘱任何情况下不要放弃练习二胡,并探讨工作、学习、生活。他曾在信中告诉一位弟子:"即使我屁股坐烂了,我还是要搞曲子的。"

1976年1月8日,周恩来总理逝世,刘北茂怀着悲痛的心情创作了《缅怀》。这时,远在江西的好友熊乐忱写信告知,他在江西买不到周总理像。当时,北京市面上也买不到周总理像,于是,北茂和南华虔诚地把家中唯一的一张挂在墙上的周总理像取下,小心翼翼卷好、包好,特地糊了只盒子装好,寄往江西。熊乐忱收到后,感动万分!熊乐忱当年是刘天华的学生,除在校跟天华老师学习,还常去老师家中请教,跟师母殷尚真和老师家三个孩子都很熟悉。1927年,军阀关闭音乐传习所、艺专后,熊乐忱先是转学上海国立音乐院,后留学欧洲比利时皇家音乐学院。1932年回国后,跟刘北茂在北京大学女子文理学院和重庆青木关国立音乐院两度共事,成为好友。40年代,熊乐忱曾主编《乐风》杂志。新中国成立后,曾任职中国音协。北茂借调北京盲人训练班时,熊乐忱特地去郊区看望北茂、南华。当时,北茂还特意请得意门生甘柏林为他演奏。后来,熊乐忱调江西文艺学院。文革期间,熊乐忱蒙冤,被发配到了江西农村,他的子女们因形势所迫,或自顾不暇,或"划清界限"。妻子病逝后,他独自在农村,贫病交加,唯一与外界沟通的,除了通信,就是一台半导体收音机,但常因买不到,买不起电池而断听。北茂除在信中鼓励他坚强面对困难外,还让南华定期购买成打的电池和农村买不到的生活用品寄去,熊乐忱来信说喜欢北京的大柿子椒和半斤重的茄子,北茂想方设法托人找来种子给他寄去,让他栽种,使熊乐忱欣喜不已。此外,师母殷尚真也待熊乐枕如亲生骨肉,一直通信安慰他,并寄钱、寄物。刘北茂夫妇、殷尚真在精神、物质上的鼓励、支持,使熊乐忱熬过了艰难的日子。

1976年是中国人民的大悲之年,周总理逝世后没隔几个月,朱德委员长逝世，紧接着 9 月 9 日毛泽东主席逝世，中国人民泪流成河。刘北茂含着热泪创作完成表达哀思的《缅怀》，紧接着又创作完成了歌颂老一辈无产阶级革命家的《流芳曲》。1976 年 10 月，粉碎"四人帮"，文革结束，举国欢腾！刘北茂怀着欣喜的心情，坐在椅子上，修订旧作，整理改编民间和古典乐曲，如《二泉映月》《薰风曲》等等。

　　1978 年 5 月，《光明日报》上刊登了六千字的特约评论员文章《实践是检验真理的唯一标准》，在全国掀起了真理标准的大讨论！解放思想，实事求是，成为了拨乱反正和改革开放的前奏！社会秩序逐渐恢复正常，北茂心情大好，他对家人说："我想出去转转，看看！" 1978 年暑假，育辉夫妇、育熙夫妇借来一辆轮椅，推着他去天安门广场、北海公园游览，刘北茂为此兴奋不已。特别是看到"接天莲叶无穷碧，映日荷花别样红"的自然美景时，他情不自禁地说："你们知道吗？江阴老家乡下河浜特别多，几乎每条河浜中都有荷、藕，荷花荷叶是乡下随处可看到的风景。" 顿了一顿，他告诉儿子、儿媳们，"你们的大伯父刘半农、二伯刘天华，每次下乡总带我一起去，他们采风，我和一帮乡下孩子们玩耍，摘荷叶当遮阳帽，采莲蓬剥莲子吃，还有孩子下到河里挖藕，整枝掏出来，在河里洗干净，雪白粉嫩，每次我总能分到一节藕，一路吃回去。" 接着，他还说，"夏天观荷，最好是雨后，荷花、荷叶舒展滑爽，水珠在荷叶上晶莹剔透，荷的清香加上阵阵蛙声，丝毫不会感到夏天的燥热。" 这次游览回家之后，他接连几天在兴奋中度过，总想做些什么，想到自己七十多岁了，年纪大了，又有病在身，老天留给自己的时间可能不多了，时间紧迫，于是决心尽力把自己知道的，关于刘家，关于大哥，特别是二哥的生平事迹追记下来，写成一本内容充实、系统、传记性的回忆录。这是一项长期的工作，他跟在天津教英语的大儿子育辉约定，只要育辉从天津来京，他讲述，育辉作记录。

　　1978 年 12 月，中国共产党十一届三中全会召开，决定把工作重心转移到社会主义现代化建设上来，实行改革开放！刘北茂一遍又一遍地读报上刊登的党的十一届三中全会公报，喜笑颜开地对南华说："云开日出了！云开日出了！"接着他满怀豪情地创作了歌颂四个现代化的二胡独奏曲《迎朝晖》。

1979 年 10 月，全国第四次文代会召开，邓小平在会上明确指出"文化大革命前的十七年，我们的文艺路线基本上是正确的，文艺工作的成绩是显著的"。对于今后文艺发展，邓小平指出，"要继续坚持毛泽东同志提出的文艺为最广大的人民群众、首先为工农兵服务的方向，坚持百花齐放、推陈出新、洋为中用，古为今用的方针！"刘北茂手擎报纸一边看，一边兴奋地大声读给南华听，告诉南华："我要抓紧时间，把文革中耽误的时间赶一点回来！"这时，他的身体状况越来越差，除双腿瘫痪之外，目力衰微，握笔吃力，但他仍然用健康的头脑，坚持创作，坚持改编、整理乐曲，坚持写信，坚持口述传记。1980 年，他又患上了腹泻症，现代医药和中外药物对此病无能为力，无药根治，因而一再反复。他虽尽量很少进食，仍腹泻不止，全靠南华不辞辛苦的精心照料。南华有两次累得心脏病发作，送医院抢救。

自 1973 年以来，在上海外国语学院任教的育敦多次到北京出差，每次总会抽空上门看望三叔、三婶。1980 年，育敦在北京语言学院进修，在此期间，育敦每次去三叔家，总能看到有客人在座，客人大多是三叔教过的学生。这次，育敦进门，客人倒没看见，看见的是三婶在给三叔刮胡子，当即感动地说："三婶对三叔的体贴，真是世上少有。我要好好学习！"南华听了，微笑着告诉侄女，"我这手艺是在安徽的时候被逼出来的。你三叔腿有病，外出理发、刮胡子不方便，而他要教学生、要开会，要注重仪表。于是，我就买了全套理发工具，一点一点地学着给他理发、刮胡子，慢慢地就熟能生巧了。你三叔的头发、胡子再长下去，再不刮，要成野人了。这一阵，腹泻症好多了。今天能坐坐了，我赶紧趁势帮他收拾干净。"

育敦听了，感动得说不出话，只是点头。这时，北茂开心地对她说：

"育敦，我帮你记下了，你这次来北京进修，这两个月中，你已经来看望9次了，我很满意。"

"三叔、三婶对我很满意，二婶娘对我也很满意。"

"你二婶娘今年86岁了，我腿不好无法去看她，你三婶平时又走不开，平常叫育和捎点东西，捎点话给她。"北茂说到这里，叹了一口气，伤感地说，"你的父亲母亲，我的大哥大嫂，你的二叔二婶，我的二哥二嫂，从小到大待我如子，我都无以回报。"说完，眼睛湿润了。

以往，育敦曾多次听三叔讲这话，但今日看到已是77岁高龄、身体极度虚弱的三叔又一次讲这话时，这一刻，育敦突然体会到，当年二叔和父亲的突然英年早逝，三叔的悲痛相比当时年少的自己应该更为深切，精神上的打击更为沉重。想到这里，育敦怕三叔难过伤感对身体更不利，赶紧转移话题，从手提包里拿出一本书："三叔，我给辉弟带来了一本参考用的英语教材。"

"在英语教学方面，育辉要好好向你学习呀！"北茂顿了一顿，说，"我这里还有两本信笺，我现在身体不好，目力也很差，估计今后不大会写信了。信笺给你去用，也是我的一份情。"育敦听了三叔"估计今后不大会写信了"这句话，心口像被什么堵住了，十分难过。多年来，三叔一直写信到上海，表达对小惠、育敦两家人的关切，最近一两年中，尽管身体日益衰弱，仍没中断写信。育敦正不知说什么才好，就在这时，"笃笃笃"有人敲门了，原来是刘北茂在京工作的两位弟子结伴前来看望恩师。他俩说，他俩今日一大早特地去香山玉皇顶凭吊时，看到在大师伯刘半农、二师伯刘天华坟前有人敬献的花圈、花篮，因有些时日，风吹雨淋的，已不见落款，他俩鞠躬、默哀，准备下山时，还遇到一群看样子是海外侨胞的正前来凭吊。北茂、南华、育敦听了十分高兴。然而他们更高兴的是，仅相隔数月，中国音协主席吕骥等领导、中国作家协会领导，在百忙之中，为重修刘半农、刘天华的墓地，上山凭吊，查看实境……

1981 年 5 月，熊乐忱落实政策后抵京，先去拜见 87 岁的师母殷尚真，紧接着来看望北茂、南华夫妇。"今日再见，恍若隔世啊！"熊乐忱感慨地说，"当年北平沦陷，你、我、杨仲子和另外两个朋友一起，绕道香港，辗转好几个地区，几经危险，前往抗战大后方重庆的那段往事，还历历在目呀！"

"是呀！那时杨仲子正值壮年，我们还年轻，如今，你我都已是垂暮之年。"接下来，北茂深深地怀念着杨仲子，"1942 年，是他任重庆青木关国立音乐院院长时，向我发出聘书，我才来到音乐界啊。"

"可惜，他当时为了因从事抗日组织活动被逮捕的三个学生，去跟教育部长、中统头目陈立夫当面对质，发生冲突、激烈争吵，结果被陈立夫免去院长职务，将他调任音乐教育委员会主任，不久，又将他调往国立礼乐馆任闲职。反动当局一步一步逼他离开音乐教育界。"熊乐忱愤慨地说。

"抗战胜利后，大家返回南京。南京戏剧专科学校邀请他参与学校建设，他才重返音乐教育界。解放后，党和政府考虑到他已经六十多岁，体弱多病，出于对他身体考虑，根据他的特长，安排他在江苏省文史馆工作。从南京迁校到天津前，我特地去看望过他，跟他告别。"北茂告诉熊乐忱，"我一直跟他通信联系，直到他病重写不动信。1962 年，杨仲子 77 岁时驾鹤西去。"最后北茂感慨地说，"人生七十古来稀，他这也算是高寿了"。熊乐忱说："杨仲子还算好运，没有遇上文化大革命，他解放前曾经出国留学多年，他遇上文革，肯定是要像我一样被说成是里通外国，斗得要死要活！"

怕熊乐忱提文革往事伤心，北茂赶紧插上话安慰他："好了，好了，文革结束了，拨乱反正了，现在一切都好了，大家都在忙四化了。你的好日子在后头呢！"

熊乐忱听了笑了："是呀！是呀！好日子在后头！你一直努力创作，还整理、改编乐曲。迄今为止，你已经创作了一百多首二胡曲。其中不少曲子广为流传,成为教材。你继承和发展了先师刘天华的音乐道路。我要向你学习,我也要作点贡献,联络海内外朋友,一起为四化出力!"

北茂听了笑了,接着他将自己创作的《缅怀》等二胡独奏曲给熊乐忱看。告诉他 1980 年 11 月,以歌颂开创革命事业的先辈为主题的二胡独奏曲《流芳曲》正式完稿。不知不觉中,两人竟然谈了近四个小时。

南华告诉熊乐忱:"北茂正拉肚子,严重时一天要拉十几次,今天跟你长谈近四个小时,居然一次也没有拉。你的到来,使他高兴得连病痛已忘记了!"

熊乐忱一听十分高兴。"说明精神力量很重要啊!"接着他说,"北茂兄,我进门看到你十分消瘦,心里咯噔一下,现在你能坐四个钟头,跟我交流,看样子病情还比较稳定,我心里才有点放心了。"临别,他告诉北茂,"天华恩师对我一生影响很大,这次来京,不管怎样,一定要到玉皇顶上去一趟。"接着,他情真意切地说,"空山鸟语病中吟,扶杖觅径吊先生。"

北茂听了点点头,两个人紧紧握手,没有互道保重,也没有说再见,一切尽在不言中……

熊乐忱离京数月后,刘北茂的腹泻症越来越严重,有一天拉了二十几次,不得不送往医院。在京的侄子、侄女、弟子、朋友们闻讯都纷纷前去看望。这次住院,他自知来日不多,坦荡地对南华说:"我一生不欠别人一分钱,不欠别人一封信,一生没有说过一次谎,我走得安心。"他一再嘱咐家人说,"我死后不要做新衣服,丧事要简单,不要开追悼会,现在大家都在搞四化,都很忙,不要惊动大家。"

被病魔折磨得骨瘦如柴,十分憔悴虚弱的刘北茂,静静地躺在病床上,时而清醒,时而昏迷。清醒时他慈爱地看着日夜轮流陪护的两个儿子育辉、育熙,总是想起 1932 年 5 月 19 日刘氏三家最后一次聚会时的情景。在这次聚会中,大哥刘半农突发奇想,兴致勃勃将三家 7 个孩子召集过来,问起这些孩子将来各自的志向。首先他问了所有孩子中年龄最大、16岁的长女小惠:"小惠呀,你已不小了,你书读得不错,但不知你将来有什么志向啊?"二哥刘天华在旁也很关切地接上来说:"小惠,你就对你爸爸、你三叔和我说说啊。"于是,小惠开口告诉大家,她很喜爱文学和翻译,将来要在这些方面做出点成绩来!如今,小惠做到了,执教上海外国语学院,翻译的几部外国电影在国内广泛上映,影响很大!小惠讲完后,轮到天华儿子,15岁的育毅。他说:"但愿我将来做个有用的公民。"育毅现在是一名优秀的建筑师。问到天华13岁的次女育和,育和表示要刻苦学习钢琴,将来要当钢琴家。如今,育和是中央音乐学院钢琴系教授。接下来,刘半农的龙凤胎育伦、育敦,天华的小儿子育京都纷纷表示,要向姐姐、哥哥学习,认真读书,将来好有所作为。育伦当年西南联大机电系毕业后,一直在电力系统工作,如今已是高级工程师。育敦是翻译家。育京是医学科学家。当时半农家有三个孩子,天华家有三个孩子,而自己当时只有一个孩子——才三岁的育亮,记得半农还笑眯眯问了三岁的育亮:"你长大要当什么呀?"育亮奶声奶气地回答:"我要读书。"逗得所有人哈哈大笑。大大小小7个孩子问毕,刘半农高兴地说:"好啊!我们刘家还是后继有人,将来是大有希望的!"

想到这里,北茂毫无光泽的大眼里竟然泛起了欣慰的喜色。育辉、育熙当时虽然还没有出生。但出生后,在襁褓中就听他讲述大伯父刘半农、二伯父刘天华的故事。育熙从小就跟自己学二胡、三弦、钢琴等中外乐器,12岁就考入中央音乐学院少年班,接受正规系统的专业教育。当正式学习小提琴,曾师从首任院长马思聪,曾跟世界提琴大师大卫·奥伊斯特拉赫的大弟子别里捷学习了一年半,还向罗马尼亚小提琴大师安奈斯库的弟子林克昌老师苦学三年。刘育熙博采众长,刻苦练习小提琴,1962年以第一名的成绩毕业留校任教。1963年,育熙获得中央文艺单位和院校小提琴比赛第一名,并在首次全国小提琴大赛中获奖。同年12月31日,在中南海怀仁堂举行的新年音乐会上,育熙独奏《梁祝》。不久前,育熙将二胡独奏曲《缅怀》改编成小提琴独奏曲《哀思》,荣获中央音乐学院纪念周总理音乐比赛创作、演奏一等奖。刘天华的小提琴造诣很深,可惜被国乐专家,二胡、琵琶圣手盛名掩盖,他逝世前曾计划举办个人小提琴演奏会。育熙一直以二伯父为榜样,刻苦学习小提琴,天华未了的心愿,相信育熙一定会努力替代实现!还有在天津执教英语的大儿子育辉,相信他一定会将他负责记录的刘天华传记整理、编写、出版……唉,只是自己等不到这本书的出版了。泪水沿着眼角无声无息地流淌着。

这天,87 岁的尚真在育和的搀扶下,来到医院,坐在北茂病床前,两手捧握起北茂的手。北茂的手十分枯瘦,手指如弦丝、弓杆,仿佛稍稍一动还能弹出动听的二胡曲,尚真抚摸着他的手,喊了一声"三弟",泪如雨下。泪水朦胧中,情不自禁地想起 1932 年 6 月 8 日,天华临终前的情景,想起 1934 年 7 月 14 日,刘半农逝世时的情景,由此,她泣不成声地仅仅说了一句"三弟,你要陪你大哥、二哥去了",就再也说不下去了。南华上前想劝慰,还没开口已泪流满面。此时此刻,泪沿着刘北茂眼角流淌,他嚅动着的嘴唇,仿佛是在呼唤天堂里的大哥,二哥,又仿佛在呼唤眼前的二嫂,南华……

1981 年 9 月 24 日下午 1 时 05 分,刘北茂逝世,享年 78 岁。这时候,一阵秋风吹过,江阴老家西横街 49 号宅院中的金桂银桂花香四溢,沁人心脾的桂花香乘着秋风流向远方……

后记

从五四运动前夜至上世纪八十年代,刘半农、刘天华、刘北茂三兄弟怀着一颗炽热的爱国心,以科学求实的精神,靠着"常人所不能及的恒和毅",为弘扬民族文化事业呕尽心血,取得了令人敬仰的成就!刘半农是我国著名文学家、语言学家、教育家;刘天华是我国民族音乐一代宗师;刘北茂是我国民族音乐大师。在浩瀚的中华人物星河中,刘氏三兄弟闪耀着独特的光芒!

我生在长在江阴城内西大街,我家离西横街 49 号很近。从小就听街坊邻居讲述刘氏兄弟的故事,心中满是好奇与敬仰。几十年来,写刘氏兄弟的有关文章、书籍很多,我阅读了不知其数,但从来没有看到一本将刘半农、刘天华、刘北茂三兄弟合写在一起的书。于是我心中一直想写本刘氏三兄弟的书。我积累着、思考着,酝酿多年。当我真正动笔写这本书的时候,才发现这本书比我以往写长篇小说还要难:小说是虚构的,发挥想象空间大;刘氏三兄弟是真实的人生,不能随意想象、编造。虽然将有关资料堆砌、拼凑、组合也能成书,但这样的书写出来怎能打动读者的心灵?怎样写好刘氏三兄弟的家国情怀——刘半农艰辛的留学生涯,刘天华对二胡的不懈探索,刘北茂教书育人的高尚品德,刘氏三兄弟的精神、品质能否对现在的青年有所启迪,怎样体现现实教育意义……我摸索着,费尽心思,写成了现在的模样。

　　我将这本书交给中国青年出版社,是因为他们出版的经典作品《红岩》《红日》《红旗谱》《创业史》等书对我人生影响很大,还因为我对中国青年出版社有一种亲近感。中青社隶属共青团中央,我本人年轻时做过多年的共青团工作。此外,我在中国青年出版社出版过长篇小说《永久保留地》、小说集《涛声依旧》,还有散文集《淡淡的记忆》。在此,我发自肺腑地说一声:谢谢! 在这里也感谢江阴人提供的各种资料;感谢每一本、每一篇写刘氏三兄弟的书、文章等。

　　习近平总书记说:"为什么中华民族能够在几千年的历史长河中顽强生存和不断发展呢? 很重要的一个原因,是我们民族有一脉相承的精神追求、精神特质、精神脉络。"刘氏三兄弟的身影虽已远去,但他们代表的一代知识分子精神气质与追求永远不朽!

　　愿这本书能轻轻地叩动读者的心灵。